Joan Wolf

Die Retterin von Susa

Ester – eine Liebesgeschichte

BRUNNEN
Verlag Giessen · Basel

Die amerikanische Originalausgabe erschien unter dem Titel
“A Reluctant Queen – The Love Story of Esther”
bei Thomas Nelson, Nashville, Tennessee/USA.

Deutsch von Evelyn Reuter

MIX
Papier aus verantwortungsvollen Quellen
FSC® C014496

www.brunnen-verlag.de
Umschlagfoto: Steve Gardner/pixelworks, Shutterstock
Umschlaggestaltung: Faceout Studio
Satz: Die Feder GmbH, Wetzlar
Druck: GGP Media GmbH, Pößneck
ISBN 978-3-7655-1578-1

Für meine liebe Freundin Edith Layton Felber.
Ich vermisse dich.

Sprachliche Besonderheiten

Die Sprachen, die von den historischen Charakteren dieses Romans gesprochen wurden, waren Persisch und Aramäisch. Ich habe mich in diesem Buch für die „Übersetzung“ der Dialoge in eine moderne, lebendige Sprachform entschieden.

Kapitel 1

Ester stand vor Tagesanbruch auf, wie an jedem Morgen. Sorgfältig kleidete sie sich an: zuerst ein braunes Gewand, darüber eine leichte Tunika und zuletzt ihren Schleier, der ihr langes, pechschwarzes Haar bedeckte. Sie ging in den Innenhof, um den Teig für das Brot zu bereiten, das täglich frisch gebacken wurde. Es waren immer mehr Brote, als sie und ihr Onkel essen konnten, denn sie versorgte regelmäßig einige ältere Frauen ihrer Gemeinschaft mit Brot, die nicht mehr selbst backen konnten. Als Mordechai aus dem Haus trat, lagen die fertig geformten Laibe schon zum Aufgehen auf der Fensterbank.

„Na, Onkel, noch müde?", neckte sie ihn, als sie ihren Onkel gähnen sah. „Das Festmahl des Königs hat wohl etwas länger gedauert und dich um den Schlaf gebracht?"

Mordechai verzog das Gesicht. „Ja, es war ziemlich spät. Viel später, als mir lieb war, Täubchen. Aber ich hatte keine Wahl. Alle, die im Palast arbeiten, waren eingeladen, und mein Vorgesetzter, der Oberste Schatzmeister, hätte es mir nie nachgesehen, wenn ich das Geburtstagsfest des Königs vorzeitig verlassen hätte – ein unverzeihlicher Fauxpas."

Er setzte sich auf die Bank vor dem kleinen Tisch, während Ester ins Haus ging, um das Frühstück zu holen – Datteln, Feigen und einige Brotfladen vom Vortag, die sie im Holzofen gewärmt hatte. Sie stellte zwei Becher und einen Krug Wasser auf den Tisch, Mordechai sprach den Segen, und sie aßen schweigend.

Ester wartete ab, bis ihr Onkel seine Mahlzeit beendet hatte, bevor sie sprach. Genau wie ihre Freundinnen platzte sie vor Neugier, etwas über den neuen Großkönig zu erfahren, Ahasveros. Er regierte seit Kurzem in Susa, der Hauptstadt des riesigen Perserreichs. Sein Vorgänger Darius hatte ihn vor zwei Jahren als Thronfolger eingesetzt – nicht Kavad, seinen Erstgeborenen. Seitdem rankten sich allerlei Gerüchte um den neuen König. Die Mädchen interessierte besonders das Gemunkel, dass Ahasveros der schönste Mann unter der Sonne sei. Wie Ester auf dem Marktplatz gehört hatte, musste dieser König der Inbegriff der Vollkommenheit sein.

Leider hatten sie und ihren Freundinnen – wie alle jüdischen Mädchen – keine Chance, den König jemals mit eigenen Augen zu sehen. Deshalb hofften sie auf Esters Onkel, der durch seine Arbeit in der Schatzmeisterei als Einziger Zugang zum Palast hatte.

„Hast du den König gesehen, Onkel?“

Mordechai schob seinen leeren Teller von sich weg. „Nein, Ester, das habe ich nicht. Wie du dir denken kannst, herrscht eine strenge Tischordnung. Das Personal sitzt mit der übrigen Dienerschaft im großen Innenhof, der Apanada, während der König und die königliche Sippe im Bankettsaal speisen. Aber es wurde dafür gesorgt, dass es uns an nichts mangelte. Allein schon die Berge von Fleisch: Wild, Geflügel, Rind- und Pferdefleisch, Esel und Kamele, Gänse und Strauße – das hättest du sehen sollen! Der Wein stammte aus Damaskus und wie ich hörte, soll er ausgezeichnet gewesen sein.“

„Hast du wenigstens etwas Wasser getrunken, Onkel?“, fragte Ester besorgt.

Mordechai warf ihr einen düsteren Blick zu und antwortete nicht.

Es überraschte Ester nicht. Ihre jüdische Glaubensgemeinschaft, befolgte die Speisegesetze des Mose. Und nach diesem Gesetz galt selbst ein Becher Wasser aus einer persischen Küche als unrein.

Ester seufzte, als sie daran dachte, wie durstig ihr Onkel gewesen sein musste. „Gesetz bleibt Gesetz, Ester", sagte er streng. „Vielleicht nicht für diesen Verräter Asser und seine Freunde. Sie aßen und tranken wie die Heiden, als gäbe es das jüdische Gesetz nicht. Und als der Abend zu Ende ging, waren sie so sturzbetrunken wie die Perser." Er schnaubte verächtlich.

Ester wusste, dass ihr Onkel sich über dieses Thema stundenlang ereifern konnte. Die Juden in Susa waren in zwei Gruppen gespalten. Die kleinere, zu der auch Mordechai gehörte, lebte strikt nach dem Gesetz des Mose. Die Mehrheit jedoch – zum größten Teil wohlhabende jüdische Kaufleute der Stadt – hatte sich dem Lebensstil der Perser angepasst.

Ester nickte ungeduldig.

„Es ist eine Schande", schimpfte Mordechai weiter, „wenn sich die Nachfahren Abrahams und Moses von der Thora abkehren und es den vergnügungssüchtigen Persern gleichtun! Dabei war es Nebukadnezar, der uns aus unserem Heimatland Juda vertrieben und nach Babylon verschleppt hat, wo uns Jahre der Unterjochung erwarteten. Und jetzt schlagen sich diese Verräter auf die Seite derer, die uns zu Sklaven gemacht haben!"

Ester versuchte, ihren Onkel zu besänftigen. „Du hast mich in den heiligen Schriften unterwiesen, daher weiß ich, dass Derartiges auch früher schon geschehen ist. Und jedes Mal haben wir die Unterdrückung durch unsere Feinde überlebt. Wir sind Gottes erwähltes Volk, Onkel. Ganz gleich, wie viele sich vom heiligen Bund Gottes abwenden – am Ende werden wir Sieger sein."

Mordechai seufzte und blickte noch immer finster vor sich hin.

Ester nutzte sein Schweigen, um das Gespräch in andere Bahnen zu lenken. „Selbst wenn du den König gestern Abend nicht zu Gesicht bekommen hast", begann sie vorsichtig, „bin ich sicher, dass du ihn ziemlich bald sehen wirst. Du bist schließlich im Palast beschäftigt. Und der König wird doch von nun an in Susa residieren, nicht wahr?"

„Ja, es sieht ganz so aus, als ob er seinen Regierungssitz in die Hauptstadt verlegen will. In den ersten zwei Jahren war er lange in Ägypten, um die einheimischen Rebellen zu bekämpfen. Danach zog er sich auf seine Sommerresidenz in Ekbatana zurück, um der Hitze zu entgehen. Doch man sagt, dass er sich jetzt in Susa niederlassen wird."

Ester stellte die leeren Teller zusammen. „Vielleicht durfte Rahel gestern mit ihrem Bruder in die Stadt, um die Prozession zu sehen. Und vielleicht konnte sie da einen Blick auf Ahasveros werfen, als er in seiner goldenen Kutsche vorbeifuhr! Ich weiß, dass Sarah und Rebekka nicht hingehen durften. Und ich ja auch nicht."

Mordechai sah ihren vorwurfsvollen Blick und den Schmollmund.

„Ich wundere mich schon die ganze Zeit", sagte ihr Onkel belustigt, „dass die tugendhaften Töchter Judas auf einmal so großes Interesse für den persischen König zeigen."

Esters Augen blitzten schelmisch. „Weil es heißt, dass er ein unwahrscheinlich gut aussehender Mann sei. Aber wir vermuten, dass es sowieso nur leeres Geschwätz ist!"

Mordechais schmales, intelligentes Gesicht wurde wieder ernst. „Ich hoffe, du hast genug Verstand, um dich nicht von Äußerlichkeiten blenden zu lassen, Ester." Seine Stimme war rau, als er ergänzte: „So wie deine Mutter damals. Es hat ihr nichts als Unglück eingebracht."

„Aber Onkel, wo denkst du hin!", lachte sie. „Für uns ist es nur ein Spaß – wie eine Wette oder so etwas Ähnliches. Keine von uns interessiert sich wirklich für den König oder für irgendwelche anderen persischen Männer!" Dann wurde sie plötzlich ernst. „Ich werde dich nie verlassen, Onkel Mordechai. Niemals. Nirgends könnte ich es besser haben als bei dir."

Mordechai wandte den Blick ab, gerührt und verlegen zugleich. Nach einer Pause sagte er dann: „Ich habe zwar den König nicht gesehen, Täubchen, aber dafür gab es beim Festmahl einen interessanten Zwischenfall."

Esters Augen weiteten sich. „Was war denn los?"

„Es muss ein ziemlicher Skandal gewesen sein. Keiner von uns in der Apanada hat es direkt gesehen, aber die Nachricht verbreitete sich wie ein Lauffeuer und erreichte uns, als das Fest vorbei war und wir gerade gehen wollten. Bald wird es ganz Susa wissen. Aber du sollst eine der Ersten sein, die es erfährt." Er blinzelte ihr verschwörerisch zu. „Damit du deinen Freundinnen etwas zu erzählen hast."

Gespannt beugte sich Ester vor. „Sag schon, was ist passiert?"

„Während des Banketts sandte der König nach seiner Frau, Königin Waschti. Sie sollte kommen und sich der Festgesellschaft zeigen."

Ester stand vor Erstaunen der Mund offen. Persische Frauen lebten normalerweise sehr zurückgezogen, abgeschirmt von der Öffentlichkeit. Es war ihnen nicht gestattet, andere Männer zu sehen als ihren Ehemann oder enge Blutsverwandte. Die Aufforderung des Königs war ein ungeheurer gesellschaftlicher Skandal.

„Was, vor all diesen Männern?"

„Ja." Mordechai hob seine ergrauten Augenbrauen. „Und zwar unverschleiert, denn er wollte, so erzählt man sich, wahrscheinlich vor allen Leuten mit ihrer Schönheit prahlen."

Ester presste die Hand auf den Mund. „Nein! Keine persische Frau würde so etwas tun!"

„So ist es. Die Königin weigerte sich. Was dem König natürlich sehr missfiel. Ich vermute, er war betrunken und wusste nicht, was er tat. Das Trinkgelage der Perser dauerte ja schon mehrere Tage."

„Was geschah weiter?"

„Nun, der König reagierte sehr gefasst. Man sagt, dass er in jeder Situation einen kühlen Kopf bewahrt. Er ließ einen Schreiber in den Bankettsaal kommen und diktierte einen königlichen Erlass. Darin stand, dass Waschtis Verhalten ein Verstoß gegen ihr Ehegelübde und gleichzeitig ein schlechtes Beispiel für alle persischen Frauen sei, da sie dadurch zum Widerstand gegen ihre Männer angestachelt würden. Zur Strafe hat der König Waschti verstoßen. Es gibt keine Königin Waschti mehr."

„Aber er hat sie in eine unmögliche Situation gebracht! Was sollte sie denn machen? Sie wusste genau, dass es sich nicht schickt, sich den Männern unverschleiert zu zeigen. Gleichzeitig sollte sie ihrem Mann gehorchen. Egal, was sie tat – es war falsch!“

Mordechai strich sich nachdenklich über den Bart. „Vielleicht war es auch ein sehr schlauer Schachzug von ihm“, sagte er langsam und Ester glaubte, eine Spur von Bewunderung in seiner Stimme zu hören. „Man munkelt, dass er Waschti gegen seinen Willen heiraten musste. So ist er sie auf elegante Weise los.“

„Trotzdem!“, begehrte Ester auf. „Was er getan hat, ist abscheulich!“ Sie warf ihrem Onkel einen bösen Seitenblick zu. „Du denkst wohl überhaupt nicht an die arme Frau und wie erniedrigend das für sie war!“

Mordechai zuckte die Achseln. „Ich denke vielmehr, dass es eine Art Befreiungsschlag für Ahasveros war. Sein Vater hat ihn gezwungen, Waschti zu heiraten, aus politischen Gründen. Jetzt, wo Darius tot ist, sieht Ahasveros seine Chance, das Land nach eigenem Gutdünken zu regieren. Und befreit sich vorher von den politischen Fesseln, die ihm das erschweren würden.“

„Trotzdem – mir tun die persischen Frauen leid! Sie sind im Haus eingesperrt wie Gefangene, dürfen noch nicht einmal allein zum Markt gehen oder eine Freundin besuchen und müssen sich ihr Leben lang verschleiern oder gar in einem Harem versauern.“ Sie schauderte. „Ist das nicht furchtbar? Ich kann Gott nicht genug dafür danken, Onkel Mordechai, dass du mich im jüdischen Glauben erzogen hast und ich nicht so leben muss.“

„Du hast immer zu unserer Gemeinschaft gehört, wie alle Juden. Auch wenn dein Vater ein Perser war, bist und bleibst du das Kind einer hebräischen Mutter. Bei unserem Volk zählt allein die mütterliche Linie.“ Mordechai erhob sich von seinem Platz. „So, und nun muss ich mich waschen und ankleiden, sonst komme ich noch zu spät in den Palast.“ Sein Mund verzog sich zu einem leicht spöttischen Grinsen. „Ich will nicht verpassen, wie sie sich alle das Maul zerreißen über den gestrigen Vorfall.“

Ester blickte ihrem Onkel nach, als er den Weg zum Königspalast einschlug. Normalerweise stand sie danach sofort auf und räumte das Frühstücksgeschirr ab, aber heute blieb sie noch eine Weile sitzen. Sinnend stützte sie das Kinn in die Hände. Die Morgenluft war frisch und kühl, doch die Sonne hatte schon genug Kraft, um Gesicht und Schultern zu wärmen.

Sie dachte an Königin Waschti und fragte sich, was nun wohl aus ihr werden sollte. Sie dachte über ihr eigenes Leben nach und darüber, was sie zu ihrem Onkel gesagt hatte: *Nirgends könnte ich es besser haben als bei dir.* Sie war froh, dass sie hier bei ihm sein konnte. Dass sie als Jüdin aufwachsen durfte. Wie anders hätte ihr Leben verlaufen können, wenn ihre Mutter noch lebte.

Als ihre Mutter ein junges Mädchen war, kaum älter als Ester, war sie mit einem persischen Kavallerieleutnant durchgebrannt. Er war dann in einer Schlacht gefallen. Danach hatte Mordechai, der verwitwete Bruder ihrer Mutter, sie zu sich nach Susa geholt. Ester war damals erst zwei Jahre alt gewesen. Vier Jahre später starb die Mutter. Seitdem lebte Ester mit ihrem Onkel in dem bescheidenen, aber sauberen kleinen Lehmhaus im jüdischen Viertel der Stadt.

Über ihren Vater wusste sie so gut wie gar nichts, außer, dass ihre Mutter ihn genug geliebt haben musste, um seinetwegen ihre Familie und den Schoß der jüdischen Gemeinschaft zu verlassen. Als Ester noch jünger war, hatte sie Mordechai einmal gebeten, ihr von ihrem Vater zu erzählen, aber er hatte ihr mit ernstem, verschlossenem Gesicht verboten, den Vater jemals wieder zu erwähnen. Sie hatte nie wieder gefragt.

Trotzdem dachte sie manchmal noch an ihn – diesen persischen Reiter, der das Herz ihrer Mutter gestohlen hatte und der schon so jung sterben musste. Was für eine mutige Frau musste ihre Mutter gewesen sein. Sie selbst hätte den Mut nicht aufgebracht, alles hinter sich zu lassen. Sie brauchte die Geborgenheit ihrer vertrauten Umgebung, die enge Gemeinschaft der jüdischen Glaubensgeschwister, ihre Freundinnen und ihren Onkel, den sie über alles liebte. Der

Gedanke, dass sie ihn eines Tages verlassen würde, tat ihr weh. Sie war jetzt fünfzehn Jahre alt und damit im heiratsfähigen Alter. Aber mit dem Heiraten wollte sie sich noch Zeit lassen. Ganz viel Zeit.

Am Nachmittag schloss sich Ester den Frauen aus der Nachbarschaft an, um sie zum Wochenmarkt zu begleiten. Alle Juden ihrer Glaubensgemeinschaft besuchten diesen Markt, denn er war der einzige in Susa, wo ein jüdischer Metzger koscheres Fleisch anbot.

Ester hatte ihre schlichte Kleidung, die sie bei der Hausarbeit trug, gegen eine lange weiße Tunika eingetauscht, die von einem schmalen Ledergürtel zusammengehalten wurde. Ihre Schultern umspielte ein kurzes grünes Cape. Das lange schwarze Haar war geflochten und im Nacken zu einem Knoten geschlungen, der von einem zarten Schleier mit goldener Kante bedeckt wurde. Ihre Füße steckten in weichen Ledersandalen. Esters Kleidung entsprach dem heißen Klima des Landes, und die meisten Leute in Susa – Männer wie Frauen – kleideten sich in ähnlicher Weise.

Leichtfüßig lief Ester durch die vertrauten, engen Gassen des Viertels und plauderte dabei mit ihrer Nachbarin Naomi. Naomi hatte sie als Kind von Anfang an unter ihre Fittiche genommen. Oft hatte sie die Nachmittage in Naomis Haus verbracht, mit deren Kindern gespielt und sich dann weniger einsam gefühlt.

Nachdem man die üblichen Begrüßungsfloskeln ausgetauscht und sich höflich nach dem Befinden sämtlicher Familienmitglieder erkundigt hatte, konnte Ester es kaum erwarten, zu erzählen, was sie von Mordechai erfahren hatte. Alle umstehenden Frauen hörten das Gespräch mit, und spätestens, als sie den Marktplatz erreichten, wusste das ganze Viertel Bescheid.

Ester und die Nachbarsfrauen gingen gemeinsam von einem Stand zum nächsten. Der Markt war laut und farbenfroh. In die Stimmen der Marktschreier mischten sich aramäische Wortfetzen und die Akzente der verschiedenen Provinzen des Königreichs sowie das Schreien der Lämmer und Schlachtbullen. Auf den Tischen türmten sich Berge von Früchten und Gemüse. Ester wartete mit Naomi vor dem Gemüsestand und betastete prüfend ein paar reife, saftige Granatäpfel. Die beiden drehten sich um, als sie hörten, wie jemand Esters Namen rief.

„Rahel! Was machst du denn hier?“ Rahel war Esters beste Freundin, ein zartes, dunkelhaariges Mädchen mit dunklen Rehaugen und langen Wimpern. Ihr Vater war ein wohlhabender Geschäftsmann. Gewöhnlich kaufte die Familie nicht selbst ein, sondern schickte ihre Hausdiener zum Markt.

Hinter Rahel tauchte ein junger Mann auf. „Meine Schwester ist nur hier, weil sie dir unbedingt den neuesten Klatsch und Tratsch erzählen will.“

„Abraham!“ Ester strahlte den hochgewachsenen jungen Mann an. „Sie hat dich wohl so lange bekniet, bis du mit ihr zum Markt gehst?“

„Genau das hat sie“, antwortete er lachend.

„Wir wollten dich nämlich besuchen“, erklärte Rahel. „Und als du nicht da warst, fiel mir ein, dass heute Markttag ist, und da wusste ich, wo wir dich finden können.“

Naomi zog Ester und Rahel beiseite. „Mädchen, kommt von den Ständen weg“, kommandierte sie. „Ihr steht bloß im Weg und verderbt die Geschäfte.“ Und zu Rahel gewandt sagte sie lächelnd: „Also, welchen Tratsch wolltest du Ester denn erzählen, dass du ihr bis zum Marktplatz hinterherläufst?“

„Stellt euch vor, der König hat Königin Waschti vom Hof gejagt!“, platzte Rahel heraus. Triumphierend schaute sie in die Runde, um die Wirkung ihrer Worte zu prüfen.

„Ach, das.“ Naomi machte eine wegwerfende Handbewegung. „Das ist ein alter Hut. Ester hat uns schon alles erzählt.“

Rahels Miene verfinsterte sich, als sie sich zu ihrer Freundin umdrehte. Ihre braunen Augen blitzten. „Natürlich, du wusstest es von deinem Onkel! Warum bist du damit nicht als Erstes zu mir gekommen?“

„Das wollte ich ja – jetzt gleich nach dem Markt“, verteidigte sich Ester.

Doch Rahel war nicht nachtragend. „Ist das nicht schrecklich? Er jagt seine Frau davon, nur weil sie einmal nicht tut, was er sagt! Und überhaupt – wie konnte er von ihr verlangen, dass sie sich unverschleiert zeigt?"

„Onkel Mordechai glaubt, dass der König bloß einen Vorwand suchte, um Waschti loszuwerden. Aus politischen Gründen, sagt er."

„Klar, es geht doch immer nur um Politik", schaltete Abraham sich ein. „Am Hof gibt es sozusagen zwei Parteien: Die eine will gegen Griechenland Krieg führen, die andere nicht. Und Waschtis Familie gehörte offensichtlich zur falschen Partei."

Ester konnte nur schwer verstehen, wie politische Interessen ein Menschenleben zerstören konnten. „Ich bin jedenfalls froh, dass ich keine persische Frau bin", sagte sie.

„Ich auch", nickte Rahel.

Naomi, die das Gespräch mitverfolgt hatte, mischte sich ein: „Euch Mädchen ist hoffentlich klar, dass auch eine jüdische Frau gegen ihren Willen von ihrem Mann geschieden werden kann."

„Ja, aber nur, wenn die Frau Ehebruch begangen hat", erwiderte Rahel.

„Das stimmt nicht", widersprach Naomi. „Ein jüdischer Mann braucht seiner Frau nur einen Scheidebrief zu schreiben, und damit ist die Ehe aufgelöst. Auch wenn sie nicht zustimmt."

Rahel legte die Stirn in Falten. „Aber muss er nicht irgendeinen Grund nachweisen?"

Naomi strich über ihren Arm. „Glaub mir, Kind, wenn ein Mann seine Frau loswerden will, wird er immer einen Grund finden."

„Aber … was soll die Frau dann tun?", rief Rahel entsetzt. „Wohin soll sie gehen, wenn der Mann sie aus dem Haus gejagt hat?"

Naomi zuckte die Achseln. „Zurück zu ihren Eltern. Wohin denn sonst?"

Trotz der warmen Spätsommersonne begann Ester plötzlich zu frösteln. Sie hatte keine Eltern mehr. Was sollte sie tun, wenn ihr zukünftiger Mann ihrer eines Tages überdrüssig war? Und wenn

Onkel Mordechai dann vielleicht nicht mehr lebte – wohin sollte sie gehen? Sie zog ihren Umhang fester, und plötzlich schien ihr die Sicherheit und tröstende Geborgenheit ihrer kleinen jüdischen Gemeinschaft bröckelig und flüchtig. Die Welt war auf einmal dunkler, feindseliger und unsicherer als vorher.

Später, als sie und Mordechai im kühlen Innenhof beim Abendessen saßen, wollte Ester wissen, ob das, was Naomi über das jüdische Scheidungsrecht gesagt hatte, der Wahrheit entsprach.

Als ihr Onkel bejahte, senkte sie den Blick und spielte mit dem Stück Brot in ihrer Hand. „Und wenn mir so etwas passiert?" Sie vermied es, ihn anzusehen.

„Das wird nicht passieren, mein Täubchen. Kein Mann würde dich je loswerden wollen, glaube mir!"

„Das sagst *du*, Onkel Mordechai. Du musst so etwas ja sagen, weil ich deine Nichte bin."

„Ester, schau mich an." Er wartete, bis sie den Blick hob. „Vertraust du mir?"

„Ja, Onkel, natürlich vertraue ich dir."

„Dann solltest du wissen, dass ich dich nur einem Mann zur Frau geben würde, bei dem ich sicher wäre, dass er dich ein Leben lang auf Händen tragen wird. Glaubst du mir das?"

Sie lächelte. „Ja, Onkel Mordechai, wie könnte ich dir nicht glauben?"

„Dann sei still und iss deinen Teller leer", sagte er mit gespielter Strenge, und Ester kaute gehorsam an ihrem Stück Fisch.

Kapitel 2

Es war einer der wunderschönen Frühlingstage in Susa. Die Sonne schien warm, aber noch nicht zu heiß, und von den Bergen wehte eine kühle Brise. Ester hatte die Öllampen aus dem Haus in den Innenhof getragen, um sie zu reinigen. Während sie die schlichten irdenen Gefäße auswischte und dabei eine Melodie summte, hörte sie plötzlich, wie jemand ihren Namen rief. Es war Rahel. Sie blickte auf und sah ihre Freundin mit ihrem Bruder im Türrahmen stehen.

„Hallo, ihr beiden, kommt herein!", rief Ester erfreut. „Wir setzen uns in den Garten, das Wetter ist so schön! Ich räume nur rasch die Lampen beiseite."

„Lass mich das machen." Abraham eilte herein und half ihr, die schweren Lampen an die Seite auf den Boden zu stellen. Ester ging ins Haus und kam bald darauf mit einem Tablett mit Bechern, Granatapfelsaft und Honigkuchen wieder. Mit einer anmutigen Bewegung setzte sie das Tablett auf dem Tisch ab und schenkte ihren Gästen ein. Dann trank sie selbst einen großen Schluck Saft, stellte ihren Becher hin und strahlte die beiden an. „Wie schön, dass ihr mich besuchen kommt."

Abraham erwiderte ihr Lächeln. „Ich sollte eigentlich meinem Vater bei der Arbeit helfen, aber Rahel wollte dir unbedingt den allerneuesten Tratsch erzählen. Also musste ich sie begleiten."

Ester senkte für den Bruchteil einer Sekunde den Blick. Abraham fand in letzter Zeit viele Gründe, um sie zu besuchen. „Es ist immer schön, dich zu sehen, Abraham", sagte sie warm.

Dann wandte sie sich an Rahel, die es kaum abwarten konnte, ihre Neuigkeit loszuwerden. „Und, was ist es, das du mir unbedingt erzählen willst?"

Rahel setzte eine wichtige Miene auf. „Wusstest du schon, dass der König eine neue Frau sucht?" Als Ester verneinte, fuhr sie fort. „Zu dem Zweck will er eine Art Schönheitswettbewerb veranstalten, und das schönste Mädchen des Landes soll Königin werden." Rahel gelang es, gleichzeitig begeistert und missbilligend zu gucken. Sie machte eine bedeutungsvolle Pause. „Ist das nicht widerwärtig?"

„Und wie soll das vor sich gehen, rein praktisch?", wollte Ester wissen.

„Er hat einen Aufruf an alle Länder und Provinzen im ganzen Reich senden lassen. Darin steht, man solle die schönsten Jungfrauen des Landes nach Susa bringen, in den Harem. Und die Kandidatin, die ihm am besten gefällt, will er heiraten und an Waschtis Stelle als neue Königin einsetzen."

Ester stellte sich vor, wie Scharen von jungen, schönen Mädchen täglich in die Hauptstadt strömten, alle in der Hoffnung, dass sie vielleicht eines Tages Königin sein würden. Welch absurde Vorstellung. „Dieser König hat wirklich eine merkwürdige Einstellung zu Frauen", sagte sie verächtlich. „Er begutachtet sie wie Vieh auf dem Markt, und wenn sie ihm unbequem werden, gibt er ihnen den Laufpass."

Abraham lachte auf. „Das ist ein guter Vergleich." Dann setzte er ein betont ernstes Gesicht auf. „Übrigens tut es mir leid, wenn ich euch zwei Damen mitteilen muss, dass als Kandidatinnen nur Mädchen aus einer bestimmten altpersischen Adelsdynastie infrage kommen – so steht es ausdrücklich im königlichen Aufruf." Er schüttelte mit gespieltem Bedauern den Kopf. „Das heißt: Keine von euch beiden wird zu den Auserwählten gehören."

Ester kicherte. „Oh, Abraham, du brichst mir das Herz."

Er lachte ihr ins Gesicht, und seine Augen hielten ihren Blick einen Moment länger fest als sonst. Sie spürte, wie ihre Wangen auf einmal zu glühen begannen.

Rahels Rehaugen wanderten von einem zum anderen. „Na ja", bemerkte sie dann, „für eine persische Frau ist es doch das Beste, was ihr passieren kann. Da sie ihr Leben sowieso hinter verschlossenen Türen fristen muss, dann wenigstens als Königin hinter edlen Palasttüren."

„Das mag schon sein", sagte Ester. „Aber stell dir vor, die armen Frauen – was für ein Leben!"

Die beiden Mädchen schwiegen nachdenklich. Dann sprach Rahel aus, was beide dachten: „Wir können uns glücklich schätzen, dass wir in jüdische Familien hineingeboren wurden."

Obwohl die Frauen der jüdischen Gemeinschaft die Brautschau des Königs missbilligten, verfolgten sie die Geschehnisse mit großem Interesse. Seit dem königlichen Aufruf war kaum ein Monat vergangen, als bereits die ersten Bewerberinnen anreisten. Bald kamen sie in Scharen – Hunderte von Mädchen, die alle aus der Dynastie der Achämeniden stammten und nur eine Hoffnung hatten: dass sie für schön genug befunden würden, um an der Wahl zur Königin teilzunehmen. Manche kamen aus Mesopotamien, auf den Schiffswegen der großen Flüsse Euphrat und Tigris; andere nahmen die beschwerliche Reise über Land auf sich. Sie kamen von den Höfen der Satrapen in Kappadozien und Lydien, Baktrien und dem Hindukusch. Nicht zu vergessen die zahlreichen Mädchen aus der Umgebung von Susa.

Auch Mordechai, der am Hof des Königs in der Schatzmeisterei angestellt war, verfolgte die Ereignisse, wenn auch mit gemischten Gefühlen. Dabei ging es ihm weniger um die königlichen Heiratspläne, als um die politischen Hintergründe und Auswirkungen. Im Verheißenen Land nahmen die Spannungen zwischen Juden und Edomitern zu, und die Männer der jüdischen Gemeinschaft waren besorgt, dass sich Ahasveros, sollte es zu Ausschreitungen kommen, auf die Seite der Edomiter schlagen könnte.

Seine Vorgänger, die Perserkönige Kyrus und Darius, hatten seit Generationen die Juden unterstützt. Kyrus hatte ihnen sogar das Recht gewährt, den Tempel in Jerusalem wieder aufzubauen. Aber noch wusste niemand, auf welcher Seite Ahasveros stand.

Eines Nachmittags am Sabbat nach dem Gottesdienst, der im Haus von Rahels Vater stattfand, sprach Mordechai zum ersten Mal mit seiner Nichte offen über seine Befürchtungen. Wegen der unbarmherzigen Sommerhitze saßen sie im Haus. Als Isolierung diente, wie bei den meisten Häusern in Susa, ein meterdickes Dach aus Palmblättern und Lehm.

Da Frauen zu den religiösen Versammlungen keinen Zutritt hatten, erzählte Mordechai Ester zuerst, worüber die Männer nach der Schriftlesung aus der Thora diskutiert hatten. Da die Unterhaltung der Männer stets verstummte, wenn die Frauen den Wein und die Sabbatbrote hereintrugen, erfuhr Ester immer erst zu Hause, worüber gesprochen worden war.

Mordechai liebte es, sich mit Ester über alle möglichen Themen auszutauschen. Außerdem war er ein guter Lehrmeister, und da er seine wissbegierige Nichte und ihre schnelle Auffassungsgabe kannte, ließ er keine Gelegenheit aus, sie in der Kunst des Lesens und in den Heiligen Schriften zu unterweisen

Heute ging es ihm allerdings weniger um die Schriftlesung als um die politische Lage. Ester sah die Besorgnis in seinem Gesicht und hörte ihm aufmerksam zu, als er zu sprechen begann.

„Du weißt, dass uns die Edomiter das Land geraubt haben, nachdem wir nach Babylon ins Exil vertrieben worden waren."

„Ja, Onkel", antwortete Ester. „Du siehst bekümmert aus. Ist irgendetwas Schlimmes passiert?"

„Mein Freund Araxis, einer der Schriftgelehrten im Palast, hat berichtet, dass die Edomiter ein Gesuch an den Großkönig gerichtet haben, ihre Rechte an Juda zu bestätigen."

„Die Rechte an Juda, an *unserem* Land?“

„Ja, an unserem Land.“ Mordechai zog an seinem Bart, was er immer tat, wenn er besonders nervös oder aufgebracht war. „Hinzu kommt, dass irgend so ein verrückter Prophet in Jerusalem unsere Leute anstachelt, gegen die Edomiter in den Krieg zu ziehen und das Land zurückzuerobern.“

Jetzt verstand Ester, warum ihr Onkel so beunruhigt war. „Krieg im Verheißenen Land? Das wäre für beide Seiten schlecht.“

„Es wäre das Schlimmste, was passieren könnte, Ester. Wenn es zu einem Krieg kommt, wird der König seine Garnisonen an die Front schicken, und wir wissen nicht, auf welcher Seite er steht. Darius war für die Juden, aber bei Ahasveros tappen wir völlig im Dunkeln. Niemand kann ihn einschätzen. Wenn er sich auf die Seite der Edomiter schlägt, verlieren wir möglicherweise die Hälfte unseres Landes!“

Ester rutschte auf dem Stuhl nach vorn und beugte sich zu ihrem Onkel. „Vielleicht würde er sich gar nicht die Mühe machen, Truppen hinzuschicken“, meinte sie, „sondern die verfeindeten Parteien den Streit unter sich austragen lassen.“

Mordechai schüttelte den Kopf. „Nein, er würde nicht tatenlos zusehen. Das Verheißene Land ist durch seine Nähe zu Ägypten strategisch für ihn zu wichtig. Unruhen in Juda sind das Letzte, was sich ein Perserkönig wünscht.“ Ärgerlich schlug er mit der Faust auf die Stuhllehne. „Dieser König ist unberechenbar! In Ägypten ist er sofort einmarschiert, als sich das Land gegen die persische Rechtsordnung auflehnte. Immerhin ist es ihm gelungen, den Aufstand rasch und radikal niederzuschlagen. Doch er weigert sich strikt, den Krieg gegen die Griechen wieder aufzunehmen. Was natürlich den Kriegsbefürwortern am Hof missfällt.“ Er sah seine Nichte mit sorgenvollem Blick an. „Eigentlich weiß niemand, was er vorhat. Das ist es, was mich so beunruhigt.“

„Aber es heißt, dass Ahasveros in Babylon ein guter König war“, sagte Ester beschwichtigend.

„Das stimmt. Darius schickte ihn als jungen König nach Babylon. Ahasveros war damals erst achtzehn, und Darius glaubte wahrscheinlich, dass sich sein Sohn dort sowieso nicht lange behaupten würde. Aber Ahasveros übertraf alle Erwartungen. Das babylonische Volk liebte ihn. Er hat sich aus Babylon eine Reihe von Beratern mitgebracht, auf die er tatsächlich zu hören scheint. Und Darius' Leute schäumen vor Wut, weil sie keinen Einfluss auf den König haben."

Ester schüttelte nachdenklich den Kopf. „Das klingt alles sehr kompliziert, Onkel. Das Reich ist in so viele Lager gespalten: die babylonische Fraktion, die persische Fraktion, diejenigen, die den Krieg gegen die Griechen wollen, und die, die dagegen sind. Wer soll da noch den Überblick behalten? Aber es muss doch jemanden im Palast geben, den du fragen kannst, wie der König zur Lage im Verheißenen Land steht."

„Nein, Ester", sagte Mordechai tonlos. „Ich arbeite in der Schatzmeisterei, Täubchen. Ich habe keinen Zugang zu politischen Kreisen, und ich kenne niemanden, der dem König nahe genug steht, um etwas über seine politische Meinung zu wissen."

Ester schwieg. Ihre Augen wanderten durch den schlichten Raum, von den unbehauenen Holzträgern an der Decke zu den Wänden aus weiß getünchten Lehmziegeln. Die einzigen farblichen Akzente bildeten ein paar getöpferte Vasen mit bunter Glasur, die sie auf einen kleinen Holztisch gestellt hatte, und ein ausgeblichener Perserteppich.

Ihr Blick blieb an der Pergamentrolle haften, die Mordechai von der Arbeit mitgebracht hatte. Auf einmal kam ihr ein Gedanke: „Warum machen wir Juden es nicht einfach genauso wie die Edomiter und verfassen unser eigenes Schreiben an den König? Wenn sie schon auf ihre Rechte an unserem Land pochen, dann sollten wir dagegenhalten und schreiben, dass das Land rechtmäßig uns gehört und der König uns dies bestätigen soll."

Ein Lächeln huschte über Mordechais Gesicht. „Mein kluges Mädchen. Genau das haben wir in der Versammlung beschlossen."

„Du solltest mich Mitglied in eurem Rat der Weisen werden lassen, Onkel!“

Mordechai lachte schallend und Ester war zufrieden. Zumindest konnte er jetzt wieder lachen. Er stand auf und streckte sich. „Die Sonne ist untergegangen. Vielleicht weht eine kühle Brise im Hof.“

Ester erhob sich leichtfüßig und folgte ihrem Onkel nach draußen.

Die Sommer in Susa waren heiß und trocken. Die Sonne brannte unbarmherzig vom Himmel und heizte die baumlose Landschaft auf. Kein Luftzug wehte von den umliegenden Bergen. Die Stadt war ein einziger Glutofen.

Der Großkönig hatte sich mitsamt seinem Hofstaat auf seine Sommerresidenz zurückgezogen, in seinen Palast in Ekbatana. Die Frage nach den Auseinandersetzungen in Juda wurde bis auf Weiteres vertagt.

In der jüdischen Gemeinschaft nahm alles seinen gewohnten Lauf, wobei sich das Leben meistens in den Abendstunden abspielte, wenn die Hitze ein wenig erträglicher war.

Abraham ließ keine Gelegenheit aus, seine Schwester zu begleiten, wenn sie Ester besuchte, und gegen Ende des Sommers hatte Ester das Gefühl, dass er vielleicht bald um ihre Hand anhalten würde. Eines Tages erzählte ihr Rahel, dass sie sich demnächst mit einem jungen Mann aus der Gemeinschaft verloben werde. Ester nahm die Neuigkeit mit Bestürzung auf.

Die Mädchen saßen auf einer hölzernen Bank im Innenhof des Hauses von Rahels Vater, das wesentlich größer war als Mordechais. An den Tischen hatten sich mehrere geladene Familien eingefunden und schwatzten durcheinander, doch Rahel hatte Ester beiseitegenommen, um ihr die freudige Neuigkeit zu erzählen.

„Was bist du so erstaunt?“ Rahel warf ihr einen irritierten Blick zu. „Komm schon, wir sind beide im heiratsfähigen Alter, das weißt du doch!“

Ester legte ihre Hand auf Rahels Arm. „Ja, das weiß ich. Trotzdem … es kommt alles so plötzlich. Heiraten – das war für mich immer noch Zukunftsmusik."

Ihre Freundin lachte. „Für mich kam es nicht ganz überraschend. Ich hatte schon damit gerechnet, dass Jakob um meine Hand anhalten würde." Sie seufzte glücklich. „Er fand immer einen Grund, um nach der Synagoge noch zu bleiben und mit mir zu reden." Sie sah Ester direkt an. „Findest du, dass er gut aussieht?"

Ester blickte verlegen zu Boden. Jakob war kleiner als sie und hatte ziemlich große Ohren, aber schließlich war Rahel auch klein und zierlich. Außerdem ließen die strahlenden Augen ihrer Freundin keine andere Antwort zu. „Ja, sehr gut. Und er ist sehr nett."

Rahels Gesicht strahlte.

In dem Moment kam Abraham aus dem Haus in den Innenhof und gesellte sich zu der Gruppe an den Tischen. Die Mädchen verfolgten ihn heimlich mit ihren Blicken. Rahel stieß Ester an und neckte: „Vielleicht trittst du bald in meine Fußstapfen, Ester!"

Ester fand Abraham weitaus anziehender als Jakob. Doch Gedanken ans Heiraten hatte sie bisher immer beiseitegeschoben. Ihr Leben war gut, so wie es war, sie lebte gern bei ihrem Onkel. Hier fühlte sie sich sicher und geborgen. Warum sollte sie dieses Leben aufgeben?

Offensichtlich hatte sich auch Mordechai Gedanken zu diesem Thema gemacht. Als sie am späteren Abend von ihrem Besuch bei Rahel nach Hause kamen, schlug er vor, sich noch eine Weile nach draußen zu setzen.

„Rahel sieht sehr glücklich aus", begann er das Gespräch, während sie ihre Stühle weiter nach vorn rückten, um etwas von dem leichten Luftzug abzukriegen.

„Ja, sie ist sehr glücklich, Onkel Mordechai", antwortete Ester. „Bald wird sie ihr eigenes Haus und ihre eigene Familie haben."

„Und du?", fragte ihr Onkel direkt. „Möchtest du das nicht auch, Täubchen?"

Ester biss sich auf die Lippen und schwieg.

„Abrahams Vater hat mir heute Abend verraten, dass wir bald mit einem Heiratsantrags rechnen können“, fuhr er fort.

„Ich weiß nicht, was ich dazu sagen soll.“

„Aber ich weiß, dass du zu einer schönen, jungen Frau herangereift bist, Ester. Und wenn du Abraham nicht heiraten willst, werden andere Bewerber folgen. Das kann ich dir versprechen.“

Verwirrt sah Ester ihren Onkel an. Sonst hatte er ihr nie Komplimente über ihr Aussehen gemacht. Er hatte sie oft für ihre Klugheit gelobt, doch er hatte noch nie bemerkt, dass sie hübsch sei. Als ihr Blick seine Augen streifte, sah sie, dass er es ernst meinte.

„Ob du ihn heiratest, ist allein deine Entscheidung, Täubchen“, sagte er sanft.

„Wärst du nicht furchtbar einsam ohne mich, Onkel Mordechai?“

„Natürlich wirst du mir fehlen! Aber ich habe immer gewusst, dass du eines Tages heiraten und dein eigenes Leben führen wirst. Ein eigener Hausstand, Mann und Kinder – das ist deine Zukunft.“ Er lächelte sie an. „Und ich freue mich schon darauf, Großvater zu werden.“

Ester erwiderte sein Lächeln nur schwach. „Ich weiß ja, dass ich irgendwann heiraten muss. Aber ich weiß nicht, ob ich das jetzt schon will. Ich habe mein Zuhause hier, bei dir. Wir führen ein gutes Leben zusammen, Onkel Mordechai. Ich würde dich sehr vermissen … und ich könnte nicht mehr in den Heiligen Schriften lesen …“

„Ja, warum denn nicht?“, unterbrach er sie. „Ich bin überzeugt, Abraham würde dir das niemals verbieten.“

Ester wusste, dass sie krampfhaft nach Ausreden suchte. Sie biss sich auf die Lippen. „Ich will bloß nichts überstürzen“, sagte sie nach einer Weile. „Meinst du, dass ich bald keine Chancen mehr auf dem Heiratsmarkt habe, wenn ich noch etwas warte?“

Mordechai lächelte. „Ester, ein Mädchen wie du wird immer Chancen haben. Die heiratswilligen Männer werden dich nur so umschwärmen, glaube mir. Aber wenn du zuvor noch etwas Zeit bei deinem alten Onkel verbringen willst, macht mich das natürlich sehr glücklich."

Dankbar erwiderte Ester sein Lächeln. „Da bin ich sehr froh!", lachte sie. „Weißt du, ich mag Abraham wirklich gern. Meinst du, es macht ihm etwas aus, wenn wir mit dem Heiraten noch ein wenig warten?"

„Hat nicht unser Vorvater Jakob sieben Jahre warten und dienen müssen, bis er endlich seine auserwählte Rahel heiraten durfte? Ich bin überzeugt, Täubchen, dass Abraham gern auf dich warten wird, bis du so weit bist."

Kapitel 3

Mit den ersten kühlen Herbsttagen kehrte auch der königliche Hofstaat zurück, und mit ihm eine Zeit der Unsicherheit für die Juden in Susa. Eines Abends kam Mordechai schleppenden Schrittes von der Arbeit nach Hause. Erschrocken sah Ester sein graues, müdes Gesicht.

„Onkel Mordechai, was ist mit dir?" Eilig rückte sie für ihn einen Stuhl zurecht. „Setz dich, ich hole dir einen Becher Wasser."

Mordechai ließ sich, ohne zu protestieren, auf dem Stuhl nieder, was sonst nicht seine Art war. Als Ester ihm den Becher reichte, sah sie, wie seine Hände zitterten.

Sie kniete sich neben ihn und legte besorgt ihre Hand auf seinen Arm. „Ist dir nicht gut? Bist du krank?" Mühsam versuchte sie, das Zittern in ihrer Stimme zu verbergen. Auf einmal hatte sie panische Angst, ihn zu verlieren. Was sollte sie ohne ihren Onkel tun? Was sollte dann aus ihr werden? Ihr ganzes Leben lang war er ihr Fels gewesen, ihr Halt, ihr Beschützer, der Mensch, der sie am meisten liebte. An ihre Mutter erinnerte sie sich nur vage, doch Mordechai war immer für sie da gewesen.

„Nein, Täubchen, ich bin nicht krank. Ich hatte bloß einen schlechten Tag."

Sie nahm den leeren Becher, stellte ihn auf den Boden und fasste seine Hände. Sie waren eiskalt. „Willst du mir nicht erzählen, was passiert ist?"

„Ja, aber zuerst muss ich die Männer unserer Gemeinschaft benachrichtigen. Lauf schnell hinüber zu Naomi und frage sie, ob ihr Diener folgende Botschaft überbringen kann: Alle Männer der jüdischen Gemeinschaft sollen auf dem schnellsten Weg zu einer Beratung in mein Haus kommen."

Ester nickte, sprang auf und überquerte leichtfüßig die Straße. Naomi war nicht zu Hause, aber ihr Sohn Jakob versprach, sich darum zu kümmern. Kurz darauf kam sie außer Atem zurück. „Der Bote ist schon unterwegs. Aber du musst unbedingt zuerst etwas essen, Onkel, bevor die Männer eintreffen."

Mordechai schüttelte den Kopf. „Ich kriege keinen Bissen herunter. Aber setz dich, dann kann ich dir berichten, was vorgefallen ist. Das Reden wird mir helfen, meine Gedanken zu ordnen."

Ester nahm gehorsam Platz und sah ihn aufmerksam an.

„Haman, einer der Männer, die der König aus Babylon mitgebracht hat, kam heute in meine Schreibstube. Sein Anliegen war nebensächlich, aber während unseres kurzen Gesprächs erfuhr ich, dass er kein gebürtiger Babylonier ist, sondern ein Edomiter. Ein Edomiter, Ester! Ein Edomiter, der das Vertrauen des Königs genießt! Angeblich gehört er zu den engsten Beratern des Königs, und man sagt, dass er großen Einfluss auf Ahasveros hat. Das ist es, was mir Angst macht."

Sie hatte keine Gelegenheit zu antworten, denn in dem Augenblick klopfte es an die Tür. Ester führte den Gast ins Haus und begab sich in die Küche.

Nach und nach trafen die anderen Männer ein. Die Versammlung dauerte bis spät in die Nacht. Als Ester zwischendurch Wasser und Fladenbrot servierte, wanderte ihr Blick besorgt zu Mordechai. Er war immer noch leichenblass.

Obwohl sie seit ihrer frühesten Kindheit in der jüdischen Gemeinschaft verwurzelt war, galt Esters Sorge in erster Linie ihrem Onkel und seiner Gesundheit, weniger einem möglichen Krieg in einem fernen Land.

„Es hat keinen Sinn, dass du krank vor Sorgen wirst", sagte sie am nächsten Morgen beim Frühstück. „Und noch dazu wegen etwas, das du nicht beeinflussen kannst."

Mordechai schwieg. Er hatte sein Essen kaum angerührt.

„Im Augenblick gibt es keinen Krieg im Verheißenen Land", beruhigte sie ihn. „Vielleicht wird es nie einen geben. Und selbst wenn, dann können wir ihn nicht verhindern. Lass dich deshalb nicht von Sorgen auffressen, Onkel Mordechai."

Er schüttelte langsam den Kopf. „Nein, Ester, glaube mir: Es wird etwas Furchtbares passieren, ich fühle es. Und mein Gefühl hat mich noch nie getrogen. Es ist, als ob Gott mir eine Prophezeiung schickt … als ob er mir sagen will, dass uns Juden eine große Gefahr droht."

Die nächsten Wochen verstrichen ohne besondere Ereignisse. Von den Bergen wehte eine kühle Brise, die bleierne Hitze war aus der Stadt gewichen und in die Straßen von Susa kehrte das Leben zurück. Auf den Wochenmärkten tummelten sich die Menschen, die königliche Kavallerie ritt durch die Stadt und die spätsommerliche Sonne schien warm und angenehm. Es war Esters liebste Jahreszeit.

Eines Nachts hatte Mordechai einen Traum. Ester hörte das Schreien aus seinem Zimmer, warf sich hastig einen Umhang über ihr Nachtgewand und rannte auf den Flur, voller Angst, er habe einen Herzanfall erlitten. „Onkel, geht es dir nicht gut?"

Durch die Tür hörte sie seinen schweren Atem. Sie zündete eine Öllampe an und ging hinein. Mordechai saß aufrecht im Bett, schweißgebadet und mit weit aufgerissenen Augen.

„Was ist mit dir?"

„Ich hatte einen Traum“, keuchte er. „Einen furchtbaren Traum.“

Ester atmete erleichtert auf. Ein Traum würde ihren Onkel nicht umbringen. Sie kniete sich neben den hölzernen Sockel, der als Bett diente. Als sie sah, wie er zitterte, legte sie ihm sanft ihren Umhang um die Schultern. „Es ist alles gut, Onkel Mordechai. Du hast bloß geträumt. Ich bin ja bei dir.“

Sie dachte daran, wie er sie früher als Kind mit genau denselben Worten getröstet hatte, wenn sie schlecht geträumt hatte.

Mordechai atmete ein paarmal tief ein und aus und schien sich etwas zu beruhigen.

„Willst du mir deinen Traum erzählen?“, fragte Ester.

„Ja“, sagte er heiser. „Ich muss ihn erzählen, denn es ist wichtig, dass ich ihn nicht vergesse.“ Er räusperte sich mehrmals, bis er seine Stimme wiedergefunden hatte. „Ester, Gott hat mir diesen Traum geschickt. Und ich bin sicher, dass er eine Bedeutung hat.“

Sie hielt gespannt den Atem an.

Mordechai blickte starr vor sich hin, als sähe er etwas, was ihr verborgen war. „Da war Schwefel, Blitz und Donner, und die Erde öffnete sich wie bei einem schrecklichen Erdbeben. Dann kamen plötzlich zwei riesige Drachen aus dem Nichts und kämpften gegeneinander. Der Himmel verdunkelte sich, und ich spürte, wie der Hass und das Böse sich in der Welt ausbreiteten und plötzlich wusste ich …“, zum ersten Mal sah er Ester direkt an, „ich *wusste* es, Ester, dass das gesamte jüdische Volk dem Untergang geweiht ist.“ Er schüttelte den Kopf, wie um den furchtbaren Gedanken zu verscheuchen. „Ich schrie und flehte Gott um Rettung an, und darauf schickte Gott einen großen Fluss, der alles Böse hinwegschwemmte. Dann brach die Sonne durch die Dunkelheit, und ich wusste: Gott wird unser Volk retten.“

Ester hatte schweigend zugehört. Allzu fantastisch erschien ihr der Traum, mit kämpfenden Drachen und einem undefinierten, alles verschlingenden Bösen. Was sollte das alles bedeuten?

„Dieser Traum ist eine Warnung“, beantwortete Mordechai ihre unausgesprochene Frage. „Das Furchtbarste aber waren die Augen der Drachen, Ester. Diese Augen … es waren Hamans Augen."

Ein plötzlicher Schauder überfiel Ester, und sie wünschte, sie hätte ihr Schultertuch wieder. „Bist du sicher?", flüsterte sie.

„Ganz sicher. Und es gibt nur einen Ausweg: Wir brauchen jemanden, der Hamans Einfluss auf den König entgegenwirken kann. Jemanden, der die Interessen der Juden am Hof vertritt."

„Aber wer sollte das sein?"

Mordechais Blick ruhte auf seiner Nichte, die im Lampenschein kniete. Ohne das Schultertuch sah man die schlanke Biegung ihres Halses und den Ansatz ihrer Brüste unter dem dünnen Leinen ihres Nachtgewands. Ihr langes, schwarzes Haar war offen und fiel lose über Schultern und Rücken. Ihre großen Augen waren voller Sorge.

„Hier." Er nahm das Schultertuch und gab es ihr zurück. „Dir ist kalt. Und mir geht es schon viel besser."

Dankbar legte Ester sich das Tuch um. „Soll ich dir einen Becher warme Milch bringen, Onkel?"

„Nein, lass nur." Er streckte die Hand aus und berührte leicht ihre Wange. „Geh wieder schlafen. Ich habe dich lange genug wach gehalten, Täubchen."

Ester musterte ihn aufmerksam und sah, wie die Farbe in sein Gesicht zurückkehrte. Er zitterte nicht mehr und seine Stimme klang wieder kräftiger.

Beruhigt stand sie auf. „Glaubst du wirklich, dass Gott dir diesen Traum geschickt hat, Onkel?"

Er sah sie mit ernstem Blick an. „Ja, Ester, das hat er ganz bestimmt."

Seit seinem beunruhigenden Traum war Mordechai schweigsam und in sich gekehrt. Ester tat ihr Bestes, um ihn aufzuheitern, denn es bedrückte sie zu sehen, wie er litt. Immer wieder suchte sie das Gespräch, doch zum ersten Mal in all den Jahren hatte sie den Eindruck, dass er sich ihr entzog, und das machte sie traurig.

Dann, am folgenden Sabbat, bat Mordechai sie plötzlich, nach dem Sabbatmahl noch zu bleiben, damit er und einige Männer aus der Gemeinschaft mit ihr reden könnten.

„Weshalb?“, fragte Ester unsicher. „Habe ich irgendetwas getan, das gegen das Gesetz verstößt?“

„Nein, Täubchen. Du hast nichts Unrechtes getan. Aber wir möchten gern mit dir sprechen.“

Die anderen Frauen verließen den Raum, nur Ester blieb. Rahel warf ihr beim Hinausgehen einen neugierigen Blick zu. Der Tisch, auf dem sie das Sabbatmahl eingenommen hatten, stand noch in der Mitte. Ester und Mordechai setzten sich, zwei Männer aus der Gemeinschaft – der Priester Simeon und Jojakim, Rahels Vater – nahmen gegenüber Platz.

Ein ungutes Gefühl beschlich Ester. Was hatte das zu bedeuten? Sie spürte, dass etwas Ungewöhnliches bevorstand, und die ernsten, düsteren Gesichter der bärtigen Männer verstärkten ihren Eindruck, dass es nichts Gutes war.

Mordechai sprach als Erster. „Es gibt schlechte Nachrichten aus dem Verheißenen Land, Ester. Der Prophet Ohel stachelt in Jerusalem das Volk an, sie sollen zu den Waffen greifen und sich das gestohlene Land in Südjuda zurückholen. Wenn die Leute auf ihn hören, dann gibt es Krieg.“

Er hielt kurz inne und sah seine Nichte an. Ester nickte, zum Zeichen, dass sie verstanden hatte. Was sie nicht verstand, war, was das alles mit ihr zu tun hatte.

Mordechai fuhr fort. „Wir müssen jemanden in den Palast einschleusen, der dem König gegenüber unsere Interessen vertritt.“

Ester nickte wieder. Auch dieser Gedanke war ihr nicht neu, Mordechai hatte ihn schon mehrfach geäußert.

Plötzlich verlor ihr Onkel die Fassung, schlug die Hände vors Gesicht und stammelte: „Ich … ich kann das nicht … Sag du es ihr, Simeon. Ich kann nicht.“

Der Priester warf Mordechai einen teilnahmsvollen Blick zu. Dann sagte er ernst: „Ester, wir sind zu dem Schluss gekommen, dass nur du diese Aufgabe übernehmen kannst."

Ester sah ihn fassungslos an. Sie musste sich verhört haben. „Entschuldigung", sagte sie, „aber ich verstehe nicht ganz."

„Ich meine damit, dass wir, also die jüdische Gemeinschaft, beschlossen haben, dass du unsere Botschafterin sein wirst. Du wirst beim persischen König unsere Interessen vertreten." Er machte eine Pause, bevor er weitersprach: „Das setzt natürlich voraus, dass du an der Wahl zur neuen Königin teilnimmst. Und wenn es Gottes Wille ist, wird Ahasveros dich auswählen. Dann wirst du den Platz an seiner Seite einnehmen." Simeon hob seine buschigen Augenbrauen. „Denn niemand hätte einen größeren Einfluss auf den König als seine Frau, nicht wahr?"

Esters Herz setzte einen Schlag aus. Ihre Augen wanderte von Simeon zu Jojakim, doch den beiden Männern schien es absolut ernst zu sein. Dann suchte sie Mordechais Blick. Er hatte die Hände von seinem Gesicht genommen und starrte regungslos vor sich hin.

„Das ist vollkommen unmöglich", widersprach Ester, als sie sich einigermaßen gefangen hatte. „In dem königlichen Aufruf heißt es ausdrücklich, dass nur achämenidische Mädchen, also Angehörige der altpersischen Aristokratie, zugelassen sind. Und ich bin *Jüdin*, wie du mich gelehrt hast, Onkel Mordechai. Schon deshalb komme ich überhaupt nicht infrage."

Mordechais Stimme war heiser, als er sprach. „Das stimmt nicht ganz, Täubchen. Für die Perser zählt die väterliche Erblinie, nicht die mütterliche wie bei uns. Dein Vater war Achämenide, und so bist du es in den Augen der Perser auch."

Ester spürte, wie ihr Herz wild in ihrer Brust zu hämmern begann. Es durfte einfach nicht wahr sein. Jeden Augenblick würde sie aus diesem bösen Traum aufwachen.

Aber es war kein Traum, denn Mordechai sprach weiter: „Damals, als deine Mutter mit einem persischen Edelmann durchbrannte, war ich rasend vor Zorn. In den ganzen Jahren habe ich versucht, ihn aus meinem Gedächtnis zu löschen. Doch nun, Ester, drängt sich mir der Gedanke auf, dass Gott durchaus seine Gründe für diese Verbindung hatte."

„Welche Gründe?", fragte Ester, obwohl sie die Antwort bereits ahnte.

„Dass ein Kind aus dieser Ehe hervorgehen sollte – du. Denn du erfüllst beide Voraussetzungen, um Königin zu werden: außergewöhnliche Schönheit und eine persische Abstammung. Glaub mir, Ester, es bricht mir das Herz, dies von dir zu verlangen, aber ich bin fest davon überzeugt, dass Gott dich für diese Aufgabe vorgesehen hat. Er hat dich dazu bestimmt, das jüdische Volk zu retten."

Ester bemühte sich um Haltung, doch sie konnte nicht verhindern, dass ihre Stimme laut wurde. „Ich fasse es nicht! Das ist doch absurd! Schuld daran ist einzig und allein dieser kranke Traum, den du hattest, oder? Aber ich werde mich nicht in einem persischen Harem einsperren lassen, nur weil du irgendetwas geträumt hast, Onkel Mordechai! Ich denke überhaupt nicht daran!"

Rahels Vater lehnte sich vor und sagte beschwichtigend: „Natürlich hast du das Recht, abzulehnen. Wir können dich nicht dazu zwingen. Aber wir haben die Angelegenheit in der Gemeinschaft ausführlich beraten und lange darüber gebetet. Deshalb bitte ich dich, es dir noch einmal zu überlegen, Ester."

Ester sah ihm direkt in die Augen und sagte herausfordernd: „Und wenn es Eure Tochter wäre? Würdet Ihr so etwas von ihr verlangen?"

Er drückte sich um eine Antwort. „Rahel erfüllt die Voraussetzungen nicht. Du bist die Einzige, Ester. Deshalb bitten wir dich."

Sie schüttelte heftig den Kopf. „Nein. Euer Plan wird sowieso nicht aufgehen. Wenn sie erfahren, dass meine Mutter Jüdin war, werden sie mich hochkant aus dem Palast werfen!"

Es war Simeon, der antwortete. „Aber sie werden es nicht erfahren, Ester. Es gehört auch zu unserem Plan, deine jüdische Herkunft zu verheimlichen. Wir werden es so darstellen, dass deine Mutter eine Babylonierin war. Damit steht dir als Kandidatin nichts im Wege."

Esters Wut hatte längst über ihre Angst gesiegt. Sie schnaubte verächtlich. „Das ist also der Plan. Niemand darf wissen, dass ich Jüdin bin, und niemand wird jemals Verdacht schöpfen."

„So ist es."

„Dann nehmen wir einmal an, dass das Unmögliche eintrifft und der König mich tatsächlich zur Frau nimmt. Wie soll ich dann, bitte schön, die jüdischen Interessen am Hof vertreten, wenn er nicht weiß, dass ich Jüdin bin? Oder soll ich es ihm offen sagen, vielleicht in der Hochzeitsnacht? Ich glaube kaum, dass ein solches Geständnis geeignet wäre, die Zuneigung meines Gatten in dem Maße zu erhöhen, dass er fortan auf meinen Rat hören wird. Er wird mich noch schneller vor die Tür setzen als Waschti!"

„Ich habe euch gleich gesagt, sie ist nicht dumm", murmelte Mordechai und in seinen Augen blitzte ein kleines bisschen Stolz auf.

Der Priester hielt Esters wütendem Blick stand. „Ester, niemand darf es je erfahren, noch nicht einmal der König. Ich werde dich vom Gesetz des Mose freistellen und dir die Erlaubnis geben, nach persischen Sitten und Gebräuchen zu leben. Denk daran, dass Mose wie ein Ägypter gelebt hat, bis für ihn der Ruf kam, Gottes Auftrag zu erfüllen. Das soll auch für dich gelten."

„Aber ich bin nicht Mose!"

„Das nicht", lenkte Simeon ein. „Aber du kannst Gott vielleicht auf andere Weise dienen." Er lehnte sich vor, bis er mit seinem Gesicht dicht vor ihrem war. „Hör mir zu, mein Kind. Gott hat dich mit Schönheit gesegnet, mit außerordentlicher Schönheit. Und wir sind überzeugt, dass Gott dir diese Schönheit nicht umsonst gegeben hat. Sondern dass es deine Bestimmung ist, den Auftrag zu erfüllen, den wir dir genannt haben."

Er machte eine Pause und sah sie eindringlich an. „Könntest du wenigstens darüber nachdenken?"

Alles, was Ester wollte, war, diesen Raum zu verlassen und nichts mehr zu sehen und zu hören. „Ich werde darüber nachdenken", versprach sie. Sie sah Mordechai flehend an. „Aber jetzt möchte ich nur noch nach Hause."

„Natürlich, wir gehen gleich nach Hause, Täubchen", sagte er und erhob sich.

Und nenn mich nicht Täubchen! Am liebsten hätte sie ihm die Worte ins Gesicht geschleudert. Wie konnte er ihr so etwas antun? Wie konnte er sie in eine solche Lage bringen? Sie hatte ihm vertraut, doch er hatte sie schamlos verraten. Das Ganze war seine Idee gewesen, sie wusste es, obwohl es niemand direkt ausgesprochen hatte. Dies war allein Mordechais Idee.

Wütend setzte sich Ester über alle Etikette hinweg, stand auf und stürmte wortlos aus der Tür.

Noch am Tag nach jenem Gespräch in der Synagoge nahm Ester alles wie durch einen Nebel wahr. Mechanisch verrichtete sie die tägliche Hausarbeit, kochte, servierte ihrem Onkel das Essen und reagierte einsilbig auf seine Bemühungen, eine Unterhaltung zu beginnen. In ihrem Kopf jagten sich widerstrebende Gedanken, gepaart mit Wut, Angst und Enttäuschung.

Ihr Onkel hatte sie verraten. Er, der vor Kurzem noch gesagt hatte, sie solle sich Zeit lassen mit dem Heiraten. So lange, bis sie bereit war, einem jungen Mann aus ihrer jüdischen Gemeinschaft das Jawort zu geben. Einem, der bereit wäre, auf sie zu warten. Sie war unsagbar wütend auf Mordechai. Er wollte sie tatsächlich in einem persischen Harem einsperren lassen, eine grauenhafte Vorstellung. Er wollte tatsächlich, dass sie Königin wurde. Und dass sie mit einem unbeschnittenen Heiden schlief, einem Mann, der keinerlei Achtung vor Frauen hatte und der auch sie weder achten noch lieben würde.

Es war unmöglich, was man von ihr verlangte. Sie würde es nicht tun, niemals. Sie konnte einfach nicht.

Sie saß allein im Innenhof, in ihrer zweiten schlaflosen Nacht, und sah, wie das erste fahle Morgenlicht den Himmel erhellte. Mit der Morgenröte zog ein Gedanke herauf, erst langsam, dann immer klarer: Was wäre, wenn sie sich einfach weigerte? Welche Auswirkungen, welche Tragweite hätte dies für ihr Leben? Müdigkeit legte sich auf ihre Schultern wie ein schwerer Mantel. Noch nie in ihrem jungen Leben hatte sie sich so unendlich müde gefühlt. Was wäre, wenn sie diese Bitte ausschlug? Konnte sie danach einfach zur Tagesordnung übergehen, als sei nichts geschehen? Und würde sie damit leben können, dass sie die jüdische Gemeinschaft im Stich gelassen hatte, als man sie am nötigsten brauchte?

Ihre Augen verweilten in der Ferne, wo die Sonne ihre ersten Strahlen über den Horizont schickte. *Herr im Himmel*, betete sie, *was soll ich tun? Simeon, unser Priester, ist ein heiliger Mann, der dir treu ergeben ist. Er hat mich gebeten, es zu tun. Und Onkel Mordechai ist ebenfalls ein rechtschaffener, gottesfürchtiger Mann. Würde er so etwas von mir verlangen, wenn er nicht ganz genau wüsste, dass es dein Wille ist?*

Langsam wurde es heller, und sie spürte, wie sich ihre wirren Gedanken zu ordnen begannen. Wenn Gott einen Menschen als Retter für sein Volk bestimmt hatte, dann würde er sich für diese Aufgabe wohl kaum ein einfaches jüdisches Mädchen aussuchen. Da hatte er bestimmt andere Möglichkeiten. Doch die Männer aus der Gemeinschaft hatten sich derart in ihre Idee verrannt, dass sie gar nicht mehr offen dafür waren, auf den richtigen Retter zu warten.

Und ihr Plan, sie in den königlichen Harem einzuschleusen, würde niemals gelingen. Ester besaß einen polierten, bronzenen Handspiegel ihrer Mutter. Sie wusste, wie sie aussah. Sie wusste, dass sie hübsch war, vielleicht sogar das hübscheste Mädchen ihrer kleinen Gemeinschaft. Trotzdem – niemals würde sie mit den persischen Kandidatinnen mithalten können, mit ihrer makellosen, elfenbeinfarbenen Haut, glühenden Augen, lockigem Haar und ihrem Duft nach exotischen Gewürzen. Diese Frauen waren wie edle Seide aus

Damaskus. Jede von ihnen würde sie mit Leichtigkeit ausstechen. Außerdem kannten sie die Regeln der höfischen Etikette und würden sich am Königshof mühelos einfügen.

Bestimmt waren sie weitaus präsentabler als sie, Ester, mit ihrem schweren, glatten, schwarzen Haar, das sich unmöglich zu Locken drehen ließ, mit ihrem sonnenverbrannten Gesicht, ihren von der Arbeit rauen Händen und muskulösen Armen vom Tragen schwerer Wassereimer.

Niemals hatte sie eine Chance, es bis in den Harem zu schaffen. Der oberste Eunuch würde sie mit einem abschätzigen Blick durchbohren und sofort wieder nach Hause schicken. Ester musste lächeln bei dem Gedanken. Nun stand ihr Entschluss fest: Ja, sie würde einwilligen und sich als Kandidatin zur Verfügung stellen. Weit würde sie ohnehin nicht kommen.

Und dann würde sie zu ihrem Onkel zurückgeschickt werden und ihr altes Leben wieder aufnehmen, und alle wären zufrieden. Auf ihrem Gesicht stand ein breites Lächeln.

Die Sonne leuchtete hell am östlichen Himmel, und Ester erhob und streckte sich. Vielleicht würde sie eines Tages tatsächlich heiraten. Abraham würde auf sie warten, und alles würde gut. Trotzdem hegte sie noch immer einen leisen Groll gegenüber Mordechai, der sie in eine solche Lage gebracht hatte.

Als ihr Onkel nach einer Weile in den Hof hinaustrat, um nach ihr zu sehen, wandte sie sich ihm zu und sagte mit niedergeschlagenen Augen: „Ich habe nachgedacht, Onkel Mordechai. Und mich entschieden, dass ich dir und dem Ältestenrat gegenüber gehorsam sein und tun will, worum ihr mich bittet."

Mordechais Augen ruhten liebevoll auf seiner Nichte. Er trat zu ihr und nahm sie in die Arme. „Das freut mich, Ester", sagte er. „Das freut mich sehr."

Kapitel 4

Die letzten Tage im Haus ihres Onkels nutzte Ester für einen gründlichen Hausputz. Sie legte großen Wert darauf, es in makellosem Zustand zu verlassen. Mordechai protestierte und betonte, dass dies nicht nötig sei, doch Ester duldete keine Widerrede, und er ließ sie gewähren. Dann, als es in allen Räumen zu ihrer Zufriedenheit blitzte und strahlte, organisierte sie für ihren Onkel eine Haushälterin, die für ihn kochen und putzen würde, wenn sie nicht mehr da war. Mordechai war zuerst dagegen, doch gegen Esters wilde Entschlossenheit kam er nicht an.

Ester tat die Hausarbeit gern, und solange sie beschäftigt war, zählte allein die Gegenwart; ihre ungewisse Zukunft lag in weiter Ferne. Die Arbeit hielt sie vom Grübeln ab, und das war gut so. Doch dann stand der Tag ihrer Abreise plötzlich vor ihr. Sie sah sich in der geschlossenen Kutsche durch die Straßen von Susa fahren. Im königlichen Harem sollte sie beim obersten Eunuchen vorsprechen. Die Formalitäten hatte Mordechai mithilfe von Filius, dem Schatzmeistergehilfen, in die Wege geleitet. Wie verabredet, wurde Esters Herkunft streng geheim gehalten. Niemand im Palast durfte wissen, dass sie Jüdin und mit Mordechai verwandt war. Die offizielle Version der Geschichte war, dass sie die Tochter eines Freundes war, in dessen Auftrag Mordechai sie in den Palast brachte.

Da der Vorhang der Kutsche während der Fahrt geschlossen blieb, konnte Ester nichts sehen. Erst als sie am Ziel waren und Mordechai die Vorhänge zur Seite zog und ihr beim Aussteigen half, fiel ihr Blick auf einen gepflasterten Hof und blieb an den Gitterstäben eines großen Tores hängen, das finster und abweisend vor ihnen aufragte. Das musste er sein – der Eingang zum Harem.

Ein hochgewachsener junger Mann mit bronzefarbener Haut sprach mit Mordechai. Ester warf ihm einen verstohlenen Blick zu. Er war bartlos und sein Gesichtsausdruck hatte etwas Stolzes, Aristokratisches.

Ester wusste zwar, dass es bei den Persern üblich war, die Haremswächter ihrer Männlichkeit zu berauben, aber sie war nie zuvor einem Eunuchen begegnet. Der junge Mann sprach mit ruhiger, freundlicher Stimme. „Ihr seid also Mordechai aus der Schatzmeisterei?"

„Ja, der bin ich. Und das ist Ester, die Tochter eines Freundes. Sie soll sich heute bei Hegai vorstellen."

„Mein Name ist Hatach", sagte der Eunuch. „Ich werde sie zu Hegai geleiten. Danach komme ich zu Euch in die Schreibstube und lasse Euch wissen, ob sie angenommen wurde oder ob Ihr sie wieder abholen könnt."

Mordechai nickte ein Dankeschön, dann sagte er betont förmlich zu Ester: „Auf Wiedersehen. Ich wünsche Euch viel Glück, meine Liebe."

Ich kann das nicht. Die Augen über ihrem Schleier sahen ihn mit flehendem Blick an. Er *musste* ihre Verzweiflung darin lesen. *Bitte*, flehte sie stumm, *lass das nicht zu. Nimm mich wieder mit. Nimm mich bitte mit nach Hause.*

Doch Mordechais Gesicht zeigte keinerlei Regung.

„Wenn Ihr mir nun folgen möchtet, meine Dame." Der Eunuch machte eine einladende Handbewegung und schritt auf das Haremstor zu. Ester hatte gehört, dass kein Mann, außer den Eunuchen und dem Großkönig selbst, dieses Tor jemals durchschreiten durfte. Der furchtbare Gedanke durchzuckte sie, dass dies vielleicht das letzte Mal war, dass sie ihren Onkel sah.

„Auf Wiedersehen“, flüsterte sie schwach.

Mordechai antwortete nicht. Ester bemerkte, wie alt und verhärmt sein Gesicht wirkte. Unschlüssig blieb sie noch einen Moment stehen, doch er machte keine Anstalten, sie zurückzuhalten. Nein, er würde sie nicht wieder mit nach Hause nehmen.

Ester atmete tief durch und nahm unweigerlich die Schulterblätter zurück. *Nun denn, dann soll es wohl so sein. Wenn mich alle im Stich lassen, muss ich eben allein klarkommen. Dieser Hegai wird mich sowieso für ungeeignet halten. Dann bin ich ganz schnell wieder draußen.*

Trotz ihrer tapferen Gedanken sank ihr Herz, als sie dem jungen Eunuchen durch das Tor folgte. Im Stillen wiederholte sie die Worte, die sie in den vergangenen Wochen so oft gebetet hatte: *Herr im Himmel, lass mich bald wieder zu Onkel Mordechai zurückkehren. Und lass ihn einsehen, dass ich nicht die auserwählte Retterin sein kann. Lass mich den Weg freigeben für den richtigen Retter deines Volkes.*

Hinter dem Tor lag ein mit Keramikfliesen verzierter Wartebereich. Sie durchquerten den Raum und gelangten in einen großzügigen Innenhof, vorbei an Säulengängen und einem eleganten Marmorbrunnen. Einige bartlose Männer saßen lachend und schwatzend auf den Steinbänken, die den Brunnen umgaben. Ester beobachtete sie aus den Augenwinkeln, während sie Hatach quer über den Hof folgte. Bald darauf gelangten sie in einen Garten, in dem sich mehrere unverschleierte Frauen befanden. Sie gingen zwischen den üppigen Blumenbeeten spazieren.

Ester entging nicht, dass die Frauen ihr neugierige Blicke zuwarfen. „Sind das auch alles Kandidatinnen?“, fragte sie den Eunuchen.

„Ja“, antwortete er knapp. Sehr gesprächig war er offenbar nicht.

Vor einer hohen, mit Schnitzereien verzierten Holztür blieben sie stehen. Auf Hatachs Klopfen öffnete ein kleiner Junge mit samtschwarzen Locken und riesigen blaugrünen Augen. Ester schauderte bei dem Gedanken, dass dieses hübsche Kind vielleicht auch schon zum Eunuchen gemacht worden war.

Sie traten in einen kleinen Empfangssalon, der mit den prächtigsten Teppichen ausgelegt war, die Ester je gesehen hatte. Der Junge verschwand im Nebenraum. Bald darauf kam er zurück und verkündete: „Die Dame soll eintreten. Hatach möge in einer Stunde wiederkommen, um Hegais Entscheidung zu hören."

Ester spürte, wie eine seltsame Ruhe von ihr Besitz ergriff. Sie war hier und bald würde es vorüber sein. Neugierig ließ sie ihre Blicke durch den Raum wandern, der mit kostbaren Möbeln ausgestattet war, wie die mit Seide bezogenen Sofas und eleganten, niedrigen Tischen. Der Teppich war noch prachtvoller als die Teppiche im ersten Zimmer. Dann öffnete sich eine andere Tür und ein Mann trat ein. Auch er war hochgewachsen, doch kräftiger gebaut, mit vollen Lippen und einer leicht gebogenen Nase. Auch er war bartlos und seiner Haut nach zu urteilen nicht mehr ganz jung. Er trug ein langes, besticktes Gewand aus feinster Wolle in schimmernden Blautönen. Die füllige Mitte wurde von einem weichen Ledergürtel zusammengehalten.

Das muss Hegai sein. Der Eunuch maß sie mit einem undurchdringlichen Blick aus seinen grauen Augen. Er sprach mit einer leisen Tenorstimme, die nicht recht zu seiner Körperfülle passen wollte. „Ihr seid also Ester, die Tochter des Zopryas."

„Ja", sagte Ester mit fester Stimme. „Das bin ich."

„Ihr könnt Euren Schleier abnehmen."

Ester gehorchte. Schweigend und aufrecht stand sie da, während Hegai seine weiche, sorgfältig manikürte Hand ausstreckte und ihr Kinn umfasste. Prüfend drehte er ihren Kopf von links nach rechts, betrachtete eingehend ihr Gesicht und hob dann ihr Kinn an, sodass sie ihn ansehen musste. Ester spürte, wie die Röte auf ihren Wangen brannte, doch sie hielt seinem Blick stand.

„Ein hübsches Gesicht." Sein Tonfall war sachlich. Er fuhr mit dem Finger leicht über ihre Wangen und nickte anerkennend. „Diese schwungvolle Kurve der Wangenknochen ist von besonderer Anmut. Und diese schwarzen Augen … aus ihnen sprühen Blitze wie feurige Pfeile. Beachtlich, wirklich beachtlich."

Er spricht, als ob er ein Pferd begutachtet, dachte Ester empört, und ihre Augen blitzten noch mehr.

Hegai bedeutete ihr nun, das Kopftuch abzunehmen, und sein Blick fiel auf die ungebändigte Fülle von dichtem, hüftlangem Haar. Missbilligend hob der Eunuch eine Augenbraue. „Ihr tragt das Haar ungelockt?"

„Mein Haar lässt sich nicht locken", antwortete Ester kühl.

„Hhm." Hegai rieb prüfend eine glatte, schwarze Strähne zwischen den Fingern. „Euer Haar ist trocken. Es ist stumpf und glanzlos." Er warf ihr einen tadelnden Blick zu. „Selten habe ich so vernachlässigtes Haar gesehen."

Ester triumphierte innerlich und nahm sich zusammen, um sich ihre Freude nicht anmerken zu lassen. *Ja, so habe ich mir das vorgestellt. Wir bewegen uns in die richtige Richtung.* Und wie nebenbei sagte sie: „In meinem Elternhaus wird von den Frauen erwartet, dass sie in Haus und Hof mitarbeiten. Wir haben keine Zeit, um uns zu pflegen, wie es die reichen persischen Damen tun."

Das Gesicht des Eunuchen verfinsterte sich. „Filius hat mir versichert, dass Ihr von achämenidischer Abstammung seid. Der Großkönig lässt nur aristokratische Bewerberinnen zu."

Ohne zu zögern antwortete Ester, wie sie es mit ihrem Onkel geprobt hatte, bis der Satz flüssig über ihre Lippen kam: „Mein Vater war Achämenide, ein Offizier der Kavallerie. Wir besitzen ein Gutshaus in den Hügeln vor den Toren der Stadt, aber wir sind nicht sehr wohlhabend."

Hegai seufzte. „Auch Eure Haut ist in einem bedauernswerten Zustand, völlig ausgetrocknet und sonnenverbrannt."

Nur mühsam unterdrückte Ester ein triumphierendes Lächeln. Es lief wirklich besser, als sie erhofft hatte. „Das ist nun mal so, wenn man sich viel im Freien aufhält."

Die kleinen Augen des Eunuchen blickten ungläubig, und seine Hakennase bebte. „Und das ohne Schleier?“

„Ja.“ Sie blickte ihn an, als sei dies das Natürlichste der Welt. „Ein Schleier vor dem Gesicht ist sehr hinderlich bei der Arbeit.“

Hegai hatte sichtlich Mühe, diese Ungeheuerlichkeit zu verdauen. „Filius sagte, dass Ihr ihm von einem Mann in der Schatzmeisterei empfohlen wurdet“, sagte er schließlich, „einem Mann, der für ihn arbeitet. Einem Juden.“

„Ja, er ist ein alter Freund der Familie.“

Der Eunuch nickte und schwieg, und Ester nutzte den Augenblick, um seine Aufmerksamkeit auf ihre Hände zu lenken, indem sie sich wie zufällig eine Haarsträhne hinters Ohr strich. Sofort griff seine große, gepflegte Hand nach ihrer.

„Was in aller Welt habt Ihr mit Euren Händen gemacht?“, rief er entgeistert.

Mit Genugtuung betrachtete Ester ihre rauen, rissigen Hände. Sie zuckte die Achseln. „Wie ich bereits sagte, in unserer Familie ist es üblich, dass die Frauen arbeiten.“

In Hegais Blick lag tiefe Bestürzung, und Ester freute sich so sehr über seine offenkundige Missbilligung, dass ein Lächeln über ihr Gesicht huschte.

Das war ihr Verhängnis. *Esters Lächeln bringt den dunkelsten Raum zum Leuchten*, hatte ihr Onkel oft gesagt. Der Eunuch hielt immer noch ihre Hand fest, seine Augen ruhten auf ihrem Gesicht.

Dann sagte er langsam: „Eure Haut und Eure Haare bedürfen einer ausgiebigen Behandlung. Aber mit etwas Geduld lassen sich diese Mängel beheben. Doch Eure Gesichtszüge sind perfekt. Allein darauf kommt es an.“

Esters Lächeln versiegte.

Hegai fügte hinzu: „Ich denke, der Großkönig wird mit dem Ergebnis zufrieden sein.“

Ruckartig zog Ester ihre Hand zurück und machte einen Schritt rückwärts. „Was soll das heißen?“

„Das heißt, dass Euer Gesicht die Prüfung bestanden hat, Ester. Jetzt müssen wir nur noch den Rest prüfen."

Die folgende Stunde und ihre Demütigungen würde Ester ihr Leben lang nicht vergessen. Wenn Onkel Mordechai das geahnt hätte – niemals hätte er sie an diesen grauenvollen Ort gebracht! Nie hätte er zugelassen, dass sie wie bei einer Fleischbeschau behandelt würde, wie ein Stück Vieh, wie eine käufliche Ware. Nackt und hilflos einem Eunuchen ausgeliefert, der sie mit ausdrucksloser Miene hin und her drehte und betastete und dabei die ganze Zeit kein Wort von sich gab. Das Schlimmste war, als er sie untersuchte, ob sie noch Jungfrau war. Am liebsten hätte sie ihm die Augen ausgekratzt.

Doch noch schlimmer war, als Hegai ihr anschließend eröffnete, sie könne sich glücklich schätzen, denn trotz ihrer Mängel sei man bereit, sie als Kandidatin in den Harem aufzunehmen. „Hatach wird Euren Bekannten informieren, der die gute Nachricht Eurer Familie überbringen kann. Ich bin sicher, sie werden sich sehr freuen." Seine Augen wurden schmal, als er sagte: „Allerdings muss ich gestehen, dass es mich wundert, dass man Euch in einem derart beklagenswerten Zustand hierhergesandt hat."

Ester war vor Entsetzen wie gelähmt und brachte kein Wort heraus.

Hegai wandte sich zum Gehen. „Also, Ester, wenn Ihr mir dann bitte folgen würdet. Ich bringe Euch zu Eurem Schlafgemach."

Sie blieb wie angewurzelt stehen. *Das ist nicht wahr. Es kann einfach nicht wahr sein. Es muss sich um ein Missverständnis handeln. Ich kann nicht hierbleiben, eingesperrt in einem Harem. Das kann unmöglich Gottes Wille sein. Wie könnte er mir so etwas antun? Ich muss Hegai die Wahrheit sagen, ihm erzählen, wer ich wirklich bin. Dann wird er mich gehen lassen.*

Doch dann dachte sie an ihren Onkel und daran, welche Konsequenzen dies für ihn haben würde. Wenn ans Licht kam, dass er seine Nichte durch eine Lüge in den Palast eingeschleust hatte, würde man ihn unverzüglich entlassen, vielleicht sogar in den Kerker werfen.

Oder Schlimmeres. Sie durfte ihn nicht in Gefahr bringen. Außerdem glaubte er fest daran, dass ausgerechnet sie das jüdische Volk vor der Vernichtung retten könnte.

Ich habe keine Wahl, dachte sie verzweifelt. *Ich muss bleiben, wenigstens so lange, bis der König sich für eine der Kandidatinnen entschieden hat.*

Hegai drehte sich ungeduldig um. „Was ist denn? Wir haben nicht ewig Zeit, meine Dame."

„Nichts." Ester holte tief Luft. „Ich komme ja schon."

Herr im Himmel, betete sie stumm, während sie dem Eunuchen durch das Gewirr der Korridore folgte, *bitte, lass mich nicht allein. Du bist der Einzige, der mir geblieben ist – nur du kannst mir helfen. Bitte, hilf mir, das alles durchzustehen. Gib mir Kraft, alles zu ertragen, was ich nach deinem Willen ertragen muss. Und lass mich stark genug sein, Onkel Mordechai nicht zu verraten.*

Kapitel 5

Ester sah sich in ihrem Zimmer um. Es war klein und fensterlos. Die Wände waren nicht bis zur Decke hochgezogen, sondern endeten an einem knapp dreißig Zentimeter breiten Spalt, der wohl der Frischluftzufuhr dienen sollte. Die spärliche Möblierung bestand aus zwei Truhen, einem Tisch, einer Lampe und einem Holzkohleofen. Ein kleiner, polierter Bronzespiegel hing über dem Tisch, auf dem sich unzählige Fläschchen, Tiegel, Kämme und bunte Haarbänder befanden. Der Moschusduft eines schweren Parfüms hing wie eine Wolke im Raum.

Ester hielt die Luft an. Sie würde ersticken, wenn sie hier drin schlafen sollte.

Als ob er ihre Gedanken lesen könnte, sagte Hegai: „Leider können wir Euch kein besseres Zimmer zur Verfügung stellen. Wir mussten den gesamten königlichen Harem nach Babylon ausquartieren, um Platz für die Neuzugänge zu haben. Dieses Zimmer ist soeben erst frei geworden. Die Dame, die es bewohnt hat, wurde gestern erst entlassen."

„Entlassen?"

„Ja, nach ihrer Vorladung beim Großkönig wurde sie abgelehnt. Er nimmt sich die Zeit, jede Kandidatin einzeln zu empfangen. So geht das seit Monaten, und bis jetzt war ihm keine gut genug." Hegai wirkte auf einmal müde und resigniert. „Alles Mädchen aus bestem Hause und von außerordentlicher Schönheit, aber Ahasveros ist sehr wählerisch."

„Was passiert mit den Mädchen, die abgelehnt wurden?", fragte Ester.

„Was soll schon mit ihnen passieren? Sie werden in einen anderen Teil des Frauenhauses verlegt und warten dort, bis sie von ihren Familien abgeholt werden."

Ester griff nach dieser Auskunft wie nach einem Strohhalm. „Das heißt, sie bleiben nicht für immer im Harem?"

„Achämenidische Mädchen werden niemals Konkubinen", sagte er leicht herablassend, als wundere er sich über ihre Ignoranz.

Ester atmete auf. Unweigerlich musste sie lächeln. *Natürlich. Wie konnte ich so dumm sein, zu glauben, ich käme hier nie wieder heraus.* Jetzt würde sich alles zum Guten wenden. Wenn Ahasveros so wählerisch war, dann hatte sie nichts zu befürchten. Nach ihrer Vorstellung beim König wäre sie frei und könnte nach Hause gehen.

Hegai zeigte ihr, wo sie Bettzeug und Schlafmatte fand, und verabschiedete sich mit den Worten, die Herrin des Harems käme gleich, um sich um sie zu kümmern.

Dann fiel die Tür ins Schloss. Ester ließ ihren Blick noch einmal durch den Raum schweifen. Sie tat einen tiefen Atemzug, als ob sie sich versichern wollte, dass in der Enge genügend Luft zum Atmen war. Dann richtete sie den Blick nach oben und hob die Hände zum Gebet, wie schon ihre Väter und Vorväter es getan hatten.

Herr im Himmel, du stellst mich auf eine harte Probe. Bitte lass mich nicht allein. Gib mir den Mut, meine Reinheit zu bewahren, obwohl ich an diesem unreinen Ort sein muss.

Ihr Gebet wurde jäh unterbrochen, als die Tür aufging und eine stattliche Frau in den Raum wogte. Ester ließ die Arme sinken und trat unwillkürlich einige Schritte zurück, überwältigt durch die schiere Fülle der massigen Gestalt, die den ganzen Raum einzunehmen schien.

„Ich bin Muran, die Herrin des Harems“, stellte die beleibte Frau sich vor. „Ihr könnt mich Meisterin nennen. Und Ihr seid Ester?“

„Ja.“ Ester stand mit dem Rücken dicht an der Wand.

Murans Augen musterten sie langsam, vom Scheitel bis zu den Schuhspitzen. Die Frau verströmte einen intensiven, blumigen Duft, der die Parfümschwaden im Raum mühelos überdeckte. Ester betrachtete sie verstohlen und dachte, dass sie noch nie im Leben derart gewaltige Brüste gesehen hatte.

„Hegai hat mir schon gesagt, dass es viel zu tun gibt, da Eure Haut und Euer Haar in so erbärmlichen Zustand sind.“ Prüfend nahm sie eine Haarsträhne zwischen die Finger, so wie der Eunuch es zuvor getan hatte. Sie ging noch einen Schritt weiter und roch daran. Als Nächstes nahm sie Esters Gewand in Augenschein. Missbilligend schnalzte sie mit der Zunge. „Warum tragt Ihr ausgerechnet grün?“

Unwillkürlich blickte Ester an sich herab. Dies war ihr bestes Gewand, das schönste, das sie besaß. „Weil mir der Stoff gefiel und ich ihn zu einem guten Preis bekam.“

„Die Farbe steht Euch nicht. Sie macht Eure Haut farblos und blass.“

Esters hob das Kinn ein winziges Stück, als sie antwortete: „Vielleicht *bin* ich farblos und blass.“

Murans kleine Augen verengten sich zu schmalen Schlitzen. „Deshalb würde ich nicht auch noch so eine unvorteilhafte Farbe tragen“, sagte sie kühl.

Ester schluckte und schwieg. Warum in aller Welt hatte man sie überhaupt hierbehalten, wenn sie den Anforderungen offensichtlich so wenig entsprach? Doch sie war klug genug, sich die Frage zu verkneifen.

Die beleibte Frau seufzte. „Hegai hatte recht, Ihr braucht eine intensive Behandlung. Wir beginnen erst einmal mit einem Bad.“ Sie schob ihren massigen Körper durch die schmale Tür und bedeutete Ester, ihr zu folgen.

Noch nie im Leben hatte Ester die Erfahrung gemacht, ganz und gar in Wasser einzutauchen, und der Gedanke daran machte sie nervös. Sie wusste, dass die Perser wahre Sauberkeitsfanatiker waren und dass sie von den Fremden, die ihre Städte bewohnten, dasselbe erwarteten, doch nur die ganz Reichen besaßen richtige Bäder im Haus. Und da die Flüsse nach persischem Glauben als heilig galten, war es verboten, in ihnen zu baden. Erst wenn das Wasser dem Flussbett entnommen war, durfte man es verwenden. So kam es, dass sich die Mehrheit der Einwohner von Susa – einer Stadt, die von Flüssen umgeben war – mit Waschschüssel und Waschlappen begnügte.

Ester folgte Muran durch unzählige Korridore, die alle gleich aussahen, bis zu einer Tür, hinter der ein großer, verspiegelter Raum lag. Goldene und silberne Schemel standen auf den Keramikfliesen des kunstvoll gestalteten Fußbodens. In der feuchten, warmen Luft hing ein intensiver Rosenduft. Ein großes, blondes Mädchen mit blauen Augen trat hinzu und fragte: „Kann ich behilflich sein, Meisterin?"

„Ja, Luara. Das hier ist Ester, eine neue Kandidatin. Du kannst sie für das Bad vorbereiten."

Luara verbeugte sich höflich vor Ester, die stumm und steif dastand, während das Mädchen ihr ein langes Leinengewand über den Kopf zog. Ester war ihr zutiefst dankbar für diese Verhüllung, denn als Nächstes begann Luara, ihr die Kleidung darunter auszuziehen. Die Erfahrung, gleich zweimal am Tag nackt ausgezogen zu werden, trieb Ester vor Empörung und Scham die Röte ins Gesicht.

„Sehr gut", sagte Muran. „Wir beginnen nun mit der Schönheitsbehandlung. Hier entlang bitte."

Als sie den großen Baderaum des Harems betraten, fiel Esters Blick als Erstes auf den prachtvollen Marmorbrunnen in der Mitte. Ein paar junge Frauen, ebenfalls in leinenen Badegewändern, saßen am Brunnenrand, plantschten und unterhielten sich mit gedämpften Stimmen. Andere badeten in riesigen Marmorwannen, die entlang der blaugrün und gelb gekachelten Wände eingelassen waren.

Das stetige Plätschern der Stimmen verstummte, als Ester den

Raum betrat. Sie spürte, wie sämtliche Blicke auf ihr ruhten, was ihr zusammen mit der feuchtheißen Luft die Kehle zusammenschnürte. Doch im nächsten Moment nahmen die Mädchen ihre Unterhaltung wieder auf, und der gleichmäßige Strom leiser Stimmen und unterdrückten Gelächters setzte wieder ein.

„Wenn Ihr mir bitte folgen wollt, edle Dame." Luara führte sie zu einer freien Badewanne an der Wand. Sie drehte zwei Wasserhähne auf, und zu Esters großem Erstaunen floss heißes und kaltes Wasser direkt aus der gekachelten Wand. Muran stand abseits und sprach mit einer Frau, die Luara die „Meisterin des Bades" nannte.

„Wie ist es möglich, dass heißes Wasser aus der Wand fließt?", fragte Ester verblüfft.

„Es kommt aus einer Leitung", antwortete Luara. „Der Heizkessel befindet sich unter dem Fußboden."

Das einzige Mal, dass Ester so etwas Ähnliches wie ein Bad genommen hatte, war, als sie sich die Mühe gemacht hatte, Wasser auf dem Herd zu erhitzen und in einen großen Holzzuber zu füllen. Doch dies hier war kein Vergleich. Hier versank sie bis über die Schultern im Wasser, das weder zu heiß noch zu kalt war. Ein merkwürdiges Gefühl, aber durchaus angenehm.

Zu ihrer großen Erleichterung durfte sie das Leinengewand anbehalten, was Luara jedoch nicht davon abhielt, darunter jeden Zentimeter ihres Körpers kräftig zu schrubben, bis Esters Haut prickelte und brannte.

Als sie nach dem Baden aus der Wanne stieg und das Wasser an ihr herunterströmte, ging es gleich weiter in den nächsten Raum, wo eine Haarwäsche auf dem Programm stand. Luara hieß sie, sich auf einen Schemel zu setzen, und zwei sehr hübsche, junge Mädchen gossen ihr eine schreckliche gelbe Mixtur über den Kopf und begannen, sie in die Haare einzumassieren.

Ester kniff die Augen zu. „Was ist das?"

„Nichts Schlimmes, bloß Eigelb", sagte Luara. „Es reinigt die Haare, ohne sie auszutrocknen."

Mit energischen Bewegungen massierten die beiden Mädchen das Eigelb in die Kopfhaut ein und bearbeiteten die Haare Strähne für Strähne. Zum Ausspülen gossen sie ihr vorsichtig warmes Wasser über den Kopf. Ester schüttelte sich wie ein nasses Hündchen, als sie fertig waren, und beobachtete fasziniert, wie das Wasser durch den Ablauf im Steinboden einfach verschwand. Sie wollte schon aufstehen, doch Luara legte ihr die Hand auf die Schulter und drückte sie sanft zurück auf den Stuhl. Erst nachdem die Mädchen das Haar mit wohlriechendem Öl eingerieben und zum dritten Mal durchgewaschen hatten, war sie erlöst.

Inzwischen hatten sich Muran und die Herrin des Bades zu ihnen gesellt, um die Fortschritte zu begutachten.

„Nicht schlecht für den Anfang“, kommentierte die Meisterin. „Noch vier Wochen, und es wird glänzen wie Seide.“

Vier Wochen lang? So lange sollte sie hier bleiben? Ester sank das Herz. Wenn es nach ihr ging, hätte man die Schönheitskur ruhig abkürzen können. Sollte ihr Haar doch so strohig bleiben, wie es war. Zwar war sie überzeugt, dass auch das seidigste Haar ihre Chancen beim König nicht steigern würde, doch sie hatte gehofft, das Ganze würde sich weniger in die Länge ziehen.

„Und jetzt kümmern wir uns erst einmal um die Haut“, ordnete Muran an, und in Begleitung von Luara betraten sie einen dritten Raum, wo sie von weiteren Badedienerinnen erwartet wurden.

Ester nahm auf einer Art Liege Platz. Als Erstes wurde sie am ganzen Körper mit Bimsstein abgerieben, um die Haut zu glätten und tote Hautzellen zu entfernen – eine sehr unangenehme Prozedur. Danach trug man eine Paste aus geschlagenem Eiweiß auf, was der Straffung und Belebung dienen sollte, wie sie erfuhr. Das Schlimmste war die Haarentfernung. Dafür strich eines der Mädchen eine weitere Paste auf Esters Beine und unter die Achseln. Nach fünf endlosen Minuten, in denen sie das Gefühl hatte, man wollte ihr die Haut wegätzen, ließen sich die Haare mitsamt der Paste zu Esters Erstaunen einfach mit warmem Wasser abspülen.

Zum Abschluss der Behandlung lag Ester auf einem Tisch, während ein zierliches Mädchen mit unglaublich starken Fingern sie mit Öl einrieb und kräftig durchknetete. Die Massage tat gut, und zum ersten Mal an diesem Tag begann Ester, sich ein wenig zu entspannen. Sie schloss die Augen und spürte, wie sich ihre verkrampften Muskeln zu lösen begannen.

Nach der Massage wurde sie in ein Ankleidezimmer geführt, wo die „Meisterin der Garderobe" bereits neue Gewänder für sie bereitgelegt hatte.

„Danke, ich kann mich allein anziehen", wehrte Ester ab, als Luara sich bückte, um ihr ein leinenes Untergewand unter das inzwischen trockene Badehemd zu ziehen. Sie war es leid, wie eine Puppe behandelt zu werden.

„Ich bin sicher, dass Ihr das könnt", entgegnete Muran. „Aber hier müsst Ihr lernen, Euch von anderen ankleiden zu lassen."

Ester biss die Zähne zusammen und verkniff sich eine Antwort. Luara streifte ihr das Untergewand über. „Jetzt bitte die Arme hochhalten, meine Dame. Dann kann ich Euch das Gewand über den Kopf ziehen." Ester tat, wie ihr geheißen, und Muran musterte sie mit kritischem Blick, als sie im durchsichtigen Unterhemd vor ihr stand. „Eure Brüste sind etwas klein geraten, aber es wird wohl reichen."

Ester hatte ein für alle Mal genug von den abschätzigen Kommentaren über ihr Aussehen. „Gib mir die Tunika", sagte sie zu Luara, die ihr ein langärmeliges, elfenbeinfarbenes Gewand reichte. Rasch zog sie es sich über den Kopf.

Der Stoff war von feinster Qualität. Ester konnte nicht anders, als mit der Hand bewundernd über das edle Material zu streichen.

„Alle unsere Stoffe kommen aus Ägypten", sagte Muran, nicht ohne Stolz.

„Ein wunderschönes Material", sagte Ester anerkennend.

Es kam ihr wie eine Ewigkeit vor, bis die Tunika endlich so fiel und alle Stofffalten von ihrer schmalen Taille bis zu den Zehenspitzen so lagen, dass die Meisterin zufrieden war. Darüber zog Luara ihr ein langärmeliges, rosafarbenes Gewand aus einem wollenen Stoff. Es reichte nur bis zu den Knien, sodass die darunterliegenden Falten der Tunika perfekt zur Geltung kamen.

Inzwischen war Esters Haar fast trocken, und Luara begann, es zu kämmen und mithilfe von rosafarbenen Bändern zu kleinen Zöpfen zu flechten.

„Und jetzt die Gesichtskosmetik", kommandierte Muran. Sie winkte ein Mädchen heran, das ein Tablett mit verschiedenen grünen und blauen Glastiegeln brachte.

In dem Moment begann Esters Magen hörbar zu knurren. Das Mädchen mit dem Tablett kicherte, und Muran warf ihr einen vorwurfsvollen Blick zu.

„Verzeihung, aber ich habe den ganzen Tag noch nichts gegessen", murmelte Ester. Innerlich triumphierte sie, denn vermutlich würde ihr das Magenknurren weitere Minuspunkte einbringen.

„Ihr sollt sofort etwas zu essen bekommen, sobald wir mit dem Schminken fertig sind", versicherte Muran. Nach einer längeren Diskussion über verschiedene Schminktechniken entschieden sich die Frauen bei Ester für ein sparsames Make-up, das lediglich ihre Augen betonen sollte, ergänzt durch einen Hauch Rouge auf den Wangen. Als Ester fertig war, führte Muran sie zu einem großen Bronzespiegel, der beinahe die gesamte Wand einnahm. Erwartungsvoll sah sie Ester an.

Ester wusste nicht, was sie sagen sollte. Aus dem Spiegel blickte ihr eine fremde, aristokratische persische Dame mit riesigen, schwarz umrandeten Augen entgegen. Plötzlich sehnte sie sich nach ihren alten, kratzigen Wollgewändern und ihrem nackten, ungeschminkten Gesicht. *Was würde Abraham bloß sagen, wenn er mich so sähe?*

„Nun", fragte Muran, „gefällt es Euch nicht?"

Ester gab sich einen Ruck. „Oh, ja, doch. Das sieht sehr hübsch aus. Vielen Dank."

In Murans Gesicht spiegelten sich Ärger und Verwirrung. Sie öffnete den Mund, um etwas zu sagen, als sich Esters Magen erneut lautstark meldete. Auf einmal brach die füllige Frau in ein tiefes, dröhnendes Gelächter aus. Es war so ansteckend, dass Ester gegen ihren Willen lächeln musste.

Murans kleine, helle Augen weiteten sich. „*Jetzt* verstehe ich, warum Hegai Euch unbedingt hierbehalten wollte.“

Kapitel 6

Es dauerte mindestens eine Woche, bis Ester die Mahlzeiten, die im Harem serviert wurden, einigermaßen ohne Ekel essen konnte, und es sollte noch Monate dauern, bis sie sich an die fremde Kost gewöhnt hatte. Mit den übrigen Mädchen hatte sie wenig gemeinsam. Von Haus aus zu Bescheidenheit, Sitte und Anstand erzogen, war ihr das Verhalten der Mädchen fremd, und ihre Intrigen und Streitereien waren ihr zuwider. Diejenigen aus besonders adeligen Familien behandelten die weniger aristokratischen mit vornehmer Herablassung. Ester als Tochter eines kleinen Kavallerieleutnants und einer Mutter aus einer Kaufmannsfamilie befand sich am untersten Ende der Hierarchie.

Esters Tagesablauf bestand aus der eintönigen Routine der Bäder, Haarwäschen und diversen anderen Schönheitsbehandlungen. Je mehr Wochen ins Land gingen, desto mehr schrumpfte die Anzahl der Kandidatinnen. Von Luara wusste Ester, dass nur noch wenige Bewerberinnen übrig waren und die meisten Mädchen darauf warteten, von ihren Familien abgeholt zu werden.

„Zwei von ihnen hat er in die engere Wahl gezogen, sie müssen noch bleiben“, vertraute Luara ihr an. „Für den Fall, dass er keine findet, die ihm besser zusagt.“

Ester schnaubte verächtlich. „Diesem König sind die Gefühle

anderer Menschen wohl völlig gleichgültig. Das sieht man schon daran, wie er seine erste Frau behandelt hat. Und jetzt lässt er diese armen Mädchen wochenlang warten. Sie sitzen untätig herum und machen sich Hoffnungen – bloß weil der feine Herr sich nicht entscheiden kann. Er sollte sich schämen!"

Luara, die dabei war, Esters Haare zu kämmen, hielt erschrocken in der Bewegung inne.

Im Spiegel sah Ester die Bestürzung in ihrem Gesicht. „Bitte – so dürft Ihr nicht sprechen! Vergesst nicht, dass er der Großkönig ist! Er wird seine Gründe haben. Er kann keine Rücksicht nehmen auf die Gefühle der Mädchen. Sie werden nur allzu gerne warten, wenn sie die Aussicht haben, Königin zu werden und sich in seinem Ruhm zu sonnen."

Ester blickte Luara in die leuchtend blauen Augen. Die Dienerin war mindestens so hübsch wie die aristokratischen Bewerberinnen. Sie zögerte, bevor sie die Frage stellte, die sie schon lange bewegte: „Wie kommt es, dass du hier bist, Luara? Ich meine, weshalb bist du Haremsdienerin geworden?"

Das Mädchen glättete eine Strähne von Esters dickem Haar. „Als ich zwölf Jahre alt war, verkaufte mich mein Vater an den Satrapen von Babylonien. Der Satrap machte mich Ahasveros zum Geschenk, weil er dachte, der König würde Gefallen finden an meinen blauen Augen und blonden Haaren."

Luaras Stimme war sachlich und ohne Emotionen, doch Ester sah die plötzliche Verschlossenheit in ihrem Gesicht. *Was für ein furchtbares Schicksal.* „Und wie lange bist du schon hier?"

„Dieses Jahr ist mein fünftes Jahr."

Esters Herz krampfte sich vor Mitleid zusammen, doch sie spürte, dass Luara nicht der Typ war, der bemitleidet werden wollte. Stattdessen sagte sie: „Ich finde die Situation einfach entwürdigend – ein einziger Mann und so viele Frauen, die hier ihre Zeit vertrödeln und nur auf *ihn* warten! Wir sind wie ein Stall voll teurer Rennpferde, die gefüttert und gestriegelt werden, bis eines Tages endlich unser Reiter kommt und uns aus unserer Langeweile erlöst. Es ist einfach widerlich!"

Ester spürte Luaras Hand auf ihrer Schulter. „Ich bitte Euch, so dürft Ihr nicht sprechen!", sagte sie eindringlich. Ihre schönen Augen waren voller Sorge. „Niemals darf etwas Negatives über den Großkönig über Eure Lippen kommen. Bitte, seid vorsichtig, was Ihr sagt."

Ester legte ihr beruhigend die Hand auf den Arm. „Keine Angst", sagte sie mit verschwörerischem Lächeln, „ich werde mich benehmen. Und da von diesen Töchtern aus besserem Hause sowieso keine mit mir redet, kann ich mich nicht verplappern."

Unter den vielen Mädchen im Frauenhaus gab es eine eindeutige Favoritin: Barsine, eine direkte Nachfahrin von König Kyrus, einem Vorgänger von Ahasveros, und eine Schönheit mit elfenbeinfarbener Haut, schmaler aristokratischer Nase und glänzenden schwarzen Locken, wie die Perser sie liebten.

König Kyrus war Ester ein Begriff, denn auch die Juden verehrten ihn. Er war derjenige gewesen, der sie aus dem babylonischen Exil befreit hatte, das ihnen von Nebukadnezar aufgezwungen worden war, und der ihnen erlaubt hatte, den Tempel in Jerusalem wieder aufzubauen. Ein direkter Nachkomme von Kyrus, dachte sie, musste für die Perser etwa dasselbe sein wie für die Juden ein Nachfahre Davids.

Barsine hatte in der Tat so viele Pluspunkte, dass jede der Kandidatinnen hoffte, vor ihr dranzukommen, um überhaupt noch eine Chance zu haben.

Am Tag, als Barsine zum König gerufen wurde, fragte sie zum allgemeinen Erstaunen ausgerechnet Ester, ob sie Lust habe, sie zu begleiten, während sie für ihre Audienz beim König geschminkt und angekleidet wurde. „Wenn du bei mir bist, bin ich weniger nervös", sagte sie zu Ester. „Du strahlst so viel innere Ruhe und Gelassenheit aus."

Ester willigte gern ein. Während die Kammerzofen um Barsine

herumschwirrten und sich an ihrer Kleidung und Frisur zu schaffen machten, leistete sie ihr Gesellschaft und plauderte über dies und das. Sie erzählte ihr von einem kleinen Vogel, den sie am Tag zuvor im Haremsgarten beobachtet hatte.

„Das hättest du sehen sollen", erzählte sie lachend. „Dieser unscheinbare, kleine braune Piepmatz pickte zwischen den prächtigen Paradiesvögeln im Garten herum und machte ihnen den Platz streitig. Dabei tschilpte er laut, als wollte er sich über sie lustig machen."

Muran, die ihre Unterhaltung mitverfolgt hatte, hob plötzlich den Kopf und sah Ester durchdringend an. „Seht Ihr vielleicht irgendwelche Parallelen zwischen Eurer Person und diesem kleinen Vogel?"

Esters Augen weiteten sich, und sie antwortete leicht befangen: „Ihr habt recht. Verglichen mit Barsine bin ich tatsächlich ein unscheinbares, braunes Vögelchen."

In dem Augenblick wurde die Tür geöffnet und Hatach, der Eunuch, dem Ester und Barsine zugeteilt waren, trat ein.

„Es ist Zeit, edle Dame."

Barsine atmete tief durch.

Ester lächelte ihr aufmunternd zu. „Viel Glück", sagte sie, und es kam von Herzen.

„Danke", flüsterte Barsine. Dann gab sie sich einen Ruck, ihre mädchenhafte Verletzlichkeit verschwand hinter einer aristokratischen Maske und sie sagte hoheitsvoll: „Ich bin bereit."

Ester hoffte inständig, der König werde sich nach dem ersten Treffen für Barsine entscheiden und sie erlösen. Dann wäre sie frei und dürfte gehen. Es war Hatach, der Ester die Nachricht überbrachte. „Barsine soll auf Befehl des Königs so lange im Frauenhaus bleiben, bis er die restlichen Kandidatinnen gesehen hat. Die anderen beiden, die in der engeren Wahl waren, schickt er nach Hause."

Enttäuscht biss sie sich auf die Lippen. Immerhin war noch nicht alles verloren. Barsine schien dem König zu gefallen, sonst würde er sie nicht hierbehalten.

Doch Hatach war noch nicht fertig. „Die Meisterin des Harems schickt nach Euch", sagte er. „Kommt bitte mit."

Murans Gemächer befanden sich in einem anderen Flügel des Gebäudes und waren weitaus luxuriöser als Esters bescheidene Kammer. Die stattliche Frau drehte sich um, als Hatach eintrat, und bedeutete Ester, auf dem Boden Platz zu nehmen, der mit weichen Kissen bedeckt war. „Bitte setzt Euch." Muran machte es sich auf einem großen Diwan bequem, und Ester wunderte sich, mit welcher Eleganz und Leichtigkeit die Frau ihre Körperfülle bewegte.

„Ihr wisst ja von Hatach, dass der König Barsine in die engere Wahl gezogen hat." Muran ordnete die Falten ihres Gewandes, sodass der glänzende Stoff ihre Beine bedeckte.

Ester nahm kein Blatt vor den Mund. „Ja, und ich muss sagen, es hat mich sehr überrascht. Barsine wäre die perfekte Königin – wenn der König sie nicht nimmt, wonach sucht er dann?" Sie saß mit untergeschlagenen Beinen auf dem Boden. Der duftige Stoff ihres mit Orangenblütenmotiven bestickten Gewandes bauschte sich auf dem Kissen.

Muran ließ sich Zeit mit ihrer Antwort, und ihre kleinen, wachen Augen ruhten auf Esters zarter Gestalt. Unbehaglich versteifte sich Ester unter ihrem Blick, die Hände im Schoß gefaltet, und eine Zeit lang sprach keine von ihnen ein Wort.

„Genau dies", sagte Muran nach einer Weile, „ist die Frage, die Hatach und mich auch beschäftigt."

Eine junge Dienerin brachte ein Tablett mit Obst, Tee und süßem Gebäck. Sie stellte alles auf einen niedrigen Tisch, goss Tee in zierliche, emaillierte Kupfertässchen und brachte Ester und Muran eine Tasse. Dann reichte sie das Tablett herum, worauf Muran nach einem großen Stück Zuckergebäck mit Nussfüllung griff. Ester, für die Obst im Winter ein ungewohnter Luxus war, nahm sich eine Orange.

„Danke, Gasel, das ist alles", sagte Muran und das Mädchen zog sich lautlos zurück. Die Meisterin biss genussvoll in ihr Kuchenstück. Ester hielt ihre Orange umklammert, in der Gewissheit, dass sie bestimmt nichts herunterbringen würde.

Als Muran mit dem Kuchen fertig war, leckte sie sich mit graziösen Bewegungen wie eine Katze den Zuckerguss von den Fingern und bedeutete Ester, ihr noch einmal das Tablett mit den Köstlichkeiten zu reichen. Diesmal wählte sie einen reifen Pfirsich. „Wir alle hatten unsere Hoffnung in Barsine gesetzt“, sagte sie und drehte den Pfirsich prüfend in der Hand.

„Ich weiß“, pflichtete Ester ihr bei. „Barsine ist eine Schönheit und obendrein eine entfernte Verwandte von König Kyrus. Schon deshalb müsste sie bei König Ahasveros die allerbesten Chancen haben.“

„Offensichtlich nicht.“ Muran biss herzhaft in ihren Pfirsich, dass ihr der Saft das Kinn herunterrann.

„Aber was sucht er dann?“, fragte Ester zum zweiten Mal.

Muran legte den Pfirsich weg und wischte sich mit ihrer reich beringten Hand den Mund. „Ich sage Euch eines, Ester: Dieser sogenannte Schönheitswettbewerb hat mit Schönheit wenig zu tun. Ahasveros geht es um ganz andere Dinge. Was er vor allem sucht, ist Loyalität. Er will eine Frau, die ihm treu ergeben ist. Darius hat ihn mit Waschti verheiratet – einer Frau, die immer auf der Seite ihres Vaters Mardonius stand. Und jeder weiß, wie sehr Mardonius Ahasveros hasst, obwohl er sein Neffe ist.“

Ester erinnerte sich, dass Abraham so etwas Ähnliches erwähnt hatte. „Aber wenn das so ist“, sagte sie, „wäre es dann nicht klüger, ein Mädchen auszusuchen, dessen Familie er kennt und deren Loyalität er sich sicher ist?“

„Die Familien, die ihm die Treue gelobten und nicht Kavad, lassen sich an den Fingern einer Hand abzählen“, antwortete Muran düster.

„Aber ist es nicht so, dass die Aristokratie für Ahasveros ist, seitdem er zum Großkönig ernannt wurde?“, fragte Ester.

Muran machte eine wegwerfende Handbewegung. „Das hat nichts zu bedeuten. Alles purer Eigennutz. Der Adel hängt sein Mäntelchen nach dem Wind und Ahasveros weiß das.“

Ester nickte langsam. „Ich verstehe. Aber immerhin hat er Barsine nicht entlassen. Er will nur die anderen Kandidatinnen sehen, bevor er eine endgültige Entscheidung trifft."

„Wäre er überzeugt, dass Barsine die Richtige ist, hätte er sie sofort genommen. Nein, Ester, Hegai und ich sind zu dem Schluss gekommen, dass Ahasveros in Wirklichkeit etwas ganz anderes sucht."

Ester wagte kaum zu atmen und wartete ängstlich, was nun kommen mochte.

Muran schlug anmutig die Beine übereinander. „Ehrlich gesagt, Ester, Hegai hat Euch aus purer Höflichkeit eingeladen, weil er dem Obersten Schatzmeister die Bitte nicht abschlagen wollte. Sonst hättet Ihr niemals einen Fuß in den Harem gesetzt. Theoretisch seid Ihr zwar von achämenidischer Abstammung, doch die Familie Eures Vaters ist nur von niedrigem Adel, und mütterlicherseits waren alles einfache Handelsleute."

„Ja", stimmte Ester der Lüge zu.

„Trotzdem habt Ihr Hegai überzeugt, sonst hätte er Euch nicht akzeptiert", fuhr Muran fort. „Aber Ihr müsst Euch bewusst sein, dass Ihr eine Außenseiterin seid. Als mögliche Frau für Kavad hättet Ihr niemals eine Chance gehabt. Aber Ahasveros ist anders. Hegai und ich sind beide der Meinung, dass Ihr ihm gefallen könntet."

Nein, niemals! Es darf nicht wahr sein. Ester spürte, wie Panik in ihr hochstieg.

Muran redete unbeirrt weiter: „Deshalb haben wir beschlossen, extra Zeit in Eure Vorbereitung zu investieren. Ihr seid wie ein Rohdiamant, der geschliffen werden muss. Es bedarf der Mühe und Arbeit, aber wir werden Euch zum Strahlen bringen."

Ester wusste nicht, was sie sagen sollte. Als sie sich einigermaßen gefangen hatte, stammelte sie: „Ich … ich danke Euch, Meisterin, für Eure Offenheit. Auch ich will ehrlich zu Euch sein. Ich bin einzig und allein auf Wunsch meiner Angehörigen hier. Um ihnen einen Gefallen zu tun, habe ich eingewilligt, aber ich hatte niemals erwartet, dass ich auch nur die geringste Chance hätte. Und, offen gestanden, glaube ich kaum, dass ich geeignet wäre, den Platz einer Königin einzunehmen."

Seufzend erhob sich Muran von ihrem Diwan und winkte Ester zu sich. Mit sanftem Griff drehte sie ihr Gesicht zu dem großen Bronzespiegel an der Wand. Mit dem Zeigefinger zeichnete sie Esters Wangenknochen nach. „Eure Züge sind von besonderer Anmut. Und Ihr habt von allen Kandidatinnen die schönsten Augen. Als Außenseiterin habt Ihr noch einen entscheidenden Vorteil: Ihr habt keine politischen Beziehungen, keine Familienfehden im Hintergrund, keine Verwandtschaft, die um Gefälligkeiten betteln wird. Hegai und ich glauben, dass Ihr beim König durchaus eine Chance habt."

Ester spürte, wie es ihr eiskalt den Rücken herunterlief. Bis jetzt hatte sie es geschafft, die Tage im Harem mit einem gewissen Gleichmut zu ertragen, weil sie überzeugt war, ihr Onkel habe sich getäuscht und der ganze Spuk wäre bald vorüber.

Sie räusperte sich und sagte leise: „Ich fürchte, ich würde Euch nur enttäuschen."

„Unsinn." Ester wurde klar, dass Muran keine Widerrede duldete. „Ihr werdet in einen anderen Trakt des Gebäudes umziehen, bekommt ein größeres Zimmer, und Hegai und ich werden alles tun, damit Ihr gut vorbereitet seid, wenn Euer Tag gekommen ist."

Ester schwieg. Was sollte sie noch sagen? Es hatte keinen Sinn. Mit allem hatte sie gerechnet, bloß damit nicht. Sie als mögliche Königin. Sie, die Außenseiterin, die von allen anderen belächelt wurde. Es war alles so absurd.

Hatte Onkel Mordechai am Ende doch recht? War sein Traum doch kein Hirngespinst, und ich bin tatsächlich dazu bestimmt, unser Volk zu retten?

Noch immer kam ihr alles vollkommen unwirklich vor. Aber es war die bittere Wirklichkeit: Sie war hier in diesem Harem, in einer fremden Welt, in der Frauen wenig zählten, und sie hatte kein Recht und keine Möglichkeit, Muran zu widersprechen. Sie durfte durch ihr Verhalten keinen Verdacht aufkommen lassen. Sie musste vorsichtig und diplomatisch sein, um ihren Onkel nicht in Gefahr zu bringen.

Ester tat einen tiefen Atemzug und sagte so gefasst wie möglich: „Ich danke Euch, Meisterin, für Euer Vertrauen in mich. Das ist sehr freundlich von Euch."

Muran breitete die Arme aus und drückte Ester an ihren gewaltigen Busen wie ein Kind. „Ihr braucht Euch nicht zu fürchten, Ester. Hegai und ich sind immer für Euch da, wenn Ihr Rat und Hilfe braucht."

Ester vergrub ihr Gesicht an Murans fleischigem Hals und spürte, wie die Frau ihr beruhigend auf den Rücken klopfte. Sie schloss die Augen. Ihre Gedanken jagten sich im Kreis.

Ich bin gefangen ... ich habe keine Wahl ... ich muss tun, was Muran sagt ... ich bin Wachs in ihren Händen. Doch es ist der einzige Weg. Der einzige, um herauszufinden, ob Onkel Mordechai recht hatte. Sollte die Wahl des Königs auf mich fallen, dann war es tatsächlich Gottes Wille. Dann will ich tun, was immer von mir verlangt wird. Wenn nicht, dann hat sich Mordechai geirrt. Dann wird jemand anderes unser Volk retten müssen.

„Danke", sagte sie kaum hörbar, das Gesicht immer noch an Murans Schulter, „Ihr könnt Euch auf mich verlassen. Ich werde tun, was Ihr sagt."

Kapitel 7

Haman stand neben Ahasveros im grosszügigen Innenhof am südwestlichen Flügel des Palastes, wo der König und einige Männer aus seinem Gefolge sich zum morgendlichen Ausritt versammelt hatten. Sie trugen die übliche medische Reitertracht – Jacke, Hose und Stiefel – und auf dem Kopf die *Cidaris*, die leichte, flache Filzkappe der persischen Aristokratie. Alle warteten auf Kavad, den jüngeren Bruder des Königs.

Es war ein ausgesprochen milder Tag und die sanfte Brise trug das Versprechen des nahenden Frühlings. Die Männer der königlichen Sippe, die auch mitritten, standen in respektvollem Abstand zu Ahasveros und Haman.

Haman, der überzeugt war, dass die meisten dieser Männer dem König feindlich gesinnt waren, sah es nicht gern, dass Ahasveros sich in ihrer Gesellschaft befand. Unruhig wanderten seine Augen von Gesicht zu Gesicht, als versuche er, darin irgendeine Regung zu lesen. Es war noch nicht lange her, da hatten diese Männer auf der Seite von Kavad gekämpft. Haman traute keinem Einzigen von ihnen und er wusste, dass der König es ebenso wenig tat.

„Bitte seid vorsichtig, mein König“, sagte er eindringlich. „Außerhalb des Palastes und fern von den Menschen, die Euch treu ergeben sind, kann alles Mögliche passieren.“

Ahasveros warf ihm einen amüsierten Blick zu und erwiderte spöttisch: „Ich weiß, dass Kavad mich nicht besonders mag, aber es gibt keinen Grund zur Annahme, dass er mich am helllichten Tag und vor den Augen meiner gesamten Leibwache um die Ecke bringen wird."

Haman traute auch der königlichen Leibwache nicht, deren Kommandant schon unter Darius gedient hatte, doch er war klug genug, seine Zunge zu hüten. „Außerdem bin ich sehr wohl in der Lage, selbst auf mich aufzupassen, Haman", setzte der König hinzu. „Doch deine Sorge um mich ehrt mich."

„Aber, Majestät, Ihr müsst wissen, dass es am Hof von Verrätern wimmelt." Hamans Stimme war kaum mehr als ein Flüstern. „Überall lauert Gefahr."

„Danke, Haman, aber das ist nichts Neues", sagte der König, inzwischen leicht ungehalten. „Zum Glück gibt es noch Leute, die mir treu ergeben sind – so wie du, mein Freund."

Er berührte kurz Hamans Arm, und Haman lächelte geschmeichelt. Insgeheim wünschte er, mit dem König und seinem Gefolge mitreiten zu dürfen, und für einen kurzen Moment gab er sich dem Tagtraum hin, wie er heldenhaft eine Gruppe von Kavads Männern abwehrte und die Ermordung des Königs verhinderte. Aber in Hamans Adern floss kein achämenidisches Blut, und außerdem saß er nicht fest genug im Sattel. So blieb ihm der Ausritt zu seinem großen Missfallen verwehrt.

Ahasveros schaute zum wolkenlosen Himmel auf und seufzte. „Leider wird es heute nur ein kurzer Ritt. Ich schaue mir anschließend noch eine weitere Kandidatin an. Hegai ließ durchblicken, dass es nur noch wenige Mädchen sind – den Göttern sei Dank." Auf seiner Stirn erschienen zwei steile Falten. „Ich hätte nie gedacht, dass diese Prozedur so zeitraubend sein würde. Wenigstens war eine dabei, die infrage käme, falls sich nichts Besseres findet."

Haman schaute ebenfalls zum Himmel auf. Die Sonne stieg langsam höher. Es war eine Unverschämtheit von Kavad, sich derart zu verspäten. „Weshalb nehmt Ihr nicht diese Eine, die Euch gefiel, und macht der Sache ein Ende?“

„Ja, vielleicht sollte ich das tun. Diese Brautschau zieht sich schon viel zu sehr in die Länge.“

In dem Augenblick wandten alle die Köpfe und sahen, wie sich das schwere Tor zum Innenhof öffnete und Kavad eintrat. Er schritt über den Hof – ein hochgewachsener, gut aussehender, selbstsicherer junger Mann. Mit seinem dunklen Haar und dem arroganten Zug um den Mund hatte er kaum Ähnlichkeit mit seinem älteren Bruder.

„Ich bitte um Verzeihung für meine Verspätung, Majestät.“ Kavad trat auf Ahasveros zu, der keinerlei Anstalten machte, seinen Bruder angemessen zu begrüßen. Es entstand eine peinliche Stille, und Haman sah, dass es Kavad maßlos ärgerte, als ihm nichts anderes übrig blieb, als sich durch einen Kniefall zu erniedrigen. Erst kurz bevor Kavads Stirn den Boden berührte, streckte Ahasveros die Hand aus und ließ ihn aufstehen. Erst dann gab er ihm den brüderlichen Kuss.

„Ich bitte um Entschuldigung für mein spätes Erscheinen“, wiederholte Kavad. „Ich fürchte, ich habe einfach die Zeit vergessen.“

Haman verzog verächtlich die Lippen. Seiner Meinung nach war Kavad absichtlich zu spät gekommen, um Ahasveros zu provozieren und um seine Wichtigkeit innerhalb der königlichen Sippe zu betonen.

Ahasveros’ Gesicht zeigte keinerlei Regung, als er sagte. „Nun bist du ja hier. Dann können wir ja endlich die Pferde holen lassen.“

Während sie warteten, standen Haman und Kavad links und rechts von Ahasveros. Normalerweise machten die beiden Männer kein Geheimnis daraus, wie sehr sie einander hassten, aber heute beherrschte sich Haman und schwieg. Still verfolgte er die Unterhaltung der Brüder über das einzige Thema, das sie verband: ihre Liebe zu Pferden.

„Reitet Ihr heute wieder Soleil?“, fragte Kavad.

„Natürlich“, antwortete Ahasveros. „Der Hengst braucht viel Bewegung.“

Kavad blähte seine schmalen Nasenflügel. Haman wusste, dass es ihm ein Dorn im Auge war, dass Ahasveros der Einzige in ganz Susa war, dem es gelang, den prächtigen, aber als schwierig geltenden Nisäer-Hengst zu reiten. Und das auch noch mit Leichtigkeit, was ihm den Respekt der gesamten königlichen Sippe eingebracht hatte. Allerdings auch Missgunst und Neid, denn sie sahen es nicht gern, dass ein Außenseiter aus Babylon etwas besser konnte.

Schweigend und mit finsterer Miene verfolgte Haman die Unterhaltung der Brüder. Er wusste, Ahasveros würde versuchen, Kavad beim Wettreiten zu schlagen, was Hamans Meinung nach ein Fehler war und Kavads Hass auf den Bruder noch vergrößern würde. Ginge es nach ihm, Haman, hätte er Kavad längst vom Hof gejagt, zusammen mit seinem Berater, Mardonius, der ihm treu ergeben war. Mardonius, Waschtis Vater und damals die rechte Hand von König Darius, war noch schlimmer als Kavad. Es war seine Skrupellosigkeit, die ihn so gefährlich machte. Haman hatte keine Zweifel, dass Mardonius nicht zögern würde, Ahasveros eiskalt beseitigen zu lassen, wenn sich die Gelegenheit ergab.

Ahasveros dagegen glaubte, er könnte selbst seine Feinde für sich gewinnen. Zugegeben, in Babylon war ihm das gelungen, aber in Persien galten andere Regeln. Die persischen Aristokraten scherten sich nicht um Recht und Gerechtigkeit. Ihnen ging es einzig und allein um Macht.

Die Pferde wurden auf den Hof geführt. Ein junger Leutnant kam, um dem König beim Aufsteigen zu helfen, doch Ahasveros machte eine abwehrende Handbewegung und schwang sich leichtfüßig und graziös in den Sattel seines riesigen Pferdes.

Erst danach saßen auch die anderen Reiter auf. Soleil schnaubte, tänzelte ungeduldig auf der Stelle und trat mit seinen eisenbeschlagenen Hufen aus. Ahasveros lachte und streichelte sanft den muskulösen Hals des Hengstes, worauf sich das Tier beruhigte. Haman beobachtete die Szene aus der Ferne und spürte, wie sich seine Kehle zusammenschnürte.

Ihr wisst nicht zu hassen, mein König, das ist Euer Problem. Aber auf mich könnt Ihr Euch verlassen. Ich werde dafür sorgen, dass Euch kein Unheil geschieht. Solange ich lebe, werde ich Euch beschützen.

Als Haman in den Palast zurückkehrte, ging er als Erstes in sein Büro, wo bereits der Großwesir auf ihn wartete. Dass Haman als einfacher Bogenträger ein eigenes Büro hatte, war vielen Persern ein Dorn im Auge. Smerdis, der Großwesir und zweitmächtigste Mann im Land, hasste es, dass er sich, wenn er Haman sprechen wollte, zu ihm in sein Büro bequemen musste. Außerdem hielt er ihn für einen babylonischen Emporkömmling, der es allein durch die Gunst des Königs so weit gebracht hatte.

Ahasveros war bisher gut gefahren mit der Strategie, die Männer seines Vaters Darius im Amt zu behalten. Dennoch traute er einigen nicht über den Weg und verließ sich lieber auf seine Leute, die er aus Babylon mitgebracht hatte. Smerdis wusste, dass der König auf Haman hörte, und es ärgerte ihn bis aufs Blut, diesem Außenseiter seine Aufwartung machen zu müssen. Im Gegenzug misstraute Haman den persischen Amtsinhabern und verabscheute sie genauso wie sie ihn.

Um Hamans Mund spielte ein dünnes, triumphierendes Lächeln. Betont höflich fragte er: „Was kann ich für Euch tun, werter Großwesir?“, wobei er umständlich hinter seinem Schreibtisch Platz nahm.

Smerdis, in dessen Gesicht die Zornesröte aufstieg, sagte kalt: „Ich suche Euch auf in der Angelegenheit der Arbeiten in Persepolis. Der neue Palast kann ohne die Genehmigung des Königs nicht gebaut werden, und länger können wir mit dem Bau nicht warten.“

Haman hatte seine Antwort schon parat, denn er hatte die Angelegenheit zuvor ausführlich mit dem König erörtert. „Ich bedauere sehr, Großwesir, Ihnen sagen zu müssen, dass seine Hoheit, der Großkönig, kein Interesse an dem Bauvorhaben hat. Wie er mir ausdrücklich sagte, genügen ihm die Paläste in Susa und Ekbatana für seine Zwecke. Stattdessen wünscht er, in landwirtschaftliche Projekte wie Bodenverbesserung und Bewässerungskanäle zu investieren, um Anbauflächen zu gewinnen. Er findet dies sinnvoller als den Bau eines weiteren Palastes."

„Für Darius war der Palast in Persepolis eines der wichtigsten Bauvorhaben", presste Smerdis hervor. „Dieser Palast wird das bedeutendste Zeugnis persischer Architektur sein, einzigartig auf der Welt. Der Palast hier in Susa ist in babylonischem Stil gebaut, Ekbatana nach medischem Vorbild. Persepolis dagegen wird ein Bauwerk mit rein persischen Stilelementen sein – ein großartiges Kulturdenkmal für die Nachwelt."

Haman beugte sich über seinen Tisch und strich ein Stück Pergament glatt. „Darf ich Euch darauf hinweisen, Großwesir, dass Darius nicht mehr König ist?"

Smerdis schwieg verbittert.

Haman sprach weiter: „König Ahasveros hat bereits in Babylon zahlreiche Bewässerungspläne durchgeführt, wobei ich ihn sachkundig beraten konnte. Und ich habe bereits den Bericht des Obersten Landvermessers angefordert, der prüfen soll, welche Gegenden unseres Landes am meisten von einem Bewässerungsprojekt profitieren würden. Wir werden in Kürze eine Versammlung einberufen, bei der meines Wissens auch der König zugegen sein wird. Falls Ihr Interesse habt, könnt Ihr Euch bei der Gelegenheit aus erster Hand informieren, wenn das Thema für Euch nicht zu hochgegriffen ist."

„Pass auf, in welchem Ton du mit mir sprichst, du jämmerlicher babylonischer Wurm!" Smerdis' Gesicht war beinahe so rot wie seine Robe.

Hamans Augen verengten sich zu Schlitzen. „Ich bin kein Babylonier, ich stamme aus Palästina!"

„Aus *Palästina*." Smerdis Tonfall war verächtlich. „Diese Steinwüste, die Ihr Eure Heimat nennt, würde wohl am meisten von einem Bewässerungsprojekt profitieren, nicht wahr?"

Haman schluckte seinen Ärger mühsam herunter. Er erhob sich

zum Zeichen, dass die Unterredung beendet war. „Ich glaube, es gibt nichts mehr zu sagen, Großwesir. Ich werde den König von Eurem Anliegen bezüglich des Bauprojekts von Persepolis unterrichten."

Der Großwesir beugte sich vor, bis Hamans Gesicht nur noch wenige Zentimeter entfernt war, und schleuderte ihm ins Gesicht: „Das kann ich dem König auch selbst sagen, du eingebildeter Edomiter!" Dann drehte er sich um und verließ erhobenen Hauptes den Raum.

Haman brauchte eine Weile, bis er sich wieder beruhigt hatte. Sein ganzes Leben lang hatte er unter der Ablehnung, Arroganz und Verachtung gelitten, die ihm und seinem Volk überall entgegenschlug. Ahasveros war der Einzige, der ihm ohne Vorurteile begegnet war, der Einzige, der ihn als Mensch gesehen und zu seinem Vertrauten gemacht hatte. Sein einziger Freund. Er, Haman, war ein Vertrauter des Königs. Das durfte er nie vergessen. Solche niederen Geschöpfe wie Smerdis sollten ihn nicht mehr lange quälen.

Er holte tief Luft, breitete das Schriftstück vor sich auf dem Tisch aus und begann zu lesen.

Kapitel 8

Der Frühling hielt Einzug, die Tage wurden länger, und die Mädchen verbrachten ihre Zeit gern im Garten. Das große Areal hinter den Haremsmauern mit seinen kunstvoll angelegten Teichen, Blumenbeeten, Grünflächen und alten Bäumen, in denen die Vögel nisteten, gehörte zu den schönsten Gärten in Susa. Darius hatte ihn in seiner Amtszeit anlegen lassen, mit blühenden Sträuchern und Stauden und exotischen Bäumen aus ganz Asien. Die Gartenanlagen waren für die Bewohner des Harems die einzige Möglichkeit, sich im Freien aufzuhalten.

Muran hatte dafür gesorgt, dass Ester eine geräumige Suite mit zwei großen Zimmern zugeteilt wurde. Die Meisterin des Harems hatte Hatach zu Esters persönlichem Leibwächter und Luara zu ihrer persönlichen Kammerzofe ernannt. Die übrigen Kandidatinnen empörten sich über die offensichtliche Bevorzugung, aber da Ester es schon gewohnt war, dass die meisten Mädchen sie mieden, spürte sie kaum einen Unterschied in ihrem Verhalten.

Eines Morgens – sie spazierte gerade mit Luara durch den Garten – sah sie, wie Hatach aufgeregt auf sie zukam. „Muran schickt mich", sagte er außer Atem. „Ich habe eine wichtige Nachricht für Euch, meine Dame. Ihr sollt Euch schon heute Nachmittag beim König vorstellen!"

Ester legte erschrocken die Hand auf ihr Herz. „Das kann nicht sein, Hatach. Heute soll sich Alenda beim König vorstellen. Muran muss uns verwechselt haben.“

„Nein, es ist keine Verwechslung. Alenda ist seit heute Morgen unpässlich und kann in ihrem Zustand unmöglich beim König vorsprechen. Deshalb hat Muran beschlossen, Euch an ihrer Stelle zu senden.“

„Aber wieso mich?“ Ester starrte den jungen Mann an, der ihr in den vergangenen Monaten seltsam vertraut geworden war. „Aber ich bin noch gar nicht an der Reihe, Hatach. Es sind noch viele andere vor mir dran.“ Bei der Reihenfolge, nach der sich die Mädchen dem König vorstellen durften, gab es strenge Regeln und jeder wusste das. Manche Kandidatinnen befanden sich schon wesentlich länger im Harem. Esters Name dagegen stand ziemlich unten auf der Liste.

„Ich weiß, aber Muran hat es so angeordnet. Sie sagt, Ihr sollt sofort ins Ankleidezimmer kommen.“

Ester antwortete nicht. Sie brauchte ein paar Momente, um die Bedeutung von Hatachs Worten zu erfassen. *Heute*, dachte sie. *Also gut.* Dann würde also heute dem elenden Versteckspiel endlich ein Ende gesetzt. Schluss mit dem Schönheitsprogramm und mit der Bevormundung durch Muran und Hegai. Die letzten Monate hatten sie darin bestärkt, dass sie hier fehl am Platz und als Königin völlig ungeeignet war. Höchstens noch ein paar Tage … dann wäre sie frei und würde wieder zu Hause in ihrem eigenen Bett schlafen.

„Gut“, sagte sie energisch. „Dann lass uns gehen.“

Ester folgte Hatach auf den ungewöhnlich ruhigen Korridor. Sie hatte den stillen, jungen Mann in den vergangenen Monaten immer mehr schätzen gelernt. Außer Luara war er der Einzige, für den sie so etwas wie Freundschaft empfand.

Bevor sie in den Harem gekommen war, hatte Ester wenig über diese Männer gewusst, die von den Persern als Wächter ihrer Frauen eingesetzt wurden, und wann immer sie jemand über Eunuchen sprechen gehört hatte, was nicht oft vorgekommen war, waren es meistens abschätzige Worte gewesen. Selbst Mordechai, der sonst so tolerant und freundlich zu jedermann war, hatte seine geheime Abscheu nicht verbergen können.

Im Harem hatte Ester erfahren, dass es sich mit den Eunuchen genauso verhielt wie mit den Mädchen, die als Sklavinnen oder Konkubinen endeten: Ihre Eltern verkauften oder verschenkten sie, um die persischen Machthaber günstig zu stimmen. Auf diese Weise landeten sowohl Mädchen als auch Jungen im Harem, und die jungen Männer wurden kastriert, damit sie für die Frauen im Harem keine Gefahr darstellten.

Die meisten Eunuchen im Palast hatten schwabbelige Bäuche und hohe Stimmen, doch Hatach war anders. Er bäumte sich gegen sein Schicksal auf. Er sprach betont langsam und achtete darauf, dass seine Stimme nicht in die verhassten höheren Tonlagen abkippte. Er ernährte sich gesund und von Luara wusste Ester, dass er regelmäßig Sport trieb und seine Muskeln trainierte.

Als sie nebeneinander hergingen, warf Ester dem hochgewachsenen jungen Mann mit seiner bronzefarbenen Haut einen verstohlenen Blick zu. Sie spürte einen Stich in der Brust. Bald würde sie diesen Ort verlassen, aber Hatach würde bleiben – für immer gefangen im Harem und in seinem Körper, den man so grausam verstümmelt hatte.

Sie verspürte keinen großen Hunger, doch Hatach überredete sie, eine leichte Mahlzeit aus Brot und Früchten zu sich zu nehmen, und geleitete sie dann zum Ankleidezimmer, wo Muran, Luara und einige Dienerinnen auf sie warteten. Ester seufzte, als sie die wilde Entschlossenheit in Murans Gesicht bemerkte. Dies sah nach einer längeren Kleideranprobe und Kosmetiksitzung aus.

Stunden später und eine halbe Stunde vor der vereinbarten Zeit war Muran endlich zufrieden mit Esters Erscheinung. Befriedigt umkreiste sie ihr Werk und führte Ester zu einem großen Spiegel. „Perfekt“, kommentierte die beleibte Frau und sah Ester beifallheischend an.

Ester blickte gehorsam in den Spiegel. Das Ergebnis war in der Tat beeindruckend. Luara hatte ihr in mühevoller, dreistündiger Arbeit kleine Perlen auf einzelne Haarsträhnen gefädelt, die nun wie ein glitzernder Wasserfall über ihre Schultern bis zur Hüfte fielen. Ihre Augen waren mit schwarzem Kohlestift betont, ihre Brauen sorgfältig zu fein geschwungenen Bögen gezupft. Die makellosen Fingernägel waren poliert und mit einem Hauch Farbe versehen, und ihr Gewand mit dem zarten Orangenblütenmuster war von einem goldenen Gürtel gehalten und fiel in perfekten Falten bis zu den Knöcheln.

„Jetzt habt Ihr kaum noch Ähnlichkeit mit dem Mädchen, das vor ein paar Monaten zu mir kam“, bemerkte Muran zufrieden.

„Da habt Ihr recht“, antwortete Ester höflich.

Und dann erklärte ihr Muran zum mindestens hundertsten Mal, wie ihre Vorstellung beim König ablaufen würde. „Der Großkönig wird mit Euch in der abgeschlossenen Atmosphäre seines eigenen Gartens sprechen. Ihr werdet unter vier Augen sein, doch Hegai wird in der Nähe bleiben, um Euch zurück zum Harem zu begleiten, wann immer der König die Unterredung beenden möchte. Laut Etikette soll sie aber mindestens eine halbe Stunde dauern. Der König legt Wert darauf, allen Kandidatinnen die gleiche Zeit zu gewähren.“

„Ja, Meisterin“, sagte Ester geduldig.

„Er verzichtet bei diesen Treffen auf einen Großteil des Hofzeremoniells, aber Ihr müsst unbedingt einen korrekten Kniefall machen.“

„Ja, Meisterin.“

„Danach werdet Ihr Euch dem König in der Kunst des Weinservierens beweisen.“

Ester nickte. Sie hatte Stunden damit verbracht, die richtige, persische Art des Weineinschenkens zu üben, und hätte nie gedacht, dass man so viel Zeit damit verbringen konnte. „Ja. Ich weiß, wie man Wein einschenkt.“

„Und vergesst nicht zu lächeln, Ester. Euer Lächeln ist Euer größter Trumpf.“

Ester nahm sich vor, ein ernstes Gesicht zu machen und auf gar keinen Fall zu lächeln. Ansonsten war sie innerlich ganz ruhig. Erst als Hegai kam, um sie abzuholen, spürte sie eine leichte Nervosität.

Und wenn seine Wahl tatsächlich auf mich fällt? Rasch verdrängte sie den Gedanken, doch eine leise Unsicherheit blieb. Sie musste auf der Hut sein. Natürlich konnte sie nicht absichtlich irgendetwas Dummes sagen oder etwas Ungehöriges tun, um den König vor den Kopf zu stoßen. Sie musste die Rolle spielen, die von ihr erwartet wurde, damit der König in ihr das sah, was sie vorgab zu sein: ein achämenidisches Mädchen von niedrigem Adel, das hoffte, Königin zu werden. Darüber hinaus würde sie nichts tun oder sagen, was seine Sympathie wecken könnte.

Es wird nicht passieren. Niemals. Er hat so viele Mädchen zur Auswahl, die hübscher und adeliger sind als ich. Warum sollte er sich für mich interessieren?

Trotzdem klopfte ihr Herz wie wild, als sie Hegai durch die Tür folgte, die vom Harem in den Palast führte und schließlich zu einem von Mauern umgebenen Innenhof, der sonst nur von den königlichen Gemächern zugänglich und als Garten angelegt war. In der Mitte dieses Gartens stand ein weißer Marmorbrunnen. Die hohen Steinmauern, die den Platz umgaben, waren von Rosenranken bewachsen. In ein paar Wochen würden die Rosen blühen. Ester dachte an den kleinen Rosenbusch in ihrem eigenen Garten und betete, dass sie zu Hause sein würde, wenn er anfing zu blühen.

„Der König ist ausgeritten und lässt ausrichten, es könnte etwas später werden“, hörte sie Hegais Stimme. „Wir sollen hier auf ihn warten.“

„Ich verstehe“, antwortete Ester.

Hegai schwatzte leichthin über dies und das, offensichtlich bemüht, sie zu zerstreuen, doch Ester hörte seine Worte nicht. *Wenn Onkel Mordechai wüsste, dass ich heute den König sehen werde*, dachte sie. *Ich hoffe, sie werden ihm die Nachricht rasch überbringen, damit er mich bald abholen kann. Wie herrlich es sein wird, wieder zu Hause zu sein! Und endlich wieder zu essen, was ich gewohnt bin …*

Während sie sich ihre Heimkehr in den schillerndsten Farben ausmalte, öffnete sich eine kleine Tür und ein Page in medischer Uniform trat in den Hof. „Seine Majestät, der König", kündigte er an. Er war ein kleiner Junge von etwa acht Jahren. Zu Hegai gewandt sagte er: „Ihr sollt bitte drinnen warten."

Hegai folgte dem Pagen ins Haus. Ester stand stocksteif neben dem Brunnen. Ihr war schwindelig und sie stellte fest, dass sie vergessen hatte zu atmen. Rasch tat sie ein paar tiefe Atemzüge und fühlte sich gleich besser. Dann öffnete sich die Tür ein zweites Mal und ein Mann trat in den Rosenhof. Er war barhäuptig. Ein schmaler, goldener Reif hielt sein Haar zurück und er trug ein dunkelblaues Gewand über einer weißen Tunika.

Er war es. Der König. Ester hätte ihn erkannt, selbst wenn sie ihn nicht erwartet hätte. Es war diese besondere Ausstrahlung, seine Art, wie er auf sie zuging, während die Sonne sein goldbraunes Haar zum Leuchten brachte. Er war der König. Jeder musste das sehen, dachte sie.

Er trat zu ihr, und für einen kurzen Augenblick stand er ihr schweigend gegenüber und musterte sie aus ungewöhnlich hellen Augen. „So", sagte er schließlich, „Ihr seid also Ester."

Der Kniefall! Ich habe den Kniefall vergessen!

„Majestät", sagte sie leicht atemlos und begann mit der Verneigung.

Er streckte die Hand aus und berührte sie leicht am Arm. „Schon gut. Es ist nicht so wichtig."

Normalerweise war Ester nicht so leicht aus der Fassung zu bringen, aber diese Begegnung war so vollkommen anders, als sie erwartet hatte, dass es sie völlig aus der Bahn warf. Sie hatte mit einem schwarzlockigen Achämeniden gerechnet, mit Adlernase und strengem Blick, nicht mit *diesem* Mann! Sie war so verwirrt, dass sie herausplatzte: „Doch, doch, es ist wichtig! Ich habe diesen Kniefall monatelang geübt, Majestät. Bitte, lasst ihn Euch wenigstens vorführen."

Gleichzeitig wäre sie beim Klang ihrer eigenen Worte am liebsten im Boden versunken. Beschämt schlug sie die Augen nieder und hoffte inständig, der König würde sie für ihre Unverfrorenheit nicht sofort hinauswerfen. Bestimmt wunderte er sich über ihre mangelnde Kinderstube.

Doch er sagte nur amüsiert: „Du meine Güte. Ich würde es mir nie verzeihen, wenn Ihr meinetwegen all die Monate verschwendet hättet und Eure Bemühungen umsonst waren." Er machte eine einladende Handbewegung. „Bitte."

Ester wagte es nicht, ihn noch einmal anzusehen und sank in einer tiefen Verbeugung zu Boden. *Die Bewegung muss leicht und fließend sein*, hatte Muran oft genug gepredigt, *aus einem Guss, ohne Unterbrechung*. Ester berührte mit dem Kinn das steinerne Pflaster und wartete.

„Ihr dürft aufstehen", sagte Ahasveros, und Ester erhob sich ebenso leicht und geschmeidig wieder.

„Sehr schön", lobte der König.

Zaghaft blickte Ester auf. Seine Stimme war ernst, doch in seinen Augen lag ein amüsiertes Glitzern. „Ja", sagte sie. „Ich glaube, die Bewegung hatte den richtigen Fluss."

„Den Fluss? So nennen sie es, was sie Euch beibringen?"

„Ja, Majestät. Es ist nicht so einfach, wie es aussieht. Man braucht dafür gut trainierte Muskeln."

Ahasveros lachte. „Unter dem Aspekt habe ich das noch nie gesehen."

Sein jungenhaftes Lächeln nahm Ester komplett den Wind aus den Segeln und ohne es zu wollen lächelte sie zurück.

Es entstand eine winzige Pause, als er ihr Lächeln betrachtete, bevor er fragte: „Und was hat man Euch noch alles beigebracht?"

„Wein einschenken, zum Beispiel. Das könnte ich auch."

„Braucht man dafür auch starke Muskeln?"

„Nein, Majestät. Bloß eine sichere Hand.“

Er lächelte erneut und forderte sie auf, mit ihm durch den Garten zu gehen. Eine Zeit lang spazierten sie nebeneinanderher, wobei der König Fragen stellte und Ester antwortete. Er war ein angenehmer Gesprächspartner, charmant und interessiert, und sie vergaß beinahe, dass sie sich vorgenommen hatte, ernst und unnahbar zu wirken. Stattdessen verlief die Unterhaltung mit ihm zu ihrem großen Erstaunen ganz zwanglos und natürlich.

„*Ester*“, sagte er. „Ein babylonischer Name.“

„So ist es, Majestät.“

„Wie ich hörte, war Eure Mutter Babylonierin.“

Zum ersten Mal seit ihrer Begegnung spürte Ester einen leichten Stich. Alles in ihr sträubte sich dagegen, diesen Mann anzulügen. Außerdem schien es ihr nicht fair. Also sagte sie diplomatisch: „Die Familie meiner Mutter lebte in Babylon, bevor sie nach Susa kamen.“

Er nickte. „Und Euer Vater war Perser – ein Leutnant der Kavallerie, nicht wahr?“

Ester atmete auf. Nun befand sie sich wieder auf sicherem Boden. „Ja, Majestät. Er fiel im Kampf gegen die Griechen in der Schlacht bei Sardes.“

Der König blieb abrupt stehen und auch Ester wartete. „Und nun könnt Ihr es kaum erwarten, bis Persien endlich wieder gegen die Griechen in den Krieg zieht. Dann wäre der Tod Eures Vaters gesühnt.“

„Nein“, antwortete Ester ruhig: „Meine Mutter verlor im Krieg ihren Mann und ich meinen Vater. Ein Schicksal, das ich keiner Mutter, Ehefrau oder Tochter wünsche. Krieg ist niemals eine gute Lösung, sondern sollte für ein Land immer nur der letzte Ausweg sein.“

„Das klingt vernünftig. Als hättet Ihr Euch darüber bereits Gedanken gemacht.“ Etwas in seiner Stimme ließ Ester aufhorchen. Sie warf ihm einen kurzen Seitenblick zu, doch sein Gesicht verriet nichts. Dann sagte er: „Vielleicht sollten wir hineingehen, damit Ihr Eure Kunst des Weineinschenkens unter Beweis stellen könnt.“

Er führte sie nicht in den Hauptflügel der königlichen Gemächer, sondern in einen kleinen, privaten Raum mit zwei Diwanen, mit Gold verzierten Hängeleuchten und einem niedrigen Tisch, auf dem mit Gravuren geschmückte goldene Becher und Teller standen.

Ein Page brachte eine Karaffe Wein und eine Schale reifer Früchte. Er stellte beides auf den Tisch und entfernte sich auf ein Zeichen des Königs.

„Ich bin bereit", sagte Ahasveros zu Ester.

„Macht Ihr Euch etwa über mich lustig, Majestät?"

„Ich würde nicht im Traum daran denken."

Im selben Moment durchzuckte sie der Gedanke: *Ich bin wohl nicht ganz bei Trost! Wie kann ich es wagen, in diesem Ton mit dem Groß*könig *von Persien zu reden?*

„Woran denkt Ihr gerade?", fragte er mit sanfter Stimme.

„Daran, wie merkwürdig es ist, dass ich mich mit Euch so frei und ungezwungen unterhalten kann", antwortete sie wahrheitsgetreu.

„Ihr dachtet wohl, ich sei ein Unmensch."

„Ich dachte, Ihr seid der Großkönig."

„Ich *bin* der Großkönig", sagte er in demselben sanften Tonfall.

Er sah ihr in die Augen, für den Bruchteil einer Sekunde zu lang, wie sie fand, und sie wechselte verunsichert das Thema: „Darf ich Euch nun etwas Wein einschenken, Majestät?"

Auf dem Weg zurück zum Harem ging Ester schweigend neben Hegai her. *Die Vorstellung ist vorbei*, dachte sie. *Nie mehr Theater spielen, sich nicht mehr verstellen müssen.* Gleichzeitig bedauerte sie fast, dass es schon vorüber war. Sie war verwirrt und aufgewühlt, froh und traurig zugleich. Sie wusste nicht mehr, was sie fühlen oder denken sollte. Sie wusste gar nichts mehr. Doch sie wurde das dumpfe Gefühl nicht los, dass nichts mehr so sein würde wie zuvor. Und dass sie machtlos war gegen den Lauf der Dinge.

Hegai führte Ester direkt zu Murans Gemächern. Die Meisterin empfing sie mit einem breiten Lächeln. „Und?", fragte sie.

„Sie war über eine Stunde bei ihm“, sagte Hegai. „Mit keiner anderen hat er sich länger abgegeben als die obligatorische halbe Stunde.“ Er rieb sich die Hände. „Er hat sie sogar in seinen privaten Salon geführt, Meisterin. Ich denke, er hat seine Wahl getroffen.“ Voller Genugtuung sah er Ester an. „Ich glaube, wir haben eine neue Königin.“

„Nein!“, rief Ester. „Das kann nicht sein. Ich wäre eine schlechte Königin, und ich stamme noch nicht einmal aus einem nennenswerten Adelshaus.“

„Papperlapapp!“ Muran sah sie streng an. „Ester, der König hat keinem anderen Mädchen seine Gunst so deutlich offenbart. Die lange Zeit, die er mit Euch verbracht hat, der private Salon – all das zeigt, dass er Euch sehr gewogen ist, meine Liebe.“ Sie nahm Esters kalte Hände und drückte sie überschwänglich. „Welch Fügung des Schicksals, dass Alenda krank war! Das gab mir die Gelegenheit, Euch einen kleinen Vorteil zu verschaffen. Ich habe immer gewusst, dass Ihr die richtige Frau für Ahasveros seid! Ich habe es gewusst!“ Die rundliche Frau strahlte vor Freude über das ganze Gesicht.

„Es ist noch nichts entschieden“, protestierte Ester. „Der König hat sich noch nicht dazu geäußert. Vielleicht hat das alles gar nichts zu bedeuten. Und wahrscheinlich will er sowieso erst noch die anderen Bewerberinnen kennenlernen, bevor er seine Wahl trifft.“

„Nein“, sagte Muran bestimmt. „Er hat sich für Euch entschieden. Ich spüre das in allen Knochen.“

Ester wusste nicht, ob sie lachen oder weinen, schreien oder in Ohnmacht fallen sollte. Sie wusste nur, dass sie Murans und Hegais Gegenwart nicht länger ertrug, und schützte Müdigkeit vor, um sich zurückziehen zu können.

Luara half ihr, sich aus den prachtvollen Kleidern zu schälen. Als sie nur noch ihr bequemes Unterkleid trug, entließ sie das Mädchen und setzte sich auf ein Kissen am Boden, mit dem Rücken an die Wand gelehnt.

Sie schloss die Augen und versuchte, ihre wirren Gedanken zu ordnen. Alles war ganz anders verlaufen, als sie geplant hatte. Sie wollte ernst und abweisend sein, doch er hatte ihr den Wind aus den Segeln genommen. Sie hatte sich wohlgefühlt in seiner Gegenwart, und er hatte es ihr leicht gemacht. Sodass sie zwischendurch ganz vergessen hatte, dass er Ahasveros, der Großkönig von Persien war. Wie konnte sie so töricht sein! In ihrem Kopf hallten Murans und Hegais Worte nach. Was sollte sie tun, wenn sie recht hatten? Wenn das Unfassbare geschah und sich Ahasveros tatsächlich für sie entschied? Sie wäre eine Gefangene hinter Palastmauern, für den Rest ihres Lebens. Verheiratet mit einem Mann, der für sie immer ein Fremder bleiben würde. Sie musste an Abraham denken und spürte auf einmal, wie schmerzlich sie ihn vermisste.

Ihre Augen füllten sich mit Tränen. Wenn der König sie zur Frau nahm, hatte sie Abraham für immer verloren. Es würde keine gemeinsame Zukunft für sie geben. Manchmal hatte sie geträumt, wie es sein würde. Sie würde ihr bescheidenes Haus in Ordnung halten und ihm Kinder gebären. Sie wäre seine Vertraute und seine beste Freundin. Sie würden zusammen alt werden, und sie wäre glücklich an seiner Seite. – Ahasveros dagegen war kein Mann ihres Volkes. Er war ein Mann, der zu fremden Göttern betete und der einen Harem voller Konkubinen hatte. Wie konnte es Gottes Wille sein, dass sie einen solchen Mann heiratete?

Ein Klopfen an der Tür unterbrach ihre Gedanken. Hastig wischte sie sich die Tränen ab und stand auf, um den Besucher einzulassen. Es war Hegai. Auf seinem fleischigen Gesicht lag ein triumphierendes Lächeln. „Verehrteste, ich habe die Ehre, Euch die freudige Nachricht zu überbringen, Majestät, dass der König seine Wahl getroffen hat. Ihr seid die neue Königin von Persien. Herzlichen Glückwunsch!“

Es war das erste Mal, dass Hegai sie *Majestät* nannte.

Ester war unfähig, irgendetwas zu erwidern. *Es ist vorbei*, dachte sie nur. *Mein Leben, so wie es früher war, ist ein für alle Mal vorbei. Nie werde ich meine Familie und meine Freunde wiedersehen.*

Hegai war nicht zu bremsen: „Die Hochzeit soll in Susa stattfinden, doch der König möchte zuvor nach Ekbatana reisen, bevor die heiße Jahreszeit anbricht. Uns bleibt also nur ein Monat für die Hochzeitsvorbereitungen, und es gibt noch so viel zu tun!"

Ester nickte stumm, zum Zeichen, dass sie verstanden hatte. Ihr Mund war zu trocken, um zu sprechen. Als sie endlich ihre Stimme wiedergefunden hatte, unterbrach sie seinen Redefluss mit der einzigen Frage, die ihr wichtig war: „Kann ich bitte vorher mit Mordechai sprechen? Er ist der Mann, auf dessen Empfehlung ich zu Euch kam."

Hegais Züge verfinsterten sich. „Er ist Jude. Es schickt sich nicht für Euch, ihn zu treffen. Aber wir werden die Familie Eures Vaters in Kenntnis setzen. Eure Verwandten dürfen Euch selbstverständlich besuchen."

„Ich möchte Mordechai sehen", beharrte Ester mit Nachdruck. „Ich möchte mich bei ihm persönlich bedanken. Wenn er kein gutes Wort für mich eingelegt hätte, hätte ich diese Chance niemals bekommen."

„Besuch von einem Mann, der kein Blutsverwandter ist, dürft Ihr nur empfangen, wenn ich dabei bin, Majestät."

„Ich verstehe. Natürlich könnt Ihr dabei sein. Aber ich möchte Mordechai unbedingt sprechen."

Hegai machte noch immer ein unentschlossenes Gesicht.

„Das ist keine Bitte, Hegai", sagte Ester mit fester Stimme, „das ist ein Befehl."

Für einen Augenblick stutzte er, dann entspannten sich seine Gesichtszüge und er sagte gleichmütig: „Sehr wohl, Majestät. Ich werde mich darum kümmern."

Als der Eunuch gegangen war, ließ Ester sich wieder zu Boden sinken. Die Hoffnungslosigkeit ihrer Situation drückte sie nieder wie eine schwere Last. Erst jetzt merkte sie, dass sie am ganzen Körper zitterte. Sie würde den König heiraten. Ihr Schicksal war besiegelt. Wie konnte Gott ihr so etwas zumuten? Wie sollte sie die Einsamkeit ertragen, dieses Leben hinter Mauern? Herausgerissen aus der Geborgenheit ihrer jüdischen Gemeinschaft, fern von den Menschen, die sie liebte. Wie konnte Gott ihr das antun? Wie konnte Mordechai ihr das antun?

Herr im Himmel, ich kann nicht mehr! Ich weiß nur noch eines: Ich will nach Hause!

Sie warf sich schluchzend auf den Boden, Tränen der Verzweiflung strömten über ihr Gesicht.

Kapitel 9

Wenige Stunden später wurde Ester zu ihrem neuen Domizil gebracht: helle, geräumige Gemächer unweit des Königspalastes, allerdings immer noch hinter Haremsmauern. In die Wohnräume der Königin, so teilte Muran ihr mit, würde sie erst nach der Hochzeit einziehen.

Am nächsten Tag saß sie in ihrem neuen, eleganten Empfangszimmer mit seidenen Vorhängen und wartete auf Mordechais Besuch. Nervös und innerlich aufgewühlt war sie unfähig, sich während des Wartens auf einen der weichen Diwane zu setzen. Als es klopfte, stand sie mitten im Raum auf dem kostbaren Perserteppich – gegen den der Teppich in ihrem ehemaligen Zimmer wie ein alter Putzlappen wirkte – und zuckte zusammen. Sie sah, wie Hegai ihren Onkel leicht am Arm berührte, zum Zeichen, dass er in der Tür stehen bleiben sollte, und ihre Blicke trafen sich quer durch den Raum. Er sah älter aus als in ihrer Erinnerung.

„Hegai", sagte Ester und bemühte sich, die nötige Strenge in ihre Stimme zu legen, „Ihr könnt draußen auf dem Korridor warten und die Tür offen lassen. Das dürfte genügen, um der Etikette zu entsprechen." Es waren die Worte, die sie sich zuvor für diesen Augenblick zurechtgelegt hatte.

Der Eunuch widersprach, doch Ester war fest entschlossen, mit ihrem Onkel unter vier Augen zu reden. „Es ist mein ausdrücklicher Wunsch", sagte sie scharf. „Wenn es Euch nicht passt, könnt Ihr Euch beim König beschweren."

Hegai holte Luft, um etwas zu erwidern, ließ es dann lieber bleiben, nickte und zog sich zurück. Ester wusste, dass sie gewonnen hatte.

„Kommt herein, Mordechai", sagte sie so laut, dass Hegai es auf dem Flur hören musste. „Ich habe Euch rufen lassen, um Euch zu danken für Eure guten Dienste. Bitte setzt Euch doch. Darf ich Euch etwas Wein anbieten?"

Sie deutete auf den Diwan, der am weitesten von der Tür entfernt war.

Mordechai gehorchte, die Augen starr auf seine Nichte gerichtet. Er sah sie an, als säße er einer Fremden gegenüber. „Du siehst so anders aus", brachte er schließlich heraus.

„Das mag schon sein", erwiderte Ester und kämpfte darum, ihrer Stimme einen neutralen Klang zu verleihen. Ein Teil von ihr sehnte sich danach, in seine Arme zu flüchten und ihn anzuflehen, sie mit nach Hause zu nehmen. Gleichzeitig hätte sie ihm am liebsten ihre ganze Wut ins Gesicht geschleudert und ihn angeklagt, was er ihr antat.

Mordechai fragte mit gedämpfter Stimme, sodass Hegai es nicht verstehen konnte: „Wie geht es dir?"

„Was glaubst du denn, wie es mir geht? Demnächst werde ich den Großkönig von Persien heiraten. Wie könnte ich anders als einen Freudentanz aufführen?" Im selben Augenblick erschrak sie über ihre bitteren Worte.

Mordechai blickte zur Tür und sagte noch leiser: „Es tut mir so leid, Täubchen."

Als er sie mit ihrem Kosenamen ansprach, konnte sie ihre Tränen nicht länger zurückhalten. Er breitete seine Arme aus, und sie warf sich an seine Brust und schluchzte hemmungslos. Nach einer Weile, als sie sich etwas beruhigt hatte, sagte Mordechai: „Ich konnte es zuerst auch nicht glauben. Ich wusste noch nicht einmal, dass der König dich empfangen hat. Dann sagte mir Filius, dass du länger beim König warst als alle anderen. Und heute kam dann die offizielle Bekanntmachung."

„Nun ist alles so gekommen, wie du wolltest", schluchzte Ester an seiner tränennassen Schulter.

Er seufzte. „Ja und nein. Im Grunde meines Herzens habe ich nie wirklich geglaubt, dass es tatsächlich so geschehen würde. Alles in allem war ich sehr überrascht."

Ein Funken Hoffnung flackerte in Esters Augen. „Vielleicht ist es noch nicht zu spät. Vielleicht lässt sich das Blatt noch wenden."

Mordechai löste sie sanft aus seinen Armen. Er hielt sie von sich weg, sodass er ihr ins Gesicht sehen konnte, und sagte eindringlich: „Ester, hör mir zu. Was hier geschieht, ist der Weg Gottes. Nur aus diesem Grund hat der König aus all den schönen persischen Mädchen mit den besten Beziehungen gerade dich ausgewählt. Nur weil es Gottes Wille ist. Das musst du akzeptieren und dein Bestes tun, um unser Volk und unser Land vor der drohenden Gefahr zu schützen. Und diese Gefahr heißt Haman, der Edomiter."

Ester fühlte, wie eine kalte Faust nach ihrem Herzen griff. Ihr Onkel dachte also nicht im Geringsten daran, ihr zu helfen. Er würde sie ihrem Schicksal überlassen. Und sie würde einen Mann heiraten, der sie weder liebte noch achtete, der ihr fremd war und fremd bleiben würde und für den nur zählte, dass sie ihm einen Thronfolger gebar. Einen Mann, der einen ganzen Harem voller Konkubinen hatte, wenn er ihrer überdrüssig war. Selbst ihre Gemächer, das hatte sie herausgefunden, befanden sich in unmittelbarer Nähe zu den Wohnräumen seiner beiden Lieblingsfrauen. Frauen, die ihm bereits Kinder geboren hatten, und die er zweifellos auch nach ihrer Hochzeit weiter besuchen würde. Die Perser sahen darin nichts Verwerfliches, doch sie fand den Gedanken unerträglich.

Aber was sollte sie Mordechai mit solchen Gedanken belasten? Es hätte sowieso keinen Zweck. Er war felsenfest überzeugt, dass Gott sie, Ester, zur Retterin der Juden ausgewählt hatte, und nichts würde ihn von diesem Glauben abbringen. Es gab keine Flucht, keinen Ausweg. Sie war gefangen wie diese armen Vögel im Käfig, die sie auf dem Markt oft gesehen hatte.

Nachdem Mordechai gegangen war, fühlte sie sich ausgebrannt und leer. Sie ging in ihr Schlafzimmer, dankbar für ihr weiches Bett – eine Wohltat nach der harten Schlafmatte im Raum zuvor – und fiel in einen erschöpften Schlaf.

Bei den Hochzeitsvorbereitungen standen Muran und Hegai unter Zeitdruck. Sie arbeiteten von früh bis spät und bemühten sich, Ester in die Geheimnisse der königlichen Hofetikette einzuführen. Wieder und wieder probten sie mit ihr den richtigen Ablauf der Zeremonie, bis Ester, der das alles fremd war, der Kopf schwirrte und sie überzeugt war, sie würde ganz bestimmt einen schrecklichen Fehler begehen und sich vor allen Gästen zum Gespött machen.

Hegai hatte angeordnet, dass ihr Großvater väterlicherseits sie zum Altar führen sollte – ein Mann, den Ester nicht kannte und der nach dem Tod ihres Vaters den Kontakt zu ihrer Mutter und ihr abgebrochen hatte, als hätten sie nie existiert.

Ester wusste, dass sie sich damit abfinden musste. Natürlich hätte sie lieber Mordechai an ihrer Seite gehabt, doch er konnte diese Aufgabe unmöglich übernehmen. Allein ihr persischer Vater verlieh ihr die Berechtigung, hier zu sein.

Mit gemischten Gefühlen erwartete sie die Ankunft ihres Großvaters, Arses. Sie empfing ihn im selben Zimmer, in dem ihr erstes und vielleicht einziges Treffen mit Mordechai stattgefunden hatte.

Auch diesmal war es Hegai, der den Besucher ankündigte und hereinführte. Ein hochgewachsener Mann mit grauen Schläfen und strengem Blick trat ein und blieb in respektvollem Abstand vor Ester stehen. „Meine Enkelin“, sagte er steif. „Wie darf ich dich begrüßen?“

Ester blickte in ein stolzes Gesicht mit klaren, scharf geschnittenen Zügen. Einen Augenblick zögerte sie und dachte daran, was er ihr und ihrer Mutter angetan hatte, doch dann gab sie sich einen Ruck und sagte: „Ihr dürft mir den Bruderkuss geben."

Arses kam näher und küsste Ester auf die Wange. Dann trat er einen Schritt zurück, und sie standen sich eine Weile schweigend gegenüber.

„Du warst schon damals ein hübsches Kind", sagte er schließlich. „und jetzt bist du eine schöne, junge Frau geworden."

Seine Worte trafen sie wie ein Schlag. „Du hast mich also damals gesehen?"

Er antwortete ruhig und ohne zu zögern, die dunklen Augen fest auf sie gerichtet. „Ja, als du zwei Jahre alt warst. Ich habe dich und deine Mutter von Sardes zurück nach Susa gebracht, nachdem mein Sohn in der Schlacht gegen die Griechen gefallen war."

„Das wusste ich nicht."

Die schwarzen Brauen des alten Mannes zuckten, als er Hegai mit einer unmissverständlichen, gebieterischen Kopfbewegung aufforderte, sie allein zu lassen.

„Danke, Hegai", beeilte sie sich zu sagen, „Ich möchte mit meinem Großvater unter vier Augen sprechen."

Der nahe Verwandtschaftsgrad genügte, um den Eunuchen zu überzeugen, dass er sich ohne Weiteres zurückziehen konnte, und Ester und ihr Großvater blieben allein im Raum. Schweigend standen sie sich gegenüber, bis Arses sagte: „Es überrascht mich nicht, dass du nichts von mir wusstest. Mordechai wollte den Kontakt zur Familie deines Vaters nicht, und wir haben seinen Wunsch respektiert. Umso mehr freut es mich, dich nun kennenzulernen."

Ester war verwirrt. Diese Version der Geschichte hatte sie noch nie gehört. „Aber ich dachte immer, du warst es, der nichts mit mir zu tun haben wollte."

Arses schüttelte den Kopf. „Nein. Nach dem Tod meines Sohnes bat ich deine Mutter, in meinem Haus zu wohnen, doch sie wollte lieber zu ihren eigenen Leuten zurückkehren und bei ihrem Bruder leben."

„Onkel Mordechai hat mir aber etwas anderes erzählt!", rief Ester empört. „Er sagte, dass du derjenige warst, der von meiner Mutter und mir nichts mehr wissen wollte!"

„Das war nicht der Fall", erwiderte Arses ruhig.

Ester spürte, wie Wut und Trauer in ihr hochstiegen. All die Jahre waren verstrichen, ohne dass sie die Chance hatte, die Familie ihres Vaters kennenzulernen. Mordechai hatte für sie entschieden. Er hatte ihr keine Wahl gelassen.

„Er hat mich angelogen", sagte sie tonlos. „Er hatte kein Recht, das zu tun."

Arses sah sie lange und nachdenklich an, bevor er antwortete: „Obwohl ich Mordechai nicht leiden mag, muss man ihm zugutehalten, dass er meinte, das Richtige zu tun. Er wollte nur das Beste für dich, mein Kind. Deine Mutter hatte ihre Entscheidung getroffen, und so war es für dich einfacher, wenn du nicht zwischen zwei verschiedenen Kulturen hin und her gerissen warst. Du konntest entweder Perserin oder Jüdin sein – nicht beides. Und Mordechai wollte, dass du als *jüdisches* Mädchen erzogen wurdest."

Esters Hände verkrampften sich ineinander, als sie mit schwacher Stimme sagte: „Aber jetzt muss ich auch beides sein, Großvater."

„Das kannst du nicht, mein Kind." Arses lachte kurz und bitter auf. „Mordechai kam zu mir, am Tag, nachdem du in den Harem aufgenommen wurdest, und bat mich um eine Geburtsurkunde für dich. Zugegeben, ich wollte es zuerst nicht glauben, dass er dich hierher geschickt hat. Er, der damals außer sich war, als seine Schwester einen Perser heiratete! Nie hätte ich gedacht, dass er dich irgendjemand anderes heiraten ließe als einen Juden – nicht einmal den Großkönig selbst." Seine tief liegenden schwarzen Augen blitzten vor höhnischer Genugtuung. „Er ist derjenige, der dich in diese Lage gebracht hat, Ester. Er muss damit leben. Wenn du erst einmal mit dem König verheiratet bist, wirst du nicht länger als Jüdin leben können. Dann wirst du Perserin sein."

Er kann es nicht verstehen. Er versteht nicht, dass man nicht plötz-

lich seine Herkunft abstreifen kann wie einen alten Mantel. Dass man nicht plötzlich zu einem fremden Volk mit einer fremden Kultur und Religion gehören kann. In meinem Herzen werde ich immer Jüdin sein.

Sie beschloss, ihn geradeheraus zu fragen: „Hat Onkel Mordechai dir erzählt, warum er mich hierher geschickt hat?"

Arses zuckte die Achseln. „Er erzählte irgendeinen Unsinn von einem Massaker an den Juden und dass er Angst habe, der Tempel in Jerusalem würde von Neuem zerstört. Für mich klang es unlogisch und fanatisch. Ahasveros ist ein ehrenhafter Mann und ein gerechter Herrscher. Er würde so etwas nicht zulassen. Und überhaupt – wie kommt Mordechai darauf, dass gerade *du* so etwas verhindern könntest!" Er schüttelte den Kopf. „Ich habe immer gewusst, dass er ein Fanatiker ist."

„Er ist kein Fanatiker!", rief sie leidenschaftlich. „Aber er hat Angst um sein Volk und will die Juden vor Unheil bewahren."

„Mithilfe einer *Frau*?", entgegnete er verächtlich.

Ester hatte nichts anderes erwartet, aber sie ärgerte sich über seine Arroganz. Sie presste die Lippen zusammen und schluckte die Worte hinunter, die sie ihm am liebsten entgegengeschleudert hätte. *Er ist Perser und ein alter Mann*, sagte sie sich. *Er wird an seiner Meinung festhalten. Es hat keinen Zweck, ihn zum Umdenken zu bewegen.*

Ihr Blick wanderte zu dem niedrigen Serviertisch vor dem Diwan, und sie fragte mit betont freundlicher Stimme: „Möchtet Ihr vielleicht eine Erfrischung oder etwas Wein, Großvater?"

Arses lächelte und nahm dankend an.

Ester schenkte ihm ein und ließ den alten Mann aus seinem Leben erzählen. Aufmerksam hörte sie ihm zu und unterbrach nur, um hin und wieder eine Frage zu stellen. Dabei erfuhr sie, dass er Hauptmann der „Unsterblichen" gewesen war, einer Infanterieeinheit von zehntausend Mann, bei der nach dem Tod eines Soldaten sofort für Ersatz gesorgt wurde, sodass sich ihre Reihen niemals lichteten. Die Eliteeinheit rekrutierte sich ausschließlich aus Persern, die dem

Großkönig treu ergeben waren. „Die Männer in unserer Familie kämpften unter König Kyrus in den Feldzügen gegen die Meder und Babylonier.“ In seiner Stimme lag Stolz. „Wir waren immer Infanteristen – bis dein Vater kam. Er war verrückt nach Pferden, von dem Tag an, als er zum ersten Mal auf einem Pony reiten durfte. Später, als er älter war, galoppierte er in einem Tempo die Berge rauf und runter, dass ich dachte, er würde sich den Hals brechen. Also musste es die Kavallerie sein, etwas anderes kam für ihn nicht infrage.“

Ein Anflug von Traurigkeit glitt über sein kühn geschnittenes Gesicht, als er an den Sohn dachte, der schon so jung sterben musste. Ester fühlte Tränen aufsteigen und blinzelte sie rasch weg. Ein junger Mann, der viel zu früh sterben musste. Der Vater, den sie nie gekannt hatte.

Arses leerte seinen zweiten Becher Wein. „Ahasveros ist selbst ein begnadeter Reiter. Als Jugendlicher – er war noch neu in der Kavallerie – ritt er Pferderennen auf der berühmten Rennbahn in Ekbatana, und meistens gewann er. Nach einer Weile wurde er gesperrt, weil niemand mehr gegen ihn wetten wollte.“

„Das ist mir neu.“

Arses schien nicht zu erwarten, dass eine Frau sich für Pferderennen interessierte, und sagte stattdessen: „Ich will dir einen guten Rat geben, Enkeltochter.“ Er setzte sein Glas ab und sah sie direkt an.

Ester seufzte. „Ich habe schon so viele gute Ratschläge bekommen, also, was habt Ihr mir Neues zu sagen?“

Arses ignorierte ihre Bemerkung und taxierte sie mit zusammengezogenen Augenbrauen. „Ahasveros heiratet dich nicht nur wegen deiner Schönheit, mein Kind. Was er braucht, ist Loyalität. Er braucht eine Königin aus einer Familie, die ihm hundertprozentig die Treue hält. Er kann und darf nicht wissen, dass deine Mutter eine Hebräerin war. Für ihn bist du die Tochter eines königstreuen, persischen Hauses.“ Seine tief liegenden Augen bohrten sich in ihre. „Nur dank deines persischen Blutes bist du hier, und du tust gut daran, das nie zu vergessen.“

Ester schlug die Augen nieder, um seinem Blick zu entgehen. „Ich will es versuchen, Großvater.“

Der alte Mann nickte. „Dein Sohn wird der Thronfolger sein. Das ist das Einzige, was zählt.“

Ester fröstelte bei seinen Worten, doch sie beherrschte sich und nickte, zum Zeichen, dass sie verstanden hatte.

In dem Monat vor der Hochzeit bekam Ester Ahasveros kein einziges Mal zu Gesicht. Von Hegai erfuhr sie, dass der König aus bestimmten außenpolitischen Gründen nach Babylon gereist war, Genaueres wusste er nicht. Bekannt war nur, dass er plante, rechtzeitig vor der Hochzeit zurück zu sein.

Seine Abwesenheit machte für Ester das Warten nicht gerade leichter. Sie hatte ihren zukünftigen Ehemann bloß ein einziges Mal gesehen und eine Stunde mit ihm geplaudert. Woher sollte sie wissen, was für ein Mensch er war und was es bedeutete, mit einem König verheiratet zu sein? Bei jemandem aus ihrem eigenen Volk, bei Abraham zum Beispiel, wüsste sie, in welcher Beziehung sie zu ihrem Mann stehen würde und was von ihr erwartet wurde. Und wie sie die Tage verbringen würde. Was dagegen tat eine Königin den lieben langen Tag?

Sie hatte keine Antwort auf diese Fragen, und als sie am Tag vor der Hochzeit die Nachricht erhielt, der König sei zurück in Susa und wünsche, mit ihr zu Abend zu speisen, erfüllte sie ein Gefühl nie gekannter Ohnmacht. Als sie bereit war, bat sie Hatach, sie zu begleiten. Er und Luara waren die einzigen beiden Menschen im Palast, in deren Gegenwart sie sich wohlfühlte. Hegai ärgerte sich, doch sie bestand darauf, dass Hatach mitkam. Er schritt mit ihr durch die Tür, die vom Harem zu den königlichen Gemächern führte, einen langen Flur entlang zu einem kleinen Speisesaal, dessen Flügeltür den Blick auf den Garten freigab.

Im Inneren des Raumes sah sie einen Tisch, der mit Bechern, Krügen und Tellern aus reinem Gold gedeckt war. Zwei mit kostbaren

Schnitzereien verzierte Stühle standen sich gegenüber. Ein kleiner Page wartete neben dem Tisch und sagte, an Hatach gewandt: „Majestät möchte bitte Platz nehmen. Seine Majestät, der Großkönig, wird in Kürze hier sein."

Hatach rückte einen Stuhl für Ester zurecht und sagte leise: „Ich werde im Hof auf Euch warten." Dann entschwand er durch die bauschigen Vorhänge. Der Page tat es ihm gleich. Ester war allein.

Steif saß sie auf ihrem Stuhl, sodass ihr Rücken die Lehne nicht berührte. Um sich abzulenken und ihre Angst in Schach zu halten, zählte sie die grünen Steine in dem Mosaik auf der gegenüberliegenden Wand. Sie war gerade bei zweihundertdrei angekommen, als sich der Vorhang teilte und Ahasveros eintrat.

Ester wollte aufstehen und hoffte, ihre Beine würden nicht nachgeben, doch der König bedeutete ihr mit einer Handbewegung, sie möge sitzen bleiben. Er kam zu ihr und gab ihr einen leichten Kuss auf die Stirn. Seine Lippen waren kühl auf ihrer Haut und sie bemerkte den Duft, der ihn umgab und der an wohlriechende Gewürze erinnerte. „Ich muss mich entschuldigen für meine lange Abwesenheit", sagte er sanft und in dem für ihn typischen, leicht herablassenden Tonfall. „Ich hatte nicht vor, so lange auszubleiben, aber es ließ sich leider nicht ändern."

Ich hatte ganz vergessen, wie gut er aussieht. Ester blickte ihm ins Gesicht.

„Es war nicht einfach für mich", sagte sie offen und weil sie nicht wusste, was sie sonst sagen sollte.

Er setzte sich ihr gegenüber an den Tisch. „Das tut mir leid", erwiderte er. Sie wusste nicht, ob er es ernst meinte. „Was war das Problem?"

„Ja, also … es ist alles so viel, mein König. Ich meine, die königliche Hofetikette und die ganzen Benimmregeln." Sie senkte den Blick und starrte auf ihren Teller. „Ich fürchte, ich werde alles verpatzen und mich so fürchterlich danebenbenehmen, dass Ihr mir zur Strafe den Kopf abschlagen lasst."

In seinen graugrünen Augen blitzte es und er sagte amüsiert: „Was könnte denn so furchtbar sein, dass es so drastische Maßnahmen erfordert?"

„Dass ich aus Versehen auf Euren Purpurteppich trete."

Die Vorhänge teilten sich und mehrere Pagen traten ein, schwer beladen mit Platten, auf denen sich die Speisen türmten. Bei einem persischen Mahl wurde alles auf einmal serviert – anstatt in einzelnen Gängen – und der ganze Tisch wurde mit Fleisch-, Gemüse- und Obstplatten und Tellern mit süßem Gebäck bedeckt.

Während die Pagen die Platten auf den Tisch stellten, sagte Ahasveros: „Ich erlaube dir hiermit, auf meinen purpurnen Teppich zu treten, Ester. Und nachdem wir verheiratet sind, wird niemand wagen, irgendetwas, was du tust, zu kritisieren. Du bist die Königin."

Anstatt sie zu beruhigen, versetzten sie seine Worte noch mehr in Panik. Ester kämpfte mit den Tränen und starrte schweigend auf die dampfenden Fleischplatten auf dem Tisch.

„Ihr könnt gehen." Der König wandte sich an die Pagen. „Wir werden uns selbst bedienen."

Als sie allein waren, sprach zuerst niemand ein Wort, doch Ester konnte spüren, wie Ahasveros' Blicke auf ihr ruhten. „Ester, was ist los mit dir?", fragte er nach einer Weile.

Sie sog die Luft ein und suchte nach Worten, ohne den Blick von der Schüssel mit Hühnerfleisch zu nehmen. „Ich habe Angst", sagte sie mit zitternder Stimme. Ihre Finger strichen nervös über den Rand ihres leeren, goldenen Tellers.

„Dass du auf meinen Teppich trittst?"

Ester schüttelte den Kopf. Verzweifelt brach es aus ihr heraus: „Alles. Alles macht mir Angst."

Ahasveros lehnte sich in seinem Stuhl zurück, seine Hände ruhten leicht auf den geschnitzten Armlehnen. Als er immer noch nicht sprach, wagte es Ester aufzuschauen und ihre Augen trafen sich. Er hielt ihren Blick fest, und aus einem Grund, den sie sich nicht erklären konnte, begann ihr Herz schneller zu schlagen.

„Du brauchst keine Angst zu haben, Ester“, sagte er ernst und alle Ironie war aus seinem Blick verschwunden. „Ich bin bei dir. Vertrau mir.“

Sie sah ihn an und zupfte nervös an ihrer Serviette. Er streckte den Arm aus und umschloss ihre ruhelosen Finger mit seiner sehnigen, kräftigen Reiterhand.

„Kannst du mir vertrauen?“, fragte er.

Ester holte tief Luft. „Ich will es versuchen.“

Kapitel 10

Eine königliche Hochzeit in Persien war ein Staatsakt, bei dem die Braut nur eine untergeordnete Rolle spielte. Der Hochzeitstag begann damit, dass der König in seiner mit goldenen Ornamenten verzierten Kutsche durch die Straßen von Susa fuhr, gefolgt von einer beeindruckenden Schar von Priestern aus der medischen Priesterkaste der Mager oder Magier, Priester des Zarathustra. Die königliche Leibgarde marschierte in festlichem Ornat, und Tausende von Menschen säumten die Straßen, jubelten ihrem König zu und streuten Blumen auf den Weg der königlichen Kutsche.

Die Hochzeitszeremonie sollte in der Apanada stattfinden, dem großen Innenhof des Palastes. Für die Feierlichkeiten hatte man einen riesigen zeltartigen Pavillon aufgebaut: Seidene Vorhänge hingen an goldenen Stangen zwischen den mächtigen Säulen aus Zedernholz, dicke, purpurrote Teppiche bedeckten den Boden und Hunderte von Diwanen mit zierlichen, silbernen Füßen dienten als Sitzgelegenheiten für die Gäste.

Im Zentrum des Pavillons lag das Zelt des Brautpaares, zu dem nur die Magier des Königs, der oberste Eunuch und die engsten Familienmitglieder des Brautpaares Zutritt hatten. Ester hatte darauf bestanden, dass Mordechai eingeladen wurde, und nach anfänglichem Zögern hatte Hegai ihn auf die Gästeliste gesetzt.

Während die Kutsche des Königs durch die Straßen fuhr, wurde Ester in ihren Gemächern von Muran und einer beträchtlichen Anzahl von Dienerinnen angekleidet, geschminkt und frisiert. Als sie endlich fertig waren, mussten sie warten, bis ein königlicher Page kam, um die Königin abzuholen. Ester verspürte eine seltsame Ruhe und Gleichgültigkeit. In den letzten Monaten hatte sie so oft zwischen Hoffnung und Verzweiflung geschwebt, dass sie überhaupt nichts mehr fühlen konnte.

Gemeinsam mit ihr warteten Muran, Luara, Hatach und Arses. Ihr Großvater spielte gelangweilt mit der Tischdekoration, Hatach stand in einer Ecke und starrte vor sich hin. Luara warf Ester hin und wieder einen besorgten Blick zu, während Muran nervös die bereits perfekten Falten ihrer weißen Tunika glatt strich.

Endlich klopfte es an die Tür. Hatach öffnete und ließ den Pagen ein. „Der König und seine Sippe haben sich im Brautzelt versammelt und haben auf das Wohl des Brautpaares getrunken. Sie sind nun bereit, die Braut zu empfangen."

„Kann ich einen Schluck Wasser bekommen?" Es waren Esters erste Worte nach langer Zeit.

Muran goss etwas Wasser aus einem Krug in einen silbernen Becher. „Trinkt nicht zu viel", warnte sie. „Während der Zeremonie habt Ihr keine Möglichkeit, Euch zurückzuziehen."

Ester trank ein paar Tropfen, um ihren trockenen Mund zu befeuchten, und gab den Becher zurück.

„Eure Eskorte wartet auf dem Flur, Edler Arses", sagte der Page.

„Der Schleier." Arses machte eine Handbewegung, und Muran befestigte ein goldenes Diadem mit einem Schleier aus hauchdünner Seide über Esters Krone. Ester kniff die Augen zusammen im Bemühen, durch den Stoff vor ihrem Gesicht etwas zu sehen. Dann nahm ihr Großvater ihre Hand, legte sie mit festem Griff auf seinen Arm und führte sie zur Tür.

Der Weg zur Apanada war kurz, und vor ihrem inneren Auge sah sie sich plötzlich hinter einer Gruppe von kleinen Pagen in Zweierreihen in den seidenverhangenen Pavillon schreiten. Mit einem Schlag spürte sie, wie Hunderte von Augenpaaren auf sie gerichtet waren, und ihre Hand krallte sich in den Arm des alten Mannes.

„Ganz ruhig, mein Kind", hörte sie Arses sagen, so leise, dass es niemand hörte. „Gleich haben wir es geschafft."

Die Pagen bildeten ein langes Spalier links und rechts des scharlachroten Läufers, der zu der zurückgeschlagenen Tür des Brautzeltes führte. Würdevoll und langsamen Schrittes führte Arses seine Enkeltochter an den kleinen Jungen vorbei, die regungslos und mit feierlichen Gesichtern Spalier standen. Ester war, als verfolgten alle Gäste mit angehaltenem Atem jede ihrer Bewegungen. Das einzige Geräusch war das leise Rascheln der Seidenvorhänge im Wind.

Ist es wirklich wahr oder ist alles nur ein böser Traum? Ester spürte, wie ihr Herz raste und das Blut in ihren Schläfen pulsierte. Als sie das Brautzelt betraten und die königlichen Flötenspieler zu einem musikalischen Salut anhoben, zuckte sie zusammen. Arses gab einen Laut von sich, als ob er ein nervöses Pferd beruhigen wollte.

Hinter ihrem Schleier beobachtete Ester das Geschehen. In der Menschenmenge suchte sie nur eine Person. Dann sah sie ihn. Er saß neben Hegai, die ernsten, klugen Augen auf sie gerichtet. Er musste ihren Blick gespürt haben, denn in dem Augenblick lächelte er ihr aufmunternd zu.

Onkel Mordechai! Seine Anwesenheit tat gut und machte es ihr auf unerklärliche Weise leichter.

Sie näherten sich nun der Mitte des Zeltes, wo der goldene Stuhl des Königs stand. Ahasveros hatte sich erhoben und kam auf sie zu. Ester spürte die Hand ihres Großvaters auf ihrem Kopf. Er schlug ihren Schleier zurück und enthüllte für alle Männer im Zelt zum ersten Mal ihr Gesicht.

Ester richtete ihren Blick auf Ahasveros, der mit seiner riesigen goldenen Krone größer und Furcht einflößender wirkte. Als er vor ihr stand, beugte er sich hinunter und küsste sie – für Ester völlig unerwartet – leicht auf den Mund. Danach gestattete er Arses, ihn mit einem vertraulichen Wangenkuss zu grüßen, wie er nur unter nahen Verwandten üblich ist. Als Nächstes nahm der König ihre Hand und führte seine Braut zu dem kleineren Stuhl, der neben dem königlichen Stuhl stand. Vor den Stühlen blieben sie stehen, mit dem Gesicht zur Tür. Ester hielt die Hand fest umklammert, aus dem Bedürfnis nach irgendeinem Halt, und Ahasveros erwiderte ihren Händedruck.

Die Flötenspieler hörten auf zu spielen.

Ein dünner, hochgewachsener Mann im Priestergewand trat vor. Auf einem schlichten Silbertablett brachte er einen einzelnen Laib Brot. Der Priester kniete vor dem König nieder. Dann gab er Kavad ein Zeichen, der darauf Ahasveros feierlich sein Schwert reichte. Mit einem gezielten Hieb der scharfen Klinge schnitt der König den Brotlaib in zwei gleich große Teile. Er gab seinem Bruder das Schwert zurück, nahm ein Stück Brot und wandte sich Ester zu.

„Ich, Ahasveros, gelobe dir, Ester, dich mit der Kraft meines Körpers und der Macht meines Schwertes zu beschützen und für dich und deine Kinder zu sorgen. Von nun an bin ich dein Mann und du bist meine Frau."

Er reichte Ester das Brot, und sie nahm es mit leicht zitternden Händen und biss ein winziges Stück ab. Als ihr Mund wieder leer war, sprach auch sie ihr Trauversprechen und antwortete mit den auswendig gelernten Worten: „Ich, Ester, gelobe dir, Ahasveros, die Treue meines Körpers und dass ich deinen Namen immer ehren werde. Von nun an bist du mein Mann und ich bin deine Frau." Ihre Stimme war leise, aber fest und klar genug, dass alle Anwesenden sie hörten.

Die Feierlichkeiten wurden vom Gesang der königlichen Barden eingeleitet. Die Gäste im Pavillon applaudierten, als sie die Nachricht vernahmen, dass die Trauzeremonie vollzogen war. Diener trugen Platten mit Essen und Krüge mit Wein herein. Ein rauschendes Festmahl begann.

Ester brachte während der ganzen Feier keinen Bissen herunter. Sie trank einen Becher Wein, weil ihr Großvater ihr dazu geraten hatte. Nach dem Wein würde sie sich locker und mutig fühlen, hatte er gesagt. Doch alles, was sie spürte, war Übelkeit und ein leichtes Schwindelgefühl. Im Zelt war es heiß und stickig und sie hatte Kopfschmerzen von der Musik und dem Stimmengewirr. Ihr war so elend, dass sie am liebsten aufgestanden und gegangen wäre, doch als Ahasveros sich zu ihr beugte und ihr ins Ohr flüsterte: „Es ist Zeit, dass wir uns verabschieden“, wäre sie am liebsten sitzen geblieben.

Zaghaft ergriff sie die Hand, die der König ihr bot, und fühlte den Druck seiner Ringe gegen ihre Finger. Diesmal war ihre Hand schlaff und kraftlos. Sie standen auf, und Ester warf einen letzten Blick auf Mordechai, dessen Gesicht einen ernsten, finsteren Ausdruck hatte. Arses kam und legte ihr den Schleier wieder an. Die königlichen Barden erhoben ihre Stimmen, und, angeführt von zwölf Pagen, schritt Ester an der Seite ihres Mannes aus dem Brautzelt, über den roten Läufer, die Treppe hinunter in den Palast. Ahasveros sagte etwas zu den Pagen, worauf sie sich alle, bis auf zwei, mit einer Verbeugung zurückzogen.

„Deine Dienerinnen erwarten dich in den Gemächern der Königin“, sagte er zu Ester.

„Ja, Majestät.“ Schweigend gingen sie nebeneinander über den verlassenen Innenhof, die niedrige Treppe hinauf in den Korridor, wo die königlichen Gemächer lagen. Muran empfing sie an der geöffneten Tür und machte einen Kniefall, als sie den König sah.

„Ihr habt eine Stunde, um die Königin zurechtzumachen.“

Muran verneigte sich. „Ja, Majestät.“ Ester blieb stocksteif vor ihrer Zimmertür stehen, während Ahasveros durch eine Tür auf der gegenüberliegenden Seite des Korridors verschwand, die ein Page für ihn öffnete. Sie sah, wie sich die Tür hinter ihm schloss. Ester stand noch immer wie angewurzelt, unfähig, sich zu bewegen. Ihr war, als hingen Bleigewichte an ihren Füßen. Die Last war zu viel, mehr als sie tragen konnte. *Ich kann das nicht*, dachte sie. *Onkel Mordechai, das ist zu viel. Das hättest du mir nicht antun dürfen.*

„Nun kommt endlich herein!“, drängte Muran.

Ester gehorchte und folgte Muran langsam durch das Empfangszimmer in das große Schlafzimmer, in dem sie noch nie zuvor gewesen war. Es war ein heller, luftiger Raum, in dessen Mitte ein riesiges, niedriges Bett stand, mit vier goldenen Bettpfosten und einem Baldachin aus golddurchwirktem Stoff, in den funkelnde Edelsteine eingewoben waren. Ester starrte auf das Bett und das Herz klopfte ihr plötzlich bis zum Hals.

„Kommt schon, es gibt nichts, was Ihr zu befürchten hättet.“ Murans Stimme klang wie die einer strengen Gouvernante. „Ich habe Euch erklärt, was passieren wird und dass Ihr keine Angst davor zu haben braucht. Der König hat Erfahrung mit Frauen. Er weiß, was er tun muss, um Euch nicht weh zu tun. Und nun stellt Euch nicht so an und kommt lieber mit ins Bad, damit wir Euch baden und parfümieren können.“

Das Badezimmer war ebenfalls prunkvoll und riesig. Die eine Hälfte war mit einem Teppich ausgelegt, auf dem ein niedriger Diwan mit bunten Kissen stand, und auf der gegenüberliegenden Seite befand sich ein erhöhtes Marmorbad mit einer imposanten Treppe. In der Wanne war an beiden Seiten ein Sitz mit einer hohen Lehne und einer Armstütze eingelassen. Luara hielt Esters Haare hoch, während Muran sie badete. Der Duft von Jasminblüten erfüllte die Luft, doch Ester nahm es kaum wahr. Auch das warme Wasser konnte sie nicht entspannen. Sie stand stocksteif wie eine Statue, als sie nach dem Baden mit einem weichen, ärmellosen Nachtgewand bekleidet wurde. Muran führte sie zurück in das riesige Schlafzimmer. Wieder staunte Ester über das gigantische Ausmaß des Bettes, *so geräumig, dass eine ganze Familie darin schlafen könnte*, dachte sie und hätte beinah hysterisch aufgelacht

Sie starrte auf den golddurchwirkten, seidenen Bettüberwurf und den edelsteinbesetzten Baldachin. Muran schlug die weichen Leintücher zurück. Ester schlüpfte hinein und setzte sich aufrecht, mit dem Rücken gegen die Kissen gelehnt. Muran zog die Betttücher glatt, während Luara Esters Haar löste, sodass es ihr Gesicht weich einrahmte und locker auf ihre Schultern fiel.

Esters Blick wanderte durch den Raum und blieb an dem großen Fenster hängen. Die Fensterläden waren offen und die warme Nachtluft wehte herein. Die Gemächer der Königin hatten Fenster in jedem Zimmer, was Ester, die so lange im fensterlosen Harem gelebt hatte, eine Illusion von Freiheit vermittelte. Der Nachtwind war sanft und lockend, und für einen Augenblick dachte sie, nichts könnte schöner sein, als jetzt durch das geöffnete Fenster in die Freiheit zu fliegen.

Murans Stimme riss sie in die Wirklichkeit zurück. „Der König wird gleich hier sein", sagte sie zu Luara. „Wir sollten nun gehen."

Luara strich ein letztes Mal die Laken glatt und sagte leise: „Seid unbesorgt, Majestät, es wird alles gut."

Ester nickte und die Frauen zogen sich zurück. Als sich die Tür hinter ihnen schloss, fühlte sie sich so allein wie noch nie zuvor in ihrem Leben.

Ihr Schamgefühl war in der Zeit im Harem so oft verletzt worden, doch was ihr nun bevorstand, war das Äußerste. *Herr im Himmel, hilf mir. Wenn das wirklich dein Wille ist, dann steh mir bei. Ich kann das nicht allein durchstehen.*

Dann öffnete sich die Tür und Ahasveros trat ein. Vorsichtig hob Ester den Blick. Der König trug ein weißes, langärmeliges Nachtgewand und Sandalen an den Füßen. Sein Haar war noch feucht vom Bad. Wie durch einen Nebel nahm sie diese Dinge wahr, während sie noch immer wie versteinert auf der weichen Matratze des goldenen Bettes saß.

Ahasveros schritt zielstrebig auf das Bett zu, doch als er in ihr angstvolles Gesicht blickte, hielt er inne. Seine Augenbrauen hoben sich erstaunt. „Ester. Du siehst so verängstigt aus wie ein Soldat, der zum ersten Mal in die Schlacht zieht."

„Ja, vielleicht habe ich etwas Angst." Ihre Stimme war kaum mehr als ein Flüstern.

Behutsam setzte er sich aufs Bett und sagte, leicht belustigt: „Glaub mir, es wird nicht so schrecklich, wie du denkst."

Ester hielt seinem Blick stand. Sie biss sich auf die Lippen und schwieg. Ahasveros wartete offensichtlich auf irgendeine Antwort oder Reaktion von ihr. „Es ist nur ...", stammelte sie. „Ich kenne Euch überhaupt nicht."

Leicht verwundert sah er sie an. „Das ist normal, dass Frauen ihre Männer nicht kennen."

Wie recht er doch hat, dachte sie. Persische Frauen hatten meistens keine Gelegenheit, ihre Männer vor der Heirat näher kennenzulernen. Flüchtig dachte sie an Abraham und wie anders alles wäre, wenn er heute Nacht bei ihr wäre.

Sie zwang sich zu einem Lächeln. „Verzeiht mir, Majestät. Muran würde sagen, ich solle mich nicht so anstellen."

„Ich mag deine Offenheit, Ester, das gefällt mir an dir. Aber glaube mir, es gibt nichts, wovor du Angst haben müsstet, das verspreche ich dir. Habe ich dir nicht gesagt, dass du mir vertrauen kannst?" Er streichelte sanft ihr Haar und spielte mit einer ihrer schwarzen Strähnen. „Du bist sehr schön", sagte er.

„Du auch", antwortete sie impulsiv, ohne zu überlegen, was sie eigentlich sagte.

Ein schelmisches, jungenhaftes Lächeln huschte über sein Gesicht, und aus irgendeinem Grund fühlte sie sich nicht mehr ganz so elend.

Dann lehnte sich Ahasveros vor und küsste sanft ihren Mund. Kein flüchtiger Kuss wie bei der Trauzeremonie, sondern ein langer Kuss, der nicht enden wollte. Ester war unsicher, was sie tun sollte, doch als sein geduldiges, fragendes Werben andauerte, öffnete sie ihre Lippen. Nach einer Weile legten sich ihre Hände wie von selbst auf seine Schultern. Behutsam drückte er sie in die Kissen, während seine Hände langsam und wissend über ihren Körper wanderten. Ester schloss die Augen.

Kapitel 11

Bereits am Tag nach der Hochzeit begannen die Vorbereitungen für den Umzug des gesamten Hofstaates in die königliche Sommerresidenz nach Ekbatana. Ester beobachtete das geschäftige Treiben mit Befremden und Verwunderung. Von früh bis spät eilten Dienstboten und Kämmerer im Palast hin und her, geschäftigen Ameisen gleich, eifrig bemüht, dass ja nichts vergessen wurde, vom Besteck bis zu den Betttüchern, von den Möbeln bis zur Garderobe.

Im Innenhof standen unzählige Ochsenkarren bereit, die sich mit Hausrat und Gepäck füllten. Es würde noch Tage dauern, bis endlich alles für die Abreise bereit war.

Ester sollte in ihrer eigenen überdachten Kutsche reisen, in Begleitung von Hatach und Luara. Drei weitere, von Ochsen gezogene Wagen waren für ihre anderen Dienerinnen bestimmt, sowie für Esters Möbel, Kleider und ihr Reisebad. Der König würde den Tross zu Pferd begleiten. Für sein Gepäck wurden vier Ochsenwagen benötigt, gefolgt von den Wagen seiner Haremsfrauen und ihrer Dienerinnen und Eunuchen. Es waren weitaus weniger als zu Darius' Zeiten. Zu Murans großem Missfallen hatte der König entschieden, dass der größte Teil des Harems in Susa bleiben sollte. Nur seine beiden Lieblingsfrauen mit ihren Kindern sollten mitkommen.

Am Morgen der Abreise herrschte im Innenhof ein unvergleichliches Durcheinander von Menschen, Pferden und Ochsen. An der Spitze des Zuges würde die königliche Leibgarde reiten, bestehend aus tausend Mann, gefolgt von den fünftausend Mitgliedern der königlichen Familie. Als Nächstes kamen die Magier. Sie trugen das heilige Feuer des persischen Gottes Ahuramazda in einer speziell dafür angefertigten goldenen Lade. Den Schluss der berittenen Männer bildete der König selbst, begleitet von seinen adeligen Gefolgsleuten. Als Nächstes kamen die Ochsenkarren, in denen die Familien und Haremsfrauen der Reiter saßen, sowie zahlreiche Versorgungswagen, denn es war unmöglich, für das riesige Heer von Menschen unterwegs Lebensmittel zu beschaffen.

Später als geplant verließen sie den Palast, und es war schon sechs Uhr abends, als sie endlich am Fuß der Berge Rast machten.

„Wie lange wird es wohl dauern, bis das Lager aufgeschlagen und das Abendessen bereit ist?“, wollte Luara wissen. „Bis wir endlich ins Bett kommen, ist es schon fast wieder Zeit zum Aufstehen!“

Ester, die sich von Hatach aus der Kutsche helfen ließ, antwortete: „Morgen werden wir früher aufbrechen, damit wir unser Tagesziel rechtzeitig erreichen. Der König will die zwanzig Meilen bis spätestens vier Uhr geschafft haben.“ Ahasveros selbst hatte ihr dies bei einem seiner nächtlichen Besuche in ihrem Schlafzimmer verraten.

„Das ist gut, Majestät“, pflichtete Hatach bei. „Wenn der König heute befohlen hätte, um vier Uhr nachmittags zu halten, würden wir es niemals in zehn Tagen bis Ekbatana schaffen.“

„Ich kann es kaum erwarten, bis wir endlich da sind!“ Luara hob die Arme und streckte sich. Ihre Augen strahlten. „Endlich wieder frische Bergluft atmen!“

Ester sah ihre geröteten Wangen und das Strahlen in ihrem Gesicht. Nach der Hochzeit hatte sie das Mädchen zu ihrer persönlichen Kammerzofe ernannt. Luara war ihr Stütze, Weggefährtin und Lichtblick an eintönigen Tagen. Ester schätzte ihre Intelligenz, ihre Schlagfertigkeit und ihr unbekümmertes Wesen.

„Ich wusste gar nicht, dass du die Berge so sehr liebst, Luara."

Die blauen Augen des Mädchens blitzten. „Die Berge sind meine Heimat, Majestät. Wer in den Bergen geboren wurde, den lassen sie nie mehr los."

Hatach nickte zustimmend, denn auch er stammte aus dem Hochland. „Ich werde veranlassen, dass Euer Zelt sofort aufgebaut wird, Majestät."

Ester lächelte. „Ich danke dir, Hatach. Ich würde mich gerne etwas frisch machen."

Es war schon vollständig dunkel, bis das Lager fertig errichtet war. Ester wollte gerade in ihrem möblierten, mit allem Luxus ausgestatteten Zelt am gedeckten Tisch Platz nehmen, als ein Page erschien und mit Hatach sprach. Der Eunuch nickte und trat an den Tisch. „Der König erwartet Euch zum Speisen in seinem Zelt, Majestät."

Esters Herz tat einen Sprung. Sie legte das Stück Brot beiseite, das sie gerade essen wollte, und sagte mit gefasster Stimme: „Danke, Hatach. Wann werde ich erwartet?"

„Wann immer Ihr bereit seid, Majestät."

Ester blickte auf das Essen auf dem Tisch, das sie kaum angerührt hatte, und lachte. „Nun, ich denke, ich bin sofort bereit. Hunger habe ich jedenfalls."

„Dann lasst mich Euer Haar ordnen." Luara trat hinzu, den Kamm in der Hand. „Du hast mich vor einer Stunde erst frisiert, Luara", sagte Ester rasch. „Es ist nicht nötig, wirklich."

„Wo ist der Schleier der Königin?" Hatach warf einen ungeduldigen Blick in die Runde.

Eine der Kammerfrauen brachte den Schleier, und Luara legte ihn über Esters langes, geflochtenes Haar. „Muss das sein?", beschwerte sich die Königin. „Damit werde ich im Dunkeln überhaupt nichts sehen."

„Ich werde Euch führen, Majestät", beeilte sich Hatach zu sagen. „Legt einfach Eure Hand auf meinen Arm."

Gemeinsam traten sie aus dem Zelt in die kühle Abendluft hinaus. Bereits hier war es frischer als in Susa, wo sich selbst nachts noch die heiße Luft in den Gassen staute.

Die Zelte der königlichen Familie standen im Kreis, aus einigen drangen Kinderstimmen an ihr Ohr. Ester sah nur die Umrisse, die Welt verschwamm hinter dem Schleier, und sie stützte sich dankbar auf Hatachs Arm.

Bis zu Ahasveros' Zelt waren es nur ein paar Schritte. Ester wartete, während der Eunuch mit dem Wachposten am Eingang sprach. Die Wache machte den Weg frei, und Ester betrat an Hatachs Seite das erleuchtete Zelt.

Durch ihren Schleier sah sie, dass der König an einem mit Schnitzereien verzierten Holztisch saß, auf dem goldene Teller, Schalen und Becher standen. Der aromatische Duft von gebratenem, mit erlesenen Gewürzen angerichtetem Schweinefleisch stieg ihr in die Nase. Neben Ahasveros stand ein Mann, der mit leiser Stimme etwas zu ihm sagte. Der König lächelte, als hätte der Mann eine amüsante Bemerkung gemacht. Vom Zeltdach hing eine Öllampe, eine zweite stand auf einem niedrigen Tisch in einer Ecke.

„Du kannst den Schleier lüften, Ester", forderte Ahasveros sie auf. „Ich möchte dir jemanden vorstellen. Dies ist Haman, mein Königlicher Bogenträger."

Ester erschrak, als sie den Namen hörte. Ihr Herz begann wie wild zu hämmern. Dies war also der Mann, den Mordechai so sehr fürchtete. So sehr, dass er sie unbedingt in den Palast einschleusen wollte, damit sie seinem Einfluss auf den König entgegenwirkte.

Langsam hob sie die Hand und schlug ihren Schleier zurück. „Ich grüße Euch, Euer Ehren."

„Majestät." Der Edomiter machte eine tiefe Verbeugung.

Nach den Schilderungen ihres Onkels hatte sie einen Unmenschen mit groben Zügen und verschlagenem Verbrecherblick erwartet und war überrascht, in Haman einen jüngeren, gut aussehenden Mann vor sich zu haben.

Der Edomiter wandte sich zum Gehen. „Ich werde Euch nun allein lassen, Majestät."

„Ja, geh nun zu deiner Familie, Haman", antwortete Ahasveros. „Sie erwarten dich bestimmt zum Abendessen."

Erschrocken beobachtete Ester, dass der Edomiter keinen Kniefall machte, sondern Ahasveros zum Abschied auf die Wange küsste, was sonst nur Mitgliedern der königlichen Familie erlaubt war. Welch hohe Stellung musste Haman beim König haben, dass er ihm dieses Recht zugestand?

Nachdem der Edomiter gegangen war, trat Ester zu Ahasveros an den Tisch. „Haman – ich habe seinen Namen schon einmal gehört", sagte sie so beiläufig wie möglich. „Ist er Babylonier?"

„Er ist in Babylonien aufgewachsen, aber seine Familie stammt aus Juda." Ahasveros machte eine einladende Geste. „Setz dich, Ester, und erzähl mir, wie du den ersten Reisetag überstanden hast. Es tut mir leid, dass wir so lange unterwegs waren."

„Ja, es war in der Tat ein langer Tag", antwortete sie und ließ sich von einem Pagen den Stuhl heranschieben. „Und es war so heiß und stickig in dieser Kutsche."

Der König deutete auf eine Platte mit gebratenem Fleisch, worauf ein Page herbeieilte und ihn bediente. „Hier oben in den Bergen ist es besser", sagte Ahasveros. „Nachts kann es sogar empfindlich kalt werden."

Der Page schaute sie fragend an, und Ester nickte zum Zeichen, dass er ihr ebenfalls ein Stück von dem Schweinefleisch auf den Teller legen könne. In den vergangenen Monaten hatte sie sich so daran gewöhnt, unreine Speisen zu essen, dass sie kaum noch darüber nachdachte. „Kalt? Im Juni? Aber das ist doch mitten im Sommer!" Sie schaute ihn verwundert an.

„So ist es." Ahasveros sah sie über den Tisch durch halb geschlossene Lider an und sagte leise: „Aber keine Sorge, ich werde dich warm halten."

Ester kannte diesen Blick, diesen Tonfall und spürte, wie ihr heiß wurde. Die Gefühle, die Ahasveros in ihr wachrief, machten ihr Angst. Nie hätte sie sich träumen lassen, dass sie sich auf diese Weise zu ihm hingezogen fühlen würde. Als ein nach der strengen, jüdischen Tradition erzogenes Mädchen hatte sie nicht gewusst, dass es diese Art von körperlicher Anziehung überhaupt gab.

Ahasveros dagegen wusste genau, was er tun musste, damit sie ihn begehrte. Er hatte wahrscheinlich schon Hunderte von Frauen geliebt. Und alles, was sie während ihrer Zweisamkeit taten und was ihr so einzigartig und wundersam schien, hatte er schon mit unzähligen anderen Frauen getan. Und nun begleiteten ihn auch noch seine beiden Lieblingsfrauen, Ilis und Mardene, nach Ekbatana, einschließlich ihrer gemeinsamen Kinder. Ester schob den Gedanken rasch beiseite. Andererseits wollte sie sich aber auch nicht der Illusion hingeben, dass sein Liebeswerben etwas Besonderes war, das nur ihr galt. Auf keinen Fall durfte sie den Fehler begehen, sich in ihn zu verlieben.

Sie ging nicht auf seine anzügliche Bemerkung ein, sondern warf einen verschämten Blick auf die beiden Jungen, die hinter Ahasveros' Stuhl standen und warteten, bis sie den nächsten Gang servieren durften. Das Gesicht des Königs war vollkommen unbekümmert. Er hatte so getan, als seien sie allein im Zelt. Ester senkte die Augen. Sie sah, wie seine schlanke, starke Hand mit dem Messer ein Stück Fleisch aufspießte, und es wurde ihr klar, dass der König so sehr daran gewöhnt war, von Dienstboten umgeben zu sein, dass sie für ihn Luft waren.

Ihr dagegen war es unangenehm, dass die anwesenden Personen alles mithörten, und sie wich auf ein unverfänglicheres Gesprächsthema aus. „Gibt es in Ekbatana eigentlich eine Pferderennbahn?"

Ahasveros' Gesicht hellte sich auf. „Ja, eine sehr berühmte sogar. Die beste in ganz Persien. Der Boden ist perfekt und die Bahn ist so breit, dass zehn Pferde nebeneinander laufen können."

Ester spießte ebenfalls ein Stück Schweinefleisch auf. „Tun sich die Pferde mit dem Laufen nicht schwerer, bei der dünnen Luft?"

„Nicht unsere Nisäischen Pferde", antwortete er stolz. „Diese Pferde stammen aus den Bergen. Unser königliches Gestüt ist ganz in der Nähe von Ekbatana. Pferde, die in den Bergen geboren wurden, vertragen die Höhenluft besser, denn sie sind von Geburt an daran gewöhnt. Sie haben ein stärkeres Herz und ein größeres Lungenvolumen als die Pferde aus dem Tiefland."

Dankbar, dass sie mit ihrer Frage ins Schwarze getroffen hatte, fragte Ester weiter: „Gab es in Babylon eigentlich auch eine Rennbahn?"

„Leider nicht." Der König war mit dem Fleisch fertig und zeigte auf eine Schüssel mit gedämpften Aprikosen, worauf ein Page ihm eine Portion auf einen frischen Teller füllte. „Es gibt zwei Dinge, die ich in Babylon am meisten vermisst habe: die Berge und die Pferderennen."

Ester lächelte ihn aufmunternd an. „Und, werdet Ihr diesen Sommer wieder einige Rennen bestreiten?"

Seine Züge verfinsterten sich plötzlich. „Ich weiß es nicht."

Ester legte ihr Besteck nieder. „Aber weshalb nicht? Wäre es denn unter Eurer königlichen Würde?"

„Nein, das ist es nicht." Er zuckte die Achseln und seufzte. „Hier, du musst diese Aprikosen probieren", lenkte er vom Thema ab. Mit einer Handbewegung befahl er dem Pagen, Ester von dem Obst zu servieren.

Ester war nicht gewillt, das Thema fallenzulassen: „Mein Großvater hat mir erzählt, was für ein großartiger Reiter Ihr seid. Er sagt, schon als Junge hättet Ihr sämtliche Rennen gewonnen."

Der König spießte eine Aprikose auf. „Letzten Sommer bin ich ein paar Rennen mitgeritten, aber ich hatte das unbestimmte Gefühl, dass man mich gewinnen ließ. Keiner wollte ernsthaft gegen mich antreten." Er warf ihr einen enttäuschten Blick zu. „Das war kein richtiges Rennen."

„Ihr meint, die anderen Reiter dachten, es schickt sich nicht, den Großkönig zu besiegen?"

Er nickte. „Ja, das war es."

„Dann solltet Ihr ihnen ausdrücklich sagen, dass Ihr ein echtes Rennen wünscht."

„Das habe ich ja versucht." Er schob den Teller mit den Aprikosen von sich weg. „Und sie haben alle beteuert, dass sie ihr Bestes gegeben hätten, um zu gewinnen, aber das glaube ich nicht. Irgendwann habe ich es aufgegeben."

Beide versanken in nachdenkliches Schweigen. Ahasveros trank einen großen Schluck aus seinem Weinkelch, Ester aß ihre Aprikose. Nach einer Weile sagte sie: „Und wenn Ihr für den Sieger einen besonderen Preis in Aussicht stellt?"

„Das habe ich schon versucht." Er machte eine hilflose Handbewegung. „Es nützt alles nichts." Dann sah er sie halb belustigt an. „Aber das soll nicht dein Problem sein, Ester. Zerbrich dir nicht deinen hübschen Kopf darüber, wie dein Mann beim Pferderennen gewinnen kann."

Aus irgendeinem Grund wollte sich Ester damit nicht zufriedengeben. Es schien ihr einfach nicht fair, dass Ahasveros seinen Lieblingssport nicht mehr ausüben konnte. „Was habt Ihr als Preis ausgesetzt? Gold?"

Er lehnte sich in seinem Stuhl zurück. „Ja, natürlich Gold."

Sie schüttelte den Kopf. „Ein materieller Preis zieht bei den Männern nicht. Ihr müsst sie bei ihrer Ehre packen, ihnen eine besondere Gunst erweisen, etwas, dass ihnen Eure persönliche Wertschätzung für ihre Leistung zeigt."

Der König sah sie unverwandt an, die Hände unbeweglich auf den Armlehnen. „Und das wäre zum Beispiel?"

„Nun ... Ihr könntet den Sieger zum Beispiel eine Ehrenrunde in Eurer königlichen Kutsche durch die Rennbahn fahren lassen, gezogen von Euren eigenen, königlichen Pferden."

Es folgte eine längere Stille, sodass Ester befürchtete, ihn durch einen völlig unangemessenen Vorschlag beleidigt zu haben. Sie öffnete den Mund, um eine Entschuldigung hervorzubringen, als sie sah, dass sich plötzlich ein Lächeln auf seinem Gesicht breitmachte. „Genau das ist es.“ Er lehnte sich zufrieden zurück. „Dafür werden sie alles tun. Sie werden sich umbringen, um einmal die königliche Kutsche zu lenken.“

„Schön, solange sie Euch nicht umbringen“, entgegnete sie.

Seine Zähne blitzten weiß im Lampenschimmer. „Dazu werden sie keine Gelegenheit haben. Soleil und ich werden das Feld mit so großem Abstand anführen, dass uns keiner einholt.“

Sie sah es gern, wenn er so glücklich war. „Allerdings“, sagte sie, „ist es mir immer noch ein Rätsel, warum Ihr Euch beschwert, wenn Ihr gewonnen habt. Schließlich wolltet Ihr doch siegen, oder nicht?“

Mit einer Handbewegung gab er dem Pagen zu verstehen, ihm ein weiteres Mal von den Aprikosen zu servieren. „Weil es kein echter Wettkampf war und somit auch kein echter Sieg. Es macht keinen Spaß, ein Rennen zu gewinnen, wenn man weiß, dass die anderen nicht versuchen, einen zu schlagen, verstehst du?“

Ester schüttelte den Kopf. „Ich glaube, dass ist eine typisch männliche Denkweise. Dieser Kampfgeist, dieses Kräftemessen, Gewinnen oder Verlieren – das ist uns Frauen fremd. Für uns ist das alles nicht so furchtbar wichtig.“

„Und was ist dir wichtig?“

Sie zuckte die Achseln, dachte einen Moment nach und antwortete ehrlich: „Ich weiß nicht. Gar nichts ist wichtig. Ich möchte einfach nur überleben.“

Schweigend aßen sie weiter. Schließlich legte Ahasveros das Messer nieder und sah sie an. „Ich finde es schade, dass du das so siehst. Das Leben ist mehr als pures Überleben. Du bist meine Frau. Meine Königin. Ich kann dir jeden Wunsch erfüllen. Was ist es, was du dir wünschst, das ich dir nicht geben kann?“

Ihre Antwort kam ohne zu zögern, zu schnell vielleicht, bevor sie darüber nachdenken konnte. „Freiheit.“

Er zog die Brauen zusammen. „Ich fürchte, ich verstehe dich nicht.“

Auch sie legte ihr Besteck beiseite und sah ihm wortlos in die Augen. Dann sagte sie ernst: „Ich bin anders aufgewachsen, Majestät. In meiner Heimat werden die Frauen nicht in Harems gefangen gehalten."

„Ach so, das ist es." Er gab dem Pagen zu verstehen, die Süßspeisen zu servieren. „Ich muss zugeben, die Freiheit der babylonischen Frauen hat mich sehr erstaunt, als ich zum ersten Mal nach Babylonien kam."

Ester dachte an all die aufwendigen Sicherheitsmaßnahmen, die getroffen wurden, um die persischen Frauen von der Öffentlichkeit fernzuhalten, und sagte: „Das kann ich mir vorstellen, Majestät."

„Wusstest du eigentlich", fuhr Ahasveros fort, „dass die Babylonierinnen über ihre Mitgift selbst verfügen dürfen?"

„Ich weiß, Majestät."

Ungläubig schüttelte er den Kopf. „Sie haben sogar weibliche Schriftgelehrte!"

Ester nickte. „Ich weiß. Ich kann auch lesen und schreiben. Man brachte es mir bei, als ich noch ein Kind war."

Den König schien dies nicht zu beeindrucken. Für persische Aristokraten war es weder notwendig noch wünschenswert, lesen und schreiben zu lernen, dafür hatte man schließlich seine Schreiber. Mit einer Mischung aus Belustigung und Herablassung bemerkte er: „So, tatsächlich?"

Ester, die immer stolz auf ihre Bildung gewesen war, biss sich auf die Lippen und schwieg. Dann bedeutete sie dem Pagen, ihren Becher mit Wasser zu füllen, klarem Wasser aus dem Fluss Choaspes, das in einem der Ochsenkarren aus Susa mitgeführt wurde.

„Ich wollte dich nicht beleidigen", lenkte Ahasveros ein, doch seine Stimme klang immer noch gereizt.

„Und ich bin froh, dass es nicht mit Absicht geschah, sondern aus Ignoranz", antwortete sie kühl.

Im selben Augenblick merkte sie, dass sie eine Grenze überschritten hatte. Betroffen starrte sie ihren Becher an. Sie war zu weit gegangen. *Ich habe einen furchtbaren Fehler gemacht. Er ist der Großkönig.* Niemand wagt es, so mit ihm zu reden. Ich muss mich bei ihm entschuldigen.

Aber die Entschuldigung wollte ihr nicht über die Lippen kommen. Er hatte sie gekränkt. Ahasveros mochte eine bestimmte Macht über sie haben, aber er konnte weder lesen noch schreiben und hatte kein Recht, sich über ihre Kenntnisse lustig zu machen.

Der König winkte den ältesten Pagen herbei. „Der Tisch kann abgeräumt werden."

Wortlos saßen sie sich gegenüber, während die Diener das Geschirr aufeinanderstapelten und auf Tabletts stellten. „Und sagt der Wache, dass ich nicht mehr gestört zu werden wünsche."

„Ja, mein König." Die Pagen verneigten sich tief und zogen sich zurück.

Ester hatte die ganze Zeit auf ihre Hände gestarrt, und ihre Angst und innere Unruhe wuchsen von Minute zu Minute. Was würde der König tun? Als der letzte Page das Zelt verlassen hatte, wagte sie, aufzusehen. „Es tut mir leid."

Sein Blick war ernst, doch um seinen Mund lag ein milder Zug. „Ester, ich will nicht, dass du dich bei mir wie eine Gefangene fühlst."

Die Öllampe, die an einer Zeltstange über dem Tisch befestigt war, schaukelte sanft hin und her, wie durch einen unbemerkten Luftzug, ausgelöst durch die Spannung zwischen ihnen.

„Manchmal vergesse ich einfach, wen ich vor mir habe", sagte sie leise. „Und sage Dinge, die ich nicht sagen sollte."

„Ester." In seiner Stimme lag tiefe Sanftheit und Zärtlichkeit. „Es ist nicht wichtig. Das Einzige, was du nicht vergessen darfst, wenn wir allein sind, ist, dass ich dein Mann bin."

Sie sah ihn an, immer noch zweifelnd.

Ahasveros breitete die Arme aus. „Komm zu mir", sagte er leise.

Später lag sie in dem großen Bett noch lange wach, spürte das Gewicht seines Arms auf ihrem Körper und starrte an die Decke zu der sanft schaukelnden Lampe. Sie hörte die tiefen Stimmen der Männer vor dem Zelt bei der Wachablösung. Irgendwo weinte ein Baby. Sie drehte leicht den Kopf und schaute Ahasveros an.

Er schlief auf dem Bauch, mit dem Gesicht zu ihr, einen Arm über dem Kopf, den anderen auf ihrer Taille. Sie sah sein goldbraunes Haar auf dem Kissen, seine langen Wimpern, die wohlgeformten Wangenknochen.

Im Zelt hing noch immer ein leiser Geruch nach gewürztem Schweinefleisch.

Ester blickte wieder zur Decke. Als sie ein Mädchen war, hatte sie einmal gehört, wie eine Frau etwas von der *Versuchung des Fleisches* sagte. Das war es wohl, was sie damit gemeint hatte. Diese Leidenschaft, entfacht durch die kleinste Berührung seiner Hände, die ihren ganzen Körper durchströmte und das Begehren in ihr weckte, ganz mit ihm zu verschmelzen.

Doch es war mehr als körperliche Anziehung. Sie mochte Ahasveros, hatte ihn von Anfang an gemocht, seit sie sich am Marmorbrunnen zum ersten Mal begegnet waren. Sie war gern mit ihm zusammen, und von Tag zu Tag fühlte sie sich ihm mehr verbunden. Er war ein anregender Gesprächspartner, geistreich und höflich, und sie liebte seinen scharfen Verstand und seinen Humor, doch sie sah auch die ungezügelte Macht, die von diesem Mann ausging. Und sie schwor sich, nie zu vergessen, was er Waschti angetan hatte.

Dann wanderten ihre Gedanken zu Mordechai und zu den Erwartungen, die er in sie setzte. Wie konnte er auch nur im Entferntesten glauben, dass sie in der Lage war, den König in irgendeiner Weise in seinen politischen Entscheidungen zu beeinflussen? Hier im Bett neben Ahasveros, der seinen nackten Arm um sie gelegt hatte, schienen ihr die Gedanken ihres Onkels geradezu absurd. Außerdem hatten Frauen am persischen Königshof keinerlei Mitspracherecht, daran gab es nichts zu rütteln.

Aber offensichtlich war ihr Onkel immer noch überzeugt, dass sie durch Gottes Willen Königin geworden war. Ester hatte daran ihre

Zweifel, doch andererseits gab es keine andere vernünftige Erklärung dafür, dass es genau so gekommen war. Sie schloss die Augen und flüsterte die Worte, die zu ihren ständigen Begleitern geworden waren: *Herr im Himmel, hier bin ich. Bitte sag mir, was ich tun soll.*

Sie wartete noch immer auf eine Antwort.

Kapitel 12

Haman war ein Stadtmensch, mit den landschaftlichen Schönheiten des Sagrosgebirges konnte er nichts anfangen. Als er am siebten Reisetag neben Ahasveros ritt und sah, dass der König die kühle Bergluft einsog wie ein berauschendes Getränk, schüttelte er verständnislos den Kopf.

„Ist das nicht herrlich?“ Ahasveros strahlte ihn an.

„Ich weiß nicht, ob ich Eure Begeisterung teilen kann, mein König. Seit Tagen sehen wir nichts anderes als Bergziegen, die über kahle Felsen klettern, und hin und wieder einen einsamen Hirten.“

„Aber gerade die Einsamkeit ist es, die so wohltuend ist. Die Stille und diese Weite, ohne die ständigen Menschenmassen. Und schau dir diese Blumen an!“ Der König zeigte auf den steinigen Wegrand, wo gelbe, lila und rosafarbene Wildblumen um die Wette leuchteten. Haman war es unbegreiflich, dass jemand, der in einem Palast von Luxus, Prunk und Schönheit umgeben lebte, beim Anblick von ein paar unbedeutenden Wildblumen in Verzückung geriet.

Er wollte etwas erwidern, als plötzlich ein Reiter zu ihnen aufschloss und Hamans Pferd vom Weg abdrängte. Verärgert stellte er fest, dass es Mardonius war, der Onkel des Königs und Hamans größter Feind. Er wusste, dass Mardonius ihn hasste. Unter Darius war er ein einflussreicher Mann gewesen. Bei Ahasveros gehörte nicht mehr Mardonius zum Kreis der Vertrauten, sondern Haman, was Mardonius maßlos ärgerte.

Während Haman sein Pferd wieder auf den Pfad zurücklenkte, hörte er, wie Ahasveros in frostigem Tonfall sagte: „Seit wann hast du eine Sehschwäche, Onkel?“

Mardonius zog die Brauen zusammen. „Warum?“ Etwas widerwillig setzte er nach: „Weshalb fragt Ihr, mein König?“

„Du hast beinahe meinen Bogenträger über den Haufen geritten.“

Mardonius warf Haman aus rot unterlaufenen Augen einen finsteren Blick zu. „Ach so“, sagte er. „Der Edomiter.“

Haman biss die Zähne zusammen.

„Er wartet auf eine Entschuldigung“, sagte Ahasveros.

Mardonius sah ihn an, als traute er seinen Ohren nicht.

Haman konzentrierte sich auf den gleichmäßigen Hufschlag der Pferde, das Quietschen der Räder der Ochsenkarren und das Knarren der Geschirre. Finster starrte er zurück, als Mardonius ihm einen Seitenblick zuwarf.

Die Stille schien eine Ewigkeit zu dauern, bevor Mardonius in beiläufigem Ton zu Haman sagte: „Verzeihung. Ich habe dich nicht gesehen.“

Haman, der nicht wusste, was er erwidern sollte, nickte stumm.

Inzwischen hatte auch Kavad zu ihnen aufgeschlossen und ritt nun an der anderen Seite des Königs. „Wir würden gern mit dir sprechen, Bruder“, sagte er in verschwörerischem Ton. „Dürfen wir dir ein wenig Gesellschaft leisten?“

„Selbstverständlich.“ Mit einem Blick gab er Haman zu verstehen, dass er zurückbleiben sollte. Haman parierte sein Pferd und hielt Abstand, doch da der Wind von vorn kam, konnte er trotzdem jedes Wort ihrer Unterhaltung verstehen.

Mardonius verschwendete keine Zeit und kam gleich zur Sache. „Ist Euch klar, mein König, dass man in den Straßen von Athen über uns lacht?“

Ahasveros nahm seine Worte ungerührt zur Kenntnis. „Deine

Athener Freunde in Susa wurden mit Gewalt aus ihrem eigenen Land vertrieben, und jetzt hoffen sie, dass ihnen eine persische Armee die Macht zurückgibt, die sie verloren haben." Ahasveros strich seinem Hengst über die lange Mähne. „Und ich bin nicht geneigt, einen Krieg vom Zaun zu brechen, nur um deinen Freunden einen Gefallen zu tun, Onkel."

„Verstehst du denn nicht, dass die Ehre unseres Landes es verlangt, dass wir die Schande von Marathon sühnen?", ereiferte sich Kavad. „Weißt du noch, wie sich Darius damals nach der Niederlage bei Marathon jeden Tag vor dem Abendessen von seinem Pagen die Worte *Mein König, denkt an die Athener* wiederholen ließ? Und es ist schwer für mich, für uns" – er machte eine ausladende Geste, die Mardonius einschloss – „zu begreifen, weshalb Ihr Euch derart gegen diesen Krieg sträubt."

Unbemerkt trieb Haman sein Pferd an, um die Antwort des Königs nicht zu verpassen.

„Die Situation in Griechenland geht mir schon lange durch den Kopf, mein Bruder", sagte Ahasveros.

Mardonius' Kopf fuhr herum wie der eines Wolfes, der plötzlich eine Beute wittert. „So? Das freut mich zu hören."

Kavads Miene hellte sich ebenfalls auf. „Ihr habt Euch erfolgreich gegen die Ägypter geschlagen. Alle sagen, dass Ihr diesen Feldzug brillant geführt habt. Warum solltet Ihr nicht die Athener genauso mühelos schlagen?"

„Das war reines Glück in Ägypten", bellte Mardonius. Haman kannte ihn gut genug, um zu wissen, dass Mardonius vor Neid beinahe geplatzt wäre, als er hörte, wie Ahasveros gelobt wurde, obwohl das Lob nur als Mittel zum Zweck diente.

Sie sind wie Schmeißfliegen, die ein edles Rennpferd belästigen, dachte Haman. *Warum lässt er sich das gefallen? Warum schlägt er nicht mit dem Schweif und jagt sie fort? Oder, besser noch, trampelt sie mit seinen Hufen tot?*

„Glück ist immer willkommen", erwiderte Ahasveros. „Aber es

wäre dumm, allein auf das Glück zu vertrauen. Wenn Ihr das tut, werdet Ihr mit großer Wahrscheinlichkeit Eure Flotte oder Eure Armee verlieren oder beides."

Mardonius sah ihn feindselig an. „Was wollt Ihr damit sagen?"

„Nun, Ihr wart Großmarschall im letzten Krieg gegen Athen, und Ihr habt vor der Küste des Berges Athos dreihundert Schiffe verloren."

Haman konnte nicht verhindern, dass ein leises Lächeln über sein Gesicht huschte. Der arrogante Mardonius hatte es nicht besser verdient.

„Die Schiffe haben wir nicht in der Schlacht, sondern im Sturm verloren!", protestierte Mardonius. „Wir hatten einfach Pech!"

„Die stürmischen Winde vor der Halbinsel sind bekannt, Onkel. Sicher mangelte es dir nicht an ortskundigen Beratern, die sich mit den Witterungsverhältnissen auskannten. Trotzdem hast du deine Flotte aufs Spiel gesetzt und deine Leute den sturmgepeitschten Felsen preisgegeben, in einem Gewässer, in dem es von Haien nur so wimmelt."

„Niemand hatte mir von diesem verdammten Wind erzählt!"

„Hinzu kam deine Nachlässigkeit, was die Bewachung deines Basislagers an Land betrifft", fuhr Ahasveros unbarmherzig fort. „Feindliche Stämme drangen ins Lager ein und töteten noch mehr von deinen Männern. Das war kein Pech, Onkel, sondern schlechte Führung."

„Das muss ich mir nicht bieten lassen!" Mardonius gab seinem Pferd die Sporen und preschte davon, dass die Kieselsteine in alle Richtungen flogen. Es folgte eine angespannte Stille.

„Er ist ein stolzer Mann", verteidigte Kavad ihren Onkel. „Und du hast einen wunden Punkt getroffen, Bruder. Mardonius war nicht in Marathon. Es war in der Tat Pech, nicht menschliches Versagen, dass wir die Schlacht verloren haben."

„Wo war eigentlich die Kavallerie in Marathon?", fragte Ahasveros.

Haman sah, wie Kavads Kiefermuskeln hervortraten. „Auf dem Seeweg nach Athen unterwegs, mein König", antwortete er ohne zu zögern.

„Und die Fußtruppen wurden allein am Strand von Marathon zurückgelassen, ohne Pferde?"

Es war Kavad offensichtlich äußerst unangenehm, dies zuzugeben. „Ja, mein König."

„Welch kapitaler Fehler."

Kavad blickte finster vor sich hin. „Und dieselben Befehlshaber wollen nun einen neuen Feldzug gegen Griechenland führen?"

„Wie Ihr bereits sagtet, mein König, haben wir aus unseren Fehlern gelernt."

Doch Ahasveros blieb unbeirrt. „Wenn ich meine Männer für Persien in den Krieg schicke, dann bin ich für sie verantwortlich. Dann muss ich für ihren Schutz garantieren und dafür sorgen, dass sie kompetente Heerführer haben. Ich war nicht überzeugt von den Fähigkeiten der Feldherren im letzten Krieg gegen Athen, und ich kann dir versichern, Kavad, dass ich meine persischen Truppen keinen unfähigen Anführern unterstellen werde."

„Ihr wollt die persischen Truppen nicht etwa von Babyloniern anführen lassen!", rief Kavad aufgebracht.

„Ich hatte persische Heerführer im Ägyptenfeldzug, und ich war sehr zufrieden mit ihnen."

„Aber keiner von *uns* war dabei!", brach es aus Kavad heraus.

„Nein", erwiderte der König lächelnd. „Keiner von euch."

Haman beobachtete, wie Kavad seinen Bruder ungläubig anstarrte. „Aber Ihr könnt nicht sämtliche Heerführer, die gegen Athen gekämpft haben, austauschen! Wenn Ihr das tut, brecht Ihr eine Revolte vom Zaun."

„Da hast du vermutlich recht. Doch ich trage die Verantwortung für meine Leute, und ich kann keine Nachlässigkeit in der Heerführung dulden und dem Land noch mehr Witwen und Waisen bescheren, als wir ohnehin schon haben."

„Das heißt, dass Ihr einen Aufstand heraufbeschwören wollt?"
„Das heißt, dass ich keinen Krieg gegen Athen führen werde."

„Habt Ihr das ernst gemeint, dass Ihr keinen Krieg gegen die Griechen wollt?", fragte Haman später, als er wieder neben dem König ritt.

Sie durchquerten das letzte Stück der hügeligen Hochebene, bevor sich die Straße verjüngte und ihnen erneut ein kraftraubender Anstieg durch die Berge bevorstand. Bis nach Ekbatana würden es noch mindestens drei Tagesreisen sein.

„Ja, todernst", antwortete Ahasveros. „Im Augenblick jedenfalls. Zu viele der unfähigen Befehlshaber im letzten Krieg waren meine eigenen Vettern. Kavad hat recht, wenn ich sie alle ersetzen wollte, gäbe es einen Aufstand. Außerdem bin ich der Meinung, dass es nicht an der Zeit ist, das Persische Reich zu vergrößern. Der Aufstand in Ägypten ist niedergeschlagen, aber da sind noch immer diese Unruhen im Norden unter den Skyten. Und ich kann nicht an zwei Fronten kämpfen. Es wäre unklug, eine große Armee nach Griechenland zu schicken, wenn die Bedrohung aus einer anderen Richtung kommt."

„Unruhen gibt es auch in Judäa, mein König", gab Haman zu bedenken, sichtlich froh, dieses Thema zur Sprache bringen zu können. „Kurz bevor wir Susa verlassen haben, erhielt ich Nachricht von meiner Familie, dass ein Priester in Jerusalem die Juden zu einem Krieg gegen die Edomiter aufhetzt."

Eine schmale Falte bildete sich auf der Stirn des Königs. „Haben die Ägypter dabei ihre Hand im Spiel?"

„Nein, mein Herr", antwortete Haman widerstrebend. Er wusste, dass der König nur dann handeln würde, wenn Ägypten an den Unruhen beteiligt war. Leider konnte er dafür keine Beweise liefern. Stattdessen sagte er: „Es geht dabei um das Land im Süden Judäas, das die Juden verlassen haben. Mein Volk weidet dort seit über hundert Jahren seine Herden, und jetzt kommt plötzlich dieser dahergelaufene Priester und behauptet, das Land gehöre den Juden, und wiegelt das Volk auf. Dabei gehört ihnen das Land schon lange nicht mehr. Es ist unser Land."

„Haben die Juden damals nicht das Land verlassen, weil sie von Nebukadnezar umgesiedelt wurden?"

Natürlich kannte Haman die Antwort. Unter Nebukadnezar hatte man die Hälfte der jüdischen Bevölkerung vertrieben und gezwungen, nach Babylon zu fliehen. Und der Landstrich im Süden Judäas war vollkommen entvölkert worden.

„Zum Teil", gab er zähneknirschend zu.

„Wer ist dieser Priester?"

„Sein Name ist Ohel."

„Ich werde über den Satrapen Erkundigungen einholen", versprach Ahasveros. „Ich will keinen Krieg in Judäa. Judäa ist das Tor zu Ägypten."

„Es sind nicht die Edomiter, die einen Krieg wünschen, mein König", beeilte sich Haman zu sagen.

„Ich verstehe, Haman. Ich werde Informationen einholen."

Damit musste sich Haman vorläufig zufriedengeben.

Kapitel 13

Endlich erschien Ekbatana am Horizont. Die Reise war in den letzten Tagen immer beschwerlicher geworden, auf einem Pfad, der über immer steiler werdende Bergpässe führte. Hier oben in den steinigen Höhen lebten nur ein paar Ziegenherden, und Ester kämpfte gegen Schwindelgefühle, wenn sie über die schroffen, beinahe senkrecht abfallenden Felswände hinuntersah. Wer in aller Welt würde in diesen Höhen, wo nur Steinböcke und Bergziegen lebten, eine Stadt bauen? Mehr und mehr schien ihr Ekbatana wie ein Trugbild, eine Einbildung. Und doch musste diese Stadt, die seit Jahrhunderten Hauptstadt des Mederreichs und eine der wichtigsten Städte an der großen Handelsroute von Mesopotamien nach Osten war, irgendwo existieren. Außerdem war sie Sommerresidenz der persischen Könige, und Ester hatte gehört, dass sie auf einer weiten, fruchtbaren Ebene lag, knapp 2000 Meter über dem Meeresspiegel.

An einem klaren, wolkenlosen Nachmittag erreichte die Karawane den Stadtrand von Ekbatana. Ester saß neben Luara vorn auf dem Wagen, und die beiden Frauen betrachteten neugierig die Umgebung, während sie langsam durch die Straßen rollten. Wie in Susa waren die Häuser aus Holz und luftgetrockneten Ziegeln, mit offenen Vorbauten, die von hölzernen Säulen gestützt wurden. Ester bemerkte, dass die Häuser immer größer und herrschaftlicher wurden, eingebettet in eine parkähnliche Landschaft mit hohen, alten Bäumen und einer Fülle von farbenprächtigen Blumen.

„Das sind die Häuser der Edelleute“, klärte Hatach sie auf. „Der Palast selbst ist zu klein, um alle unterzubringen. Nur die königliche Familie und ihre Dienstboten wohnen dort.“

Tatsächlich sah Ester, dass einige Reiter vor ihnen ausscherten und sich im Park zerstreuten. Sie reckte den Hals. „Wo ist denn der Palast?“

„Ihr werdet ihn bald sehen“, antwortete Hatach.

Sie folgten der mit Schotter bedeckten Straße. In der Ferne konnte Ester schließlich die Umrisse eines großen Gebäudes erahnen. „Ist das der Palast, Hatach?“

„Ja, Majestät.“

„Aber wo ist der Schutzwall?“

„Die Meder fanden eine Schutzmauer überflüssig. Die Berge bieten Schutz genug.“

In der Ferne nahmen die Umrisse des Palastes mehr und mehr Gestalt an. Luara war entzückt. „Es ist wunderschön hier!“ Als sie den Wald hinter sich ließen, gaben die Bäume den Blick auf den gesamten Palast frei. Er war in der Tat kleiner als der Palast in Susa und ebenfalls aus Ziegeln und Holz gebaut. Die Fassade war schneeweiß gestrichen. Die meisten Zimmer im Obergeschoss hatten zierliche, hölzerne Balkone mit weißem Geländer. Statt Fenstern besaßen die Räume geschwungene Balkontüren.

„Ich war erst einmal hier, mit König Darius“, sagte Hatach. „Doch ich habe gehört, dass die Atmosphäre hier viel lockerer sein soll als in Susa.“ Ester dachte an die strengen Regeln und die steife Etikette, die sie immer als so erdrückend empfand. „Das klingt gut“, meinte sie erleichtert.

Ahasveros hatte Ekbatana immer geliebt. Seit seiner Kindheit waren das kühle, frische Bergklima und die luftigen Balkone für ihn ein

Symbol der Freiheit. Seine Mutter pflegte Darius nach Ekbatana zu begleiten, während Atossa, Kavads Mutter und zweite Frau von Darius, es vorzog, in Susa zu bleiben. Ekbatana war in seiner Kindheit der einzige Ort, der nicht von Atossas Eifersucht und herrschsüchtiger Persönlichkeit überschattet wurde. Mit Ekbatana verbanden ihn nur glückliche Erinnerungen.

In den königlichen Gemächern angekommen, schickte er als Erstes die Diener aus dem Raum, öffnete die Balkontür und trat hinaus. Er legte den Kopf in den Nacken und atmete tief ein. Ahasveros spürte, wie die frische Bergluft in seine Lungen strömte und ihn mit neuer Kraft füllte. Er fühlte sich jung und unbesiegbar. Er freute sich auf die Ausritte über die Hochebene und darauf, das königliche Gestüt zu besuchen. Im Frühjahr des letzten Jahres hatte er die besten Stuten von seinem Hengst Soleil decken lassen und konnte es kaum erwarten, die Fohlen zu sehen.

Er schaute zum Himmel auf, der von einem tiefen Kobaltblau war. Weder in Babylon noch in Susa hatte der Himmel jemals diese Farbe gehabt. *Der perfekte Tag für ein Pferderennen*, dachte er. Die vergangenen Tage mit ihrem langsamen Reisetempo hatten sich endlos hingezogen und er fühlte sich rastlos, voll angestauter Energie, wie ein Pferd, das zu lange im Stall gestanden hatte. Unweigerlich wippte er mit den Füßen auf und ab, unfähig, still zu stehen.

Unten im Hof waren alle mit dem Entladen der Wagen beschäftigt, nur er war zur Untätigkeit verdammt. Die aramäischen Wortfetzen der Diener drangen an sein Ohr, während sie Möbel, Gepäckstücke und Lebensmittel ins Haus trugen, und der scharfe Geruch von männlichem Schweiß stach ihm in die Nase.

Alle wussten, dass er oben auf dem Balkon stand, doch die Hofetikette verbot ihnen, zu ihm hochzuschauen. Wieder wippte er übermütig auf und ab. Am liebsten hätte er ein Lied gepfiffen.

Durch den Lärm, der vom Hof heraufdrang, hörte er plötzlich, wie sich eine Tür öffnete. Er wandte den Kopf in die Richtung und sah, dass seine Frau auf den Balkon neben seinem getreten war. Im Palast von Ekbatana lagen die Schlafzimmer des Königs und der Königin direkt nebeneinander, getrennt nur durch das königliche Badezimmer. Ahasveros sah, wie Ester die Arme hob und sich nach dem klaren, blauen Himmel ausstreckte.

Sie sollte nicht unverschleiert hier draußen stehen, dachte er. Andererseits, warum sollte sie die frische Luft nicht genießen dürfen? Und außerdem sah niemand zu.

„Ist es nicht herrlich hier?“, rief er zu ihr hinüber.

Sie fuhr herum. „Mein König! Ihr habt mich erschreckt. Ich hatte Euch gar nicht gesehen.“

Er trat auf die Seite des Balkons, die ihrem Balkon am nächsten war, und umfasste das Geländer. „Und, wie gefällt es dir in Ekbatana, Ester?“

Sie trat ebenfalls ans Geländer. „Es ist wunderschön – alles hier. Und ich habe noch nie einen solchen Himmel gesehen!“

Der König sog erneut die klare, kühle Luft ein und spürte, wie seine Lungen sich weiteten. Er fühlte sich wie berauscht, obwohl er den ganzen Tag bloß Wasser getrunken hatte.

„Es ist so schön hier, dass mir davon ganz schwindelig wird“, sagte Ester.

Er betrachtete ihr Gesicht aus der Nähe. Im sanften Nachmittagslicht hatte ihre Haut einen warmen Schimmer, und ein roter Hauch über ihren Wangen zog sich bis zur Nasenwurzel.

„Ist das ein Sonnenbrand auf deiner Nase?“, fragte er amüsiert.

Sie blickte schuldbewusst wie ein Kind, das mit dem Finger im Honigglas erwischt wird. „Ich saß vorn auf dem Wagen. Unter dem Verdeck war es so stickig.“

Sonnenverbrannte Haut galt bei den Persern als unfein, das wusste sie. Doch Ahasveros schien sich nicht daran zu stören.

„Es steht dir gut“, lächelte er und sagte dann mit dem bestimmten Klang in der Stimme, den sie gut kannte: „Ich glaube, ich muss mir das aus der Nähe anschauen. Ich komme dich besuchen.“

Leichtfüßig lief er den Korridor entlang zum Zimmer seiner Frau und stieß die Tür auf. Die einzigen anderen Personen im Raum waren ihre Kammerfrau und ihr Eunuch. Ester stand auf dem Balkon und blickte ihm durch die geöffnete Tür entgegen.

„Ihr könnt jetzt gehen", befahl er den Dienstboten, und mit einer tiefen Verbeugung zogen sich beide zurück.

Dann trat er zu Ester auf den Balkon, hob seine Hand und streichelte ihr sanft über die sonnenverbrannten Wangen und die Nase. Ester sah ängstlich zur Tür. „Aber was werden Hatach und Luara denken?"

Er beugte sich zu ihr und flüsterte ihr ins Ohr: „Sie werden denken, dass der König Sehnsucht nach seiner Frau hat."

Ihre Lippen öffneten sich und sie sah ihn mit großen Augen an.

Er legte sanft eine Hand um ihre Hüfte. „Komm ins Zimmer."

Gehorsam ging sie hinein. Ahasveros schloss leise die Balkontüren, und als er sich umdrehte, stand Ester reglos neben dem Bett und sah ihn aus ihren großen, dunklen Augen an.

Er ging zu ihr, umfasste ihre Schultern und küsste sie leidenschaftlich. „Sag meinen Namen", raunte er in ihr Ohr. „Ich will ihn aus deinem Mund hören."

„Ahasveros", hauchte sie.

Er lächelte.

Als Luara später wieder im Zimmer war, tat sie, als sei nichts geschehen. Still und selbstverständlich machte sie das Bett und sagte danach zu Ester: „Möchtet Ihr, dass ich Euch das Haar neu flechte, Majestät?"

Ester spürte, wie sie errötete. Ahasveros hatte unbedingt gewollt, dass sie ihr Haar löste, und sie hatte nach dem Anziehen nur Zeit gehabt, es flüchtig zusammenzubinden.

„Gern, Luara", antwortete sie leise. „Danke für deine Hilfe."

Luara nahm den Kamm und machte sich an die Arbeit. Ester schwieg noch immer, peinlich berührt. Nach einer Weile sagte Luara: „Es ist das Natürlichste der Welt, Majestät. Und schließlich seid Ihr und der König ein verheiratetes Paar."

Ester drehte sich um und blickte in Luaras schöne, kluge Augen. Dann umspielte ein Lächeln ihren Mund und ihre Züge entspannten sich. „Muran würde sagen, ich solle mich nicht so anstellen. Es ist nur … dass jeder wusste, was hinter dieser Tür passiert."

„Meine Königin, Euer Gemahl kommt Euch fast jede Nacht besuchen. Glaubt Ihr, wir denken, er käme, um mit Euch zu plaudern?"

Doch, das auch, dachte Ester. *Wir unterhalten uns viel, nachdem wir uns geliebt haben.* Und sie fand die Gespräche mit ihm genauso anregend wie alles andere.

„Es wird ihm guttun, den Sommer hier oben in den Bergen zu verbringen", sagte sie zu Luara. „Auf seinen Schultern lastet so viel."

Luara nickte. „Das ist wahr. Ihr seid wahrscheinlich eine der wenigen Personen in seinem Leben, die keine Ansprüche und Forderungen an ihn stellen. Ihr tut ihm gut." Mit einem listigen Lächeln fügte sie hinzu: „Und ich glaube, er tut Euch auch gut."

Viel später, als Ester im Bett lag, musste sie an Luaras Worte denken. Durchs Fenster drang der Lärm des Trinkgelages, mit dem die Ankunft in Ekbatana gefeiert wurde. Sie wusste, die Feier würde bis in die frühen Morgenstunden dauern und Ahasveros würde ihr heute Nacht keine Gesellschaft leisten.

Sag meinen Namen. Sie fragte sich, wie viele Menschen auf der Welt es wohl gab, die den Großkönig bei seinem Namen nennen durften. Wahrscheinlich nicht sehr viele.

Wenn sie mit ihm zusammen war, war sie glücklich. Dann zählte nur seine Gegenwart. Seine körperliche Nähe schien alle Ängste und Sorgen zu zerstreuen und vertrieb die Zweifel und Schuldgefühle, die sie so oft heimsuchten – so wie jetzt. Was in aller Welt sollte sie hier? Sie wusste, wie nahe Haman dem König stand, aber sie hatte keinerlei Gelegenheit, mit Haman zu reden. Ahasveros sprach mit ihr nie über die Lage im Verheißenen Land, und sie sah keine Möglichkeit, dieses Thema anzuschneiden, ohne dass es unnatürlich oder an den Haaren herbeigezogen wirken würde.

Du bist unsere Stimme. Du allein kannst uns beim König vertreten. So oder so ähnlich hatten es Mordechai und die Ältesten ausgedrückt. Laut Mordechai war es das, was Gott von ihr erwartete.

Nur hatte ihr leider niemand gesagt, wie sie dieses hehre Ziel erreichen konnte.

Kapitel 14

Der König lag mit Fieber im Bett. „Wer sollte da nicht krank werden, wenn er im Regen auf der Rennbahn herumsteht und so unvernünftig ist, danach in nassen Kleidern ein Rennen zu reiten?“ Ester versuchte, ihre Besorgnis zu verbergen, doch es gelang ihr nicht. Ihr Gesicht verriet, wie aufgebracht sie war.

Ahasveros saß halb aufrecht im Bett, von zwei dunkelblauen Seidenkissen gestützt. Seine Wangen glühten und seine Augen hatten einen fiebrigen Glanz. Haman, der mit im Zimmer war, hatte soeben die Flügeltür zum Balkon geschlossen.

„Lass die Türen auf“, ordnete Ahasveros an. Seine Stimme klang heiser. „Ich will den Himmel sehen.“

„Ihr habt Fieber, mein König“, widersprach Haman. „Die kalte Luft ist Gift für Euch.“

Die roten Flecken in Ahasveros’ Gesicht wurden noch dunkler. „Ich sagte, die Türen sollen offen bleiben!“

„Mein König.“ Hamans babylonischer Akzent war nicht zu überhören. „So seid doch bitte vernünftig.“

Ahasveros warf ihm einen wütenden Blick zu. Ester wusste, wie viel ihm frische Luft bedeutete, und sagte diplomatisch: „Haman, vielleicht könnten wir wenigstens eine Hälfte der Flügeltür öffnen. Dem König ist es unter seiner Bettdecke warm genug.“

Hamans Miene verfinsterte sich, doch bevor er etwas erwidern konnte, klopfte es an die Zimmertür. „Ah, das wird der ägyptische Hausarzt meiner Frau sein“, sagte er zu Ahasveros. „Er bringt Euch eine Medizin, die Euch helfen wird.“

„Ich will deine widerliche Medizin nicht!“, brüllte der König. „Ich will, dass du die Balkontür aufmachst und mir aus der Sonne gehst!“

Ester blickte in das magere, ärgerliche Gesicht ihres Mannes und sah, wie hilflos er wirkte. Krankheit und Hilflosigkeit konnten jedoch der Schönheit dieser vornehmen Gesichtszüge nichts anhaben. „Ich werde die Tür zum Balkon öffnen, wenn Ihr den Doktor einlasst“, sagte sie sanft.

Ahasveros ballte die Faust und schlug damit auf die Matratze. Seine Hilflosigkeit ärgerte ihn mehr als die Anwesenheit des Arztes. Ester legte ihre Hand auf seine Stirn und strich sein wirres Haar aus dem Gesicht. Der König schloss die Augen. „Deine Hand ist schön kühl.“

„Und Eure Stirn ist schön heiß“, entgegnete sie. „Bitte, Majestät, wollt Ihr nicht doch die Medizin nehmen?“

Vor dem Zimmer hörte man Stimmen und das Scharren von Füßen. Ester und Haman schwiegen und warteten. „Meinetwegen soll er reinkommen“, knurrte Ahasveros.

Haman ging zur Tür und kam mit einem kleinen, dunkelhaarigen Mann zurück, der einen Kelch aus ziseliertem Silber trug. Er verneigte sich tief. „Wenn Ihr diese Arznei trinkt, Majestät, werdet Ihr Euch gleich viel besser fühlen.“

Ächzend richtete sich Ahasveros aus den Kissen auf. Haman eilte herbei, um ihm zu helfen, doch der König scheuchte ihn mit einer Handbewegung fort. Der Arzt gab dem König den Kelch in die Hand.

Plötzlich wurden draußen auf dem Korridor Stimmen laut. Esters Kopf fuhr herum, als die Tür aufflog und ein Mann hereinstürzte. „Ahasveros! Trink die Medizin nicht!“

Es war Kavad.

Ester war, als ob ihr das Blut in den Adern gefror.

„Und warum nicht?", fragte Ahasveros gleichmütig. In seinem Gesicht war kein Misstrauen zu lesen, bloß Neugier.

„Dieser Arzt wurde bestochen, um Euch zu vergiften!" Kavads Atem ging schwer und stoßweise, als sei er um sein eigenes Leben gelaufen.

Im Gesicht des Königs war keine Regung zu lesen. Der kleine Doktor wurde aschfahl und schwieg. „Und wer, bitte, soll ihn bestochen haben?", fragte Ahasveros.

Kavad zeigte auf Haman. „Dieser verräterische Edomiter."

Ester streckte die Hand aus, um Ahasveros den Kelch zu entreißen, doch er war schneller. Entsetzt sah sie, wie er das Gefäß ansetzte und den Inhalt herunterstürzte.

„Schmeckt scheußlich", kommentierte er. „Ich hab's ja gewusst."

Esters Hand lag noch immer auf Ahasveros' Unterarm, und er ließ sich von ihr den leeren Becher aus der Hand nehmen. Beinahe hätte sie ihn fallen gelassen, so sehr zitterte ihre Hand.

Mit zusammengekniffenen Augen starrte Kavad seinen Bruder an, seine Nasenflügel bebten. „Seid Ihr wahnsinnig? Ich habe Euch doch gesagt, die Medizin könnte vergiftet sein!"

Ahasveros richtete die fieberglänzenden Augen auf seinen Bruder. „Ein Mann muss im Leben selbst wissen, wem er trauen kann und wem nicht. Denk an deine sogenannten Freunde, Kavad. Wie halten sie es mit der Wahrheit? Oder sind sie allesamt Lügner und Betrüger?" Die Luft im Raum schien zu knistern, während sich die beiden Brüder in die Augen starrten. Keiner wollte den Blick zuerst abwenden. Schließlich sagte Ahasveros: „Die Medizin war in Ordnung. Wer hat dir gesagt, sie soll vergiftet sein?"

Kavads Lippen waren zu einer schmalen Linie geworden. „Das tut nichts zur Sache." Dann drehte er sich auf dem Absatz um und verließ wütend den Raum.

Esters Augen suchten den Blick des Arztes. „War die Arznei wirklich …?" Sie spürte, wie ihre Stimme zitterte.

Der Doktor war noch immer weiß wie Schnee. „Ihr könnt beruhigt sein, meine Königin. Es ist alles in Ordnung."

Ahasveros nahm Esters zitternde Hand und drückte sie beruhigend. Zu Haman sagte er scherzhaft: „Und das alles nur, damit ich meine Medizin einnehme."

Die hellbraunen Augen des Edomiters glänzten und er war sichtlich bewegt. „Danke, Majestät. Danke für Euer Vertrauen. Und nun versucht bitte, ein wenig zu schlafen. Wenn Ihr erwacht, wird es Euch schon besser gehen."

„Ich werde schlafen, nachdem Ihr die Balkontür aufgemacht habt."

„Ja, Majestät." Haman beeilte sich, die Tür zu öffnen.

Ester zog die Bettdecke hoch, bis sie die Schultern des Königs bedeckte. Erschöpft schloss Ahasveros die Augen. Ihr Blick blieb an Haman hängen, dessen Augen auf dem König ruhten. In seinem Gesicht standen echte Sorge und Anteilnahme, fast Zärtlichkeit.

Er scheint sich ernsthaft um ihn zu sorgen, wie ein echter Freund. Sie dachte daran, wie furchtlos der König den Becher geleert hatte, und an seine Worte „Ein Mann muss im Leben wissen, wem er trauen kann und wem nicht." *Ahasveros vertraut ihm.*

„Du kannst nun gehen, Haman", sagte sie ruhig. „Ich werde an seiner Seite bleiben."

Nachdem der Edomiter die Tür hinter sich geschlossen hatte, öffnete Ahasveros die Augen und sah sie an. „Das war alles ein bisschen viel für dich, oder? Wie geht es dir?"

Ester nickte, obwohl sie immer noch zutiefst aufgewühlt war. „Aber wer in aller Welt sollte Kavad erzählt haben, dass die Medizin vergiftet ist? Und warum sollte jemand so etwas tun?"

Der König antwortete ernst: „Hätte ich Kavad den Becher gegeben, hätte er ihn mitgenommen, um die Medizin an einem Sklaven oder einem Tier testen zu lassen." Seine Miene war düster. „Und zuvor hätte jemand dafür gesorgt, dass der Inhalt tatsächlich vergiftet war."

Ester fröstelte. „Wer sollte Euch nach dem Leben trachten? Doch nicht etwa Kavad selbst?"

Die Stimme des Königs klang schwach. „Ich glaube nicht. Kavad käme es zwar sehr gelegen, wenn ich in der Schlacht fallen würde, aber ein Giftmord wäre unter seiner Würde. Nein, dahinter steckt jemand, der Haman schaden will."

„Aber warum?"

„Weil Haman mein Freund und Vertrauter ist. Das ist manchen ein Dorn im Auge." Seine Lider wurden schwer. „Dieser Trank macht mich schläfrig."

„Dann schlaft jetzt. Ich werde bei Euch bleiben."

Er seufzte und fiel sofort in einen tiefen, traumlosen Schlaf. Ester saß neben seinem Bett, als könnte sie ihn durch ihre bloße Gegenwart beschützen.

Doch die Angst wollte nicht weichen. Dieses Mal war kein Gift im Becher gewesen, doch niemand konnte wissen, ob der nächste Trank vergiftet war.

Alle ehemaligen Provinzen seines Vaters hassten Ahasveros. Hatach, der zugleich Esters wichtigster Informant war, hatte ihr von den verschiedenen Fraktionen am Hof berichtet, die sich gegen den König verbündet hatten. Sie wusste auch, dass es nur wenige Menschen gab, denen Ahasveros vertrauen konnte. Zwei seiner besten Jugendfreunde hatte er in Ägypten eingesetzt, zur Stabilisierung des Friedens im Land. Ein weiterer Jugendfreund, Coes, war sein Lanzenträger, Haman der Bogenträger. Die beiden waren die Einzigen, denen er wirklich trauen konnte, im Gegensatz zu den unzähligen Mitgliedern der königlichen Sippe, die den Hof bevölkerten und von denen die meisten nur darauf aus waren, aus ihrer Verwandtschaft zum König irgendeinen Nutzen zu ziehen. Mehr und mehr hatte Ester den Verdacht, dass Ahasveros – trotz seines Status und seiner Macht – ein einsamer Mann war.

Sie konnte nicht anders, sie musste den Faden zu Ende spinnen. Was wäre aus ihr geworden, wenn der König tatsächlich vergiftet worden wäre?

Ich wäre frei gewesen. Da ich nicht schwanger bin, ist Kavad der einzige rechtmäßige Thronerbe. Ich hätte nach Hause zurückkehren und mein altes Leben wieder aufnehmen dürfen, so wie ich es mir immer gewünscht habe.

Wenn Ahasveros starb.

Aber sie wollte nicht, dass er starb. Dies war der Gedanke, der sie am meisten beunruhigte. Wieder und wieder hatte sie sich gesagt, dass sie sich nicht in ihn verlieben durfte, dass sie seine nächtlichen Umarmungen nicht mit Liebe verwechseln durfte.

Sei nicht dumm, Ester. Der König kommt nicht jede Nacht zu dir, weil er dich liebt, sondern einzig und allein, weil er einen Thronfolger braucht. Wenn du ihm einen Sohn schenkst, bist du hier für alle Zeiten gefangen. Also wäre es das Beste für dich, wenn der König stirbt. Dann käme dein Großvater, um dich abzuholen, und eines Tages könntest du zurück zu Onkel Mordechai. Und nach einer Weile würde man das Geschehene vergessen und alles wäre wie früher. Vielleicht würde dich Abraham sogar noch zur Frau nehmen, wenn er nicht schon verheiratet war.

In dem Moment bewegte sich Ahasveros im Schlaf. Beruhigend legte sie ihre Hand auf die seine, um ihm zu versichern, dass sie noch da war.

Am nächsten Morgen ging es dem König besser. Der Albtraum war vorüber und der Sommer in Ekbatana zeigte sich von seiner schönsten Seite. Ester unternahm lange Ausflüge durch die Felder in ihrer eigenen, überdachten Kutsche. Der Weizen stand mannshoch, und wilde Stockrosen, Glockenblumen und stattliche lila Disteln säumten die Wege. Tausende von Mohnblumen und anderen Wiesenblumen bildeten einen bunten Teppich. Draußen in der Natur spürte Ester, wie ihre Anspannung sich löste. In der sauberen, frischen Bergluft waren ihre Sorgen wie weggeblasen. Und einige wenige, wunderbare Wochen lang war sie fast glücklich.

Nur Hatach machte ihr Sorgen. Trotz der schönen, unbeschwerten Tage wurde der junge Mann immer stiller und in sich gekehrter.

Eines Morgens sah sie, wie Hatach durch die offene Balkontür die Reiter unten im Hof beobachtete, die ihre Pferde für einen Tag auf der Rennbahn sattelten. Deutlich hörte man ihre tiefen, männlichen Stimmen, das Knirschen des Sattelzeugs und das Geräusch der beschlagenen Hufe auf dem Kies.

Der junge Eunuch beobachtete das Treiben mit versteinertem Gesicht.

Ester sah durch die geöffnete Tür, wie Ahasveros aus dem Palast kam und mit langen Schritten auf ein großes, kastanienbraunes Pferd zuging. Mit katzenhafter Leichtigkeit saß er auf. Die Sonne ließ seine purpurne Reitjacke leuchten und seine goldenen Ohrringe blitzen. Mit einer Hand nahm er die Zügel auf und sagte etwas zu dem Reiter neben ihm, der darauf in fröhliches Gelächter ausbrach. Es war Coes, sein Jugendfreund.

Ester atmete den Pferdegeruch ein, der vom Hof heraufwehte, und sah, wie Ahasveros mit seinem Hengst antrabte. Sein Sitz war locker und geschmeidig, seine schlanken Hüften folgten den Bewegungen des Tieres. Die anderen Reiter taten es ihm gleich, und innerhalb von Minuten hatte sich der Hof geleert. Hatach drehte sich um und ging mit stumpfem Blick zurück ins Zimmer.

„Ist es so schlimm?“, fragte Ester. Ihre Stimme war sanft, fast wie die einer Mutter.

Der junge Eunuch schwieg und blickte ins Leere. Eine Zeit lang standen sie da und sahen sich an, im hellen Sonnenlicht, das durch die geöffnete Tür schien. Ester wartete, und als Hatach immer noch nichts sagte, fragte sie: „Kannst du reiten, Hatach?“

Er nickte. Im gleißenden Licht der Sonne glänzte sein Haar so schwarz wie das Gefieder eines Raben. „Ich bin vom Stamm der Sargartier, meine Königin. Wir weiden unsere Herden in den Bergen im Norden dieser Hochebene. Ich habe reiten gelernt, als ich noch kaum laufen konnte.“

„Dann werde ich den König bitten, dass er dir ein Pferd gibt.“

Sein Gesicht zeigte keine Regung. „Ich kann nicht so reiten wie der

König. Mein Volk besitzt nicht solche guten Pferde. Wir reiten nur zottelige Hochlandponys."

Ester, die noch immer das Bild vor Augen hatte, wie Ahasveros im Sattel saß, erwiderte: „Aber du kannst lernen, auf solchen Pferden zu reiten. Vielleicht wirst du nicht so gut reiten wie der König" – sie hob leicht die Augenbrauen und um ihre Mundwinkel zuckte es –, „aber da wärst du nicht der Einzige."

Hatachs Züge entspannten sich ein wenig und ein dünnes Lächeln umspielte seinen Mund. „Das stimmt. Der König ist der beste Reiter, den ich je gesehen habe. Wusstet Ihr, dass er im gestrigen Rennen wieder gesiegt hat – mit einem von Kavads Pferden? Einem Pferd, das er nicht kannte, und das nie zuvor ein Rennen gewonnen hatte."

Über Esters Miene huschte ein Schatten. „Ich weiß nicht, ob das so klug von ihm war. Kavad ist ohnehin nicht gut auf Ahasveros zu sprechen."

„Er hatte keine andere Wahl. Kavad hat ihn herausgefordert. Und er war ziemlich wütend, dass sein Bruder gewonnen hat."

„Ich wusste gar nicht, dass du bei dem Rennen warst, Hatach."

Schuldbewusst senkte der Eunuch den Blick. „Ich bin gern auf der Rennbahn bei den Pferden. Hin und wieder gehe ich hin, ich meine, wenn Ihr gerade keine Aufgaben für mich habt."

Esters Blick ruhte auf dem jungen Mann mit seinen hohen Wangenknochen, den schmalen schwarzen Augenbrauen und der stolzen Nase. Hatach war achtzehn, in einem Alter, in dem die jungen Adeligen mit dem König ausreiten durften. Ester gab es einen Stich ins Herz, wenn sie daran dachte, dass ihm solche und andere Dinge, die Männer in seinem Alter taten, verwehrt blieben.

„Du bist jung und athletisch und es gibt meiner Ansicht nach keinen Grund, weshalb du nicht reiten solltest." Sie bemühte sich, ihrer Stimme einen betont sachlichen Klang zu geben. „Außerdem bist du mein wichtigstes Sprachrohr am Hof, sozusagen mein Großwesir." Sie schenkte ihm ein warmes Lächeln. „Und wenn wir wieder in Susa sind, könnte es durchaus nützlich für mich sein, wenn du ein Pferd zur Verfügung hättest."

Bei diesen Worten hellte sich seine bedrückte Miene auf. „Aber Ihr solltet das Hegai, den ‚Großwesir', besser nicht hören lassen", warnte er. „Er denkt, das sei seine Aufgabe."

„Für mich bist du mehr als ein Großwesir, Hatach. Du bist ein Freund."

„Ein Pferd für deinen Eunuchen?" Ahasveros schaute sie über den Tisch hinweg erstaunt an, als sie beim Abendessen saßen. „Natürlich kann er ein Pferd haben, wenn du das unbedingt willst. Aber zu welchem Zweck?"

Sie saßen in dem kleinen Esszimmer, das Teil der königlichen Gemächer war. Der König aß an drei Abenden in der Woche mit Ester, an den anderen im großen Speisesaal mit den Männern des Hofadels.

„Er wird auch einen Reitlehrer brauchen", fuhr Ester fort. „Wie er sagt, ist er schon als Kind geritten, aber eigentlich nur auf Hochlandponys."

„Das ist allerdings ein Unterschied, Ester. Ein Hochlandpony ist kein Vollblut." Ahasveros trug eine blaue Reitjacke, schwarze Hosen und einen schlichten, goldenen Reif um die Stirn. Seit sie in Ekbatana waren, kleidete er sich gern nach Art der Meder.

Mit dem Messer zerteilte er ein Stück Hühnerfleisch. Die Ringe an seinen Fingern blitzten. „Wir werden einen ruhigen Gaul für ihn aussuchen. Trotzdem weiß ich nicht, was das Ganze soll."

Ester ließ sich nicht beirren. „Nein. Er braucht ein Vollblut. Einen Nisäer. Ein großes, temperamentvolles Pferd. Eines, das schnaubt und tänzelt. Genau so ein Pferd."

Der König legte sein Messer nieder und sah sie an. „Und warum?"

„Er ist ein Eunuch, und er wird sein Leben lang darunter leiden. Ein gutes Pferd zu reiten wird ihm seinen Stolz und einen Teil seiner männlichen Würde zurückgeben."

Ahasveros sah sie verständnislos an.

Ester hielt seinem Blick stand. „Vielleicht könnte er später sogar Rennen reiten. Hatach liebt Pferderennen."

„Dieser Eunuch scheint dir ja sehr am Herzen zu liegen, dass du so um sein Wohlergehen bemüht bist."

„‚Dieser Eunuch' hat auch einen Namen. Er heißt Hatach."

Ahasveros zog eine Augenbraue hoch. Dann wandte er sich wieder seinem Hähnchen auf dem Teller zu.

Ester schwieg ebenfalls, doch sie wollte das Thema nicht fallen lassen. Dann sprudelte die ganze Geschichte aus ihr heraus. „Hatach kam aus dem Stamm der Sargartier an den Hof. Als er elf Jahre alt war, kam Euer Vater mit seinem Gefolge zufällig in das Gebiet, wo Hatach und seine Sippe ihre Tiere weideten. Hatachs Vater war der Stammesführer und lud Darius zum Essen in sein Zelt ein. Darius nahm die Einladung an, und nach dem Essen machte er ihm ein Kompliment über seinen hübschen Sohn. Daraufhin ließ Hatachs Vater seinen Sohn kastrieren und dem König in Susa als Geschenk überbringen."

Ahasveros runzelte die Stirn. Er schluckte einen Bissen hinunter und sagte: „Mein Vater interessierte sich nicht für Jungen."

Ester spürte, wie Wut in ihr aufstieg. „Darum geht es doch gar nicht!"

Ein Page trat vor und schenkte ihm nach. „Außerdem hätte Hatach dir diese Geschichte gar nicht erzählen dürfen. Sie ist sehr unschicklich und nicht für die Ohren einer Dame bestimmt."

Nun war es um Esters Fassung geschehen. Sie stützte die Hände auf die Tischplatte und funkelte ihn zornig an. „Habt Ihr denn gar kein Herz? Fällt es Euch so schwer, Euch in die Lage dieses Jungen zu versetzen? Wisst Ihr überhaupt, was er durchgemacht hat und immer noch durchmacht? – Ihr seid ein Mann, Ihr habt einen Bart, Ihr seid unversehrt. Was würdet Ihr empfinden, wenn Euch das plötzlich genommen würde?"

Entgeistert starrte er sie an.

„Wenn Ihr nie wieder mit einer Frau schlafen könntet?"

Stille.

Dann sagte er ruhig: „Das wäre wohl ziemlich furchtbar."

Seine Ruhe nahm ihr den Wind aus den Segeln. Sie legte die Hände in den Schoß. Ihre Finger krampften sich ineinander, ohne dass er es sah. „Es tut mir leid, mein König", sagte sie reumütig. „Ich weiß nicht, was in mich gefahren ist. Das alles ist ja nicht Eure Schuld."

Er trank einen Schluck aus dem Becher. „Du glaubst also, ein schnelles Pferd zu reiten, wird Hatach helfen, sich wie ein vollwertiger Mann zu fühlen, weniger … verstümmelt?"

Ester zuckte die Schultern. „Es klingt komisch, ich weiß."

Ahasveros schüttelte den Kopf. „Nein, überhaupt nicht. Ich denke, du hast recht." Er nippte an seinem Wein und sah sie über den Becherrand an. „Ich werde mit Coes sprechen. Er soll ein geeignetes Pferd für Hatach aussuchen und ihm das Reiten beibringen."

Ester strahlte. „Danke, Majestät. Ihr seid sehr großmütig."

Den Ausdruck seiner Augen hinter dem Becher konnte sie nicht deuten. „Nein", sagte er, „du bist es, die großmütig ist. Ich staune immer wieder, wie du die Menschen um dich herum wahrnimmst, selbst die Dienstboten. Sie sind dir wichtig genug, dass du dich um sie kümmerst." Er schüttelte den Kopf. „Auch wenn ich das nie verstehen werde." Er ließ den Becher sinken, und sie sah, dass er lächelte.

„Ich hörte, dass Ihr gestern auf einem von Kavads Pferden gewonnen habt?", wechselte sie das Thema.

Der König seufzte. „Ich wollte dieses Rennen nicht reiten, aber mein Bruder ließ nicht locker. Er hat dieses neue Pferd gekauft und dachte, er könnte mich schlagen, wenn ich nicht mit Soleil antrete."

„Und Ihr habt nicht daran gedacht, dass es vielleicht klüger wäre, Kavad gewinnen zu lassen?"

Seine Augen blitzten listig. „Doch, daran gedacht habe ich schon."

Ester rollte die Augen. „Männer!"

Er lachte leise.

Sie wurde wieder ernst. „Kavad kann Euch nicht ausstehen. Und ich habe Angst, dass er eines Tages versuchen wird, Euch etwas anzutun."

„Er hat Grund genug, mich zu hassen", antwortete Ahasveros. „Sein ganzes Leben lang hat mein Vater ihn in dem Glauben bestärkt, dass er der nächste Großkönig sein wird. Und es war für ihn ein Schlag ins Gesicht, dass nicht er, sondern ich zum Thronfolger ernannt wurde."

„Seid Ihr deshalb so nachsichtig mit ihm? Er kränkt Euch bei jeder Gelegenheit, und Ihr lasst es Euch gefallen."

Ahasveros nickte. „Ester", sagte er dann. „Kavad würde mir nie etwas tun. Du hast gesehen, wie er mich gewarnt hat, als er dachte, meine Medizin sei vergiftet. Er mag seine Fehler haben, aber er wurde nach dem Ehrenkodex des Ahuramazda erzogen: Liebe die Wahrheit und hasse die Lüge."

„Kavad ist nicht viel jünger als Ihr, oder?"

Ahasveros schüttelte den Kopf. „Ganze sechs Monate."

„Er scheint viel jünger."

„Er kriegte immer jeden Wunsch erfüllt, nie musste er sich etwas erkämpfen."

Ihre Unterhaltung war so leicht und natürlich, dass Ester den Mut fasste, zu fragen: „Warum hat Darius in all den Jahren erst Kavad bevorzugt, nur um ihn danach fallen zu lassen?"

„Ich denke, er hatte begriffen, dass Kavad sich zu leicht beeinflussen lässt."

„Und er wusste, dass man Euch in Babylon ‚Kyrus II.' nannte."

Er grinste. „Vielleicht."

Ester lehnte sich vor, und er spürte ihre Anspannung. „Bitte seid vorsichtig, was Kavad betrifft. Er hat ein aufbrausendes Naturell und könnte etwas tun, was er später bereut."

Er lächelte sie an. „Ich werde mein Bestes tun, Ester. Ich verspreche es dir."

Kapitel 15

Manchmal ertappte sich Ester bei dem Wunsch, dieser Sommer möge nie enden. In Ekbatana war Ahasveros ein anderer Mensch, voller Lebenslust und Leichtigkeit, und sie fühlte sich immer mehr zu ihm hingezogen. Auch sie selbst schien nach und nach ihr altes Ich abzulegen und sich in eine andere Frau zu verwandeln, und es störte sie kaum noch. Der König schlief jede Nacht in ihrem Bett und aß dreimal in der Woche mit ihr zu Abend. War das nicht Beweis genug, dass er sie liebte?

Eines Nachmittags, es war Mitte August, sah sie, wie er von einem Ausritt heimkehrte. Vor ihm im Sattel saß ein kleiner Junge von ungefähr acht Jahren. Seine Haare hatten denselben hellbraunen Schimmer wie die des Königs. Ester gab es einen Stich ins Herz.

Auch im Harem von Susa hatte sie hin und wieder Kinderstimmen gehört, doch die Kinder des Königs waren mit ihren Kindermädchen in einem separaten Wohntrakt untergebracht, und die Haremsfrauen bekamen sie selten zu Gesicht. Nur einmal hatte Ester Mardene und Ilis gesehen, die Lieblingskonkubinen des Königs und Mütter seiner Kinder.

Sie blickte in den Hof hinunter und sah, wie Ahasveros vom Pferd sprang und die Arme ausstreckte, um seinen Sohn herunterzuheben. Dann ging er mit dem Kind an der Hand über den Hof. Sie sah, wie er sich zu ihm beugte und etwas zu ihm sagte, und schaute ihnen nach, bis sie unter dem geschwungenen Torbogen verschwanden, der zu den Stallungen führte.

„Ist Euch nicht gut, Majestät?“ Luara, die gerade dabei war, Esters frisch gewaschene Kleidung wegzuräumen, sah sie besorgt an.

Ester schüttelte wortlos den Kopf.

Luara stand vor dem Schrank aus poliertem Zedernholz, einen Stapel Leinenunterhemden auf dem Arm. „Ihr seht blass aus.“ Sie balancierte die Wäsche auf einem Arm und fühlte Esters Hand. „Euch ist kalt“, stellte sie fest. „Soll ich den Ofen anmachen?“

Ester schüttelte den Kopf. „Danke, Luara, es geht schon. Ich möchte bloß eine Weile allein sein.“

„Sehr wohl, Majestät.“ Das Mädchen ging zur Tür, drehte sich noch einmal um, als wollte sie etwas sagen, und verließ dann widerstrebend das Zimmer. Leise fiel die Tür hinter ihr ins Schloss.

Ester stand allein in der Mitte des Raumes, ihre Hände verkrampften sich vor der Brust.

Wie oft er wohl zu den anderen Frauen geht?

Der Schmerz in ihrer Brust nahm ihr den Atem und sie rang nach Luft. *Immer, wenn er nicht bei mir ist?*

Sie zwang sich zur Ruhe, wild entschlossen, gegen ihre Gefühle anzukämpfen. *Schluss damit! Es gibt keinen Grund zur Eifersucht. Er war fast jede Nacht bei mir, seit wir in Ekbatana sind.*

Heute Morgen hatte sie dann ihre Tage bekommen; diesen Monat gab es keine Hoffnung mehr auf ein Kind. Sie wusste nicht, ob sie sich darüber freuen oder traurig sein sollte. Ein Kind würde sie enger an Ahasveros binden, als körperliche Liebe es vermochte. Ein Sohn würde sein Thronfolger sein, sein rechtmäßiger Erbe, der nächste Großkönig.

Aber vielleicht würde er seine nächtlichen Besuche einstellen, wenn sie schwanger war? Dann hätte er seine Pflicht getan und könnte zu seinen Lieblingskonkubinen zurückkehren. *Ich könnte es nicht ertragen.*

Ihr Herz krampfte sich zusammen, und sie fühlte einen fast körperlichen Schmerz. Wie konnte es so weit kommen? Sie hatte mit aller Macht versucht, sich nicht zu verlieben. Wie konnte sie jemanden lieben, dem sie nicht vollständig vertraute?

Sie starrte aus dem Fenster in den Hof, wo die Dienstboten ihre Arbeit verrichteten. *Gott hat mich verlassen*, dachte sie. *Alle haben mich verlassen. Wie es mir wirklich geht, interessiert niemanden.*

Ester wurde auf andere Gedanken gebracht, als Ahasveros vor dem Abendessen zu ihr kam und ihr freudig erzählte, dass er mit einem Gefolge von einigen Dutzend Männern zu einem Jagdausflug in die Berge aufbrechen würde. Sie würden mehrere Wochen unterwegs sein.

Ester bemühte sich, ihre Enttäuschung zu verbergen. „Und was wollt Ihr jagen?“, fragte sie höflich.

„Löwen. Vielleicht auch Tiger. Es gibt einige Tiger in den Bergen nördlich von Ekbatana. Aber ich habe noch nie einen erwischt.“

„Löwen und Tiger?“, fragte sie schwach.

„Und Bären und Leoparden.“ Er meinte es tatsächlich ernst. Und in seiner Stimme lag eine kindliche Freude.

„Und Ihr macht das nicht zum ersten Mal?“

„Nein.“ Ein jungenhaftes Grinsen umspielte seine Mundwinkel.

„Trotzdem – seid bitte vorsichtig.“

Seine Augen blitzten abenteuerlustig. „Dann macht es keinen Spaß.“

Sie sah ihn bestürzt an, und er lachte und küsste sie auf die Wange. „Ich sollte mich besser beeilen, sonst zieht sich das Abendessen mit den Männern endlos hin und ich komme zu spät zu dir.“

Das hört sich doch vielversprechend an. Esters Gesichtszüge hellten sich auf.

Als Hatach die Tür für den König öffnete, blieb er stehen und sah den jungen Eunuchen an. „Coes hat mir erzählt, dass du ein talentierter Reiter bist, Hatach.“

Hatach konnte seine Freude über das Lob nicht verbergen. „Danke, das ist sehr freundlich von Euch, mein König."

„Kannst du mit dem Speer umgehen?", fragte Ahasveros.

„Ja, Majestät."

„Möchtest du gern mitkommen zur Jagd?"

Hatach wurde so blass, dass Ester befürchtete, er würde ohnmächtig werden.

„Du kannst mit Coes und seinen Kameraden reiten", fuhr der König fort und machte damit klar, dass Hatach als Jäger, nicht als Dienstbote mitkommen sollte.

Die Farbe kehrte in das Gesicht des jungen Mannes zurück. „Ja, Majestät, ich würde sehr gern mitkommen."

Ahasveros nickte. „Dann melde dich gleich in der Waffenkammer. Dort wirst du deinen Speer bekommen."

„Danke, mein König." Nachdem Ahasveros gegangen war, sah Hatach Ester fragend an. „Ist das in Ordnung für Euch, Majestät? Seid Ihr sicher, dass Ihr mich nicht braucht?"

„Nein, Hatach, du kannst gerne gehen."

Er warf einen Blick zur Tür. „Vielleicht sollte ich jetzt gleich gehen", sagte er zögernd.

„Ja, Hatach, geh nur und kümmere dich um deine Waffen." Ester nickte ihm aufmunternd zu.

Nachdem er gegangen war, hörte sie Luara aus einer Ecke des Zimmers sagen: „Das war sehr großmütig vom König, Majestät."

Ester hatte den Blick auf die Tür geheftet. Die Umrisse verschwammen vor ihren Augen. „Ja", sagte sie schwach. „Das war es."

„Er hat es nicht für Hatach getan", fuhr Luara fort.

Ester beeilte sich, die Tränen wegzublinzeln. Als sie sich unter Kontrolle hatte, drehte sie sich um und sah Luara an. „Was meinst du damit? Natürlich hat er es für Hatach getan."

„Nein, Majestät", antwortete das Mädchen leise. „Er tat es für Euch."

Als sich die Jagdgesellschaft wieder in Ekbatana einfand, war es, als ob sie mit ihrer Rückkehr das Ende des Sommers einläuteten. Der Schnee, der auf der Nordseite des Gebirges im Juni bloß die Gipfel bedeckt hatte, wanderte immer weiter die Hänge hinunter. Bald waren die Nächte so kalt, dass man die Balkontüren geschlossen halten musste. Es wurde Zeit, nach Susa zurückzukehren.

Ester wäre am liebsten für immer in Ekbatana geblieben. Der Sommer war eine wohltuende Unterbrechung der eintönigen Routine am Hof von Susa gewesen. Damit war es nun vorbei. Ahasveros würde wieder ganz von den Pflichten eingenommen sein, die ihm sein königliches Amt auferlegte, und sie selbst würde wieder mit den Einschränkungen leben müssen, die das Leben einer persischen Frau ausmachten, eingesperrt in der erdrückenden Enge ihres goldenen Käfigs. Ohne die Freiheit, in ihrer Kutsche durch die sonnendurchfluteten Haine des Hochplateaus zu fahren, ohne die unbeschwerten Aufenthalte auf den Bergwiesen mit Hatach und Luara, ohne die Abendmahlzeiten mit Ahasveros in der vertrauten Atmosphäre des kleinen Speisezimmers. Bald würde alles wieder anders sein.

Dem Zauber von Ekbatana erlegen, hatte Ester kaum noch an Susa, Onkel Mordechai und ihren Gewissenskonflikt gedacht. Nun rückte ihr all das, wie durch einen Nebel, wieder ins Bewusstsein.

Seit der Hochzeit hatte Ester nicht mehr mit ihrem Onkel gesprochen. Auch jetzt, zurück in Susa, verspürte sie nicht das Bedürfnis und erfand alle möglichen Ausreden, um ein Treffen mit ihm so lange wie möglich hinauszuzögern. So lange, bis Hatach ihr eines Tages eine Nachricht von Mordechai überbrachte, in der ihr Onkel höchstpersönlich um eine Audienz bei der Königin bat. Nun konnte sie die Angelegenheit nicht mehr länger auf die lange Bank schieben.

Sie beschloss, dass das Treffen im Rosengarten stattfinden sollte. Als sie auf der Bank neben dem weißen Marmorbrunnen saß und wartete, überlegte sie fieberhaft, was sie zu ihrem Onkel sagen sollte.

In dem Moment öffnete sich die Tür zum Hof. „Mordechai ist hier, Majestät", kündigte Hatach seine Ankunft an.

„Er soll eintreten." Ester sprang auf und eilte ihrem Onkel entgegen.

Er hat sich kein bisschen verändert, dachte sie erleichtert. *Es tut so gut, ihn zu sehen.*

Sie küsste ihn auf die Wange. „Komm, setz dich zu mir." Ester nahm ihren Onkel bei der Hand und führte ihn zu der Bank. Schweigend setzten sie sich nebeneinander. Ester lächelte ihn an.

„Du siehst gut aus, Ester." In seiner Stimme lag leichtes Erstaunen.

„Mir geht es auch wirklich gut, Onkel Mordechai. Es war so schön in Ekbatana! In Susa dagegen ist es heiß und stickig, und die Enge nimmt mir den Atem."

„Sag nichts von Hitze. Die Temperaturen sind nichts gegen die, die wir im vergangenen Monat hatten."

„Ich weiß. Ich fand die brütende Hitze in Susa im Sommer immer furchtbar."

Mordechais Augenbrauen zogen sich zusammen. „Ich bin eigentlich nicht gekommen, um mit dir über das Wetter zu reden, sondern ..." In dem Augenblick öffnete sich die Tür und Mordechai brach ab. Er sah Ahasveros eintreten. Mordechai erhob sich von der Bank und machte auf dem mit Ziegeln gepflasterten Boden einen perfekten Kniefall. „Eure Hoheit, mein König", stammelte er ehrfürchtig.

„Ihr dürft aufstehen", sagte Ahasveros auf Aramäisch, dann ging er hinüber zu seiner Frau und stellte sich neben sie.

„Majestät, das ist Mordechai, der Freund der Familie, der mich in den Palast gebracht hat. Ohne ihn wäre ich nicht hier. Er arbeitet für Euch in der Schatzmeisterei."

„Es freut mich, Euch persönlich kennenzulernen, Mordechai", sagte Ahasveros. „Wenn Ihr es wart, der Ester zu uns gebracht hat, dann stehe ich tief in Eurer Schuld."

„Es war mir eine Ehre, Majestät", sagte Mordechai leise.

Ahasveros wandte sich Ester zu. „Ich weiß, ich hatte versprochen, dass wir gemeinsam zu Abend speisen, doch unerwartet sind ein paar Kundschafter aus Ägypten eingetroffen, und ich muss mit ihnen essen."

„Dafür habe ich vollstes Verständnis, mein König", sagte Ester. „Es war nicht nötig, dass Ihr mir dies persönlich mitteilt. Ihr hättet einen Boten schicken können."

Ahasveros zuckte die Schultern. „Ich kam hier vorbei und sah, wie Hatach vor der Tür zum Garten Wache steht."

„Ich fürchte, jetzt habe ich Euren Rosengarten mit Beschlag belegt", antwortete sie mit einem entwaffnenden Lächeln. „Aber es ist so schön kühl hier. Ich hoffe, Ihr wolltet den Garten nicht selbst nutzen?"

Er lächelte zurück. „Keineswegs. Du bist hier jederzeit willkommen."

Sie liebte es, wenn er lächelte, und wünschte, er würde es öfter tun. „Ich hoffe, die Botschafter aus Ägypten bringen keine schlechten Nachrichten?"

„Das hoffe ich auch", antwortete er lakonisch, nickte Mordechai zu und ließ Ester mit ihrem Onkel allein.

Als sie sich zu Mordechai umdrehte, fing sie seinen erstaunten Blick auf. „Du und der König, ihr wirkt so vertraut miteinander, so ... verheiratet!"

„Wir *sind* verheiratet", erwiderte sie leicht gereizt. „Schließlich war es *dein* Plan, Onkel. Oder hast du das schon vergessen?"

Im selben Augenblick taten ihr ihre Worte leid. Doch er schien es ihr nicht übel zu nehmen und sagte ruhig: „Ja, es war mein Plan. Und es freut mich zu sehen, dass du dich offensichtlich mit dem König gut verstehst. Er scheint dir gegenüber offen zu reden. Hast du schon etwas über seine Pläne oder seine Strategie herausfinden können, was das Verheißene Land betrifft?"

Ester spürte, wie sich ihre Rückenmuskeln strafften. Genau diese Art Befragung hatte sie befürchtet und sie hatte keine Lust, auf solche Fragen zu antworten. Ausweichend sagte sie: „Soweit mir bekannt ist, hat er keine besonderen Pläne oder Strategien für unser Land. Aber er ist vor allem daran interessiert, dass der Frieden dort bestehen bleibt, da es, wie du weißt, die einzige Landbrücke nach Ägypten bildet, und Ägypten ist der wertvollste Stein in der Krone des Persischen Reiches. Ahasveros würde nur dann etwas unternehmen, wenn im Verheißenen Land Krieg ausbricht. Dann würde er alles tun, um Ägypten zu schützen."

Mordechai schwieg und sah seine Nichte an. Eine Weile sagte keiner von ihnen ein Wort, dann setzte er erneut an: „Ester, all das war uns bekannt, bevor wir dich in den Palast schickten. Was wir wissen wollen, wissen müssen, ist, ob der König so sehr unter Hamans Einfluss steht, dass er an der Seite der Edomiter kämpfen würde, falls es tatsächlich zu einem Krieg kommt."

„Das hat er mir nicht gesagt."

„Hast du ihn denn gefragt?"

„Nein. Ich hatte bis jetzt noch keine Gelegenheit für eine solch direkte Frage."

Wieder blickte Mordechai sie nachdenklich an. Plötzlich stieg ein Gefühl in Ester hoch, das sie nicht deuten konnte, aber das so stark war, dass sie zu zittern begann. „Ahasveros ist ein ehrenwerter Mann!", platzte es aus ihr heraus. „Und genauso wird er auch handeln."

Mordechai schüttelte langsam den Kopf, als könnte er nicht glauben, was er hörte. „Ehrenwert oder nicht, er ist Perser, kein Jude. Und er wird, wie du selbst gesagt hast, so handeln, wie es in seinen Augen am besten ist, um die Interessen des Persischen Reiches zu wahren. Und darin könnte er sich sehr leicht von Haman beeinflussen lassen. Du musst unbedingt herausfinden, ob sich Ahasveros auf die Seite der Edomiter schlägt, und wenn das zutrifft, musst du ihn davon abbringen."

Esters Gefühle steigerten sich zur Wut. Aufgebracht lief sie hin und her und dann direkt auf Mordechai zu. „Weißt du", rief sie herausfordernd, „was Ahasveros vor dem Essen betet?"

„Nein." Mordechai war sichtlich verärgert über die Wendung, die ihr Gespräch jetzt nahm.

Ester kam noch einen Schritt näher. „Er betet: ‚Möge Ahuramazda dieses Land vor Krieg, Hungersnot und vor der Lüge schützen.'"

Mordechai zuckte gleichgültig die Achseln. „Wir alle kennen den persischen Ehrenkodex, Ester: ‚Reite schnell, schieße treffsicher und lebe in der Wahrheit.' Das ist ziemlich simpel."

Als hätte er mit seiner Bemerkung Öl ins Feuer gegossen, schnaubte sie wutentbrannt: „Ja, das ist simpel, aber dann sind die Zehn Gebote, die Gott Mose auf dem Berg Sinai gegeben hat, genauso simpel!"

„Ich verstehe nicht, was du mit deinem gotteslästerlichen Gerede sagen willst", ereiferte sich nun auch Mordechai. „Du kannst das Gebet eines Persers nicht mit den Gebeten deines eigenen Volkes vergleichen!"

Ester stemmte die Hände in die Hüften. „Was ich sagen will, Onkel Mordechai, ist: Ich bin eine Lüge. Ich bin eine einzige große Lüge. Meine Ehe basiert auf einer Lüge. Du hattest kein Recht, so etwas von mir zu verlangen! Und du hast kein Recht, überhaupt irgendetwas von mir zu verlangen. Ich werde meinen Ehemann *nicht* für dich aushorchen oder ihm nachspionieren!"

Wütend standen sie sich gegenüber. Sie hatten sich in ihrem ganzen Leben nur wenige Male gestritten.

Dann sagte Mordechai ernst: „Du kannst deine Herkunft nicht verleugnen, Ester. Du kannst nicht leugnen, wer du bist."

„Ich bin in erster Linie Ahasveros' Frau."

„Du bist in erster Linie Jüdin!"

„Ich weiß", sagte sie leise. „Und du sollst wissen, dass ich es in meinem Herzen auch immer bleiben werde. Ich bete jeden Tag unser Gebet, Onkel: ‚Höre, Israel, der Herr ist unser Gott, der Herr ist einzig.' Und daran glaube ich auch. Ich werde mich nie zur Religion der Perser bekehren. Aber ich *lebe* nicht nach dem jüdischen Glauben! Ich halte mich nicht an die Speisegebote, ich feiere unsere Feste nicht mehr, ich handle nicht mehr nach jüdischem Brauch. All dies werde ich nie wieder tun, so lange ich mit Ahasveros verheiratet bin. Und du bist es, der mich zu dieser Heirat gezwungen hat!"

Mordechai war blass geworden. „Ester, hör mir zu. Auch wenn du ein Leben nach persischen Bräuchen führst, darfst du nie vergessen, dass Gott dich auserwählt hat, dass er dir einen besonderen Auftrag gegeben hat, einen geheiligten Auftrag. Dem kannst und darfst du dich nicht verschließen!"

Esters Augen blitzten angriffslustig. „Und was ist, wenn ich keinen besonderen Auftrag habe, Onkel? Wenn Gott mich *nicht* auserwählt hat? Hast du jemals daran gedacht, dass dein besagter Traum vielleicht eine ganz andere Bedeutung haben könnte? Oder überhaupt keine Bedeutung?"

Mordechai atmete schwer. Mühsam machte er einen Schritt auf seine Nichte zu. „Hör mir gut zu, Täubchen. Wenn uns Gott eine besondere Gabe verleiht, dann erwartet er von uns, dass wir diese Gabe zu seiner Ehre nutzen. Dir hat er die Gabe der Klugheit geschenkt, mein Kind, und dazu außerordentliche Schönheit. Aufgrund deiner Schönheit hat der König dich zur Frau genommen. Ich kann zwar verstehen, dass du Ahasveros' Charme verfallen bist – man sagt, er versteht es, die Frauen zu betören ..."

Bei diesen Worten drehte ihm Ester den Rücken zu. Sie wusste nicht, welchen Sinn dieses Gespräch haben sollte.

Doch Mordechai redete weiter: „Du bist keine oberflächliche Haremsdame, Ester. Du bist Jüdin, du gehörst zu Gottes auserwähltem Volk. Niemals darfst du dies in den Armen eines Mannes vergessen."

„Hatach!" Esters Stimme klang schrill.

Die Tür öffnete sich und der Eunuch trat ein.

„Hatach, du darfst Mordechai zurück zu seiner Schreibstube geleiten."

„Sehr wohl, Majestät."

„Denk an meine Worte", raunte Mordechai ihr noch zu, bevor er sich mit Hatach entfernte.

Ester blieb allein im Garten sitzen und starrte in das sich kräuselnde Wasser des Springbrunnens. Was sie ihrem Onkel an den Kopf geworfen hatte, tat ihr leid. Worte und Gedanken, die sie viel zu lange unter Verschluss gehalten hatte, waren einem Vulkanausbruch gleich an die Oberfläche geschleudert worden.

Aber es war die Wahrheit. Sie war die personifizierte Lüge. Sie hatte ihren Mann hintergangen, indem sie ihm nicht die Wahrheit gesagt hatte. Nun war sie gefangen in einem Netz aus Lügen, aus dem es kein Entrinnen gab.

Wie konnte sie Ahasveros jemals sagen, wer sie wirklich war? Ihm, der die Wahrheit anbetete und die Lüge hasste? Wie konnte sie ihm sagen, dass sie, die er für ehrlich und frei von politischen Motiven hielt, ihn nur geheiratet hatte, weil ihr Onkel es eingefädelt hatte, damit sie ihn aushorchen und ihren Einfluss bei ihm geltend machen konnte?

Herr im Himmel, betete sie, *ich bin hier, weil ich dachte, dass dies dein Wille wäre. Wenn das wahr ist, dann gib mir ein Zeichen. Ich flehe dich an: Sag mir, was ich tun soll!*

Kapitel 16

Die südliche Begrenzung des Palastes bestand aus vier zwanzig Meter hohen Steintürmen und einer Ringmauer. Dahinter lag die Kaserne, das Quartier der königlichen Leibwache.

Das Leben in der Kaserne war alles andere als luxuriös. Die Männer schliefen auf Matten auf dem nackten Lehmboden, und ihre prächtigen Rüstungen hingen an Haken, die in die kahlen Holzwände geschlagen waren. Doch die Verpflegung war gut, auch an Getränken mangelte es nicht. Die Offiziere dagegen wohnten im Palast oder in ihren eigenen Häusern in der Stadt.

Milis, ein einfacher Soldat der Leibwache, saß vor der Kaserne, polierte seinen bronzenen Helm und hing seinen Gedanken nach. Er und seine Kameraden hatten wenig Grund zur Klage, waren doch die bescheidenen Unterkünfte oft besser als die Verhältnisse, aus denen sie kamen.

Bei Tagesanbruch hatten er und seine Männer den König auf seinem Ausritt begleitet, am Nachmittag gab es für ihn wenig zu tun. Aus den Ställen hörte er laute Stimmen und sah, wie einige Männer herbeiliefen, um den Streit zu schlichten, doch er blieb träge in der Sonne sitzen.

Er blickte erst auf, als er Teresch, den Hauptmann der königlichen Leibwache, aus dem Schatten der Rundbögen treten sah, die den

Durchgang zum Palasthof bildeten. Es kam so gut wie nie vor, dass der Hauptmann persönlich den Kasernen einen Besuch abstattete. Umso erstaunter war Milis, dass Teresch direkt auf ihn zukam. Sofort sprang er auf die Füße, den Helm fest umklammert. Außer ihm befand sich niemand mehr im Hof.

„Milis." Der Hauptmann trat auf ihn zu. „Genau dich habe ich gesucht."

Milis salutierte, erstaunt, dass Teresch seinen Namen kannte.

„Lass uns einen Moment hineingehen."

Milis spürte, wie sein Herz zu rasen begann, als sie durch die niedrige Tür gingen. Das Quartier war unaufgeräumt. Niemand hatte die Schlafmatten zusammengerollt, und Pferdehalfter und Kleidung lagen auf dem Boden verstreut. „Ich … äh … ich bitte um Verzeihung für die Unordnung", stammelte er.

Teresch machte eine ungeduldige Handbewegung. „Schon gut. Ich bin nicht zur Inspektion hier. Aber ich schlage vor, dass du dies als Grund für meinen Besuch angeben solltest, falls deine Kameraden Fragen stellen."

Milis versuchte, seine Verwirrung zu verbergen. „Zu Befehl, Herr Hauptmann."

„Ich bin gekommen, weil ich mit dir reden möchte. Dein Vorgesetzter sagt, dass du ein guter Mann bist. Gehorsam, der Leibwache treu ergeben, ehrgeizig."

Milis nickte geschmeichelt. Er hatte keine Ahnung, worauf Teresch hinauswollte.

„Ich hätte da eine Aufgabe für dich."

An dem Abend rührte Milis sein Essen nicht an. Dafür trank er umso mehr Bier, und als er zu Bett ging, brummte ihm der Schädel. Aber sein Problem war dadurch nicht gelöst.

Am nächsten Morgen stand kein Ausritt auf dem Programm, und Milis bat seinen besten Freund, Artanes, ihn in die Stadt zu begleiten.

Als die beiden jungen Männer durch die staubigen Gassen von Susa gingen, fasste Milis sich ein Herz und nahm seinen Freund beiseite. Sie landeten in einem verlassenen Weinlokal und setzten sich an einen fleckigen Holztisch in einer Ecke.

Nachdem der rundliche Wirt einen Krug Wein und zwei Becher auf den Tisch gestellt hatte, begann Milis zu erzählen. „Teresch kam gestern zu mir in geheimer Mission. Er hat einen Sonderauftrag für mich."

„Für dich?", fragte Artanes erstaunt. „Wie kam er ausgerechnet auf dich?"

„Weil er mich für zuverlässig und gehorsam hält."

„Und, was für einen Auftrag hat er für dich?"

„Ich soll den König umbringen."

„Du sollst *was*?"

„Psst – nicht so laut!", zischte Milis und sah sich ängstlich um.

„Weißt du, was du da sagst?"

„Ja, du hast richtig gehört. Er will, dass ich ihn am Freitag umbringe, während meiner Dienstzeit. Am Mithrafest, wenn der König und seine Edelleute vom Göttertrank alle betrunken sind. In einem unbemerkten Augenblick soll ich ihn zusammen mit einem Kameraden überwältigen und mit einem Kissen ersticken."

Artanes schüttelte den Kopf. „Du willst mich zum Narren halten."

Doch Milis' mageres Gesicht war ernst, seine tief liegenden Augen brannten. „Es ist kein Witz, Artanes. Mit so etwas scherzt man nicht."

„Nein, da hast du recht."

„Also, was sollen wir machen?", fragte Milis mit gedämpfter Stimme.

„*Wir?*"

„Du willst mir doch deine Hilfe nicht abschlagen?"

„Vergiss es. Ich werde dir *nicht* helfen, den König zu ermorden!"

„Leise, Mann!" Milis warf einen gehetzten Blick auf den Wirt, der Becher und Gedecke auf den Tischen verteilte. Dann sagte er, so leise, dass Artanes sich über den Tisch beugen musste, um ihn zu verstehen: „Natürlich werde ich ihn nicht wirklich umbringen."

Artanes schwieg, sein Gesicht war verschlossen. „Hat er gesagt, *warum* er den König aus dem Weg räumen will?"

„Er sagt, weil Ahasveros sich weigert, gegen die Griechen Krieg zu führen, macht er Persien für die ganze Welt zum Gespött. Und wenn Kavad König wäre, würde er sich für die Niederlage von Marathon rächen und Persiens Ehre wiederherstellen."

Artanes schnaubte verächtlich. „Hätte Ahasveros in Marathon das Kommando geführt, hätten wir die Schlacht nicht verloren."

Milis zog seine niedrige Stirn in Falten. „Ehrlich gesagt, ich bin nicht sicher, wie viel Teresch von mir weiß. Ich glaube, er weiß nicht, dass ich bei den ‚Unsterblichen' war, bevor ich zur Leibwache kam. Oder dass ich mit Ahasveros in Ägypten war. Er hat mich auf Empfehlung meines Leutnants aufgesucht, weil ich treu und gehorsam sei." Nachdenklich schwenkte er sein volles Weinglas, und etwas Wein schwappte über den Rand auf den schmierigen Tisch. „Und ehrgeizig, sagt er. Er hat mir einen Posten als Leutnant in Aussicht gestellt, zur Belohnung. Oder als Bestechung, wie man's nimmt."

„Und wenn wir es nicht tun, wird Teresch einen anderen finden, um den Auftrag zu erledigen", sagte Artanes düster.

Milis rieb sich die Stirn, als hätte er noch immer Kopfschmerzen. „Ich mag Ahasveros. Er hat sogar einmal mit mir gesprochen, beim Feldzug gegen die Ägypter."

„Wir müssen ihn warnen", sagte Artanes.

„Wie denn? Welche Chancen hätten wir schon, eine Audienz beim Großkönig zu erhalten?"

„Zum Beispiel wenn wir zum Ausreiten eingeteilt sind."

„Klar, und dann willst du kurz angaloppieren, zum König aufschließen und vor Tereschs Augen ausposaunen, was wir wissen?"

Artanes seufzte. „War vielleicht keine gute Idee."

Milis schlug mit der flachen Hand nach einer Fliege, die um die Weinpfütze auf dem Tisch kreiste. „Wenn wir nicht an Ahasveros herankommen, müssen wir uns jemanden suchen, der sich in seiner Umgebung bewegt."

„Und wer sollte das sein?"

„Ich denke da an Smerdis, den Großwesir. Er könnte den König warnen."

„Und wie kommen wir an Smerdis heran?"

„Er trifft sich am Donnerstag mit den Hofschreibern im Vorzimmer der Schreibstube. Dort können wir ihn abfangen."

„Noch ein Glas Wein, die Herren?" Der Wirt war an ihren Tisch getreten.

„Nein, danke." Milis beeilte sich aufzustehen und Artanes folgte ihm.

„Ich wünschte, wir wären nicht in diese Sache verwickelt", sagte er, als sie wieder draußen auf der Straße standen. „Ich habe ein ungutes Gefühl dabei."

„Dann gehe ich eben allein zu Smerdis", sagte Milis trotzig.

„Nein, nein, ich komme schon mit." Artanes straffte die Schultern. „Ich bin auch auf Ahasveros' Seite."

Kaum war Ester wieder in Susa, erfreute sie sich, wie ihr schien, einer großen Beliebtheit bei den Mitgliedern der königlichen Familie. Alle baten um eine Audienz bei der Königin, und Ester wollte aus Höflichkeit niemanden abweisen. Doch schon bald merkte sie, dass die zahlreichen Verwandten sie nur aufsuchten, weil sie hofften, Ester würde ihre Interessen beim König durchsetzen oder zumindest ein gutes Wort für sie einlegen.

Enttäuscht und verärgert teilte sie Hatach mit, sie wolle vorerst niemanden mehr empfangen.

Diese Parasiten, dachte sie, *leben hier wie die Maden im Speck, allein von der Großzügigkeit des Königs, ohne jemals einen Finger krumm zu machen.*

Die Hitze in Susa machte ihr zu schaffen. Sie beschloss, in den Rosengarten zu gehen, wo es immer so schön kühl war. Zwei kleine

Pagen standen vor dem verschlossenen Tor. Ester lächelte den Jungen zu. „Ich wusste nicht, dass der König im Garten ist."

Die Jungen lächelten zurück. Ester war bei allen Bediensteten des Königs beliebt. „Seine Exzellenz Sargon ist bei ihm, Majestät."

Sargon war einer der unzähligen Brüder des Königs, die um eine Audienz bei Ester gebeten hatten. Sie hörte laute Stimmen aus dem Garten, zögerte und kehrte zu ihren Gemächern zurück, um sich ein wenig hinzulegen.

„Habt Ihr noch einen Wunsch, Majestät?", fragte Hatach.

„Im Augenblick nicht. Ich werde versuchen, ein bisschen zu schlafen. Wenn du zu den Pferden möchtest – du kannst ruhig gehen."

Sein Gesicht hellte sich auf. „Ja, ich würde gern Shirez ein wenig bewegen."

„Gut, Hatach. Luara ist ja hier, falls ich irgendetwas brauche."

Als die Tür hinter Hatach ins Schloss fiel, bemerkte Luara leicht amüsiert: „Seit er von der Löwenjagd zurück ist, ist er ein neuer Mensch."

„Das stimmt. Er hat ein paar Narben davongetragen und sogar eine Blutvergiftung überlebt." Ester setzte sich auf die Bettkante. „Männer."

Die weißen Seidenvorhänge schirmten das Zimmer von der unbarmherzigen Sonne ab, trotzdem war die Luft stickig und warm.

„Hatach *ist* ein Mann", sagte Luara plötzlich.

Ester horchte auf. „Wie meinst du das?"

Das Mädchen errötete. „Ich meine ... sie haben bei ihm nicht alles weggenommen." Sie sah Ester erwartungsvoll an. „Er kann niemals Vater werden, aber er ist ... ein vollständiger Mann, Majestät."

„Ein vollständiger Mann", wiederholte Ester und ließ die Worte auf sich wirken. „Du meinst, er kann trotzdem ..."

Luara nickte. „Ja, Majestät."

„Und hast du ... habt ihr ...?"

Das Mädchen hielt Esters Blick tapfer stand. „Ja. Einmal, Majestät." Sie kniete sich vor das Bett. „Seid Ihr jetzt böse?"

„Wie könnte ich dir oder Hatach böse sein!“ Ester spürte eine Welle der Sympathie. Sie streckte die Arme aus und fasste Luara bei den Händen. „Meine liebe Luara, natürlich bin ich nicht böse. Wie könnte ich euch beiden eine der wenigen Freuden missgönnen, die ihr in diesem Leben als Gefangene habt?“

„Ich fühle mich nicht als Gefangene“, antwortete Luara. In ihren Augen glänzten Tränen. „Nicht bei Euch, Majestät. Es ist mir eine Freude, Euch zu dienen. Bei Menschen, die man liebt, fühlt man sich niemals als Gefangener.“

Unweigerlich wanderten Esters Augen Richtung Korridor und der Gemächer des Königs. „Da hast du recht, Luara.“

„Majestät.“ Luara, die immer noch auf den Knien lag, drehte ihre Hand, sodass sie nun ihrerseits mit ihren kräftigen Fingern die Hand der Königin umfasste. „Er war schon lange nicht mehr im Harem. In Ekbatana wollte er nur seine Kinder sehen, und seit Ihr wieder in Susa seid, hat er keinen Fuß mehr in den Harem gesetzt. Ich weiß es aus sicherer Quelle, ich habe im Harem gute Freundinnen, die mir alles erzählen. Sie sagen, Ilis und Mardene toben vor Wut.“

Ester war es, als ob nach langen, trostlosen Regentagen die Sonne durch die Wolken brach. Er war nicht im Harem. Er war ihr treu gewesen. Sie schenkte ihrer Zofe ein strahlendes Lächeln. „Danke, Luara. Danke, dass du mir das erzählt hast.“

„Und nun lasst mich Eure Kissen aufschütteln und Euch zur Ruhe betten, Majestät, Ihr seht müde aus. Ihr solltet versuchen zu schlafen.“ Sie beugte sich hinunter, um Ester die Schuhe auszuziehen.

„Ja, ich bin wirklich müde. Ich weiß nicht, was in letzter Zeit mit mir los ist. Früher hat mir die Hitze nie so viel ausgemacht.“

Luara hielt die seidene Bettdecke auf, sodass Ester ins Bett schlüpfen konnte. Leise sagte sie: „Vielleicht ist es nicht nur die Hitze, Majestät.“

Verwirrt sah Ester ihre Kammerzofe an, ihre Augen suchten Luaras Blick. „Aber was kann es sonst sein?“

„Ich glaube, Ihr erwartet ein Kind.“

Nachdem Luara gegangen war, lag Ester noch lange wach. Nachdenklich betrachtete sie die vielfarbigen Edelsteine im Baldachin über ihrem Bett. Luaras Feststellung kam nicht überraschend, ihre Monatsblutung war vier Wochen überfällig, das war noch nie vorgekommen.

Ich sollte glücklich sein, dachte sie. *Mein erstes Kind. Ich sollte es nicht erwarten können, die freudige Nachricht meinem Mann zu erzählen. Ich weiß, dass er sich sehr darüber freuen würde.* Sie bedeckte ihre Augen mit dem Arm, mochte die Edelsteine nicht mehr sehen.

Wenn ich mit Abraham verheiratet wäre – wie anders wäre dann alles und wie einfach. Wir wären beide überglücklich, und unsere Familien ebenso. Wir würden ein Baby bekommen als ein ganz normales Ehepaar. Wir würden eine Familie gründen und es wäre die natürlichste Sache der Welt.

Aber es war alles andere als einfach und natürlich. Wenn das Baby ein Junge war, würde er der Thronfolger sein, der nächste Großkönig von Persien. Und mit einem Kind würden auch die Bande stärker, die sie an den Hof fesselten, und die Aussicht auf eine Flucht wäre unmöglich.

Und was würde Ahasveros tun, wenn er herausfand, dass die Mutter seines Sohnes keine persische Aristokratin, sondern ein einfaches, jüdisches Mädchen war? Würde er sie davonjagen wie Waschti? Sie für immer von ihrem Kind trennen?

Das durfte nicht passieren, niemals würde sie das zulassen. Niemals könnte sie irgendetwas tun, wodurch sie ihr Kind verlieren würde.

Einmal mehr kam sie sich vor wie ein Vogel im Käfig. Ganz gleich, in welche Richtung sie flog – sie war gefangen. Es gab keinen Ausweg.

Wo war ihr himmlischer Herr jetzt? Wachte er über sie? Wie konnte sie etwas für ihr Volk tun? Hatte der Herr wirklich etwas mit ihr vor? Wenn, dann hatte sie davon bisher herzlich wenig bemerkt. Vor ihr lag eine ungewisse Zukunft voller Lügen und Schmerz.

Umhüllt von weichen Kissen und der Wärme des Zimmers schlief sie endlich ein. Ihr letzter Gedanke galt Abraham: *Seltsam, ich habe ihn nie so geliebt wie Ahasveros.*

Als sie wach wurde, sah sie, dass der König neben ihr saß und sie aus wachsamen, sorgenvollen Augen betrachtete. „Ester, geht es dir gut? Von deiner Kammerzofe weiß ich, dass du ein Nickerchen machen wolltest. Was du normalerweise nie machst. Ist alles in Ordnung?"

„Danke, mir geht es gut, Majestät." Sie stützte sich auf die Ellbogen und strich sich das Haar aus der verschwitzten Stirn. „Ich war bloß müde. Ich glaube, ich habe mich noch nicht wieder an die Hitze gewöhnt."

„In Ekbatana war es kühler, nicht wahr?"

„Ja, allerdings. Ich wünschte, wir hätten für immer dort bleiben können."

Er nickte. „Ich auch. In Ekbatana ist das Leben nicht so kompliziert. Weniger Menschen, weniger Verpflichtungen. Aber leider kann man der Welt nicht ewig den Rücken kehren."

Ester bemerkte auch in seinem Gesicht Spuren von Müdigkeit. „Ich wollte mich erst in den Rosengarten setzen, aber du warst vor mir da."

Seine Züge verfinsterten sich. „Einer der vielen überflüssigen Söhne meines Vaters ist wieder einmal in Schwierigkeiten. Und ich soll mich darum kümmern, wie üblich." Seine Stimme hatte einen verächtlichen Klang, als er die „überflüssigen Söhne" erwähnte.

Ester nickte verständnisvoll. „Wie viele Brüder habt Ihr eigentlich, Majestät?"

„Mein Vater hat zwölf Söhne von seinen Frauen und dreißig Söhne von seinen Konkubinen", antwortete er verbittert. „Jetzt berufen sich all diese ‚Prinzen' auf ihr königliches Blut und meinen, sie hätten Anspruch auf einen einflussreichen Posten im Land. Aber ich kann sie nicht alle zu Satrapen machen, ich muss auch anderen persischen Aristokraten eine Chance geben." Er seufzte und strich sich mit einer fahrigen Bewegung durchs Haar. „Meine nichtsnutzigen Halbbrüder hier in Susa verbringen ihre Zeit mit Zechen und Streiten! Und wenn sie dann in ernsten Schwierigkeiten stecken, kommen sie zu mir, weil ich angeblich der Einzige bin, der ihnen helfen kann."

Ester rechnete und sagte erstaunt: „Das sind zweiundvierzig Söhne!"

Ahasveros verzog den Mund. „Das sind vierzig zu viel."

„Ein paar von ihnen sind auch zu mir gekommen", rückte Ester mit der Sprache heraus. „Sie wollten, dass ich für sie bei dir ein gutes Wort einlege."

Sie sah, wie sich etwas in seinem Gesicht veränderte, wie sein Blick plötzlich kalt wurde. „Das hast du mir nie erzählt."

„Aber jetzt nicht mehr", beeilte sie sich zu sagen. „Als ich merkte, was gespielt wurde, ließ ich alle weiteren Bittsteller von Hatach abwimmeln."

Er sah sie noch immer unverwandt an, doch dann wurde der Blick aus seinen grauen Augen weicher. „Gutes Mädchen." Er tat einen tiefen Seufzer: „Kyrus hatte nur eine Frau, und er war zu oft auf Feldzügen, um mit seinen Konkubinen noch mehr königliche Bastarde zu zeugen. Ich wünschte, mein Vater wäre seinem guten Beispiel gefolgt."

Ohne Nachzudenken entgegnete Ester: „Hattet Ihr deshalb in all den Jahren nur zwei Konkubinen?" Im selben Augenblick bereute sie ihre Worte, doch die Frage schien ihn nicht zu stören. „Ja. Je weniger uneheliche Kinder ein König hat, desto besser ist es für das Land."

Er sah zum Fenster hinaus, als wollte er an der Helligkeit die Tageszeit ablesen, streifte seine weichen Lederschuhe ab, stand auf und begann, sein Gewand abzulegen.

Ester sah es und sagte zögernd: „Es ist heiß. Ich wollte vor dem Abendessen noch baden."

„Dafür ist immer noch Zeit", antwortete er ungerührt.

Sie sah zu, wie er sich auszog. Bei seinem Anblick wurde ihr klar, wie sehr sie ihn liebte. Doch sie war immer noch verstimmt und angespannt. Als er unter ihre Bettdecke glitt, lag sie stocksteif und regungslos.

„Was ist mit dir?"

„Ich glaube, Ihr habt zu viele uneheliche Kinder", brach es aus ihr heraus. „Ihr solltet keine weiteren nicht ehelichen Kinder zeugen."

Er setzte sich auf und sah auf sie hinunter. Den goldenen Stirnreif hatte er mit den Kleidern abgelegt, sein Haar fiel ihm ungebändigt ins Gesicht. Ihre Augen trafen sich, und er hielt ihren Blick fest.

„Ester." Ein Lächeln blitzte in seinem Gesicht auf: warm, vertraut und ansteckend. „Du bist ja eifersüchtig!"

„Am liebsten würde ich diese beiden Frauen von der Palastmauer stoßen!", rief sie leidenschaftlich.

Er ließ sich rückwärts neben sie aufs Bett fallen und lachte laut. Nun war sie es, die sich aufrichtete und auf ihn hinuntersah. „Das ist nicht lustig."

„Im Gegenteil, das ist wunderbar!" Er streckte die Arme aus und umfasste ihr Gesicht mit beiden Händen. „Da hast du vollkommen recht, Liebes. Von nun an sollte ich mich darauf konzentrieren, eheliche Kinder zu zeugen."

Liebes. Er hatte sie *Liebes* genannt. Während ihr offenes Haar ihre beiden Körper einhüllte, dachte sie einen vagen Moment daran, ihm zu sagen, dass seine Bemühungen bereits erfolgreich gewesen waren, entschied sich aber dann dagegen. Vielleicht war dies nicht der beste Augenblick.

Kapitel 17

Später, an jenem Donnerstagnachmittag, stand Haman am Fenster des Empfangszimmers und blickte auf die Orangenbäume im Innenhof, die einen natürlichen Sichtschutz bildeten zwischen dem Westflügel, wo die königlichen Gemächer untergebracht waren, und dem Säulengang gegenüber. Der König war zu spät, doch ein Diener hatte Haman mitgeteilt, dass Ahasveros bei der Königin war und nicht gestört werden wollte.

Nervös drehte Haman die Pergamentrolle, die er in der Hand hielt, und starrte auf die Bäume, ohne sie zu sehen. Die Sonne stand schon tief am Himmel. Haman hasste es zu warten. Ahasveros hatte sich vor einer Stunde in seine Gemächer zurückgezogen und seitdem nicht wieder blicken lassen. Dabei waren sie verabredet gewesen.

Endlich hörte er Stimmen aus dem Korridor und Schritte, die sich näherten. Er trat vom Fenster zurück und stellte sich unter das Abbild Ahuramazdas, eine kreisrunde goldene Scheibe an der Wand gegenüber der Rundbogentür. Auf der Scheibe war ein mit Flügeln versehener Erdball eingraviert, aus dem Kopf und Schultern des Gottes entsprangen – ein Symbol, das in allen privaten Gemächern von Ahasveros zu finden war: Ahuramazda, der den Himmel regiert, wachte über den König, seinen Stellvertreter auf Erden.

Viel später als zur verabredeten Stunde betrat Ahasveros das Empfangszimmer.

„Mein lieber Haman“, begrüßte er ihn mit einem gewinnenden Lächeln. „Es tut mir leid, dass ich aufgehalten wurde.“ Seine äußere Erscheinung war wie immer tadellos. Seine Haare waren noch feucht vom Baden und frisch gekämmt. Die Falten seines Gewands lagen gleichmäßig, mit beinahe mathematischer Präzision. Nur an seinem leicht abwesenden Blick konnte der aufmerksame Betrachter ablesen, wie erschöpft und abgespannt der König war.

Haman kannte Ahasveros gut genug, um zu merken, dass er in Gedanken nicht bei ihm war. Die alte Eifersucht kehrte zurück, die sich immer wieder wie ein Pfeil in sein Herz bohrte. Schon in Babylon war er krankhaft eifersüchtig gewesen auf den vertrauten Zirkel der Jugendfreunde. Neidisch hatte er beobachtet, wie zwanglos und unkompliziert ihr Umgang mit dem König war, so, wie nur alte Freunde es konnten, die sich schon seit ewig kannten. Doch im Laufe der Zeit hatte er erkannt, dass selbst die alten Freunde die Mauer nicht ganz durchbrechen konnten, die den König vom Rest der Welt trennte. Ihre Kameradschaft und Zuneigung reichte nicht aus, um zum inneren Kern seines Wesens vorzudringen. Diese Erkenntnis beflügelte Haman und nährte seinen Wunsch, die Person zu sein, der Ahasveros bedingungslos vertraute.

Nie zuvor war er dagegen auf eine Frau eifersüchtig gewesen. Er hatte Ahasveros die Zeit, die er bei seinen Konkubinen verbrachte, von Herzen gegönnt. Aber noch nie hatte er erlebt, dass der König so von einer Frau eingenommen war. Haman ahnte, dass Ester für ihn eine stärkere Rivalin sein könnte, als er es bei einer Frau je für möglich gehalten hätte.

Er ging dem König entgegen und begrüßte ihn mit einem Wangenkuss. „Majestät, ich habe über eine Stunde auf Euch gewartet.“ Im selben Augenblick bereute er seinen anklagenden Tonfall, denn Ahasveros hob tadelnd die Augenbrauen.

„Es tut mir leid“, wiederholte er förmlich.

Haman zwang sich zu einem Lächeln. „Ich bitte um Verzeihung, dass ich so gereizt klang, Majestät. Aber ich kann es kaum erwarten, mit Euch über die Prüfung der Schatzmeisterei zu sprechen, die ich durchgeführt habe.“

Doch Ahasveros antwortete: „Dafür habe ich im Moment keine Zeit, mein Freund. Wir werden ein andermal über finanzielle Angelegenheiten reden.“

„Gewiss, Majestät.“ Hamans Stimme war ausdruckslos. Betont lässig hakte er die Daumen an seinem Gürtel ein und schluckte seine Enttäuschung hinunter.

Der König fuhr fort: „Aber ich habe eine gute Nachricht für dich. Heute Morgen kam ein Bote vom Satrapen aus Judäa. In dem Schriftstück, das er überbrachte, steht, dass es wirklich einen sogenannten Propheten gibt, der die Juden gegen die Edomiter in Südjudäa aufwiegelt, so wie du es gesagt hast. Trotzdem ist es diesem Propheten nicht gelungen, die Leute vor seinen Karren zu spannen. Der Satrap schreibt, dass es keinerlei Anzeichen für einen Krieg gibt. Die Juden in Jerusalem gehen ihren Geschäften nach wie immer. Du siehst, mein Freund, es gibt keinen Grund zur Besorgnis. Dein Volk hat nichts zu befürchten.“

Haman senkte den Blick, um seine Enttäuschung zu verbergen. Er war ganz sicher gewesen, dass es Anzeichen für eine jüdische Mobilmachung geben musste. Stattdessen sagte er betont heiter: „Das sind wahrhaftig gute Nachrichten, Majestät.“

„Das dachte ich mir auch.“ Ahasveros lächelte breit. „Denn mir ist überhaupt nicht daran gelegen, unsere Truppen nach Judäa zu schicken, um territoriale Streitigkeiten zu schlichten.“

„Ich verstehe.“

Haman wusste, dass das Thema somit für den König beendet war.

„Übrigens, ich habe die Offiziere der königlichen Leibwache eingeladen, heute Abend mit mir zu speisen“, hörte er Ahasveros sagen.

„Dann will ich Euch nicht länger aufhalten, Majestät“, sagte er rasch. „Vielleicht können wir ja morgen über die Finanzprüfung sprechen."

Ahasveros schüttelte den Kopf. „Morgen geht es nicht. Aber Ende der Woche ganz bestimmt."

An der Tür drehte sich Haman noch einmal um und verneigte sich. Der König stand vor dem geöffneten Fenster, und in der Abendsonne leuchtete sein unbedeckter Haarschopf. Haman machte eine steife Verbeugung und zog sich zurück.

Am Donnerstagabend trafen sich Milis und Artanes in einer dunklen, abgelegenen Ecke des Kasernenhofs. Hier konnte sie niemand beobachten, trotzdem unterhielten sie sich mit gedämpften Stimmen.

„Ich verstehe das nicht", flüsterte Milis aufgeregt. „Wir haben heute Vormittag mit Smerdis über den geplanten Anschlag gesprochen, und nichts tut sich. Ich glaube nicht, dass er den König überhaupt gewarnt hat."

„Es sieht nicht so aus." Artanes' Gesicht sah zerknirscht und blass aus. „Und wenn Smerdis an dem Anschlag beteiligt ist?"

„Das ist zu befürchten", stimmte Milis zu. „Hätte Smerdis den König gewarnt, wäre Teresch längst verhaftet worden."

Drei Wachsoldaten patrouillierten über den Hof. Sie hörten ihre Stimmen und ihr Gelächter. Milis spürte, wie ihm der Schweiß ausbrach. „Wenn die drei auch mit von der Partie sind, ist unser Leben keinen Heller mehr wert."

Artanes sah sich ängstlich um, sein Atem ging schnell. Der Kasernenhof war fast menschenleer, die meisten Wachsoldaten waren zum Abendessen gegangen. „Dann müssen wir selbst zum König gehen. Das ist das Einzige, was wir tun können, wenn wir unsere Haut retten wollen."

„Und wie willst du das anstellen?" Milis verdrehte die Augen. „Niemand spaziert einfach so in die königlichen Gemächer hinein."

„Wir brauchen eine Mittelsperson. Irgendjemand *muss* uns doch helfen können."

Beide versanken in brütendes Schweigen. Plötzlich durchzuckte Milis eine schwache Erinnerung wie ein Blitz. „Ja!“, entfuhr es ihm.

„Ist dir jemand eingefallen?“

„Möglicherweise. Da war ein Mann im Hof vor der Schatzmeisterei, als wir heute Morgen auf die Audienz beim Großwesir warteten. Ich habe ihn wiedererkannt, weil ich im Harem Wachdienst hatte an dem Tag, als er ein Mädchen als Kandidatin für die Wahl zur Königin brachte.“

„Und?“

„Und dieses Mädchen war Königin Ester! Vielleicht ist es diesem Mann möglich, Kontakt mit der Königin aufzunehmen!“

„Weißt du noch, wie er hieß?“

„Sein Name ist Mordechai und er arbeitet in der Schatzmeisterei.“

„Dann lass uns schnell zum Palast gehen, damit wir den Mann noch erwischen, bevor er nach Dienstschluss nach Hause geht.“

Mordechai war bereits auf dem großen Vorplatz mit der Statue von König Darius, als Milis und Artanes ihn ansprachen. Die drei Männer standen im Schatten der Statue, während Scharen von Palastleuten auf dem Weg nach Hause vorbeieilten. Milis klärte Mordechai über den geplanten Anschlag auf und ihre Erfahrung mit Smerdis.

„Kommt mit mir“, sagte Mordechai wild entschlossen. „Ich führe euch zur Königin.“

Gegen den Strom bahnten sie sich ihren Weg durch die Menge zurück zum Palast. Durch einen Dienstboteneingang gelangten sie hinein. Vorbei an dem riesigen Steinmosaik, das die Einheit der ‚Unsterblichen‘ darstellte, durchquerten sie die Büros der Schatzmeisterei und erreichten die Vorhalle, in der ihre erfolglose Unterredung mit Smerdis stattgefunden hatte. Dann wandte Mordechai sich nach rechts; wieder führte ihr Weg durch einige Büros und Vorzimmer, bis ein Säulenvorbau mit einer breiten Doppeltür vor ihnen lag, vor der zwei Eunuchen in blauen Roben Wache standen. Dahinter lagen die königlichen Gemächer.

Mordechai ging direkt auf die Wächter zu. „Geht und sucht Hatach und sagt ihm, Mordechai müsse ihn unbedingt sprechen. Die Angelegenheit ist äußerst dringend."

Die beiden Wachmänner sahen Mordechai ausdruckslos an und zeigten keine Reaktion.

„Habt ihr nicht gehört?" Mordechais Stimme wurde lauter. „Wenn euch euer Leben lieb ist, dann geht jetzt einer von euch sofort rein und holt Hatach!"

Endlich drehte sich einer der Eunuchen um, stieß die eine Hälfte der massiven Doppeltür auf und verschwand.

Mordechai wartete mit Milis und Artanes unter den Augen des Wachhabenden. Vor Anspannung sagte keiner von ihnen ein Wort.

Dann kam der erste Eunuch zurück, gefolgt von Hatach. Milis hörte, wie Mordechai ein leises Dankgebet zum Himmel schickte.

Der Blick des glattgesichtigen jungen Mannes wanderte von den Leibwächtern zu Mordechai, doch er ließ sich seine Neugier nicht anmerken. „Ihr habt mich rufen lassen?"

„Hatach, ich muss Ester sprechen." Mordechais Stimme war dringlich.

„*Königin* Ester hat sich bereits zur Ruhe begeben", antwortete der Eunuch förmlich, sichtlich empört über die Vertraulichkeit. „Wollt Ihr einen Termin für eine Audienz vereinbaren?"

„Nein, ich muss sie sofort sprechen. Es ist dringend. Es geht um den König und um Leben und Tod."

„Um Leben und Tod?"

„So ist es. Du musst mir glauben, Hatach, sonst ist es zu spät."

Hatach musterte Mordechai aufmerksam. „Nun gut. Wenn Ihr hier warten wollt, werde ich die Königin bitten, Euch zu empfangen."

Es vergingen etwa fünfzehn Minuten, die Milis wie eine Ewigkeit vorkamen. Dann erschien Hatach mit der guten Nachricht: „Die Königin ist bereit, Euch anzuhören, Mordechai. Aber die Wachsoldaten müssen hier warten."

Mordechai nickte. „Ich werde der Königin mitteilen, was ihr mir erzählt habt“, sagte er zu Milis. „Danach werde ich euch rufen lassen.“

Hatach und Mordechai verschwanden durch die Tür, Milis und Artanes blieben im Säulenvorbau mit den beiden teilnahmslosen Eunuchen zurück und warteten. Milis dachte an all die Stunden, die er in seinem Leben als Wachsoldat mit Herumstehen und Warten verbracht hatte. Doch keine der langweiligen Stunden hatte sich so lange hingezogen wie diese Minuten des Wartens. Er starrte durch die hölzernen Säulen hindurch, auf die dahinterliegende Apanada. Er zählte die Säulen. Die Zeit kroch dahin.

Endlich öffnete sich die Tür und Hatach kam zurück. „Kommt mit“, sagte er knapp.

Milis und Artanes folgten Hatach durch die breite Doppeltür in einen kleinen Vorraum und gelangten dann, wie sie annahmen, in das Speisezimmer des Königs. Dahinter lag ein großzügiger, von Säulen eingerahmter Innenhof – der private Treffpunkt der königlichen Familie.

Milis ließ neugierig seine Blicke wandern, während sie Hatach wortlos durch den verlassenen Innenhof folgten. An den Abenden, an denen sie Wachdienst vor den Gemächern des Königs hatten, waren sie immer vom Rosengarten her gekommen. Aber diesen Teil des Palastes hatte Milis noch nie gesehen. Sie stiegen ein paar niedrige Stufen hinauf und Milis sah, dass sie sich im Korridor vor den Schlafgemächern befanden. Hatach öffnete nicht die rechte Tür, sondern die linke, hinter der sich, wie er wusste, die Gemächer der Königin befanden. Doch die erste Person, die er beim Eintreten sah, war der König.

„Mein Herr und König.“ Eilig fiel er auf die Knie und hörte, wie Artanes neben ihm ebenfalls einen Kniefall machte.

„Ihr könnt aufstehen“, hörte er Ahasveros sagen. „Wer von euch ist Milis?“

„Das bin ich, Majestät.“ Milis trat einen Schritt vor. Aus den

Augenwinkeln sah er, dass Mordechai und eine unverschleierte Frau auf einem Diwan saßen. *Die Königin*, schoss es ihm durch den Kopf.

Dann hörte er wieder Ahasveros' Stimme: „Erzähl mir, was Teresch zu dir gesagt hat."

Milis holte tief Luft und gab dann die gesamte Unterredung mit Teresch wieder.

„Und nun erzähl mir, was genau du heute Morgen zu Smerdis gesagt hast."

Nachdem Milis seine Ausführungen beendet hatte, herrschte Schweigen.

Milis sah, wie die Königin eine Bewegung machte, als würde ihr schwindelig, doch sie beherrschte sich und saß still, die Augen unverwandt auf ihren Mann gerichtet.

„Nun bin ich im Bilde." Die Stimme des Königs klang beherrscht, sein Gesichtsausdruck undurchdringlich, doch seine Augen schossen Blitze.

Mordechai sagte ruhig: „Dass Smerdis Euch nicht gewarnt hat, zeigt, dass er an dem Komplott beteiligt ist, Majestät."

„Das sehe ich auch so", pflichtete Ahasveros ihm bei.

„Sie wollten Euch im Schlaf ersticken ..." Ester war von Entsetzen gepackt.

Inzwischen hatte der König eine Entscheidung getroffen. „Hatach, lass Coes rufen."

Der Eunuch machte sich auf den Weg, die anderen fünf Personen im Raum warteten schweigend. Der König hatte sich ans Fenster gestellt und drehte den übrigen Anwesenden den Rücken zu. Mordechai saß auf dem blauen Diwan und betrachtete seine Schuhspitzen, die unter seinem sauberen, aber abgetragenen Gewand hervorschauten.

Milis beobachtete verstohlen die Königin, die ihren Blick nicht von Ahasveros abwandte. Der König stand noch immer mit dem Gesicht zum Fenster. Er wirkte wie versteinert.

Mordechai wandte sich an Ester: „Habe ich dir eigentlich gesagt, dass Milis sich an mich erinnerte, weil er an dem Tag im Harem Dienst hatte, als ich dich herbrachte?“

Ester wandte die Augen von Ahasveros ab und schaute Milis ins Gesicht. Er wagte es, sie ebenfalls anzuschauen, und sah, dass sie lächelte. Er konnte nicht anders als zurückzulächeln. „Gut gemacht, Milis“, lobte sie. „Du hast das Richtige getan.“

„D … danke, Majestät“, stammelte er und sah, wie sie ihren Blick wieder Ahasveros zuwendete. Der König stand immer noch bewegungslos. Niemand sprach ein weiteres Wort, während sie warteten.

Endlich öffnete sich die Tür und ein breitschultriger junger Mann trat ein, von dem Milis wusste, dass er zu den engsten Freunden des Königs gehörte. Ahasveros drehte sich um, begrüßte Coes und berichtete in knappen, sachlichen Worten, was geschehen war.

„Ich möchte, dass du eine Eskorte von Wachsoldaten mitnimmst und Teresch zu mir bringst.“

„Ja, Majestät“, antwortete Coes, sichtlich erregt durch die Ungeheuerlichkeit der Ereignisse.

Nachdem Coes gegangen war, war es wieder still im Raum. Erst jetzt wandte sich Ahasveros seiner Frau zu. „Das ist nichts für dich, Ester. Möchtest du dich nicht lieber hinlegen?“

Sie schüttelte energisch den Kopf. „Nein, ich bleibe.“

„Gut.“ Sein Blick schweifte wieder ab, und er ging zurück zum Fenster.

„Diese Männer müssen hungrig sein, Majestät“, sagte Ester plötzlich. „Sie haben ihre Abendmahlzeit versäumt. Vielleicht kann Hatach sie in den Speisesaal führen, damit sie eine Kleinigkeit zu sich nehmen können.“

Ahasveros nickte abwesend.

Erleichtert folgte Milis dem Eunuchen aus dem Zimmer. Er legte keinen Wert darauf, bei der Gegenüberstellung mit Teresch dabei zu sein.

Um ein Haar wäre er ermordet worden. Die schreckliche Wahrheit drang nur langsam in Esters Bewusstsein. *Um ein Haar … wenn*

Teresch einen anderen Wachsoldaten angesprochen hätte ... wenn Milis sich nicht an Mordechai erinnert hätte ...

Ester merkte, dass sie zitterte, trotz der Hitze im Raum.

Aber warum? Warum trachtete Teresch Ahasveros nach dem Leben?

Als hätte der König ihre Gedanken erraten, sagte er: „Bald wird sich alles aufklären.“ Die kalte Gelassenheit, die er ausstrahlte, machte ihr mehr Angst, als ein grober Wutausbruch es getan hätte.

„Was ist, wenn die beiden Wachsoldaten lügen?“, gab Mordechai zu bedenken. „Vielleicht wollten sie sich damit nur wichtigmachen oder einen persönlichen Vorteil verschaffen?“

„Ich werde Teresch befragen, dann werden wir die Wahrheit erfahren.“ Der König blickte noch immer starr aus dem Fenster.

Ester sehnte sich danach, zu ihm zu gehen, die Arme um ihn zu legen und ihn zu trösten. Gleichzeitig wusste sie, dass sie es nicht könnte, auch nicht, wenn sie allein im Zimmer wären. Der Hauptmann seiner eigenen Leibwache wollte ihn ermorden. Nichts, was sie sagen oder tun könnte, würde daran etwas ändern.

Als sich nach einer Ewigkeit die Tür öffnete, drehten alle die Köpfe. Coes kam zurück – allein.

„Wo ist Teresch?“, fragte Ahasveros ärgerlich.

Coes antwortete mit tonloser Stimme: „Er hat sich umgebracht, als er sah, dass wir ihn holen kamen.“

Kapitel 18

Ester, Ahasveros und Mordechai warteten, während Coes sich auf die Suche nach Smerdis machte. Wieder fragte der König, ob Ester nicht lieber zu Bett gehen wolle, doch sie verneinte und sagte, sie wolle an seiner Seite bleiben. Auch Mordechai versuchte, sie zu überreden, sich zurückzuziehen, doch Ahasveros sah ihre entschlossene Miene und sagte: „Wenn du unbedingt bleiben willst, dann bleib. Aber fühl dich frei, jederzeit zu gehen."

„Danke, Majestät", flüsterte sie kaum hörbar.

Mit Smerdis hatte Coes mehr Glück. Der Großwesir wand sich wie eine Schlange, suchte schwitzend und Hände ringend nach Ausreden und schwor, dass er von Tereschs Plan nichts gewusst habe. Als man Milis und Artanes als Zeugen hereinrief, gab Smerdis zu, dass die beiden ihm von dem Anschlag erzählt hatten, behauptete jedoch, er habe ihnen nicht geglaubt.

Der König ließ Smerdis verhaften und sagte: „Du wirst Gelegenheit haben, dich vor Gericht dazu zu äußern", dann führte Coes den protestierenden Großwesir ab.

Als alles vorüber war, spürte Ester, wie eine bleierne Müdigkeit sie überfiel. Da sie befürchtete, ohnmächtig zu werden, wenn sie aufstand, blieb sie einfach sitzen. „Er ist schuldig, Majestät", hörte sie Mordechai sagen. „Er hat ein schlechtes Gewissen."

„Natürlich ist er schuldig.“ Ahasveros’ Gesicht war noch immer unbeweglich wie eine Maske. „Ich frage mich nur, wer bei diesem jämmerlichen Anschlag noch alles die Hand im Spiel hatte.“

Ester stockte der Atem. Als Ahasveros sich zu ihr umdrehte, sah er die Furcht in ihren Augen. „Glaubt Ihr wirklich, es sind noch andere beteiligt?“

Beruhigend sagte er: „So schnell wird niemand mehr versuchen, mich umzubringen, Ester. Dank diesem treuen Wachmann konnte der Anschlag rechtzeitig vereitelt werden.“

„Diesmal, ja. Beim nächsten Mal habt Ihr vielleicht weniger Glück.“

„Ich werde Coes zum Hauptmann der Leibgarde machen. Er wird dafür sorgen, dass sich so etwas nicht wiederholt.“ Er trat zum Diwan, auf dem Ester saß, und bot ihr die Hand. „Du siehst müde aus. Du solltest dich nun wirklich hinlegen.“

Sie ließ sich von ihm auf die Füße helfen. „Ich glaube nicht, dass ich jemals wieder ruhig schlafen kann.“

„Unsinn.“ Er legte ihr den Arm um die Schulter. „Heute war ein schlimmer Tag, doch morgen sieht alles wieder anders aus. Wenn du erst im Bett liegst, wirst du selig schlafen.“

Sie sah ihn aus geweiteten Augen an. „Ich habe Angst, Ahasveros.“

„Das brauchst du nicht. Milis und Artanes werden die ganze Nacht vor deinem Zimmer Wache stehen.“

„Ich habe keine Angst um mich, sondern um Euch.“

Er geleitete sie sanft zur Tür. „Dann komme ich zu dir, und Milis und Artanes können uns beide bewachen.“

Sie nickte schwach. An der Schwelle verbarg sie das Gesicht an seiner Schulter, sein vertrauter Geruch tröstete sie. Er fasste sie fester und küsste sie auf den Scheitel.

„Hatach“, befahl er, als sie den Flur erreicht hatten, „bring die Königin in ihr Zimmer und lass Milis und Artanes vor ihrer Tür Wache stehen.“

Hatach nahm Esters Arm. Sie drehte sich noch einmal um und

schenkte ihrem Onkel ein scheues Lächeln. „Gute Nacht, Mordechai. Und danke."

„Es ist ein offenes Geheimnis, dass Teresch wünschte, Ihr würdet gegen Griechenland in den Krieg ziehen, Majestät", sagte Mordechai, als er mit dem König allein war.

„Ich weiß." Ahasveros setzte sich auf den Diwan und bedeutete Mordechai, ebenfalls Platz zu nehmen. „Ebenso wenig wie es ein Geheimnis ist, dass er ein Freund meines Onkels Mardonius war."

„Glaubt Ihr, Mardonius steckt hinter dem Anschlag?"

„Das ist schwer zu sagen. Und da Teresch sich umgebracht hat, werde ich es wahrscheinlich nie erfahren. Aber es spielt keine Rolle. Ich weiß, dass ich Mardonius gegenüber wachsam sein muss. Teresch war nur deshalb gefährlich, weil ich zu wenig über ihn wusste."

„Verrat ist so ziemlich das Schlimmste, was einem Mann passieren kann", sagte Mordechai düster.

„Das stimmt. Doch zum Glück habe ich viele gute, loyale Männer, die mir treu ergeben sind." Zum ersten Mal an diesem Abend sah Mordechai, wie Ahasveros lächelte. „Danke, Mordechai, dass Ihr so schnell gehandelt habt. Ihr habt mir wahrscheinlich das Leben gerettet."

Zum ersten Mal ahnte Esters Onkel etwas von dem unwiderstehlichen Charme des Königs. Ein Lächeln, für das es sich zu sterben lohnte.

„Ich bin glücklich, dass ich Euch dienen konnte, Majestät", antwortete er schroff.

„Nun stehe ich gleich doppelt in Eurer Schuld."

Mordechai runzelte die Stirn. „Wie meint Ihr das, Majestät?"

„Euch habe ich Ester zu verdanken."

Mordechai nickte schwach. Er hatte bemerkt, wie die Stimme des Königs einen weicheren Klang annahm, wenn er mit seiner Frau sprach. Er hatte gesehen, wie er ihr Haar geküsst hatte. Es sah so aus, als würde er sie wirklich lieben. Mordechai wusste nicht, was er davon halten sollte.

In den Stunden zuvor, als er Ahasveros von dem Anschlag berichtet hatte, war ihm aufgefallen, dass der König ein außergewöhnlicher Mann war. Trotz seines Zorns handelte er wohlüberlegt und beherrscht. Er hatte Smerdis nicht im Schnellverfahren hinrichten lassen, obwohl das nach persischem Recht selbstverständlich gewesen wäre. Mordechai dachte an Esters Worte: *Er ist ein guter Mensch.* Offensichtlich war er das. Aber er war kein Jude.

Haman erfuhr erst am nächsten Tag vom vereitelten Attentat auf den König. An dem Tag wurde das Mithrafest gefeiert. Während der Feierlichkeiten fanden keine Gerichtsverhandlungen statt, und Smerdis befand sich in Hausarrest in seinem eigenen Haus. Der ganze Hof widmete sich den Feierlichkeiten zu Ehren des Gottes Mithra.

Unter Darius wurde Ahuramazda, der altpersische Schöpfergott und oberste Gottheit der Perser, nahezu allein verehrt. Ahasveros dagegen erinnerte sich der alten Naturgötter wie Mithra, der auf einem von weißen Pferden gezogenen Streitwagen fuhr und der von seinen Vorfahren schon viel früher angebetet wurde, bevor sie von Ahuramazda hörten.

Auch Haman war mit der Festzeremonie vertraut, denn bereits während seiner Herrschaft in Babylon hatte Ahasveros jedes Jahr im Herbst das Mithrafest gefeiert. Doch es war das erste Mal, dass es in Susa stattfand.

Zuerst defilierte die königliche Kavallerie in einer prachtvollen Parade vor dem König vorbei, der erhöht auf seinem goldenen Thron mit geschnitzten Löwenpranken unter einem goldbestickten Baldachin saß. Die Bronzehelme und Schwerter der Reiter glänzten im Licht der tief stehenden Herbstsonne. Auf den glänzenden Körpern der Pferde bildeten sich dunkle Schweißflecken, als sie in perfekter Formation vorbeitrabten. Die Reiter der verschiedenen, von ihrem jeweiligen Hauptmann angeführten Regimenter trugen prächtige rote Uniformen.

Nachdem das letzte Regiment vorbeidefiliert war, begann der

nächste Teil der Vorführung: die Präsentation der Pferde, bei der sieben Jährlinge dem König vorgeführt wurden, als Geschenk der armenischen Volksstämme und Teil der Steuerabgaben ihrer Länder.

Die armenischen Stammesfürsten, die in vierzig Tagen vierzehnhundert Meilen auf der persischen Königsstraße zurückgelegt hatten, marschierten mit den Pferden an der Hand über den Platz. Ihr Gang war stolz, ihr Blick hoch erhoben, und sie schienen nicht im Geringsten verunsichert durch die Menge der Zuschauer oder die Aussicht, dem Großkönig von Persien gegenüberzutreten.

Haman stand rechterhand hinter dem Thron – ein Platz, den er sich durch seinen Titel als Königlicher Bogenträger verdient hatte. Links neben ihm war Coes, der Königliche Lanzenträger. Dahinter hatte sich die königliche Leibgarde aufgestellt, die noch ohne neuen Hauptmann war.

Mit den Augen verfolgte Haman die Vorführung der Pferde, doch seine Gedanken kreisten um das Attentat. *Warum sind die beiden Wachsoldaten nicht zu mir gekommen?*, dachte er, während er beobachtete, wie der erste Armenier das Podest erklomm und sich vor dem König verneigte. Ein Page wartete im Hof und hielt dessen junges Pferd am Halfter.

Ahasveros sagte etwas zu dem Mann, der sich erhob und seinen Herrscher mit einer Mischung aus freudigem Stolz und Erstaunen anschaute.

Er ist vollkommen, dachte Haman. *Einen besseren König kann man sich nicht vorstellen. Selbst diese primitiven Wilden sind voller Ehrfurcht.*

Dann blickte er zu Coes hinüber, der nur wenige Meter entfernt von einem Fuß auf den anderen trat. Es tat weh, dass Ahasveros nicht ihn, sondern Coes herbeigerufen hatte.

Coes ist Soldat, sagte er sich. *Daher hat der König zuerst an ihn gedacht.*

Trotzdem war er verletzt, dass nicht er es war, der Ahasveros in dieser schweren Stunde beigestanden hatte, sondern Coes, und dass man ihn, Haman, überhaupt nicht hinzugezogen hatte. Schlimm genug, dass dieser Jude es war, der Ahasveros gewarnt hatte. Sogar die Königin war dabei gewesen. Bloß er nicht. Ihn hatte man offensichtlich vergessen.

Die goldene Krone des Königs funkelte, als er sich nach vorn beugte und etwas zu dem zweiten Armenier sagte, der vor ihm kniete.

Aber heute Abend beim Festmahl werde ich neben ihm sitzen, tröstete sich Haman. *Und er wird sich an Haoma, dem heiligen Trank Mithras, berauschen, und wir werden zusammen lachen und scherzen und es wird alles sein wie immer. Wie früher jedenfalls, bevor er diese Ester geheiratet hat.*

Das gemeinsame Festmahl zu Ehren Mithras wurde im großen Versammlungssaal gehalten, während der König mit wenigen auserwählten Gästen im Empfangszimmer speiste. Zusätzlich hatte man Tische und Stühle in den geräumigen, von Säulen umgebenen Innenhof gestellt.

Zu seinem Verdruss musste Haman seinen Platz neben dem König bald aufgeben. Ahasveros war begeistert von den armenischen Pferden. Sie waren kleiner und leichter als die schweren persischen Nisäer mit ihrem Widerrist von einem Meter achtzig, und er brannte darauf, sie mit den Pferden aus seinem Gestüt zu kreuzen. Es dauerte nicht lange, bis Kavad Hamans Platz einnahm, um mit seinem Bruder ausführlich über die Vorteile der neuen Zuchtlinie zu beraten. Haman in der Rolle des stillen Beobachters wunderte sich, dass sich Ahasveros so unbeschwert gab. Niemand hätte ihm angemerkt, dass er vor Kurzem einem Mordanschlag entgangen war.

Das Festessen nahm seinen Lauf, doch leider nicht so, wie Haman gehofft hatte. Gelangweilt hörte er zu, wie sich die beiden Brüder stundenlang in allen Einzelheiten über Temperament und Aussehen, Charakter und Vererbungseigenschaften der einzelnen Hengste und Stuten austauschten. Zum ersten Mal erlebte er, dass Kavad und

Ahasveros sich völlig ungezwungen unterhielten, ohne eine Spur von Feindseligkeit.

Nach dem Essen wurde der rituelle Trank des Gottes Mithra serviert, der berauschende Saft einer Pflanze, vermischt mit fermentierter Stutenmilch.

In Haman keimte der Verdacht, dass Ahasveros sich nur so lange mit Kavad unterhielt, um ihn aufs Glatteis zu führen und irgendwie herauszubekommen, ob er bei dem Mordanschlag die Finger im Spiel gehabt hatte. Doch wenn er die Unbefangenheit in Kavads aufmerksamem Gesicht sah, war er ziemlich sicher, dass er unschuldig war. So viel Falschheit und Scheinheiligkeit traute Haman ihm nicht zu.

Das Fehlen von Smerdis und Teresch hatte zu Anfang des Festmahls für eine gespannte Stimmung und beklommenes Schweigen gesorgt, was sich dank der Unbeschwertheit des Königs jedoch bald legte. Der Abend schritt voran, und je mehr Haoma floss, desto lauter wurden die Stimmen und desto ausgelassener die Gäste. Es war Brauch, sich beim Mithrafest mit dem rituellen Rauschgetränk zu betrinken, und Haman beobachtete angewidert die Menge der Gäste und dachte bitter, dass hier offensichtlich jeder sein Bestes gab, um dem Brauch zu entsprechen.

Plötzlich spürte er eine Hand auf seinem Arm und sah, dass es Ahasveros war. „Komm und setz dich zu mir“, sagte er. „Kavad soll den Platz mit dir tauschen.“

Kavad zuckte die Achseln, erhob sich dann widerstrebend vom Stuhl. Beim Aufstehen stolperte er und wäre zu Boden gegangen, wenn Haman ihn nicht gestützt hätte.

„Nicht nötig“, sagte Kavad hochmütig, bevor er auf den nächstbesten Stuhl fiel, den Kopf auf den Tisch legte und auf der Stelle einschlief.

Ahasveros lachte. „Kavad verträgt nicht viel Haoma.“

„Es sieht so aus, als hätte er mehr als genug davon getrunken“, bemerkte Haman steif. Er ließ den Blick über die angeheiterte Menge schweifen. „Wie alle anderen hier."

Ahasveros ignorierte seine Bemerkung und lehnte sich genießerisch in seinem goldenen Stuhl zurück. „Das Mithrafest kam genau richtig. Heute Abend brauchte ich wirklich einen Schluck."

„Natürlich, Majestät." Haman gab sich keine Mühe, seine Missbilligung zu verbergen. „Auch eine Art, den unangenehmen Seiten des Lebens zu begegnen."

Ahasveros warf ihm einen amüsierten Blick zu. „Das passt dir nicht, stimmt's? Betrinkt ihr Edomiter euch denn nie?"

„Nur selten, Majestät."

„Du bestimmt nicht. Im Gegenteil, du bist zu jeder Zeit und unter allen Umständen nüchtern und aufrichtig, nicht wahr, Haman?"

„Es ist wahr, dass wir Edomiter unter allen Umständen unseren Freunden treu zur Seite stehen."

Der König legte Haman die Hand auf den Arm. „Ich weiß, dass das für dich zutrifft, mein Freund. Deshalb ernenne ich dich zu meinem neuen Großwesir."

Haman stockte der Atem. Es dauerte einen Moment, bis er die Tragweite des Gesagten begriff.

Ahasveros sah sein erstauntes Gesicht und lächelte. Er strich noch einmal über Hamans Arm und trank dann einen Schluck aus seinem Becher. „Ich habe einen Fehler gemacht, als ich die Männer, die mein Vater eingesetzt hat, im Amt beließ. Ab heute werde ich alle wichtigen Posten am Hof mit Männern meines Vertrauens besetzen."

„Ich ... ich weiß nicht, was ich sagen soll, Majestät", stammelte Haman.

Ahasveros reichte seinem neuen Großwesir einen Becher Haoma. „Dann stoße mit mir auf deine Beförderung an."

Haman ahnte, dass dies keine Aufforderung war, sondern ein Befehl. Er überwand sich und nahm einen kleinen Schluck von der übel schmeckenden Flüssigkeit, wobei er sich vor Widerwillen schüttelte.

Ahasveros lachte laut auf, und als Haman den Becher leer getrunken hatte, schenkte er ihm großzügig nach.

Irgendwann hörte Haman auf, die Becher zu zählen, und als er zu später Stunde ins Bett wankte, war ihm, als müsse er sterben.

Kapitel 19

Am nächsten Morgen fühlte sich Haman immer noch sterbenselend. Noch nie im Leben hatte er so starke Kopfschmerzen gehabt. Wie machten die Perser das bloß? Und wie konnten sie sich freiwillig solchen Qualen aussetzen? Das war die flüchtige Hochstimmung, die der Alkohol bewirkte, nicht wert.

Mühsam erhob er sich von seinem Lager und trank drei Becher Wasser. Essen mochte er nichts. Seine Frau, die ihn noch nie in einem solchen Zustand gesehen hatte, war erschrocken, als sie sah, wie schlecht es ihm ging. „Am besten, Ihr bleibt heute zu Hause", ordnete sie an. „Ihr seid krank. Der König wird wohl einen Tag ohne Euch auskommen."

Haman rieb sich seine verquollenen Augen. „Ich bin nicht krank. Und ich werde diesen Persern keinen Grund liefern zu glauben, ich könnte nicht ebenso viel trinken wie sie!"

Sie sah ihn entgeistert an. „Was habt Ihr getrunken?"

„Schrei doch nicht so laut", stöhnte er. „Ich muss jetzt los, ich bin spät dran."

Auf unsicheren Beinen stakste er zur Tür. Bevor er aus dem Haus ging, drehte er sich noch einmal um und sagte: „Übrigens, der König hat mich zum Großwesir ernannt." Dann trat er fest entschlossen ins helle Sonnenlicht hinaus.

Die heutige Gerichtsverhandlung war, das wusste er, nicht nötig. Als König war Ahasveros zugleich Oberster Richter des Landes und damit berechtigt, jemanden ohne Verfahren zu verurteilen, der ein Verbrechen gegen den Staat oder gegen seine Person begangen hatte. Dass er Smerdis eine Gerichtsverhandlung zubilligte, war zugleich ein taktischer Schachzug, denn so konnte später niemand behaupten, er hätte den Großwesir aus politischen Gründen aus dem Weg räumen wollen. Eine kluge Entscheidung, fand Haman.

Die Richter am Königshof waren bekannt für ihre Unbestechlichkeit. Sie wurden aus dem persischen Hochadel ausgewählt und blieben in der Regel bis zu ihrem Tod im Amt. Entlassen werden konnten sie nur aufgrund einer groben Rechtsverletzung oder eines Fehlurteils, was sehr selten vorkam. Die persischen Könige nahmen es mit der Rechtsprechung sehr genau, und korrupte Richter wurden hart bestraft. Darius hatte seinerzeit an einem bestechlichen Richter ein Exempel statuiert. Nach seiner Hinrichtung ließ er dem schuldigen Richter die Haut abziehen, trocknen und den Richterstuhl damit beziehen. Seitdem hatte es keine Bestechungsfälle mehr gegeben.

Der Gerichtssaal war dicht besetzt von persischen Adeligen mit ernsten Gesichtern. Auf vielen von ihnen zeigten sich unverkennbare Spuren des vergangenen Abends. Haman blieb an der Wand stehen, damit er sich, falls es nötig war, unauffällig entfernen konnte. Sein Magen hatte sich nach dem gestrigen Zechgelage noch nicht beruhigt. Tatsächlich spürte er, wie sich etwas in seinem Bauch zusammenzog, als er einen hochgewachsenen, dunkelhaarigen Mann mit hagerem Gesicht und scharfsinnigem Blick in der Nähe des Richterstuhls stehen sah.

Der Jude aus der Schatzmeisterei. Hamans Augen verengten sich zu schmalen Schlitzen. Erst durch die Sache mit dem geplanten Attentat auf Ahasveros hatte er von Mordechais Hintergrund erfahren. Und dass gerade ein Jude dem König das Leben gerettet hatte, ärgerte ihn maßlos.

Plötzlich kam Bewegung in die Menge, als sich das Hauptportal öffnete und Sisames, der Richter, der die Verhandlung gegen Smerdis leiten würde, hereinkam. Sein weißes Haar zeigte sein ehrwürdiges Alter, und seine gebeugten Schultern zierte die scharlachrote Stola als Auszeichnung für seine richterlichen Verdienste. Bedächtig schritt er durch den Raum zum Richterstuhl mit hoher Rückenlehne und richtete den Blick auf die kleinere Tür an der gegenüberliegenden Wand, von der ein schmaler Purpurteppich zum leeren Thronsessel des Königs führte.

Alle Augen im Saal waren dem Richter gefolgt. Es herrschte eine angespannte Stille. Nichts geschah. Haman fragte sich, wo Ahasveros blieb, und dachte an seine eigene jämmerliche Verfassung und ob es dem König wohl ähnlich schlecht ging.

Nach längerer Wartezeit trat endlich ein Page ein und kündigte mit klarer, hoher Stimme die Ankunft des Großkönigs an. Einen Augenblick später trat Ahasveros ein, gekleidet in vollständiger Hoftracht. Auf seinem Obergewand, das mit kostbarem phönizischem Purpur eingefärbt war, prangte ein aufgestickter goldener Adler. Darunter trug er eine ebenfalls purpurfarbene Tunika und ein weißes Beinkleid, das unten mit einem farblich passenden Band abschloss. Sein Schmuck bestand aus der goldenen Krone, goldenen Ohrringen und Armreifen und einem goldenen Gürtel, an dem ein kurzes Schwert hing. In seiner rechten Hand hielt er sein schmales goldenes Zepter.

Alle Anwesenden im Raum verneigten sich beim Eintreten des Königs und richteten sich erst wieder auf, als Ahasveros seinen Platz auf dem Thronsessel eingenommen hatte. Er stand zur Rechten des Richterstuhls.

Mithilfe eines Fußschemels bestieg Sisames den hohen Richterstuhl und nahm seinen Platz ein. Dann ließ er den Angeklagten rufen. Smerdis in einer schlichten weißen Tunika wurde von zwei Wachsoldaten hereingeführt. Als er vor dem Richter stand, las ein Gerichtsdiener die Anklage gegen den Großwesir vor. Smerdis erhob in lautem, selbstbewusstem Ton Einspruch, worauf Sisames Milis und Artanes in den Zeugenstand rief.

Haman beobachtete Ahasveros, während Milis seine Aussage machte. Der Gesichtsausdruck des Königs zeigte keinerlei Emotionen, bloß höfliches Interesse, als der Wachsoldat von seiner Unterredung mit Teresch und dem heimtückischen Plan berichtete. Das Trinkgelage hatte auf Ahasveros' Gesicht keine Spuren hinterlassen, was Haman, der wusste, wie viel Haoma der König getrunken hatte, noch mehr verwunderte.

Als Nächstes ließ Sisames Mordechai rufen. Wahrheitsgetreu schilderte er, wie die beiden Leibwächter sich an ihn gewandt hatten, in der Hoffnung, er könne mit der Königin Verbindung aufnehmen und den Anschlag verhindern.

Haman war schockiert, dass ausgerechnet ein Jude die neue Königin am Hof eingeführt hatte. Soviel er wusste, stammte ihre Familie mütterlicherseits aus Babylon. In welcher Beziehung stand dann dieser Jude zu ihr? Sein Aramäisch hatte den Akzent der Leute von Susa, keinen babylonischen Akzent. Natürlich waren viele babylonische Juden nach Susa ausgewandert, und viele von ihnen waren einflussreiche Geschäftsleute geworden, wie sie es zuvor in Babylon gewesen waren.

Sie sind wie Geier, dachte Haman bitter. *Wo immer sie ihren Fuß hinsetzen, vermehren sie ihren Reichtum und machen die einheimischen Geschäfte kaputt. Sie sind habgierig und nie zufrieden, sie wollen immer mehr. Genau so, wie sie uns unser Land in Judäa wegnehmen wollen.*

Als Mordechais Anhörung beendet war, ließ der Richter Coes vortreten, der nüchtern und sachlich von Tereschs Selbstmord berichtete. Ein bestürztes Raunen ging durch die Menge, denn diese Tatsache hatte sich offensichtlich noch nicht herumgesprochen. Nachdem der letzte Zeuge sich gesetzt hatte, wandte sich Sisames wieder an Smerdis, der während der ganzen Zeit ebenfalls vor dem Richterstuhl gestanden hatte. „Habt Ihr dazu etwas zu sagen, Großwesir?"

„Euer Ehren“, begann er, und seine Miene verriet, dass er sich noch immer im Recht fühlte. „Es stimmt zwar, dass diese beiden Leibwächter mit der Geschichte über Tereschs Mordplan zu mir kamen, doch das Ganze erschien mir so lächerlich, dass ich ihnen keinen Glauben schenkte. Deshalb hielt ich es nicht für nötig, den König zu informieren. Dies ist der einzige Grund. Ich kannte Teresch und hielt es einfach nicht für möglich, dass der Hauptmann der königlichen Leibwache zu so etwas fähig wäre.“

„Und habt Ihr darüber nachgedacht, Großwesir, was die beiden Männer dazu getrieben haben mochte, sich so etwas auszudenken?“, hakte Sisames nach. „Warum sollten sie Euch eine solche Lüge auftischen?“

Smerdis warf einen Seitenblick auf Ahasveros. „Ich dachte, sie wollten sich beim König wichtigmachen und ihm beweisen, wie treu sie ihm ergeben sind. Jedermann weiß, wie sehr der Großkönig diese Tugend schätzt.“ Seine Augen waren auf das Gesicht des Königs geheftet, als erwarte er Unterstützung von ihm.

Sisames räusperte sich leise und Smerdis wandte seine Aufmerksamkeit wieder dem Richter zu. „Und Ihr habt das Leben des Königs für nicht wertvoll genug erachtet, um dieses Risiko einzugehen? Selbst wenn nur eine winzige Chance bestand, dass die beiden Männer die Wahrheit sagten, hättet Ihr Bericht erstatten müssen, damit der König der Sache nachgehen konnte.“

Smerdis hob beschwichtigend seine derben Hände. „Euer Ehren, ich schwöre Euch, dass ich dem König treu bin und keinerlei Feindseligkeit ihm gegenüber hege. Ich konnte einfach nicht glauben, dass die Geschichte wahr sein sollte!“

Die Linien im zerfurchten Gesicht des Richters wurden härter. „In diesem Fall, wenn Ihr so überzeugt davon wart, dass die beiden Männer logen, warum habt Ihr nicht für ihre Verhaftung gesorgt?“

Zum ersten Mal war Smerdis’ Stimme leiser und er wirkte etwas unsicher. „Mit Verlaub, Euer Ehren, ich wollte nicht, dass Tereschs Name in den Schmutz gezogen wurde.“

Sisames schwieg und ließ die Stille auf Smerdis wirken. Dann sagte er: „Ich verstehe. Es war Euch egal, das Leben des Königs aufs Spiel zu setzen, um den Ruf Eures Freundes nicht zu gefährden?"

Smerdis warf einen raschen, gehetzten Blick auf Ahasveros, der immer noch denselben höflich interessierten Gesichtsausdruck zeigte wie zu Anfang. „Ich war überzeugt, dass das Leben des Königs *nicht* in Gefahr war", verteidigte er sich.

Sisames ging nicht darauf ein, sondern rief erneut Milis in den Zeugenstand.

Es war so still im Raum, dass man eine Stecknadel hätte fallen hören können. Umso lauter hallten die Schritte des Wachsoldaten, als er vortrat.

„Ihr habt den Großwesir informiert, dass der Mordanschlag für Freitagnacht geplant war?", fragte der Richter. „Für die Nacht des Mithrafestes?"

„Ja, Euer Ehren", antwortete Milis mit fester Stimme.

„Und das habt Ihr ihm am Donnerstagmorgen gesagt?"

„Ja, Euer Ehren."

„Und als Euch am Donnerstagabend klar wurde, dass Smerdis nicht zum König gegangen war, was dachtet Ihr dann?"

„Ich dachte, dass Smerdis vielleicht mit Teresch gemeinsame Sache machte und am Anschlag beteiligt sein könnte. Und dass mit dem Leben des Königs auch mein eigenes Leben und das meines Freundes in Gefahr sei."

„Und dann gingt Ihr zu Mordechai, von dem Ihr wusstet, dass er mit der Königin in freundschaftlicher Verbindung steht?"

„So ist es, Euer Ehren."

Die Spannung im Saal wuchs.

Der Richter erhob sich und wandte sich an Ahasveros. „Möchtet Ihr dem Gesagten noch etwas hinzufügen, Majestät?"

Als Ahasveros verneinte, richtete Sisames den Blick wieder auf den Angeklagten und verkündete sein Urteil: „Smerdis, Sohn des Artaphernes, Ihr werdet des Hochverrats am Großkönig für schuldig befunden und zum Tod durch Enthauptung verurteilt. Das Urteil soll noch heute Vormittag vollstreckt werden."

Aus Smerdis' Gesicht war alle Farbe gewichen. Er leckte sich die Lippen, öffnete den Mund, um zu sprechen, schloss ihn jedoch wieder, ohne dass ein Laut herausgekommen wäre.

Der Richter gab den Wachen ein Handzeichen. „Schafft ihn fort."

Nachdem Smerdis abgeführt worden war, erhob sich der König und winkte Sisames zu sich. „Ich danke Euch, Euer Ehren, für Eure konsequente, weise Entscheidung." Obwohl er mit leiser Stimme sprach, waren seine Worte im ganzen Saal zu hören.

„Er war eindeutig schuldig, Majestät", antwortete der Richter. „Ich bin erstaunt, dass Ihr ihn nicht selbst zum Tode verurteilt habt."

„Ich bin nicht so unparteiisch wie ein Richter", entgegnete Ahasveros.

„Ich denke, Ihr seid für uns alle ein Vorbild für gerechtes Handeln."

Der Blick des Königs schweifte durch den Saal, bis er Haman entdeckte, der am Rand der Menge an eine Säule gelehnt stand. „Haman, komm zu mir."

Haman war überrascht, dass der König ihn zu sich rief, doch er schaffte es immerhin, gerade und halbwegs festen Schrittes durch den Saal zu gehen, wobei er peinlich genau darauf achtete, nicht aus Versehen den purpurroten Teppich zu berühren. Unter vier Augen war es ihm erlaubt, den König mit einem Wangenkuss zu begrüßen, doch in der Öffentlichkeit verlangte es die Hofetikette, dass er sich verneigte. So nahm er sich zusammen und hoffte nur, dass ihn in dem Moment kein weiterer Anfall von Übelkeit heimsuchte.

Ahasveros hieß ihn aufstehen, stieg von seinem Podest herunter und legte dem Edomiter die Hände auf die Schultern. Er drehte ihn herum, sodass Haman mit dem Gesicht zur Menge stand. „Dies ist mein neuer Großwesir."

Haman hörte, wie ein Raunen durch die Menge ging. Der König sprach feierlich die offiziellen Worte: „Ich, Ahasveros, der Großkönig, bin Achämenide und ein Sohn des Großkönigs Darius und Sohn Persiens. So bestrafe ich meine Feinde, und so belohne ich meine Freunde."

Wie in Trance spürte Haman, wie die königlichen Hände sich von seinen Schultern hoben, drehte sich um und beugte sich zum Kniefall.

Ahasveros ging langsamen Schrittes auf dem roten Teppich zum Ausgang, und alle Anwesenden im Saal fielen ebenfalls auf die Knie und hielten den Atem an, als der König vorbeischritt.

Kapitel 20

Ester und Luara saßen im Empfangszimmer der Königin. Vor ihnen auf einem niedrigen Tisch lag eine Auswahl von kostbaren Ringen. Eigentlich wollte oder brauchte Ester keine neuen Ringe, doch Ahasveros war der Meinung, als Königin sei es ihre Pflicht, die einheimischen Juweliere von Susa zu unterstützen. Leider bedeutete dies nicht, dass sie mit Luara in die Stadt gehen und durch die Geschäfte ziehen durfte, sondern die Kaufleute kamen mit ihren Waren und machten der Königin ihre Aufwartung.

Wehmütig dachte sie an den jüdischen Wochenmarkt, wo sie und Rahel zusammen eingekauft und die armen persischen Frauen bemitleidet hatten, die nicht aus dem Haus gehen durften. Damals hatte sie nicht wissen können, dass sie eines Tages auch zu ihnen gehören würde.

Ester reichte Luara einen Ring. „Probier diesen mal an und lass sehen, wie er wirkt."

Eifrig steckte sich das Mädchen den Ring an den Finger und bewunderte mit glänzenden Augen das glitzernde Schmuckstück. „Er ist wunderschön!"

Ester nickte abwesend. Ihre Gedanken kreisten um ihre bevorstehende Verabredung mit Mordechai. Er hatte sie darum gebeten und sie wusste, sie konnte es ihm nicht abschlagen. Aber sie wusste auch genau, was er sagen würde, und sie wollte es nicht hören. Für ihn war Hamans Ernennung zum Großwesir so ziemlich das Schlimmste, was passieren konnte, und nun würde er sie bitten, etwas dagegen zu unternehmen. Und er würde nicht verstehen können oder wollen, dass es absolut nichts gab, was sie tun konnte. Es war ausgeschlossen, dass sie mit Ahasveros darüber sprach und seine Entscheidung infrage stellte. Schließlich hatte er sie geheiratet, gerade *weil* sie keinerlei politische Interessen verfolgte. Außerdem würde er sich wundern, weshalb sie sich so sehr für Haman und seine Beförderung interessierte, zumal sie sich in solche Dinge nicht einzumischen pflegte. Am Ende würde dies Ahasveros' Misstrauen wecken und er würde auf die Idee kommen, ein wenig Ahnenforschung zu betreiben.

Ester hasste Meinungsverschiedenheiten mit ihrem Onkel. Sie war dankbar gewesen, dass er in der furchtbaren Nacht des Mordkomplotts gegen Ahasveros da gewesen und ihr beigestanden hatte. Aber Mordechai verstand nicht, in welcher Position sie sich als Königin befand.

Auf jeden Fall konnte sie ihm versichern, dass es keinen Grund zur Besorgnis gab. Die Lage im Verheißenen Land war ruhig, und der Prophet Ohel, von dem Mordechai befürchtete hatte, er würde die Juden aufwiegeln, stieß offenbar auf taube Ohren. Ahasveros wollte keinen Krieg, er würde nicht grundlos einschreiten. Und bis jetzt gab es keinen triftigen Grund.

Natürlich war das alles für Mordechai nichts Neues, und sie fürchtete, er würde sich mit solchen allgemeinen Phrasen nicht zufriedengeben. Aber etwas anderes konnte sie nicht tun.

Nervös erhob sie sich und sagte zu Luara: „Such dir einen von diesen Ringen aus, meine Liebe. Ich werde ihn wahrscheinlich sowieso nie tragen. Ich bin schlecht gelaunt und muss eine Weile allein sein. Ich werde mich in den Rosengarten zurückziehen."

„Gewiss, Majestät. Vielen Dank." Luara wandte sich wieder den Ringen zu. Sie zeigte ein größeres Interesse an dem Schmuck als Ester.

Hatach erwartete sie an der Tür und Ester folgte ihm durch den Flur. „Macht Platz für die Königin", schallte seine Stimme über den Hof.

Am Rosengarten bat sie Hatach, sie allein zu lassen, und schlüpfte durch das Tor. Es war Herbst, ihre liebste Jahreszeit. Die Zeit nach der Gluthitze des Sommers und bevor die kalten, regnerischen Tage des Winters einsetzten. Sie holte tief Luft und atmete den Duft der letzten blühenden Rosen ein, deren Farben im Herbst besonders satt leuchteten und die intensiver dufteten als je zuvor. Auf der Bank neben dem Marmorbrunnen ließ sie sich nieder. Die Sonne hatte noch Kraft, und Ester drehte ihr Gesicht in die wärmenden Strahlen wie eine Blume, um das Licht zu trinken.

Muran würde mich schelten, dachte sie belustigt, *wenn sie mich so in der Sonne sitzen sähe. Und sie wäre entsetzt, wenn sie von meinen Ausflügen in Ekbatana wüsste, im offenen Wagen …* Nicht so Ahasveros. Er hatte sich nicht an ihrer sonnenverbrannten Haut gestört. Also würde es ihn jetzt auch nicht stören.

Beim Gedanken an ihren Mann füllten sich ihre Augen mit Tränen. *Was bin ich in letzter Zeit nah am Wasser gebaut*, dachte sie. *Luara sagt, das ist normal in der Schwangerschaft.*

Sie musste endlich dem König davon erzählen. Sie *wollte* es ihm ja sagen, doch irgendetwas hielt sie immer noch davon ab, obwohl es sie innerlich fast zerriss. Es war, als ob das Kind sie endgültig zu einer Entscheidung zwang und der Zeitpunkt gekommen war, ihrem Mann die Wahrheit zu sagen und ihm zu beichten, wer sie wirklich war und warum man sie in den Palast eingeschleust hatte, oder sie würde für den Rest ihres Lebens mit einer Lüge leben.

Ihre größte Angst war, dass sie, wenn sie die Wahrheit erzählte, beide verlieren würde: Ahasveros und das Kind. Doch wenn sie weiterhin schwieg, musste sie befürchten, dass eines Tages alles ans Licht kam und sie als Betrügerin entlarvt wurde. Und sie wusste nicht, was schlimmer war.

Wieso ich? Wieso musste mir das passieren? Herr im Himmel, ich bin nur eine schwache Frau. Wie kannst du von mir verlangen, dass ich mich zwischen meinem Mann und meinem Kind und meiner Pflicht dir gegenüber entscheide? Findest Du das richtig?

Das Geräusch des Gartentors ließ sie zusammenzucken. Ärgerlich drehte sie sich um. Sie hatte ausdrücklich darum gebeten, dass sie nicht gestört werden wollte.

Hatach stand am Tor. „Majestät, der König." Dann trat Ahasveros ein. Für den Bruchteil einer Sekunde dachte Ester an ihre erste Begegnung. *In diesem Garten war es, hier, am Marmorbrunnen.*

„Ester. Dein Mädchen hat gesagt, dass du hier bist."

Es ärgerte sie jedes Mal, wenn Ahasveros herablassend über Luara sprach. Sie hatte ihn schon öfters darauf hingewiesen, dass „das Mädchen" auch einen Namen hatte, doch er schien es immer wieder zu vergessen. Doch als sie die steile Falte zwischen seinen Augenbrauen sah, ließ sie es dabei bewenden und rückte zur Seite, damit er sich neben sie setzen konnte.

„Ist irgendetwas passierte?", fragte sie besorgt.

„Ich hatte soeben eine Unterredung mit Hegai", antwortete er. „Er sagte mir, du würdest ihn umgehen. Er fühlt sich gekränkt."

Ester zog verwundert die Brauen zusammen. „Das kann nicht sein, Majestät. Ich sehe Hegai kaum."

„Ich weiß, Ester. Das genau ist sein Problem." Ein einzelnes Blütenblatt einer Rose lag neben der Bank am Boden. Ahasveros hob es auf und strich es mit den Fingern glatt, während er weitersprach. „Weißt du, der Oberste Eunuch hat offiziell die Funktion eines Botschafters. Er vermittelt zwischen der Königin und dem Rest der Welt. Bei dir hingegen nimmt Hatach diese Stellung ein, und Hegai ist verärgert. Zu Recht, meine ich."

Ester fiel aus allen Wolken. „Das tut mir leid. Ich wollte Hegai nicht kränken."

Der König verzog den Mund zu einem schiefen Lächeln. „Darum geht es nicht, meine Liebe. Du hast ihn seiner Macht beraubt."

Sie verstand nicht, was er meinte. „Welche Macht? Was ist schon

Besonderes daran, für mich irgendwelche Botengänge zu erledigen?"

„Eine Königin kann sehr viel Einfluss haben, Ester." Er wandte den Kopf und sah ihr direkt in die Augen. „Vor allem eine, die bei ihrem Mann ein offenes Ohr findet. So wie du bei mir."

Sie fühlte, wie ihr bei diesen Worten die Schamröte ins Gesicht stieg. *Ein offenes Ohr* – das würde Mordechai gern hören. Sie senkte den Blick und sagte leise: „Welchen Einfluss meint Ihr, Majestät?"

„In politischen Dingen, zum Beispiel", antwortete er. „Oder um ein gutes Wort für jemanden einzulegen."

Ester schwieg und blickte zu Boden. *Was bin ich für eine elende Verräterin.*

Der König fuhr fort: „Ich weiß, dass du in der Hinsicht keine Absichten hast. Wie dem auch sei – Hegai fühlt sich von Hatach übervorteilt und von seinem Posten verdrängt."

Sie konnte Ahasveros immer noch nicht in die Augen sehen. „Hatach steht mir näher als Hegai", sagte sie ehrlich. „Hegai macht mich nervös."

Sein Blick verfinsterte sich. „Hat er dich in irgendeiner Weise gekränkt oder belästigt?"

Sie schüttelte den Kopf.

Er wartete.

„Ich denke, es ist wegen dieser Untersuchung", sagte sie schließlich. „Wahrscheinlich ist das etwas, was ich ihm immer noch nachtrage."

„Welche Untersuchung?"

Seine Frage machte sie so wütend, dass sie ihm wieder in die Augen sehen konnte. „Die Eingangsuntersuchung an meinem ersten Tag im Harem. *Wisst* Ihr, Majestät, was man den Mädchen antat?" *Natürlich weiß er es*, dachte sie. *Warum tut er so unschuldig?* Doch der König schwieg und ließ sie weiterreden. „Nie in meinem ganzen Leben bin ich so gedemütigt worden. Es war furchtbar."

Ahasveros seufzte. „Das tut mir sehr leid, Ester. Aber Hegai wurde ebenfalls gedemütigt. Und das ist genauso schlimm."

Trotzig reckte sie das Kinn in die Höhe. „Ich werde Hatach auf keinen Fall entlassen."

„Niemand verlangt das von dir, Ester. Aber ich verlange, dass du Hegai zum Obersten Gesandten der Königin machst. Hatach kann trotzdem deine Botengänge erledigen."

Sie sah ihn verwirrt an. „Und was soll Hegais Aufgabe sein?"

„Er könnte als Vermittler zwischen dir und den anderen Mitgliedern der königlichen Familie dienen."

„Ich pflege keinen Kontakt zur königlichen Verwandtschaft, Majestät. Sie suchten mich nur auf, um irgendwelche Gefälligkeiten zu erbitten und sich persönliche Vorteile zu verschaffen. Deshalb weigere ich mich, sie weiterhin zu empfangen, wie ich Euch bereits sagte."

Ahasveros runzelte nachdenklich die Stirn. „Es muss doch irgendetwas geben, was er für dich tun kann."

Eine Weile lang sahen sie sich schweigend an. Dann fragte Ester: „Was hat Hegai für deine Mutter getan?"

Seine Lippen waren plötzlich nur noch eine schmale Linie. „Nichts hat er für sie getan. Kavads Mutter, Atossa, war die eigentliche Königin. Sie hatte großen Einfluss auf Darius, nicht meine Mutter. Hegai war der Botschafter für Atossa, er vermittelte zwischen ihr und den übrigen Mitgliedern des Hofstaats, aber auch zwischen ihr und meinem Vater."

Ester erinnerte sich an die Gerüchte über Darius' Frauen. Artabama, Ahasveros' Mutter, war eine schöne Frau gewesen, und die Leute sagten, er sähe ihr ähnlich. Atossa, Darius' zweite Frau, stammte aus der Familie von König Kyrus, und nachdem Darius sie geheiratet hatte, vernachlässigte er Artabama und ließ zu, dass Atossa sie schikanierte, wo immer sie konnte. Muran hatte Ester einmal erzählt: Einer der Gründe, weshalb Darius und sein ältester Sohn Ahasveros sich entzweit hatten, war, dass Ahasveros immer für seine Mutter Partei ergriffen hatte.

Ester ließ seine Worte nachklingen und sagte dann: „Ich brauche Hegai nicht als Vermittler, Majestät. Ich pflege, wie gesagt, keinen

Umgang mit der königlichen Familie, und Euch sehe ich sowieso die ganze Zeit."

Es folgte eine lange Stille, bis Ahasveros sagte: „Das ist wahr." Seine Stimme hatte einen seltsamen Klang.

Ester hörte den Gesang der Vögel im Garten, die sich auf der hohen Steinmauer versammelt hatten, und das gleichmäßige Plätschern des Wassers vom Brunnen. „Ist etwas nicht in Ordnung?", fragte sie leise.

Ahasveros schüttelte den Kopf und sagte leicht abwesend, als sei er gerade aus einem Traum erwacht: „Nein, nein. Es ist nichts. Es ist nur ... ich staune immer wieder, wie viel Raum du in meinem Leben eingenommen hast."

Er schwieg wieder, und Ester wartete ab, was noch kommen würde. „Hegai ist nur ein Teil des Dilemmas, dem ich ins Auge sehen muss", sagte er nach einer Weile tonlos, wie zu sich selbst. „Man darf den restlichen Harem nicht vergessen." Seine Hände zerpflückten das Rosenblatt in kleine Stücke.

„Ist der Harem ein Problem?", fragte Ester vorsichtig.

„Der Harem kann zu einem riesigen Problem werden. Unzufriedenheit im Harem kann unkontrollierbare Ausmaße annehmen und sich schnell zu einem politischen Problem ausweiten. Ich bin nicht der beliebteste aller Könige, wie Tereschs Anschlag vor Kurzem deutlich zeigte."

An seinem Tonfall hörte Ester, dass er sich mehr Sorgen darüber machte, als er zugeben mochte, und legte tröstend ihre Hand über seine ruhelosen Finger. „Ihr mögt zwar bei den Befürwortern eines Krieges gegen Griechenland nicht sehr beliebt sein, aber alle anderen lieben Euch."

Er lächelte wieder sein schiefes Lächeln. „Jetzt übertreibst du aber, Ester."

„Nein, Ahasveros, ich übertreibe nicht."

Seine Hand lag warm in ihrer, und zusammen saßen sie in der Sonne und dachten nach.

Plötzlich sagte Ester: „Wenn Ihr befürchtet, der Harem könnte zu einem Problem werden, warum schickt Ihr die Mädchen nicht einfach nach Hause?"

Halb belustigt und halb verzweifelt sah er sie an. „So einfach, wie du dir das vorstellst, ist das nicht."

Ester dachte an den riesigen Komplex im Palast, den der Harem und seine unzähligen Räume, Bäder und Gärten einnahm. „Und wie habt Ihr es geschafft, so viele Konkubinen aufzutreiben?", fragte sie, ohne ihr Erstaunen und ihre Neugier zu verbergen.

Er zuckte die Schultern und seufzte. „Geschenke größtenteils. In Babylon machte mir jeder Stammesfürst in Reichweite der Königsstraße ein schönes Mädchen zum Geschenk. Ich konnte nicht ablehnen, also wanderten sie in den Harem. Später, als ich Großkönig wurde, kämmten die Satrapen die Sklavenmärkte nach Mädchen durch."

Seine Stimme hatte diesen ausdruckslosen Tonfall, den sie an ihm selten wahrnahm, wenn sie miteinander sprachen.

„Gut", beendete Ester das Thema. „Ich werde Hegai in meinen Dienst stellen und eine geeignete Aufgabe für ihn finden. Und ich werde mit Muran über die Mädchen im Harem sprechen. Vielleicht hat sie eine Idee, wie man zumindest ihre Anzahl verringern kann."

Ahasveros nickte und sagte, diesmal wieder lebhafter: „Du könntest Hegai überall verbreiten lassen, dass jeder, der mir neue Konkubinen schickt, bei der Königin in Ungnade fällt."

„Ich weiß nicht, inwieweit meine Wünsche ins Gewicht fallen, Majestät, aber ich will es gern versuchen."

„Du würdest staunen, wie viel Gewicht man deinen Worten beimisst, Ester", antwortete der König und legte den Arm um ihre Schulter. Sie lehnte sich an ihn und fühlte die warmen Sonnenstrahlen auf ihrer Haut. „Wäre das schön, wenn Ihr nicht der König wärt", sagte sie auf einmal. „Wenn wir ein ganz normales Ehepaar wären. Vielleicht hätten wir eine Pferdezucht in der Nähe von Ekbatana. Das würde Euch bestimmt gefallen."

Sie spürte seinen leichten Kuss auf ihrem Haar. „Und du bist bestimmt die einzige Frau im Land, die nicht mit dem Großkönig verheiratet sein will."

„Ich will auch nicht mit dem Großkönig verheiratet sein – sondern mit dir."

Sie schloss die Augen und lauschte seinem Herzschlag. Plötzlich kam ihr ein Gedanke, wie sie vielleicht eines ihrer Probleme lösen konnte.

Sie würde Mordechai raten, dass er die jüdische Gemeinschaft von Susa einen Brief an den König schreiben ließ, in dem sie ihm versicherten, wie viel den Juden am Frieden in Judäa gelegen war. Mordechai könnte den Brief selbst überbringen und dessen Inhalt durch persönliche Aussagen bestätigen. Dann bräuchte sie, Ester, gar nicht erst in die Sache hineingezogen werden.

Ahasveros kam mit seinem Mund ganz nah an ihr Ohr und flüsterte: „Hättest du mich wirklich geheiratet, wenn ich nur ein einfacher Pferdezüchter aus Ekbatana wäre?"

„Ja", flüsterte sie zurück, „das hätte ich."

Kapitel 21

Haman kochte innerlich vor Wut, als Ahasveros erneut das Treffen absagte, bei dem sie den Haushaltsbericht durchsprechen wollten. Als Grund hatte er genannt, er müsse dringend mit der Königin reden, in einer Sache, die Hegai betraf.

Wütend knallte Haman die Schriftrollen zurück auf seinen Schreibtisch und beschloss, einen Spaziergang durch die öffentlichen Gärten des Palasts zu unternehmen. Die niedriger gestellten Palastangestellten, die ihm unterwegs begegnen würden, mussten sich vor dem Großwesir verneigen, und das würde seine Stimmung wieder heben. Für Haman, der als Edomiter sowohl in Babylon als auch in Susa ein Außenseiter war, hatten solche Erweise von Ehrerbietung einen besonderen Wert.

Als er mit vorgetäuschter Zielstrebigkeit über den Hof ging, tat er so, als nähme er keine Notiz von den Männern, die sich allesamt vor ihm verbeugten. Da er kein anderes Ziel hatte, ging er ins Büro der Schatzmeisterei, wo ebenfalls alle Bediensteten höflich den Kopf neigten – alle, bis auf einen. Zu seinem Erstaunen war dieser Mann kein Mitglied der königlichen Familie, sondern der Jude Mordechai.

Haman blieb abrupt stehen.

Mordechai stand, im Gegensatz zu den anderen vier Angestellten, noch immer aufrecht und sah ihm direkt ins Gesicht.

„Vielleicht ist Euch entfallen, dass die Hofetikette verlangt, sich vor dem Großwesir zu verbeugen“, sagte Haman frostig.

„Ich verbeuge mich vor keinem Edomiter“, presste Mordechai hervor.

Die beiden Männer sahen sich hasserfüllt an, in ihrem Blick loderte die uralte Feindschaft ihrer Vorfahren, so heftig und glühend wie ein Wüstensturm in ihrer Heimat.

„Und ob du dich verbeugen wirst, Jude“, zischte Haman. Seine Augen waren nur schmale Schlitze in seinem wutverzerrten Gesicht.

Mordechai erwiderte nichts, doch in seinem Blick lag eine amüsierte, wohlkalkulierte Überheblichkeit, die Hamans Wut noch steigerte.

Die Spannung im Raum war so groß, dass die Luft zu knistern schien. Haman spürte, wie aller Augen auf ihn gerichtet waren. Alle waren Zeugen seiner Demütigung durch diesen erbärmlichen Juden. Er würde ihn noch kriegen, das schwor er sich. Er war der Großwesir. Die einzige Person, die mehr Macht hatte im Reich, war der König.

Diesem Mordechai sollte es noch leid tun, dass er ihn beleidigt hatte.

Als Haman an dem Abend nach Hause ging, hatte sich sein Zorn noch nicht gelegt. Seresch, seine Frau, sah ihn durch das Hoftor kommen und lief ihm entgegen. „Was ist passiert?“

Er erzählte ihr von dem Vorfall mit Mordechai. Seresch, die in Edom gelebt hatte, bevor sie Haman heiratete, schien das nicht zu überraschen. „Alle Juden sind unerträglich arrogant. Mein Vater sagt, seit sie ihren Tempel wiederaufgebaut haben, sind sie noch schlimmer geworden.“

Haman gab ein zustimmendes Knurren von sich

Sie streichelte seinen Arm. „Und jetzt komm. Das Essen ist fertig.“

„Erst gehe ich mich waschen.“

Später, nachdem sie ihre Mahlzeit eingenommen hatten und Seresch nach den schlafenden Kindern sah, zog sich Haman mit einem Krug Wein in sein kleines Arbeitszimmer zurück. Es war ein kühler Abend, und er wies einen Diener an, etwas Kohle nachzulegen und den Ofen anzuzünden. Dann lehnte er sich in seinem gepolsterten Stuhl zurück, legte die Beine auf einen Fußschemel und schloss die Augen. Für lange Zeit saß er unbeweglich, der Weinkrug stand unberührt auf dem Tisch neben ihm. Haman hing seinen Gedanken nach.

Er dachte an sein erstes Zusammentreffen mit Ahasveros. Damals hatte er noch eine niedrige Position als Schreiber im Haus des Satrapen von Babylon. Der Satrap trug die überraschende Nachricht, dass Darius seinen ältesten Sohn zum König von Babylon ernannt hatte, mit Fassung. Er war überzeugt, dass es seiner Macht keinen Abbruch tun würde, während Darius' Sohn im Palast die Rolle des Königs spielte.

Haman hatte es damals nicht für nötig gehalten, dem Einzug des Königs in die Hauptstadt seines neuen Reiches beizuwohnen. Babylon, die alte Stadt mit ihren mächtigen Mauern, Terrassen und üppigen Gärten, mit kunstvollen Bauten aus glasierten Ziegeln, hatte ein derartiges Schauspiel schon viele Male gesehen. Und als Ahasveros in seiner goldenen Kutsche auf der Prozessionsstraße zum Ischtartor fuhr, wurde er vom Volk höflich, aber mit wenig Begeisterung willkommen geheißen. Die meisten Staatsangestellten waren wie Haman zu Hause geblieben.

Der junge König sollte in dem Palast residieren, den Darius neben der Südfestung errichtet hatte, westlich des Palasts von Nebukadnezar und genau vor der mächtigen, von einem Wassergraben umgebenen Mauer des Imgur-Bel.

Erst am Tag des Einzugs des neuen Königs erfuhr Haman, dass er zum Obersten Schreiber in Ahasveros' Palast ernannt worden war. Dass ihm eine derartige Ehre zuteilwurde, die ihm aufgrund seiner geringen Stellung nicht zustand, hatte er nicht erwartet.

Im gesamten Persischen Reich war die Position des Obersten

Schreibers bekannt. Aber nirgends auf der Welt war die Kunst des Schreibens weiter verbreitet als in Babylon, wo jedes wichtige Handelsgeschäft durch einen schriftlichen Vertrag besiegelt werden musste. Der Oberste Schreiber war verantwortlich für das Verfassen aller öffentlichen Schriftstücke, Erklärungen und Beschriftungen. Es war ein außerordentlich verantwortungsvoller Posten und dazu einer, durch den man oft im Rampenlicht stand.

Haman brauchte nicht lange, um dahinterzukommen, warum die Wahl gerade auf ihn, den rangniedrigen Edomiter, gefallen war: Der Satrap wollte Ahasveros demütigen. Alle, die mit dem Hof in Verbindung standen, wussten das. Ob der neue König das auch so sah, würde sich noch zeigen.

Haman erinnerte sich noch lebhaft, wie nervös er war, als sich die Männer beim neuen König vorstellen mussten, die der Satrap für den Dienst im Palast bestimmt hatte. Zusammen mit den anderen wartete Haman im großen Innenhof und hoffte, dass sein Name bald aufgerufen würde und er in den Thronsaal gehen durfte. Als er endlich an der Reihe war, zog er den Vorhang beiseite und trat beherzt vor, wobei er sich so tief verneigte, dass er mit der Nase seine Knie berührte.

Dann hörte er die Stimme: „Ihr dürft vortreten." Als er aufsah, traf ihn der Anblick des achtzehnjährigen Königs wie ein Blitz, so geblendet war er von seiner Schönheit.

Mit unsicheren Schritten trat er vor, bis er sich in Reichweite dieses unerwarteten Glanzes befand.

Ahasveros schaute ihn mit ernstem Gesichtsausdruck an. „Erzähl mir von deinem Aufgabenbereich, Haman", sagte er dann.

Die meisten Zuschauer im Raum waren nicht länger als drei Minuten geblieben, doch als Haman später das Zimmer verließ, schwor er sich, alles zu tun, um Ahasveros vor dem Pack der Babylonier zu schützen, die versuchen würden, den jungen König zu stürzen.

Sein Beschützerdrang war mit den Jahren immer stärker geworden, und nun hatte Ahasveros ihn zum Großwesir gemacht und ihm damit die mächtigste Stellung im Land nach dem König zuteilwerden lassen. *Warum bin ich dann so unzufrieden?*, fragte er sich.

Langsam wurden die Schatten länger und im Zimmer war es dämmrig. Haman saß regungslos, ungestört von seiner Frau und seiner Dienerschaft, die ihn gut genug kannten, um die geschlossene Tür seines privaten Arbeitszimmers zu respektieren.

Vor seinem geistigen Auge erschien das Gesicht des Königs, so wie es heute war. Mit seinen siebenundzwanzig Jahren hatte es den jugendlichen, unschuldigen Ausdruck verloren, der Haman bei ihrer ersten Begegnung so berührt hatte. Und er hatte sich zweifellos als kompetenter Herrscher bewiesen. Trotzdem spürte Haman immer noch diesen Drang, ihn zu beschützen.

Er ist zu vertrauensselig. Er glaubt an das Gute im Menschen, das Böse sieht er nicht. Bei der Verschwörung von Smerdis und Teresch hätte er keine Chance gehabt. Er hätte tot sein können. Dann kam dieser Jude und warnte ihn. Dafür wird er ihm jetzt wohl ewig dankbar sein.

Seit Jahren hatte Haman alles dafür getan, Ahasveros vor falschen Freunden zu schützen. Während all dieser Zeit hatte er nicht einmal daran gezweifelt, dass er selbst der einzige wahre Freund des Königs sei.

Am nächsten Morgen war Haman bei Ahasveros zur Besprechung vorgeladen. Voller Erwartung betrat er das kleine Empfangszimmer abseits des Flügels, in dem die königliche Familie wohnte. Der König war bereit, den Haushaltsbericht zu hören.

Nachdem Haman den Bericht vorgelesen und in allen Einzelheiten geschildert hatte, wie er die Unterschlagung von Steuerabgaben durch den Obersten Schatzmeister entdeckt hatte, wartete er gespannt auf die Reaktion des Königs. Ahasveros machte ein finsteres Gesicht, seine Lippen bildeten eine schmale Linie. Er trug Reitkleidung und durch das geöffnete Fenster hörte man das Hufgetrappel der Pferde, die in den Hof geführt wurden.

Ärgerlich schlug Ahasveros die Handschuhe gegen seine ledernen Reithosen. Seine Fingerringe hatte er zum Reiten abgelegt. Nervös ging er zum Fenster und sah hinaus. „Und wie bist du dem Betrüger auf die Schliche gekommen?“, fragte er über die Schulter hinweg.

„Das war einfach, Majestät. Ich brauchte nur die Zahlen im Bericht mit der Menge der Goldmünzen zu vergleichen, die in der Schatzmeisterei verwahrt werden. Ich habe mehrmals nachgezählt, aber der Betrag stimmte nicht mit der Goldmenge überein.“

Ahasveros drehte sich um. „Das muss dich sehr viel Zeit gekostet haben.“

„Das hat es auch. Aber es war die sicherste Methode, um seine Korruption aufzudecken, Majestät.“

„Und wie kannst du so sicher sein, dass es Otanes war und nicht einer seiner Untergebenen? Jeder könnte das fehlende Gold an sich genommen haben.“

„Wenn es einer von ihnen gewesen wäre, dann hätte derjenige die Zahlen in dem Bericht gefälscht, damit kein Verdacht aufkam. Otanes konnte dies nicht – er kann nicht schreiben. Außerdem ist er als Oberster Schatzmeister der Einzige, der unbeschränkten Zugang zum Tresorraum hat.“ Haman trat näher ans Fenster. „Ich bin überzeugt, dass sich der Täter vollkommen sicher wähnte, Majestät. Bei der Goldmenge, die in der Schatzmeisterei lagert, ist es unwahrscheinlich, dass sich jemand die Mühe macht, die Summe mit den Zahlen auf dem Papier zu vergleichen.“

„Glaubst du, dass er meinen Vater auch schon bestohlen hat?“

„Ganz bestimmt, Majestät.“

Wütend schlug Ahasveros mit den Handschuhen gegen sein Bein, diesmal stärker. „Es ist kaum zu glauben, wie meine leitenden Hofangestellten in letzter Zeit die Richter beschäftigen.“

„Es tut mir sehr leid, Euch mit solchen Nachrichten betrüben zu müssen, Majestät.“

„Und bist du sicher, dass Otanes allein für die Unterschlagung verantwortlich ist? Vielleicht sind noch andere in seine korrupten Machenschaften verstrickt."

Haman biss sich auf die Lippen. Am Abend zuvor hatte er sich eine geschlagene Stunde lang den Kopf zerbrochen, wie er Mordechai in den Fall hineinziehen könnte, doch es gab rein gar nichts, womit er ihn hätte belasten können. „Ganz sicher, Majestät", sagte er bedauernd.

„Gut. Schicke die Wachen zu Otanes und lass ihn abholen. Und benachrichtige auch den Obersten Richter."

Dann entspannten sich seine Gesichtszüge. „Ich bin dir dankbar für deinen stets treuen Dienst, mein Freund. Mit dir habe ich den richtigen Mann zum Großwesir ernannt."

Nichts konnte Haman mehr beflügeln als ein Kompliment des Königs. „Danke, Majestät."

Ahasveros zog seine Handschuhe an und ging zur Tür. Auf ein Klopfen öffnete ein Page und geleitete ihn hinaus.

Dann schritt der König über den Hof, um sein Pferd zu begrüßen.

Einige Tage später hatte Mordechai eine Audienz beim König. Ahasveros hörte aufmerksam und mit ernster Miene zu, als Mordechai ihm einen Brief der jüdischen Gemeinschaft von Susa vorlas.

„Es freut mich zu hören, dass die Juden in Susa für den Frieden in Palästina sind", sagte er, als Mordechai geendet hatte. „Die alles entscheidende Frage ist allerdings, was die in Judäa lebenden Juden wollen."

„Sie wollen ebenfalls Frieden, Majestät. Es gibt zwar in Jerusalem einen Propheten, der zum Krieg gegen Edom aufruft, aber ich weiß aus sicherer Quelle, dass die Leute von Jerusalem nicht auf ihn hören."

„Der Satrap hat mir Ähnliches berichtet." Ahasveros verschränkte seine schlanken, beringten Finger. „Ich frage mich allerdings", sagte er leise. „weshalb die Juden von Susa diese Angelegenheit für so wichtig halten, dass sie sich damit an mich wenden."

Mordechai blickte dem König direkt ins Gesicht. *Aus diesen hellgrauen Augen spricht ein wacher Geist*, dachte er, und beschloss, ehrlich zu sein. „Ich möchte offen mit Euch sprechen, mein König, und Euch sagen, was wir befürchten. Edom wünscht sich seit Langem einen Seehafen. Man machte sich die Vertreibung der Juden zunutze, und während jener Jahre siedelten sich viele Edomiter auf jüdischem Boden in Südjudäa an. Die Siedler würden am liebsten immer weiter nach Westen nachrücken, quer durch das ganze Land, bis zum Meer – etwas, das wir nicht zulassen können."

„Und habt Ihr Grund zur Annahme, dass Edom eine Okkupierung plant?"

„Gegenwärtig nicht, Majestät."

„Und in der nahen Zukunft?"

Mordechai fasste sich ein Herz und sagte: „Mein König, wenn ich ehrlich sein will, dann kann ich Euch nicht vorenthalten, dass die Juden in Susa die Tatsache, dass Ihr einen Edomiter zum Großwesir gemacht habt, mit großer Besorgnis sehen. Es ist unsere Befürchtung, dass Ihr, sollte es zu einem Konflikt in Juda kommen, nicht mehr ganz unvoreingenommen, sondern … wie soll ich sagen … einseitig informiert oder beeinflusst werdet."

Ahasveros löste seine verschränkten Hände, und das Licht fing sich in einem Rubin in einem seiner Ringe. „Und was wäre", antwortete er, „wenn es auch eine jüdische Stimme gäbe, der ich mein Ohr leihe?"

Mordechai fühlte, wie sein Herz einen Sprung tat. *Ester hat es ihm gesagt!*, durchfuhr es ihn. Er sah, dass der König auf eine Reaktion von ihm wartete und antwortete mit belegter Stimme: „Darf ich fragen, wem diese Stimme gehört, Majestät?"

„Es ist Eure Stimme, Mordechai. Ich vertraue Euch und möchte Euch hiermit zum Obersten Schatzmeister des Reiches ernennen. Ihr werdet Otanes' Platz einnehmen."

Haman war fassungslos, als er die Neuigkeit vernahm. Seine Bestürzung war so groß, dass sie alle anderen Gefühle überlagerte.

Monatelang habe ich mich dafür eingesetzt, dass Otanes' Betrug ans Licht kommt, und das ist der Dank dafür! Warum hatte Ahasveros ausgerechnet diesen Juden als Nachfolger eingesetzt?

Gleichzeitig wusste er, dass es nichts gab, was er tun konnte. Haman war klug genug, um zu wissen, dass es ihm nicht zustand, die Entscheidung des Königs anzuzweifeln. So gütig und großzügig Ahasveros auch sein mochte, blieb doch immer ein Abstand zwischen ihm und der übrigen Welt, und bisher hatte es noch kein Mensch gewagt, diese Schwelle zu überschreiten. Es war Hamans größter Wunsch, dass er eines Tages dieser Mensch sein durfte.

Bisher war es ihm ein Trost gewesen, dass es offensichtlich niemanden gab, der dem König näher stand als er. Er, Haman, war sein engster Vertrauter.

Nun rückte Mordechai in den Kreis der Vertrauten auf – ein gefährlicher Rivale.

Der Jude war ein guter Bekannter der Königin, und Ahasveros schien seiner neuen Frau mit Haut und Haaren verfallen. Während Haman eine Frau nicht als ernste Bedrohung betrachtete, war er sich bei Mordechai nicht so sicher.

Aufgrund seiner guten Beziehungen zur Königin hätte der Jude auch Zugang zu den königlichen Gemächern. Auf jeden Fall traute Haman ihm nicht über den Weg, auch wenn er derjenige gewesen war, der geholfen hatte, Tereschs Verschwörung aufzudecken. Doch das Schlimmste war, Ahasveros schien ihn zu mögen, sonst hätte er ihn niemals zum Obersten Schatzmeister befördert.

Neun lange Jahre hatten sich Bewunderung und Eifersucht in Hamans Herz die Waage gehalten. Mit Mordechais Beförderung hatte sich der Schwerpunkt verlagert, und Hamans Gefühle schlugen in eine bestimmte Richtung um.

Kapitel 22

Ester traute ihren Ohren nicht, als Ahasveros ihr eröffnete, dass er Mordechai zum Obersten Schatzmeister ernannt hatte. Ihr Onkel in einer solchen Position! Das war fast so unglaublich wie ihre Wahl zur Königin.

„Das überrascht dich wohl?", fragte Ahasveros.

„In der Tat. Ich wusste nicht, dass Ihr so viel von Mordechai haltet. Immerhin wisst Ihr nicht viel von ihm."

„Aber ich weiß, worauf es ankommt, Ester. Mordechai ist absolut vertrauenswürdig. Und ich sprach mit einigen seiner Kollegen in der Schatzmeisterei, und alle lobten seine Qualitäten. Außerdem bin ich es leid, Leute aus der königlichen Sippe einzustellen, die sich hinterher als unfähig und treulos herausstellen. Mordechai ist genau der richtige Mann."

Sie lagen in Esters Bett, wo der König zum Erstaunen aller noch immer regelmäßig übernachtete. Sie hatten sich früh zur Ruhe begeben, denn Ahasveros musste vor Sonnenaufgang aufstehen. Morgen war ein heiliger Tag, und er würde mit den Magiern in die Berge zum Schrein Ahuramazdas reiten.

Wie immer schlief Ahasveros rasch ein, während Ester noch lange wach lag. Ihre Gedanken kreisten um Mordechai und seine Ernennung zum Obersten Schatzmeister. Natürlich freute sie sich für ihren

Onkel und dass er für seine Ehrlichkeit und seinen Fleiß belohnt wurde. Doch was bedeutete seine Beförderung für sie? In seiner Position war Mordechai in unmittelbare Nähe des Königs gerückt. Vielleicht gehörte das auch zu Gottes Plan. Aber wozu brauchte er sie jetzt noch? Welche Rolle sollte sie spielen?

Im Halbdunkel des Zimmers betrachtete sie ihren schlafenden Mann und lauschte seinen regelmäßigen Atemzügen. Ihr Onkel hatte selbst durch die Wand immer so laut geschnarcht, dass Ester im Zimmer nebenan manchmal kaum einschlafen konnte. Ahasveros dagegen hatte einen vollkommen ruhigen Schlaf, sein Atem ging leise und war nur hörbar, wenn sie ihr Ohr dicht an seinen Mund legte. Sie streckte die Hand aus und berührte leicht seinen warmen Rücken, fühlte seine starken Muskeln unter dem Stoff seines dünnen leinenen Nachtgewands. Sie hasste es, den Mann, den sie liebte, zu belügen. Ahasveros, dem Lügen und Falschheit ein Gräuel waren, konnte nicht ahnen, dass er sein Herz einer Frau geschenkt hatte, die ihren Platz an seiner Seite einzig und allein einer Lüge verdankte.

Sie glaubte zumindest, dass er sie liebte. Bei ihr konnte er sich sicher fühlen, konnte die Fassade des Großkönigs ablegen und einfach nur der Mensch Ahasveros sein.

Wieder einmal schauderte sie bei dem Gedanken, dass er eines Tages dahinterkommen könnte, dass sie ihn von Anfang an belogen hatte. Sie wagte nicht sich auszumalen, was dann passieren würde, und fürchtete, in Ahasveros würde etwas zerbrechen. Er war ein Mensch, bei dem es lange dauerte, bis er jemandem sein Vertrauen oder seine Liebe schenkte. Er hatte ihr beides geschenkt, doch sie war nicht die Frau, die sie zu sein vorgab.

Einen Augenblick lang spielte sie mit dem Gedanken, ihm ohne Umschweife die Wahrheit zu sagen, sobald er aufwachte. Vielleicht könnte er sie verstehen. Sie stellte sich vor, was er sagen würde, legte sich verschiedene Worte für ihre Antworten zurecht und verwarf sie sofort wieder. Egal, was sie sagen oder tun würde – sie befand sich in einer Sackgasse. Und wie in aller Welt sollte sie ihm die Wahrheit sagen, ohne ihren Onkel zu verraten? Ahasveros wusste, dass Mordechai es war, der sie Hegai vorgestellt hatte. Ihre Verbindung könnte nicht deutlicher sein.

Tränen liefen ihr übers Gesicht, als ihr klar wurde, wie ausweglos ihre Situation war. Sie musste schweigen, um Ahasveros' Liebe nicht zu verlieren und um ihren Onkel zu schützen.

Was sie am meisten fürchtete, war, dass Ahasveros die Wahrheit durch Dritte erfuhr. Was wäre, wenn zum Beispiel Haman Nachforschungen über Mordechai anstellte und herausfand, dass er eine Nichte namens Ester hatte, die spurlos verschwunden war …?

Ester schloss fest die Augen. *Himmlischer Herr, bitte lass niemals zu, dass die Wahrheit auf diese Weise ans Licht kommt. Es würde Ahasveros das Herz brechen. Wenn es sein soll, dann will ich es ihm selbst sagen. Hab Erbarmen mit deiner Tochter. Ich habe versucht, deinen Willen zu tun. Ich war meinem Onkel gehorsam, der mich hierhergebracht hat, um deinetwillen. Bitte, verlass mich nicht. Und bitte, lass Ahasveros nicht herausfinden, wer ich wirklich bin.*

Erschöpft vor Kummer schlief Ester schließlich ein. Als sie erwachte, war Ahasveros längst aufgestanden. Lustlos stocherte sie in ihrem Frühstück herum, als Luara kam, um nach ihr zu sehen. „Nimm das Tablett mit, Luara", sagte sie schlecht gelaunt, „ich kann nicht an Essen denken, es macht mich krank!"

Das Mädchen nahm ihr das Frühstückstablett ab und sagte mit ihrer ruhigen Stimme, die Ester so schätzte: „Fühlt Ihr Euch gesund genug, um Hegai zu empfangen, Majestät? Er hat um eine Audienz bei Euch gebeten."

Wie sie Ahasveros versprochen hatte, gab Ester sich Mühe, den Obersten Eunuchen mehr in ihre Angelegenheiten mit einzubeziehen. Hatach hatte dafür Verständnis gezeigt, als sie ihm ihre Lage schilderte. Überhaupt hatte sich der junge Mann in den vergangenen Monaten sehr verändert. Er strahlte Zufriedenheit und ein neues

Selbstbewusstsein aus und war viel zu glücklich, um Hegai um seine Stellung zu beneiden.

„Jetzt gleich?“ Ester stöhnte und ließ sich in die Kissen zurückfallen. Dann setzte sie sich auf und strich die Bettdecke glatt. „Meinetwegen. Er soll eintreten.“ Luara öffnete die Tür, und der Oberste Eunuch schritt würdevoll ins Zimmer. Vor ihrem Bett blieb er stehen und verbeugte sich.

„Guten Morgen, Hegai.“

„Guten Morgen, Majestät. Ich hoffe, es geht Euch gut.“ In seinen Augen blitzte es verräterisch, als er mit scharfsinnigem Blick ihr blasses Gesicht musterte, und Ester zweifelte nicht im Geringsten daran, dass er den Grund ihres Unwohlseins längst erraten hatte.

„Sehr gut, danke“, antwortete sie steif.

„Ich bringe eine Botschaft des Obersten Schatzmeisters, Majestät. Er bittet um ein Gespräch und möchte wissen, ob Ihr ihn heute empfangen könnt.“

Nach der langen, unruhigen Nacht fühlte sie sich nicht in der Lage, ihrem Onkel gegenüberzutreten. „Nicht heute, Hegai. Könnt Ihr mir den Gefallen tun und ihn auf einen anderen Tag vertrösten?“

„Gewiss, Majestät.“ Hegai maß sie erneut mit diesem wissenden Blick. „Ich werde ihm sagen, dass Ihr Euch nicht wohl fühlt.“

„Danke.“

„Ich habe keine weiteren Botschaften für Euch, Majestät.“ Ester glaubte, einen leichten Vorwurf in seiner Stimme zu hören.

Gereizt antwortete sie: „Ich weiß, dass ich eine herbe Enttäuschung für dich bin, Hegai, aber ich ziehe es nun einmal vor, die Regierungsgeschäfte meinem Mann zu überlassen. Er ist dazu durchaus allein in der Lage.“

Hegais stechender Blick aus seinen grauen Augen blieb an dem leeren Platz neben ihr im Bett hängen. Das Kissen zeigte deutlich den Abdruck, wo Ahasveros seinen Kopf hingebettet hatte. Die Augen des Eunuchen wanderten zurück zu Ester, deren loses Haar ungekämmt über die Schultern fiel, und er sagte unverfroren: „Ich habe

Euch damals in den Harem aufgenommen, weil ich dachte, Ihr würdet zum König passen. Wenn ich gewusst hätte, *wie* gut Ihr zu ihm passt, hätte ich Euch nach Hause geschickt."

Ester fühlte sich zu schwach, um etwas zu entgegnen, und ließ seine Respektlosigkeit durchgehen. Stattdessen zwang sie sich zu einem Lächeln und schwieg.

In die Stille mischte sich Kinderlachen und drang durch die geöffneten Fensterläden in den Raum. „Die kleinen Pagen." Esters Gesicht erhellte sich. „Sie haben heute ihren freien Tag."

Hegai brummte etwas Unverständliches.

Ester, die inzwischen ihre Haltung wiedergefunden hatte, straffte die Schultern. „Da wir heute Morgen kein Blatt vor den Mund nehmen, Hegai, möchte ich die Gelegenheit ergreifen, Euch auf ein Problem hinzuweisen, bei dem der König noch nicht weiß, wie er damit umgehen soll." Sie machte eine bedeutungsvolle Pause und holte tief Luft. „Es geht um den Harem."

Hegai presste die Kiefer aufeinander, dass die Muskeln hervortraten. „Was ist mit dem Harem?"

„Nichts. Außer, dass der König nichts damit zu tun haben will. Der Harem ist überflüssig."

Sie sah, wie Hegais Augen schmal wurden. „Der Harem wurde eigens zum Vergnügen des Königs geschaffen, Majestät. Doch er kann seinen Zweck nicht erfüllen, wenn der König ihn nie besucht."

Mit einer entschlossenen Handbewegung strich sich Ester eine lose Haarsträhne hinters Ohr. „Es ist traurig – all die verstümmelten Jungen und die armen Mädchen, die in die Sklaverei getrieben wurden, nur um die Wünsche eines einzigen Mannes zu befriedigen."

Hegai starrte sie verständnislos an. „Und aus diesem Grund bleibt der König dem Harem fern?"

„Nein. Das sind meine eigenen Beobachtungen. Die Gründe des Königs sind eher politischer Natur. Er möchte nicht Dutzende von unehelichen Prinzen in die Welt setzen, *königliche Parasiten*, wie er sie nennt, die später alle zu Lasten des Königreichs leben."

„Gewonnen!“ Die Stimmen vor dem Fenster wurden lauter.

Hegai sagte missbilligend: „Ihr solltet den Pagen nicht erlauben, vor Eurem Schlafzimmerfenster zu spielen.“

„Es macht mir nichts aus, im Gegenteil. Ich freue mich, wenn ich die Jungen spielen und lachen höre.“ Ester holte Luft und sah Hegai herausfordernd an. „Hegai, ich dachte, dass du mir helfen kannst, eine Lösung zu finden. Wenn es den Harem in seiner jetzigen Form nicht mehr geben wird, brauchen die Mädchen und Eunuchen eine neue Aufgabe, sozusagen einen neuen Lebensinhalt. Fällt dir dazu etwas ein?“

„Sie *hätten* einen Lebensinhalt, wenn der König sie wieder besuchen würde, Majestät. Außerhalb des Harems gibt es für sie keine Perspektive, da sie alle Brücken hinter sich abgebrochen haben. Eine Rückkehr in ihr früheres Leben ist so gut wie unmöglich.“

„Das sehe ich anders“, widersprach Ester. „Zumindest für die Mädchen. Wenn wir einen guten Brautpreis bieten, sollte es gelingen, rechtschaffene Ehemänner für sie zu finden, zumindest für die jüngeren Frauen. Bei den älteren wird es natürlich schwieriger, sie zu verheiraten. Doch sie sind in der Regel zufriedener mit ihrem Leben im Harem und haben sich in der Haremsordnung hochgedient. Für sie könnte man sicher neue Aufgaben am Hof finden.“

Hegai sah Ester entsetzt an. „Denkt Ihr etwa daran, den Harem ganz aufzulösen?“

„Nein.“ In Esters Stimme lag Bedauern. „Das wäre mir natürlich am liebsten, doch der König würde solche drastischen Maßnahmen nicht gutheißen.“

„Es freut mich, dies zu hören. Das beruhigt mich ungemein“, entgegnete Hegai.

„Wenn wir den Harem ganz abschaffen wollten, dann hätte ich dich nicht um deine Hilfe gebeten, seinen Bewohnern eine neue Bestimmung zu geben.“

Er schnaubte verächtlich.

„Ich glaube, Ihr kommt sehr gut ohne meinen Rat zurecht, Majestät. Ihr wisst ja bereits, wie Ihr die Frauen loswerden könnt. Doch was soll aus den Eunuchen werden?“

Ester blickte auf ihre seidene Bettdecke und malte mit dem Zeigefinger Muster auf den Stoff. „Ich habe da eine Idee. Ich dachte, die Eunuchen könnten vielleicht eine Art Spezialeinheit bilden, eine besondere Garde, ähnlich der Leibgarde des Königs.“

Niemand sagte ein Wort. In die Stille hinein fragte Hegai: „Ist das Euer Ernst?“

„Nun ...“ Ester warf ihm einen unsicheren Blick zu und schaute dann wieder auf ihre Bettdecke. „Ich denke schon. Ja, es ist mir ernst.“

„Der König braucht keine zweite Leibgarde“, antwortete der Eunuch abweisend.

„Nein. Aber die Königin.“ Ester machte eine bedeutungsvolle Pause, bevor sie weitersprach. „Ich habe bis heute keine eigene Leibgarde, Hegai. Die Eunuchen würden extra zu diesem Zweck eigene Uniformen erhalten, ihren eigenen Exerzierplatz. Sie könnten bei allen Prozessionen dabei sein. Sie hätten ihre eigenen Waffen, ihre eigenen Pferde ...“

Hegai schwieg noch immer.

Ester legte die flache Hand auf die Bettdecke und schaute ihn an. „Und, was denkst du darüber?“

„Ich weiß nicht recht.“

„Damit hätten die Eunuchen eine echte Aufgabe, verstehst du? Etwas Sinnvolles. Etwas, worauf sie stolz sein könnten.“

„Hat der König diesem Vorschlag zugestimmt?“

„Ich habe ihn noch nicht gefragt. Ich wollte zuerst mit dir sprechen, um zu hören, was du davon hältst.“

Hegai fühlte sich sichtlich geschmeichelt.

„Und, findest du es eine gute Idee?“

„Vielleicht schon“, antwortete er ausweichend.

„Bist du der Meinung, dass ich dem König den Vorschlag unterbreiten sollte?“

„Ja“, antwortete der Eunuch mit fester Stimme. „Das solltet Ihr auf jeden Fall.“

Damit war ihre Unterredung beendet, und Luara kam zurück ins Zimmer, um der Königin beim Ankleiden zu helfen.

Kapitel 23

Einmal im Monat hielt Ahasveros eine allgemeine Audienz für die Öffentlichkeit, bei der die Bürger seines Königreichs Gelegenheit hatten, persönlich vor den Großkönig zu treten und ihm ihre Anliegen zu unterbreiten – eine Tradition, die von König Kyrus ins Leben gerufen worden war. Unter Darius hatte sich dieser Brauch allerdings von einem echten Dialog zu einem bloßen Ritual gewandelt. Darius hatte für die öffentliche Anhörung nie mehr als eine Stunde aufgewendet, und nur ein paar wenige, ausgesuchte Bittsteller durften beim König vorsprechen. Die Übrigen wurden an einen Richter oder anderen Palastangestellten verwiesen.

Ahasveros hatte schon in Babylon öffentliche Audienzen gehalten, die von zahlreichen Bürgern gern angenommen worden waren. Der junge König war immer überrascht, dass in Susa nur so wenige Leute kamen. Zuerst führte er es darauf zurück, dass König Darius so viele Reformen durchgeführt hatte, dass das Leben der Menschen leichter geworden war und sie weniger zu beklagen hatten. Dies hatte er seinem verstorbenen Vater immer hoch angerechnet, obwohl er ihn nicht mochte.

Mit der Zeit wurde ihm klar, dass es einen anderen Grund geben musste, weshalb die Leute ausblieben, denn keine Volksgruppe konnte über einen längeren Zeitraum nur zufrieden sein.

An jenem Morgen wartete Ahasveros wieder im großen Empfangsraum darauf, dass die Bürger mit ihren Anliegen zu ihm kamen. Wie immer saß er auf seinem königlichen Thron, dessen Beine vier goldene Löwenpranken zierten. Darüber war ein mit Edelsteinen bestickter Baldachin gespannt, der von goldenen Pfeilern getragen wurde. Hinter dem Thron stand bei solchen Anlässen ein Diener, der einen Fliegenwedel aus dem Schwanz eines wilden Bullen hielt. Ein weiterer Diener stand rechts vom Thron und hielt eine Stoffserviette und eine Vase.

Vor den Dienstboten hatten rechts und links des Throns der Königliche Lanzenträger und der Königliche Bogenträger Aufstellung genommen. Vor dem Thron befanden sich zwei Weihrauchträger, die durch ein Zeichen anzeigten, wann die Redezeit der Bittsteller zu Ende war.

Ahasveros trug bei den Audienzen seinen Königsmantel aus kostbarem, purpurfarbenen Stoff und sein bestes Gewand. Goldene Reifen schmückten seine Arme und seinen Hals. Sein Schwert war an einem goldenen Gürtel befestigt und seine rechte Hand umfasste sein goldenes Zepter, wie es die Hofetikette verlangte.

Im Saal wartete ein Handvoll Leute darauf, beim König vorsprechen zu dürfen. Sie saßen mit geöffneten, nach oben gedrehten Handflächen, zum Zeichen, dass sie keine Waffen und keine Mordabsichten hatten. Die meisten hatten die Köpfe gesenkt. Wieder wunderte sich Ahasveros, dass es so wenige waren.

Haman kündigte den ersten Besucher an. „Majestät, der Kaufmann Akis bittet um Gehör."

Auf ein Nicken des Königs trat ein großer, hagerer Mann vor und näherte sich mit ernstem Gesicht dem Thron. Auf Höhe der Weihrauchträger machte er einen Kniefall.

„Ihr dürft Euch erheben."

„Mein König." Der Mann stand auf, warf dem König einen scheuen Blick zu und schwieg.

„Gibt es etwas, was Ihr mir sagen wolltet?" Ahasveros bemühte sich um einen ruhigen, freundlichen Tonfall, um den Mann nicht noch mehr einzuschüchtern.

„Ja, Majestät.“ Akis gab sich einen Ruck. „Ich komme im Auftrag der Händler von Susa mit der Bitte, ob Ihr etwas gegen die Straßenräuber unternehmen könnt, die an der Handelsroute zwischen Susa und Persepolis ihr Unwesen treiben.“ Er räusperte sich. „Seit Jahren schon bezahlen wir ihnen Wegegeld, damit sie uns unbehelligt passieren lassen, doch sie werden immer dreister und rauben uns trotzdem aus.“

Ahasveros zog die Brauen zusammen. „Die Königsstraße zwischen Susa und Persepolis?“

„Ja, Majestät. Die Räuber haben die Passhöhe abgeriegelt und liegen dort auf der Lauer. Niemand kommt kampflos an ihnen vorbei. Vorigen Monat habe ich zwei meiner Männer verloren, und ich weiß nicht, wie viele Tote noch folgen werden. Deshalb möchten wir Euch dringend um Hilfe ersuchen, Großer König.“

Der Blick des Königs verfinsterte sich. Das Ausmaß und die Brutalität der Raubüberfälle waren ihm neu. „Und wie lange geht das schon?“

Der Kaufmann zuckte die Achseln. „Schon lange. Aber an die Karawanen haben sie sich bisher nicht herangetraut. Das geht erst seit ein paar Monaten.“

„Und wie lange bezahlt Ihr ihnen schon Wegegeld?“

„So lange ich denken kann, Majestät. Es sind Mardianer, ein besonders kriegerischer Stamm der Meder. Ihr wisst, wie habgierig und hinterhältig die Mardianer sind.“

„Wusste Darius von diesem Problem?“

„König Darius hat selbst Wegegeld für die Überquerung der Passhöhe bezahlt.“

Ahasveros war erstaunt. „Das wusste ich nicht.“

„Es war die Zeit, als Ihr in Babylon wart, Majestät.“ Der Händler blickte zu Boden. „Es tut mir leid, dass ich Euch behelligt habe, Großer König. Aber wenn das so weitergeht, werden die Kaufleute von

Susa ihre Waren nicht mehr nach Persepolis bringen können. Und dann geht es mit unseren Geschäften bergab."

„Das kann nicht so bleiben", sagte Ahasveros energisch. „Alle Bürger des Reiches sollen die Königsstraße gefahrlos benutzen können – und das, ohne dafür zu bezahlen. Ich werde mich der Sache annehmen."

Es dauerte einen Moment, bis der Kaufmann begriffen hatte, dass der König seiner Bitte stattgegeben hatte. Da hellte sich sein Gesicht auf. „Danke, Majestät, vielen Dank", stammelte er.

„Ich bin froh, dass Ihr mich auf dieses Problem aufmerksam gemacht habt", antwortete der König. „Wenn Ihr warten wollt, bis diese Audienz zu Ende ist, werde ich dafür sorgen, dass Ihr für die gestohlenen Waren entschädigt werdet."

Die Augen des Händlers weiteten sich vor Erstaunen. „D...danke, Majestät!"

Ahasveros nickte zum Zeichen, dass die Unterredung beendet war, und bat Haman, den nächsten Besucher aufzurufen.

Beim Abendessen erzählte der König Ester von dem Vorfall. „Ich muss ein Kavallerieregiment aussenden, um den mardianischen Banditen ein für alle Mal Einhalt zu gebieten. Dies sind Zustände, die ich in meinem Reich nicht dulden kann!"

Wie üblich speisten sie zusammen im kleinen Esszimmer ihrer Privatgemächer. Ahasveros schätzte diese Mahlzeiten zu zweit mit seiner Frau. Oft erzählte er ihr dabei auch von den Problemen, die gerade anstanden, und war dankbar für ihre unvoreingenommene Meinung. Er schätzte ihren scharfen Verstand und konnte darauf zählen, dass sie ihm sagte, was sie dachte, und nicht, was er ihrer Meinung nach hören wollte.

„Ich kann nicht glauben, dass mein Vater diesen Banditen tatsächlich Wegegeld bezahlt hat!"

Ester nippte an ihrem Wasser und blickte ihn aus ihren großen schönen Augen über den Rand des Bechers an. „Diese Mardianer müssen gefährlich sein. Ich glaube nicht, dass Darius so einfach bezahlt hat, wenn es sich hätte vermeiden lassen."

Ahasveros lachte kurz auf. „Da hast du recht. Du scheinst meinen Vater gut zu kennen."

Als Ester ihren Becher auf den Tisch stellte, eilte sofort ein Page herbei und goss frisches Wasser nach.

„Danke, Niki", sagte sie lächelnd. Der kleine Junge strahlte und erwiderte ihr Lächeln.

Ahasveros gewöhnte sich langsam an die Art, wie seine Frau die Dienstboten behandelte. Amüsiert und verwundert zugleich wanderte sein Blick zwischen Ester und dem Pagen hin und her. Mit Erleichterung bemerkte er, dass ihr Appetit zurückgekehrt war. Seit Wochen wartete er, dass sie ihm von dem Baby erzählte, und konnte sich keinen Reim darauf machen, warum sie ihre Schwangerschaft vor ihm geheim hielt.

Seine Gedanken kehrten zurück zur morgendlichen Audienz. „Ich verstehe einfach nicht, warum die Leute nicht mit mir sprechen wollen", sagte er. „In Babylon platzte der Versammlungsraum bei den öffentlichen Audienzen aus allen Nähten, hier in Susa war es heute wieder nur eine Handvoll."

„Wahrscheinlich trauen sich die Leute nicht." Ester tupfte sich die Lippen mit ihrer Serviette ab.

Ahasveros sah sie erstaunt an. „Warum sollten sie sich nicht trauen?"

Als Ester antwortete, bemerkte er den amüsierten Zug um ihren Mund. „Ich sah Euch heute Morgen davonstolzieren, Majestät, in allerfeinstem Purpur und über und über mit Gold behängt. Selbst ich fürchtete mich ein wenig bei Eurem Anblick."

Der König runzelte die Stirn. Er verstand nicht, was sie meinte. Natürlich musste er für eine Audienz angemessen gekleidet sein.

Doch Ester war noch nicht fertig. „Und dann sitzt Ihr wahrscheinlich auf Eurem goldenen Thron, umgeben von Euren Dienern und all den königlichen Requisiten."

„Natürlich“, antwortete Ahasveros würdevoll. „Schließlich bin ich der König und kein Ziegenhirte.“

Ester nickte langsam. „Und Ihr habt nie daran gedacht, dass die einfachen Leute sich bei Eurem Anblick eingeschüchtert fühlen?“

„So verlangt es die Hofetikette. Schon mein Vater hielt seine Audienzen auf diese Weise, und ich sehe nicht, weshalb ich daran etwas ändern sollte.“

„Und wie viele Leute kamen zu Darius' Audienzen?“

Ahasveros schwieg beleidigt. Er liebte es, wenn Ester sagte, was sie dachte – vor allem, wenn sie dasselbe dachte wie er.

„Meine öffentlichen Audienzen in Babylon waren immer gut besucht“, sagte er frostig.

Ester kaute an ihrem Stück Lammfleisch und sah ihn an. „Ich wette, sie waren nicht so förmlich wie Eure Audienz heute Morgen.“

„Damals war ich noch nicht Großkönig.“

„So ist es. Und nun stehen die Leute staunend und voll Ehrfurcht vor dem Großkönig und sind so verschüchtert, dass es ihnen unangenehm ist, mit ihren Problemen zu Euch zu kommen.“

Ahasveros wusste, dass Ester recht hatte, und das ärgerte ihn. „Soll ich sie vielleicht im Schneidersitz am Lagerfeuer empfangen?“

Ester kicherte. „Das würde ich zu gerne sehen!“

Auch von Niki kam ein unterdrücktes Lachen, doch der König ignorierte es.

Ester beugte sich über den Tisch zu ihm. Das Kerzenlicht ließ ihre Haut warm schimmern. „Ich will Euch nicht kritisieren, Majestät. Ich versuche nur zu erklären, warum so viele Menschen die öffentlichen Audienzen nicht besuchen.“

Er trank einen Schluck Wein und sagte nachdenklich: „Vielleicht hast du recht.“

„Wollt Ihr denn wirklich, dass mehr Leute kommen?“, fuhr Ester fort. „Schließlich habt Ihr wichtigere Dinge zu tun, als irgendwelche Streitigkeiten zwischen einem Müller und seinem Sohn zu schlichten.“

Er blickte finster vor sich hin. „Mir gefällt der Gedanke nicht, dass das Volk so viel Angst vor mir hat."

„Ihr seid anders als Euer Vater, Majestät. Ihr habt das ganze äußere Drumherum nicht nötig, damit man Euch als Großkönig anerkennt." Sie schenkte ihm ein warmes Lächeln. „Selbst wenn Ihr im Schneidersitz am Lagerfeuer säßet, würde Euch niemand für einen anderen halten als den König."

Er lächelte zurück. Sie hatte erreicht, dass er sich besser fühlte. Wie immer. Er sah zu, wie sie einen Apfel aufschnitt. Sie bemerkte seinen Blick und reichte ihm ein Stück von der saftigen Frucht.

„Die Idee mit der Leibgarde ist von den jüngeren Eunuchen gut aufgenommen worden", wechselte Ester das Thema. „Ich sprach heute mit Hegai, und er war positiv überrascht. Die jungen Männer sind begeistert und freuen sich schon darauf, eine Uniform tragen zu dürfen."

„Ist ihnen klar, dass sie auch eine militärische Grundausbildung machen müssen?"

„Absolut."

„Was ist mit den älteren Eunuchen?"

„Die älteren sind, genauso wie die älteren Frauen, meistens mit ihrer Position ganz zufrieden."

Der König schüttelte ungläubig den Kopf. „Ein zufriedener Harem. Wer hätte das für möglich gehalten?"

„Das heißt natürlich nicht, dass alle zufrieden sind, Majestät." Ester wusste nicht, welches Wunder sie vollbracht hatte.

„Aber dass die *meisten* zufrieden sind, ist wunderbar."

„Für viele der Mädchen müssen wir noch Ehemänner finden", sagte Ester. „Aber wir arbeiten daran."

„Wir?"

„Hegai, Muran und ich."

„Ausgezeichnet." Er streckte die Hand aus und nahm sich noch ein Apfelstück.

Kapitel 24

Ahasveros kannte die Königsstrasse, die von Susa über die Berge nach Persepolis führte, noch aus seiner Kindheit. Wie alle anderen Straßen in seinem Königreich war sie, bis auf die allersteilsten Abschnitte, mit einem Unterbau aus Kies und Schotter befestigt. Bei gutem Wetter konnten die Handelskarawanen in Tagesetappen von einer Herberge zur nächsten reisen.

Darius hatte sich immer mit der inneren Sicherheit des Königreichs gebrüstet. Angeblich konnten unter seiner Herrschaft die Bürger die Straßen benutzen, ohne Gefahr zu laufen, von Banditen ausgeraubt zu werden. Selbst bei Gold- und Silbertransporten genügte eine Eskorte von zehn Soldaten. Umso mehr überraschte es Ahasveros, als er erfuhr, dass auch sein Vater von den Wegelagerern gewusst hatte und die Straßen nur deshalb sicher waren, weil er den Mardianern Wegegeld bezahlte.

Ahasveros erinnerte sich an die „Persische Pforte“, die enge Stelle an der Passhöhe, wo die Straße durch ein schmales Nadelöhr führte. Links und rechts türmten sich hohe Felswände. Für die Banditen war es ein leichtes Spiel, die Straße an dieser Stelle zu überwachen oder unpassierbar zu machen.

Er studierte sämtliche Karten, die von der Gegend verfügbar waren, und sprach mit verschiedenen Leuten, die sich dort auskannten.

Als er sich eine Strategie zurechtgelegt hatte, ließ er Kambyses, den Hauptmann seines besten Kavallerieregiments, zu sich rufen und erläuterte ihm seinen Schlachtplan.

Kambyses war erstaunt, dass Ahasveros ihn rufen ließ. Er war gerade erst von einem erfolgreichen Feldzug in Sardes zurückgekehrt, und er hatte den König noch nie persönlich gesprochen. Sorgfältig legte er seine Kavallerieuniform an: eine bestickte, langärmelige Tunika und eine lederne Reithose. Wenig später sprach er leicht nervös im kleinen Empfangszimmer vor, von wo aus der König seine Regierungsgeschäfte führte.

Ahasveros machte einen sehr entspannten Eindruck, wie er in seinem kunstvoll geschnitzten Stuhl saß, in makellos weißen Gewändern, die in perfekten Falten zu Boden fielen. Um die Stirn trug er einen goldenen Reif, und sein glattes Haar glänzte im Schein der Hängelampe.

Der König verlor keine Zeit und kam direkt zur Sache: „Mir ist zu Ohren gekommen, dass die Mardianer von den Reisenden Wegegeld verlangen, damit sie die Persische Pforte passieren dürfen. Und ich habe erfahren, dass mein Vater dies toleriert, ja, geradezu unterstützt hat. Ich dagegen kann da nicht tatenlos zusehen. Meine Straßen sollen für alle meine Untertanen offen sein. Es wird Zeit, dass wir eingreifen."

Kambyses' Herz sank. Er nickte und versuchte, so gelassen wie möglich zu wirken, doch er bezweifelte, dass sich der König mit der Praxis der Kriegsführung in den Bergen auskannte. Und er hoffte inständig, dass er nicht von ihm verlangen würde, mit einem einzigen Regiment auf die Passhöhe zu ziehen. So gut er konnte, erklärte er den Ernst der Lage: „Es ist wahr, dass Darius den Mardianern Wegegeld bezahlt hat, aber er hatte keine andere Wahl. Dieser Pass ist eine Todesfalle. Die Mardianer halten seit Jahren die Anhöhen und Felsen oberhalb der Straße besetzt. Glaubt mir, es ist einfacher zu bezahlen, als sich auf einen Kampf mit ihnen einzulassen. Darius wusste das." Etwas verspätet fügte er hinzu: „Majestät."

Ahasveros strich sich nachdenklich übers Kinn. „Es scheint nur, als seien die Mardianer mit der Zeit immer habgieriger und unverschämter geworden. Jetzt kassieren sie Wegegeld und rauben die Karawanen hinterher trotzdem aus. Einer meiner Kaufleute hat es am eigenen Leib erfahren."

Kambyses' Miene verfinsterte sich. „Das wusste ich nicht. Haben sie auch königliche Kutschen oder Wagen angegriffen?"

„Das nicht. Noch nicht. Trotzdem – ich habe einfach keine Lust, diesen gefräßigen Geiern die Goldmünzen in den Rachen zu werfen." Sein Tonfall war ruhig und sachlich. „Damit muss ein für alle Mal Schluss sein."

Kambyses stöhnte innerlich. Es kam genau so, wie er befürchtet hatte. „Wenn Ihr diesen Pass einnehmen wollt, werdet Ihr große Verluste zu beklagen haben, Majestät", sagte er düster.

„Vielleicht auch nicht." Ahasveros wirkte immer noch vollkommen ruhig und entspannt. Kambyses dagegen spürte, wie sich seine Schulter- und Nackenmuskeln verkrampften, während er auf den gefürchteten Befehl wartete.

„Ich möchte, dass du mit deinem Regiment für mich den Passübergang auskundschaftest. Vielleicht lässt sich so abschätzen, wie viele Männer die Mardianer dort oben haben."

Auskundschaften, hatte er gesagt. Kambyses atmete auf. „Ich weiß, dass sie nicht nur diesen einen Pass besetzt halten, Majestät. Auch die Nebenpässe, die zur Persischen Pforte führen, sind nicht sicher."

Ahasveros' gepflegte Hände ruhten auf den Armlehnen seines Sessels. Er hob zwei Finger, sodass die Juwelen an seinen Ringen blitzten. „Finde heraus, wo genau sie sich aufhalten."

„Ja, mein König."

„Und bring mir ein paar Schafhirten, die ihre Herden dort oben in den Bergen weiden."

„Schafhirten, Majestät?"

„Du hast richtig gehört."

Kambyses unterdrückte ein Grinsen. „Ja, Majestät."

„Damit wir uns richtig verstehen“, schloss Ahasveros, „ich will den Pass nicht einnehmen. Bezahle den Mardianern ruhig ihr Wegegeld, aber vermeide, dass es zum Kampf kommt. Versuche nur herauszufinden, wie viele es sind. Und bring mir die Schafhirten.“

Diesmal konnte Kambyses das Grinsen nicht ganz verbergen, doch er antwortete gefasst: „Ich habe verstanden, Majestät.“

Ahasveros entließ den Hauptmann mit einem Kopfnicken. „Das Beste ist, wenn du sobald wie möglich aufbrichst. In den Bergen fällt schon der erste Schnee.“

Als Kambyses nach der Unterredung draußen auf den Hof trat, sah er, dass Mardonius auf ihn wartete.

„Was war denn los? Worum ging es denn?“, wollte Ahasveros' Onkel wissen.

Kambyses, der mütterlicherseits mit Mardonius verwandt war, erzählte ihm von seinem Auftrag.

„Ich komme mit“, sagte Mardonius kurz entschlossen.

Kambyses, der mit Mardonius bei der Schlacht bei Marathon gewesen war, als die Kavallerie evakuiert wurde, sympathisierte zwar mit Mardonius' Rachegedanken gegenüber den Griechen, doch er hielt nicht viel von ihm als Kommandant. Vorsichtig hob er an: „Natürlich kannst du gern mitkommen, Vetter, aber ich glaube, du wirst wenig Freude an dieser Expedition haben. Ich habe die ausdrückliche Anweisung des Königs, jegliche Kampfhandlung zu vermeiden.“

Mardonius reckte das Kinn vor und sagte arrogant: „Ich nehme es zur Kenntnis, Kambyses. Und ich habe gesagt, dass ich mitkommen werde.“

Da Ahasveros' Onkel ihn an Adel und militärischem Rang übertraf, musste Kambyses sich fügen.

Ester wusste, dass sie Ahasveros endlich von dem Baby erzählen musste. Sie konnte es nicht länger aufschieben. Jetzt, wo sie wieder Appetit hatte, begann ihr Bauch sich deutlich zu runden. Sie saß in ihrem Nachtgewand vor dem Schlafzimmerspiegel und ließ sich von Luara das Haar auskämmen.

Heute Abend würde sie es ihm sagen. Ihr offenes Haar fiel weich und glänzend über ihre Schultern wie schwarze Seide. Lächelnd sagte sie zu Luara: „Weißt du noch, wie meine Haare aussahen, als ich in den Harem kam?“

Luara lächelte zurück, doch dann legte sie den Kamm nieder und sah ihr besorgt ins Gesicht. „Ist etwas passiert, Majestät? Ihr seht traurig aus.“

Ester seufzte. „Vor dir kann ich nichts verbergen, Luara. Es ist schon fast unheimlich, wie du mich durchschaust.“

Das Mädchen errötete. „Verzeihung, Majestät. Ich wollte Euch nicht zu nahetreten.“

Doch Ester schüttelte den Kopf. „Du trittst mir nie zu nahe, Luara.“

„Kann ich Euch in irgendeiner Weise helfen?“

„Danke, nein. Es wird schon wieder, ganz bestimmt.“

Luara machte sich daran, die Bettdecke zurückzuschlagen. Danach sah sie Ester fragend an, die immer noch am Schminktisch saß.

„Wirklich, es geht mir gut. Du darfst dich zurückziehen, Luara. Gute Nacht.“

„Gute Nacht.“ Das Mädchen zog leise die Tür hinter sich zu.

Ester stand auf und ging zum Fenster. Es war fest verschlossen, denn die Nächte waren empfindlich kalt. Sie hob ihre Arme zum Gebet, nach der alten, jüdischen Tradition, und betete das *Sh'ma Jisrael*, das uralte jüdische Gebet und Bekenntnis, wie schon ihre Vorfahren es getan hatten. *Höre, Israel, der Herr ist unser Gott, der Herr ist einzig. Darum sollst du den Ewigen, deinen Gott, lieben mit ganzem Herzen, mit ganzer Seele und mit ganzer Kraft.*

„Ja, das will ich tun“, flüsterte sie. „*Lieber Herr im Himmel, ich glaube an dich allein, und in meinem Herzen will ich immer zu dir beten. Aber ich weiß nicht, ob ich mich jemals wieder öffentlich zu dir bekennen kann. Ich kam hierher, weil mein Onkel es von mir verlangte, und inzwischen denke ich, er hat das Richtige getan. Dank seiner Verbindung zu mir hat er nun eine Stellung, in der er Ahasveros besser beeinflussen kann, als ich es jemals könnte. Ich darf nicht riskieren, dass er diese Stellung verliert. Wenn ich Ahasveros erzähle, dass ich in Wirklichkeit Jüdin bin, wird er mich mit Mordechai in Verbindung bringen, und dann ist alles aus. Meine Lüge würde ihn schwerer treffen als Waschtis Ungehorsam. Und das will ich ihm nicht antun. Ich will nicht. Ich kann nicht.*"

Das Klirren der Speere der königlichen Leibwache ließ sie zusammenzucken. Wie üblich würden sich die Wachen, nachdem der König eingetreten war, vor der Tür aufstellen. Rasch lief sie zum Bett und schlüpfte unter die Decke. Der König schloss die Tür und kam auf sie zu. Seine Schritte waren lautlos auf dem dicken Teppich.

Ahasveros trug ein Nachtgewand aus feinstem, blütenweißen Leinen. Wie jeden Abend war er von Adligen in einer feierlichen Zeremonie für die Nacht angekleidet worden. Ester sah, wie er sich langsam aufs Bett setzte. „Ihr seht müde aus, Majestät."

Aus kleinen, geröteten Augen warf er ihr einen reumütigen Blick zu, legte sich flach auf den Rücken und gähnte herzhaft. „Ich glaube, ich werde alt. Zwei rauschende Feste hintereinander und meine Frau sagt, ich sehe müde aus."

„Da muss das Feiern wirklich sehr viel Spaß machen, wenn man dafür in Kauf nimmt, dass es einem am nächsten Tag so elend geht."

„Müde und elend", sagte er. „Ich fühle mich *ur*alt."

Gegen ihren Willen musste Ester lachen.

„Ich sehe, ich muss mich heute Nacht anstrengen, um zu beweisen, dass meine Männlichkeit unbeeinträchtigt ist."

„Ihr habt Eure Männlichkeit bereits bewiesen", sagte Ester. „Ich bekomme ein Kind."

Jetzt war es heraus. Einfach so. Sie konnte kaum glauben, dass es so einfach war. Mit angehaltenem Atem wartete sie auf seine Reaktion.

Er fasste ihre Hand und verschränkte seine Finger mit ihren. „Ich weiß. Und ich habe mich schon die ganze Zeit gefragt, wann du es mir endlich sagen wirst."

„Ihr habt es gewusst?" Die Enttäuschung in ihrer Stimme war nicht zu überhören. Jede Antwort hatte sie von ihm erwartet, nur nicht diese. Sie stützte sich auf ihren Ellbogen und sah ausdruckslos auf ihn hinunter. „Wie konntet Ihr das wissen? Hat es Euch jemand gesagt?"

„Weil ich bereits Kinder habe. Ich kenne die Anzeichen." Er nahm ihre Hand und führte sie an den Mund.

Ester gab es jedes Mal einen Stich, wenn sie an seine Kinder dachte. Natürlich hatte sie nichts gegen die Kinder – es waren die Mütter, die sie hasste.

„Natürlich, wie konnte ich das vergessen", sagte sie tonlos.

„Aber dieses Kind wird ein besonderes Kind sein", sagte er. Er hielt noch immer ihre Hand, und sie spürte seine Lippen auf ihrem Handrücken.

„Ich weiß. Wenn es ein Junge wird, ist er der nächste Großkönig."

„Das meine ich nicht." Er legte ihre Hand auf seine Brust. Sie sah ihn an, seinen Kopf auf das Kissen gebettet, das hellbraune, fedrige Haar, glänzend und seidig wie das ägyptische Leinen, auf dem er lag. Er lächelte sie an, und alle Müdigkeit war plötzlich aus seinem Gesicht verschwunden. „Dies ist dein Kind, unser Kind. Das macht es so besonders."

Ester spürte, wie die Eifersucht nachließ. „Unser Kind", sagte sie leise.

Er zog sie sanft zu sich. „Komm her zu mir."

Sie schmiegte sich an ihn und fühlte seine starken Arme, die sie umfassten.

„Ich liebe dich", flüsterte sie. „Ich würde dich sogar lieben, wenn du ein mardianischer Straßenräuber wärst."

Er lachte leise.

„Würdest du mich lieben, wenn ich jemand anderes wäre?", fragte sie vorsichtig.

„Mhm, ich weiß nicht."

Sie biss sich auf die Lippen. War jetzt der richtige Moment gekommen? Sollte Gott ... sollte sie ...?

„Das erinnert mich daran", sagte er plötzlich, „ich musste heute leider Enshans Ehe auflösen." Enshan war einer seiner Halbbrüder.

Ester lag still. Sie fühlte den glatten, kühlen Stoff seines Leinengewands an ihrer Wange und wagte kaum zu atmen. „Oh, warum denn?"

„Die Familie seiner Frau hat ihm falsche Tatsachen vorgespiegelt. Sie haben ihm erzählt, sie besäßen in der Nähe von Ekbatana ein großes Anwesen, das Teil der Mitgift wäre. Und nun stellte sich heraus, dass das Land jemand anderem gehört."

„Aber Enshan hat bestimmt selbst genug Land", sagte sie schwach.

„Darum geht es nicht, Ester. Die Familie des Mädchens hat ihn vorsätzlich angelogen. Ohne den Grundbesitz als Mitgift wäre die Heirat nie zustande gekommen."

Ester fühlte seinen Atem auf ihrem Haar. Sie wagte kaum, die nächste Frage zu stellen: „Und, liebt er sie nicht mehr?"

„Doch, im Gegenteil, ich glaube, er mag sie sehr gern. Aber er sagt, er kann nicht damit leben, dass man ihn derart hinters Licht geführt hat. Ich kann das gut verstehen."

„Vielleicht wusste die Braut nichts vom Betrug ihrer Verwandschaft?"

„Das tut nichts zur Sache. Es geht vielmehr darum, dass der Ehevertrag aufgrund einer Lüge zustande kam. Unter solchen Umständen kann keine Ehe bestehen bleiben."

„Ich verstehe", sagte sie kaum hörbar.

Seine Hände streichelten sanft ihren Rücken. „Ester." Der Tonfall seiner Stimme wurde weicher. „Würdest du mich wirklich lieben, wenn ich ein mardianischer Bandit wäre?"

„Ja", hauchte sie. „Das würde ich."

Kapitel 25

Kambyses klopfte seinem Pferd den Hals und ließ seine Augen prüfend über die Reihen von Reitern wandern, die sich auf den schneebedeckten Hügeln verteilt hatten. Vor ihnen verengte sich das Tal. Die schroffen Felswände links und rechts der von Steinbrocken übersäten Straße ragten steil in den grauen Winterhimmel. Die Persische Pforte.

Er legte den Kopf in den Nacken und beobachtete die Männer, die oben auf den Felsen standen, bereit, jeden, der ahnungslos passieren wollte, mit einem Steinhagel zu begrüßen. Kambyses kniff die Augen zusammen. Seine Lippen bewegten sich, als er begann, die Männer zu zählen.

Mardonius schloss zu ihm auf und brachte sein Pferd neben ihm zum Stehen. „Diese Blutsauger“, knurrte er. „Es ist eine Schande, dass die Kavallerie des Königs auf der Königsstraße Wegegeld bezahlen muss.“

„So ist es seit Jahren“, antwortete Kambyses. „Darius zog es vor zu bezahlen, anstatt Männer und Pferde in einer aussichtlosen Schlacht zu verlieren.“

„Das waren andere Zeiten. Damals brauchten wir alle Reserven für den Krieg gegen die Griechen. Aber da Ahasveros die Auseinandersetzung mit Griechenland scheut und sich und Persien lieber zum

Gespött macht, könnte er wenigstens die Straßen von diesem Gesindel befreien!“

Kambyses zählte zu Ende, bevor er entgegnete: „Der König gab den ausdrücklichen Befehl, den Mardianern den üblichen Zoll zu bezahlen, damit wir unbehelligt die Gegend auskundschaften können. Er will vorerst nur wissen, mit wie vielen wir es zu tun haben. Erst danach wird er handeln.“ Er sah Mardonius eindringlich an. „Und ich bin überzeugt, *dass* er etwas tun wird.“

Mardonius verzog den Mund und antwortete verächtlich: „Mein feiner Neffe glaubt wohl, er sei ein großer Feldherr, nur weil er beim Ägyptenfeldzug so viel Glück hatte. Die ganzen Jahre, während wir anderen gegen die Griechen kämpften, saß er in Babylon und spielte den weisen König. Dabei hat er keine Ahnung von Kriegsführung.“

„Immerhin war er erfolgreich in Ägypten.“

Mardonius' kastanienbraune Augen blitzten vor Zorn. „Dazu gehörte nicht viel! Die Ägypter haben es ihm leicht gemacht.“

Kambyses war anderer Meinung, zog es aber vor zu schweigen. In der Ferne sah er einen Reiter, der in schnellem Galopp auf sie zukam. „Sie kommen“, sagte er. „Das wird der Zolleintreiber sein.“

„Blutsauger!“, wiederholte Mardonius voller Verachtung.

Das Pferd, ein stämmiges Hochlandpony, kam etwa fünf Meter vor ihnen zum Stehen. Sein Reiter war ein Mann von dunkler Hautfarbe mit messerscharfem Blick. „Die Passüberquerung kostet zwanzig Golddareikos“, sagte er mit einem schiefen Lächeln.

„Zwanzig Dareikos!“ Kambyses schnaubte vor Wut. „Letztes Mal waren es noch zehn.“

Der Mann antwortete, immer noch lächelnd: „Der Großkönig ist reich – wir sind arm. Zwanzig Dareikos sind für ihn eine lächerliche Summe.“

Kambyses, der genug gesehen hatte, sagte mit verbissener Miene: „Das mag sein. Aber er wird sie nicht bezahlen. Meine Männer und ich ziehen es vor, umzukehren und nach Susa zurückzureiten.“

„Ganz wie Ihr wollt." Im dunklen Gesicht des Mardianers stand abgrundtiefe Verachtung. „Aber zuerst müsst Ihr den Zoll für die Pässe auf dem Rückweg bezahlen."

„Den haben wir bereits bezahlt."

„Ja, für den Hinweg. Aber jede Überquerung kostet extra."

„Ich habe genug bezahlt für Hin- und Rückweg."

Die buschigen schwarzen Augenbrauen des Mannes hoben sich. „Und wer sagt das?"

„Es war das doppelte Wegegeld davon, wie es sonst üblich ist."

„Vielleicht hat man versäumt, Euch zu sagen, dass die Preise gestiegen sind?"

Kambyses beherrschte sich mühsam. „Ich werde keinen einzigen Dareikos mehr bezahlen", presste er hervor.

Der Mann zuckte die Achseln und kratzte sich mit den Fingern beiläufig die Speisereste aus den Zähnen. „Dann dürft Ihr die Pässe nicht überqueren."

Mardonius stieg die Zornesröte ins Gesicht. Er konnte nicht länger an sich halten und schrie: „Du dreckiger, rotznasiger Blutsauger, geh mir aus den Augen, bevor ich mein Schwert mit deinem Blut besudele!" Seine Hand schloss sich um den Griff seiner Waffe. Der Mardianer wich zurück, seine arrogante Selbstsicherheit bröckelte.

„Du hast gehört, was der Edelmann gesagt hat", fuhr Kambyses ihn an. „Verzieh dich!"

Für den Bruchteil einer Sekunde zögerte der Reiter, dann wendete er sein Pferd und galoppierte zurück in die Richtung, aus der er gekommen war.

„Abschaum", schnaubte Kambyses verächtlich.

„Man sollte ihnen eine Lektion erteilen", sagte Mardonius.

Kambyses nickte. Dann atmete er tief ein und blies die Luft aus, als wollte er seine Wut entweichen lassen. „Lass uns gehen."

Mardonius starrte ihn ärgerlich an. „Du willst doch nicht etwa zurückreiten?"

„Doch, natürlich. Ich habe meinen Auftrag erfüllt."

„Aber was ist mit den Banditen? Die lachen sich doch ins Fäustchen!“

„Ich habe den Befehl des Königs ausgeführt“, entgegnete Kambyses sachlich. „Mehr gibt es für mich hier nicht zu tun. Ich sollte Informationen sammeln und die Lage einschätzen, mehr nicht.“

Mardonius lachte hämisch, riss sein Pferd herum, sodass es dem Regiment gegenüberstand, und schrie den Männern zu: „Seid ihr das beste Kavallerieregiment des Königs oder nicht? Haben wir es nötig, uns von einer Horde dreckiger Mardianer zum Narren halten zu lassen?“

Seine Worte waren wie Dynamit. Die Soldaten, die den Wortwechsel verfolgt hatten, waren nicht mehr aufzuhalten. Schlachtrufe schallten aus der Menge; das Regiment war ein einziges Meer von erhobenen Fäusten und Schwertern.

Jemand schrie: „Über den Pass! Wir stopfen ihnen das Maul!“, und bevor Kambyses irgendetwas tun konnte, um sie aufzuhalten, stürmte das ganze Heer von Reitern auf das gefährliche Nadelöhr in der Schlucht zu, Mardonius in ihrer Mitte. Mit knapper Not gelang es Kambyses, sein Pferd zurückzuhalten. Schützend stellte er sich vor die Schafhirten, die mit dem Regiment nach Susa zurückreiten sollten.

Die Reiter hatten das Nadelöhr des Passes zur Hälfte durchquert, als die ersten Steine auf sie niederregneten. Die Banditen warfen die Steine ohne besondere Strategie, doch der zufällige, unkontrollierte Steinhagel verfehlte seine Wirkung nicht. Panisch liefen die Pferde durcheinander, ihre schutzlosen Reiter verloren die Kontrolle, Menschen und Tiere gingen zu Boden unter den gnadenlosen Steinsalven oder wurden von herabstürzenden Felsbrocken zermalmt. Mit Grauen verfolgte Kambyses die blutige Szene, hörte die Schreie der Sterbenden und das verzweifelte Wiehern der geschundenen Pferde. Er fühlte sich hilfloser und elender als je zuvor in einer Schlacht.

„Oh, Gott des Himmels, wie soll ich das dem König sagen?“

Kambyses und der klägliche Rest seines am Morgen noch so stolzen Regiments kehrten geschlagen nach Susa zurück.

Ahasveros wartete in seinem Empfangszimmer, demselben Raum, in dem er den Befehl erteilt hatte, auf keinen Fall den Pass zu überqueren. Kambyses berichtete in knappen Worten, was mit dem Eliteregiment des Königs geschehen war. „Mardonius hat sie angestachelt, Majestät. Sie stürmten los, bevor ich irgendetwas tun oder sagen konnte, um sie daran zu hindern."

Der Gesichtsausdruck des Königs war leer, und Kambyses bemerkte den harten Zug um seinen Mund. „Wie viele Männer haben wir verloren?"

Kambyses biss die Zähne zusammen, dann nannte er die geschätzte Anzahl. Ahasveros' Schweigen war schlimmer als eine Zurechtweisung. Es machte Kambyses Angst. Dann sagte der König: „Ich habe nicht gesagt, dass du Mardonius mitnehmen sollst."

Kambyses wurde klar, dass dies sein größter Fehler gewesen war. „Er hat sich mir aufgedrängt", versuchte er sich zu rechtfertigen. „Und es stand mir nicht zu, ihn abzuweisen. Immerhin ist er Großmarschall und ranghöher als ich."

Der König schwieg.

Verzweifelt versuchte Kambyses, die Lage zu retten: „Mardonius hat den Angriff überlebt, Majestät. Er ist ziemlich schwer verletzt, aber wir konnten ihn zurück nach Susa transportieren."

Dem Gesichtsausdruck des Königs nach wurde Kambyses klar, dass es Ahasveros lieber gesehen hätte, wenn Mardonius gefallen wäre.

„Ich bitte um Verzeihung, Majestät", sagte Kambyses kleinlaut. „Es tut mir leid. Ich habe mein Bestes getan. Leider war es nicht gut genug."

„Du hast dich gänzlich meinen Befehlen widersetzt!" Kambyses sah, wie wütend der König war, und er konnte es ihm nicht verübeln.

„Ich habe Mardonius gesagt, dass ich den Befehl habe, lediglich Informationen zu sammeln und die Mardianer nicht zu provozieren“, startete Kambyses einen weiteren kläglichen Versuch zu seiner Ehrenrettung. „Es tut mir leid“, wiederholte er. Gleichzeitig wusste er, dass es keinen Zweck hatte und seine militärische Laufbahn hiermit beendet war.

Ahasveros erhob sich von seinem Platz hinter seinem eleganten Schreibtisch und griff nach seiner Kappe. Mit zusammengepressten Lippen sagte er: „Dank diesem Debakel habe ich einen Grund, Mardonius seines Amtes zu entheben. Schade nur, dass dafür so viele Männer ihr Leben lassen mussten.“

„Ja, Majestät.“ Kambyses neigte den Kopf.

„Was ist mit den Schafhirten?“

„Ich habe etwa ein Dutzend Hirten mitgebracht, die ihre Schafe in der Umgebung der Königsstraße weiden, so wie Ihr befohlen habt, Majestät. Und ich habe mich vergewissert, dass sie keine Mardianer sind.“

„Mardianer haben es nicht nötig, Schafe zu hüten. Sie haben eine bequemere Einnahmequelle gefunden, um ihren Lebensunterhalt zu verdienen.“

Kambyses nickte. „Sie werden immer unverschämter. Um mich mit den Verwundeten passieren zu lassen, verlangten sie hundert Dareikos.“

„Einhundert Dareikos?“ Ahasveros’ Augen weiteten sich. Mit einer Stimme, die gefährlich leise war und die Kambyses schaudern ließ, sagte er: „Aber jetzt bekommen sie es mit mir zu tun.“

Mit einem Mal wusste Kambyses, dass dies kein leeres Versprechen war. Selbst Darius hatte die Auseinandersetzung mit den Mardianern gescheut. Nicht so Ahasveros. Er würde sie besiegen.

„Ich hätte Euch gern begleitet“, sagte er impulsiv.

Der König sah Kambyses aus nachdenklichen graugrünen Augen prüfend an. „Warum solltest du mich nicht begleiten können?“, fragte er dann.

Kambyses hielt seinem Blick stand und spürte, wie sein Puls schneller ging. „Nun … weil … ich habe versagt, Majestät. Ich habe

Euren Befehl missachtet. Ich glaube nicht, dass Ihr mir noch einmal vertrauen könnt."

Ahasveros dreht den Hut in seiner Hand. „Du hast den Fehler gemacht, meinen Onkel mitzunehmen. Ansonsten hast du deinen Auftrag korrekt ausgeführt."

Kambyses schluckte. Seine Handflächen waren feucht.

Der König fragte: „Hast du aus deinem Fehler gelernt, Kambyses?"

„Ja, mein König."

„Dann brauchen wir ja nicht länger darüber zu sprechen." Er setzte sich den Hut auf. „Du kannst jetzt zu deinen Pflichten zurückkehren."

„Ich ...", Kambyses holte tief Luft. „Danke, Majestät."

Ahasveros nickte. Der junge Hauptmann verneigte sich ehrfürchtig, bevor er rückwärts aus dem Zimmer ging.

Am folgenden Tag, nach seinem Morgenausritt, beschloss Ahasveros, auf dem Heimweg seinem Onkel einen spontanen Besuch in seinem Haus abzustatten. Ein Dienstbote führte ihn zu Mardonius, der im Bett lag.

Ahasveros blieb einen Augenblick im Schatten des Türrahmens stehen. Er musste an sich halten, um nicht auf Mardonius loszustürzen und ihn zu würgen. Dieser Mann hatte ihm seit seiner Kindheit das Leben schwer gemacht. Doch jetzt war Schluss. Jetzt würde er mit ihm abrechnen.

Sein Onkel war schlimm zugerichtet. Von Kissen gestützt, sagte er mit rauer Stimme: „Es tut mir leid, dass ich Euch nicht angemessen begrüßen kann, Majestät."

Ahasveros durchquerte das Zimmer bis zu Mardonius' Bett. Die Fensterläden waren wegen der Hitze geschlossen, einzig die Deckenlampe erhellte spärlich den Raum und schwang leise hin und her.

Der König musterte den Verletzten und sagte kalt: „Andere hatten nicht so viel Glück. Sie sind in den Bergen an der Persischen Pforte verblutet – und du hast sie auf dem Gewissen!"

Das Gesicht seines Onkels war schmerzverzerrt, seine Augen blutunterlaufen, aber sie blitzten herausfordernd. „Das ist nicht wahr! Die Mardianer haben sie umgebracht – nicht ich."

Ahasveros spürte Wut in sich hochsteigen. *Er krümmt sich wie ein Wurm unter meinem Fuß*, dachte er voller Verachtung. „Ich frage mich, was noch passieren muss, damit du lernst, zu deinen Fehlern zu stehen? Kannst du nicht einmal im Leben Verantwortung für deine Handlungen übernehmen?"

Mardonius' Gesicht rötete sich vor Zorn, und er vergaß vor Wut die förmliche Anrede.

„Ich hatte es im Leben nicht so leicht wie du, Neffe. Mein Vater vergötterte dich, von dem Tag an, als du geboren wurdest. Nur das Beste war gut genug für seinen königlichen Enkel. Mich, seinen eigenen Sohn, ließ er links liegen. Immer drehte sich alles nur um dich."

Ahasveros' Abscheu milderte sich, und seine kühle Beherrschtheit gewann wieder die Oberhand. „Mein eigener Vater hat mich ganz und gar nicht vergöttert. Darius hielt große Stücke auf dich und Kavad, ich war ihm gleichgültig. Er machte dich zu seinem Großmarschall, Mardonius, zum Kommandanten über seine halbe Armee. Doch du hast sein Vertrauen missbraucht – du hast alles zerstört durch deine Selbstsucht."

Mardonius Fäuste umklammerten die Bettdecke, seine Stimme bebte vor Wut. „Darius war ein großer Heerführer. Du wirst ihm nie das Wasser reichen können, Ahasveros. Und er vertraute mir bedingungslos. Aber du hast sogar Angst vor den Griechen! Du hast es geschafft, dass die ganze Welt über Persien lacht!"

Je mehr sich sein Onkel in Fahrt redete, desto ruhiger wurde Ahasveros. „Ich wollte es nicht mit den Griechen aufnehmen, so lange ich nur die unfähigen, stümperhaften Heerführer meines Vaters zur Verfügung habe", antwortete er kalt. „Des Allerunfähigsten werde ich mich jetzt sofort entledigen. – Mardonius, ich enthebe dich hiermit deines Amtes als Großmarschall. Zusätzlich entlasse ich dich aus der

Armee. Im Übrigen brauchst du deinen Fuß nie wieder in meinen Palast zu setzen."

„Was?" Mardonius starrte ihn ungläubig an. Als er begriff, dass sein Neffe es ernst meinte, schrie er: „Das kannst du nicht machen!"

Ahasveros hob die Augenbrauen. „Das habe ich bereits gemacht."

„Ich habe meine Anhänger. Sie werden sich das nicht bieten lassen!", drohte Mardonius.

„Deine Anhänger bestehen aus Griechen im Exil, die Athen hassen und Persien für ihre Zwecke nutzen wollen, um sich zu rächen. Deine anderen Komplizen, Smerdis und Teresch, sind tot. Du hast keine einflussreichen Freunde mehr, die dich unterstützen, Onkel."

„Wenn du mich vom Hof jagst, nehme ich Kavad mit."

„Dabei hat Kavad auch ein Wörtchen mitzureden."

Mardonius schlug mit der Faust auf die Bettdecke. „Ver…! Warum hat Darius ausgerechnet dich zum König ernannt!"

„Weil er, trotz seiner Unzulänglichkeiten als Vater, ein weiser König war."

Ahasveros wandte sich zum Gehen. Er hatte gesagt, was er sagen wollte.

„Sobald deine Blessuren verheilt sind, Onkel, wirst du Susa verlassen."

Mardonius öffnete den Mund, um abermals zu protestieren. Doch als er den Blick des Königs sah, schwieg er.

„Sehr klug von dir", sagte Ahasveros eisig. Dann ging er raschen Schrittes zum Ausgang, zögerte kurz, stieß dann die Tür mit der flachen Hand auf und verließ das Haus, ohne sich noch einmal umzusehen.

Kapitel 26

Ahasveros verlor keine Zeit, nachdem er sich seines Onkels entledigt hatte. Er befragte die Hirten, die Kambyses aus den Bergen mit nach Susa gebracht hatte, und traf sich zu ausführlichen Strategiegesprächen mit seinen Heerführern. Nachdem die Vorbereitungen abgeschlossen waren, mobilisierte er die Eliteeinheit der „Unsterblichen", zu der die königliche Leibgarde gehörte, für einen Marsch über die Bergpässe zur Persischen Pforte.

Während der Vorbereitungszeit für den geplanten Militärschlag fühlte sich Haman zunehmend vernachlässigt. Besonders eifersüchtig war er auf die Zeit, die Ahasveros mit Coes verbrachte. Seine Eifersucht erstreckte sich auch auf Ester und vor allem auf Mordechai, mit dem der König die Kosten für den Feldzug veranschlagte. Mehrmals bat Haman um ein Gespräch mit dem König, aber Ahasveros winkte jedes Mal ab.

Als er ihn dann endlich zu sich rufen ließ, war Haman fest entschlossen, ihm all das zu sagen, was er dem König schon lange sagen wollte und was, so hoffte er, ihre Freundschaft untermauern würde.

Ahasveros saß hinter seinem eleganten Schreibtisch, vor sich einige Papiere, was Haman mit Erstaunen zur Kenntnis nahm, denn er wusste, dass der König nicht lesen konnte. Als er näher trat, sah er, dass es sich dabei um mit Zahlen versehene Zeichnungen handelte.

Irgendwelche militärischen Aufzeichnungen, dachte er missmutig. Ahasveros, der Reitkleidung trug, blickte kurz auf und schenkte Haman ein flüchtiges Lächeln. „Ich weiß, du wolltest mich schon lange sprechen, mein lieber Freund, aber ich war sehr beschäftigt. Wir rücken in zwei Tagen aus, und es gibt noch viel zu tun. Doch vorher möchte ich ein paar wichtige Dinge mit dir bereden."

„Ich habe Euch ebenfalls etwas Wichtiges mitzuteilen", entgegnete Haman.

Ahasveros faltete seine unberingten Hände vor sich auf dem Tisch und sagte höflich: „Ich höre."

„Ich möchte mit Euch über eine Sache sprechen, die mit dem geplanten Feldzug gegen die Mardianer zusammenhängt, Majestät." Mit einem Kopfnicken ermunterte der König ihn zum Weitersprechen.

„Ich weiß, Ihr habt Euch viele Gedanken über die strategischen und finanziellen Aspekte gemacht, aber Ihr dürft die historische Seite nicht vergessen."

„Die historische?", wiederholte Ahasveros, sichtlich verwirrt.

„Ja, Majestät. Der Ruf eines Königs überlebt nur durch die schriftliche Überlieferung. Ich weiß, dass die Perser darauf nicht so viel Wert legen wie die Babylonier, aber ich denke, in dieser Angelegenheit müsst Ihr an die Zukunft denken."

„Haman, worauf willst du hinaus?", fragte der König ungeduldig.

Haman straffte sich. „Als Euer Großwesir ist es meine Pflicht, Euch darauf aufmerksam zu machen, Majestät, dass ein persischer König, wenn er gegen seine eigenen Untertanen vorgeht, eine schriftliche Erklärung abgeben muss, weshalb er das tut. So will es das Gesetz. Ohne eine öffentliche Bekanntmachung könnt Ihr nichts gegen die Mardianer unternehmen, jedenfalls nicht legal."

Auf Ahasveros' Stirn bildete sich eine steile Falte. „Davon habe ich noch nie etwas gehört! Mein Vater hat bestimmt nicht jedes Mal ein Schriftstück aufgesetzt, bevor er in den Kampf zog."

„Das ist das erste Mal, dass Ihr Darius als Vorbild darstellt, Majestät", sagte Haman nicht ohne Spott.

„Das mag sein.“ Der König lächelte schwach, wurde jedoch gleich wieder ernst. „Aber welchen Zweck hat so ein Schriftstück, Haman? Wer würde so etwas lesen?“

Haman beugte sich vor und sagte eindringlich: „Es wäre Teil der historischen Überlieferung, Majestät – ein wichtiges Zeugnis Eurer Regierungszeit, das nachfolgenden Generationen zeigt, dass Ihr ein guter und gerechter König wart.“ Er machte eine kurze Pause und fügte dann hinzu: „Dabei geht es mir einzig und allein um *Euch*, Majestät. Ich möchte auf keinen Fall, dass Eure guten Absichten missverstanden werden, weder heute noch in Zukunft.“

Ahasveros winkte ab. „Schon gut, schon gut. Wenn du meinst, es sei so wichtig, dann verfassen wir eben eine offizielle Bekanntmachung. Du kannst sie gleich selbst schreiben.“

„Aber gern, Majestät. Habt Ihr konkrete inhaltliche Vorstellungen?“

Der König dachte einen kurzen Moment nach. „Schreib einfach, dass ich gegen die Mardianer vorgehen will, um das Königreich von einer Horde verbrecherischer Blutsauger zu befreien. Den genauen Wortlaut überlasse ich dir.“

Haman war beleidigt, dass Ahasveros ihn offensichtlich schnell wieder loswerden wollte, um sich erneut militärischen Inhalten zuzuwenden. Steif sagte er. „Sehr wohl, Majestät. Ich werde einen Entwurf verfassen und ihn Euch morgen vorlegen.“

„Was ich dir noch sagen wollte …“ Ahasveros öffnete eine kleine, mit zierlichen Schnitzereien versehene Holzschachtel auf seinem Schreibtisch und nahm einen zylinderförmigen Gegenstand heraus. Das königliche Siegel, aus Lapislazuli gefertigt und an beiden Enden mit Blattgold überzogen. Das Bild auf dem Siegel zeigte den König, der neben einem Wagen stand und mit Pfeil und Bogen auf einen Löwen zielte. Der stand auf den Hinterbeinen und sah aus wie ein Dämon, der halb Mensch, halb Tier war. Zwei Dattelpalmen umrahmten die Szene, und am Himmel zwischen ihnen prangte das Symbol Ahuramazdas. Darunter stand der Name und Titel des Königs, „Ahasveros, Großkönig“ in persischer, elamitischer und babylonischer Sprache.

„Einer der Gründe dafür, weshalb ich dich sprechen wollte, war, dass ich dich bitten möchte, mein Siegel für mich zu verwahren. Die Regierungsgeschäfte können nicht einfach zum Erliegen kommen, nur weil ich nicht da bin. Du kennst meine Denkweise besser als irgendjemand, Haman, und wenn es gilt, Entscheidungen zu treffen, weiß ich, dass du sie zu meiner vollsten Zufriedenheit treffen wirst.“ Er lächelte. „Deine erste Handlung in meinem Namen wird sein, die Bekanntmachung, die dir so am Herzen liegt, mit meinem Siegel zu versehen.“

Hamans Herz zersprang beinahe vor Stolz. Klarer konnte der König nicht zeigen, dass er ihn schätzte und ihm vertraute. Seine Hand zitterte ein wenig, als ihm Ahasveros das kostbare Siegel reichte. „Danke, Majestät. Ich werde für Eure sichere Heimkehr beten.“

„Ich danke dir, Haman.“

Es entstand eine kurze Pause. Ahasveros blickte auf die Schreibtischplatte, dann sagte er knapp und sachlich: „Es gibt noch eine Sache, um die ich dich bitten würde und die du in die Bekanntmachung mit aufnehmen sollst.“

„Ja, Majestät?“

„Schreib, dass ich, sollte ich von diesem Feldzug nicht zurückkehren, Kavad als meinen Erben einsetze.“

Haman blieb der Mund offen stehen. „*Kavad*, Majestät?“

Die Miene des Königs war unergründlich. „Hoffen wir, dass er in den vergangenen Monaten ein wenig reifer und erwachsener geworden ist.“

„Aber … was ist mit dem Kind, das die Königin erwartet?“

„Ich kann kein Baby zum Großkönig ernennen. Die Auswirkungen für das Reich wären katastrophal. Darius war in der Lage, seine persönlichen Animositäten hintanzustellen und denjenigen Erben zum König zu machen, von dem er glaubte, dass er der Beste für das Königreich sei. Ich muss genauso handeln. Also muss es Kavad sein.“

Haman sah ihn bestürzt an.

Ahasveros lächelte. „Komm, Haman, mach nicht so ein Gesicht. Ich habe fest vor, nach Hause zurückzukehren. Ich sage das nur, um für alle Fälle die Dinge zu regeln. Und jetzt gib mir den Abschiedskuss und lass mich gehen. Coes erwartet mich bei den Stallungen."

Haman trat näher und berührte mit dem Mund die kühle Haut über Ahasveros' Wangenknochen. Dann machte er ein paar Schritte Richtung Tür, blieb noch einmal stehen und sagte: „Seid unbesorgt, Majestät. Ich werde Euren Auftrag ordnungsgemäß ausführen und die Sicherheit des Königreichs gewährleisten."

Ahasveros lächelte. „Das weiß ich, mein Freund."

Draußen im Vorraum wartete Mordechai darauf, beim König vorzusprechen. Haman spürte, wie ihm das Blut aus dem Gesicht wich. Unwillkürlich ballten sich seine Hände zu Fäusten, doch Mordechai ging an ihm vorbei, als sei er Luft, und verschwand in Ahasveros' Büro.

Eifersucht und Neid stiegen in Haman hoch wie bittere Galle. In diesem Augenblick zählte nichts mehr für ihn, weder, dass der König ihn zum Großwesir ernannt und ihm das königliche Siegel anvertraut hatte, noch dass er in seiner Position – welche die höchste im Land war nach dem König selbst – den König während dessen Abwesenheit in Regierungsangelegenheiten vertreten würde. In Wirklichkeit ging es ihm nicht um jene Macht, die für viele Männer so erstrebenswert war.

Haman ging es um etwas ganz anderes: Er war besessen von der Idee, der wichtigste Vertraute für Ahasveros zu sein. Politische Macht bedeutete ihm nur insofern etwas, als er sie als Wertschätzung des Königs betrachtete. In seinem kranken Geist braute sich die Angst zusammen, dass sich Mordechai, sein Rivale, eine größere Zuneigung des Königs erschleichen könnte, als ihm, Haman, zuteilwurde.

Ich habe alles für ihn getan, all die Jahre. Immer konnte er auf mich zählen. Ich war sein engster Freund und Vertrauter in Babylon, als er noch jung und unerfahren war. Stets habe ich seine Interessen über meine eigenen gestellt. Und was ist der Dank? Er schließt einen Pakt mit diesem Juden!

Sein Herz raste, während er den Korridor entlanglief, und er schwitzte und fror im Wechsel, als habe er Fieber.

Der ganze Hof war schockiert über den Vorfall an der Persischen Pforte, so auch Ester. Sie verstand Ahasveros' Zorn auf Mardonius, obwohl es ihr etwas Angst machte, da sie selbst ihn vorher noch nie wütend erlebt hatte.

Sie litt noch immer unter dem Gedanken, der König könnte ihre wahre Herkunft aufdecken. Er liebte sie zwar, das wusste sie, doch er liebte sie als Tochter aus gutem babylonischen Hause. Immer wieder dachte sie an Waschti. Ahasveros konnte sehr liebenswürdig sein, doch er war ein gerechter König, der die Wahrheit über alles liebte. Er würde es nicht auf die leichte Schulter nehmen, dass er betrogen wurde.

Als Ester erfuhr, dass der König den Feldzug gegen die Mardianer selbst anführen wollte, wurde sie von Panik erfasst. *Warum musste er unbedingt dabei sein? Er hatte Abertausende von Soldaten – genügte das nicht? Warum konnte er nicht Coes an seiner Stelle senden?*

Als sie ihm diese Frage stellte, strich er ihr beruhigend über den Arm und sagte, sie solle sich keine Sorgen machen. Er sei nicht Mardonius und er würde ganz bestimmt kein Risiko eingehen und seine Männer oder sich selbst in Gefahr bringen. Alles sei bestens geplant und organisiert und es bestünde überhaupt kein Grund zur Besorgnis. Dann zog er sich zurück und widmete sich den Vorbereitungen, in der Annahme, es gebe zu dem Thema, dass er sich möglicherweise in Lebensgefahr brachte, nichts mehr zu sagen.

Ester hatte furchtbare Angst. *Ja*, dachte sie, *so wird es sein. Gott wird mir Ahasveros wegnehmen, weil ich mich von dem Gott Israels abgewendet habe.* Sie hatte in letzter Zeit immer seltener gebetet. Es fiel ihr schwer zu beten, ohne sich vollkommen zerrissen zu fühlen.

Sie dachte an ihr falsches Spiel, und ihr Gewissen plagte sie mehr und mehr. Sie tat ihr Bestes, um ganz und gar in der Gegenwart zu leben und nicht an die Zukunft zu denken. Und sie musste sich abgewöhnen, darüber nachzugrübeln.

Doch sie kannte die Heilige Schrift und wusste um die zahlreichen Beispiele für Gottes Zorn, der sich gegen diejenigen richtete, die von ihm abfielen. Aus dem Grund hatte er schon ganze Städte zerstört. Und wenn sich sein Zorn nun gegen sie richtete? Und gegen ihren unschuldigen Mann?

Er war schon lange nicht mehr nachts zu ihr gekommen, weil es jeden Abend spät geworden war und er sie nicht stören wollte. Sie schlief unruhig, und in ihren schlimmsten Albträumen sah sie Ahasveros tot auf dem kalten Fels in den Bergen liegen und sich selbst weinend in ihrem einsamen Bett. *Ich kann nicht ohne dich leben, Ahasveros.*

Am Abend, bevor das Heer ausrücken sollte, schickte ihr der König einen Boten mit der Mitteilung, dass er sie heute Nacht besuchen werde. Ester wartete in ihrem Schlafzimmer und nahm verzweifelt ihren Mut zusammen. *Ich bin eine Soldatentochter, ich muss tapfer sein. Das ist das Mindeste, was Ahasveros von mir erwarten kann. Er will unterwegs nicht das Bild seiner heulenden Frau im Kopf haben.*

Die Kohle im Ofen war heruntergebrannt und das Zimmer war kalt, als sich endlich die Tür öffnete und Ahasveros eintrat. Ester saß im Bett unter dem Baldachin, die Decke bis zum Kinn hochgezogen, und sah schweigend zu, wie er die Tür hinter sich schloss.

„Ich fürchtete schon, du seiest bereits eingeschlafen", begrüßte er sie. „Die Besprechung mit Coes dauerte länger als geplant."

Sie nickte und schwieg.

Er kam zu ihr, setzte sich neben sie aufs Bett und nahm ihre Hand. „Ich muss dir etwas sagen, Liebes. Ich möchte, dass du es von mir erfährst und nicht von jemand anderem."

Esters Herz begann zu hämmern. Sie schaute Ahasveros ins Gesicht und sah diesen angestrengten Zug, den er immer hatte, wenn er sich Sorgen machte.

„Was ist es denn?“, flüsterte sie.

„Ich habe Haman informiert, dass Kavad mein Nachfolger sein sollte, für den Fall, dass ich nicht zurückkomme.“

Ester war, als spürte sie eine eiserne Faust in der Magengegend. *Er hat schon an einen Nachfolger gedacht. Er denkt, dass er sterben wird.*

Sie starrte ihn an, unfähig, auch nur ein Wort zu sagen.

Er missverstand ihr Schweigen. „Es tut mir leid, Ester, dass ich nicht unser Kind zum Thronerben ernennen konnte. Es wäre ein zu großes Risiko, ein Kind zum König zu machen, bevor es überhaupt geboren ist. Außerdem brächte eine solche Entscheidung nur Schwierigkeiten für das Königreich mit sich. Das kannst du doch sicher verstehen?“ Als sie immer noch schwieg, legte er seinen Arm um ihre Schultern und zog sie an sich. „Ester, versteh mich bitte. Du mit deinem klaren Verstand weißt sicher, dass es keine andere Möglichkeit gibt.“

Als sie sprach, war ihre Stimme nur ein heiseres Flüstern: „Du hast mir gesagt, ich bräuchte mir keine Sorgen machen. Du hast mir versprochen, dass du dich nicht in Gefahr begeben wirst. Dass du heil zu mir zurückkehren würdest. Du hast es versprochen!“

Seine Gesichtszüge entspannten sich. „Natürlich komme ich heil zurück. Ich habe nur meine Pflicht getan, indem ich für den Ernstfall einen Thronerben bestimmte.“

Doch Ester war zu aufgewühlt, um sich zu beruhigen. Ihre Kehle war wie zugeschnürt, ihr Herz klopfte immer noch wie wild, und sie konnte nicht verhindern, dass ihr die Tränen in die Augen stiegen.

„Ich hätte dich nicht damit belasten sollen“, sagte er zerknirscht. „Glaube mir, Ester, es ist meine feste Absicht, so lange zu leben, bis unser Sohn erwachsen ist und alt genug, um mein Nachfolger zu sein. Ich wollte es dir nur selbst sagen, damit du nicht über Dritte erfährst, dass Kavad der Thronerbe sein soll. Ich wollte nicht, dass du meine Gründe missverstehst.“

Sie hörte seine Worte kaum. Stattdessen sprach sie aus, was ihr die ganze Zeit durch den Kopf ging. „Du glaubst, dass du nicht zurückkehren wirst."

Er sagte langsam und deutlich, wie zu einem Kind: „Das glaube ich nicht. So etwas darfst du nicht denken."

Alle ihre guten Vorsätze, tapfer zu sein, waren vergessen. Sie presste ihre Hand auf den Mund, um nicht laut aufzuschluchzen. „Ahasveros, ich habe Angst. Dass dich dasselbe Schicksal ereilt wie meinen Vater – auch er ist in der Schlacht gefallen."

Er setzte sich neben sie aufs Bett, schlang beide Arme um sie und wiegte sie beruhigend hin und her. „Jetzt hör mir gut zu, Liebes. Ich erspare dir die Details, aber unser Plan ist, so defensiv wie möglich vorzugehen. Wahrscheinlich kommt es noch nicht einmal zu einer richtigen Schlacht. Und ich werde heil zurückkehren – das verspreche ich dir hoch und heilig."

Ester hing mit den Augen an seinen Lippen. Er schien seiner Sache so sicher, strahlte so viel Ruhe und Zuversicht aus, dass sie aufhörte zu schluchzen.

„Keine richtige Schlacht?", flüsterte sie.

„Nein. Und wir kommen alle gesund zurück. Du hast mein Ehrenwort."

Ester atmete tief aus und spürte, wie ihre Anspannung sich löste.

Ahasveros beugte sich über sie und flüsterte ihr ins Ohr: „Meinst du, du bist nach dem Schock noch in der Stimmung, mir auf angemessene Weise auf Wiedersehen zu sagen?"

Sie schniefte und brachte ein zaghaftes Lächeln zustande. Ihre Lippen hauchten ein kaum hörbares „Ja".

Als sie danach nebeneinander lagen, verbarg Ester ihren Kopf an seiner Schulter. „Ich liebe dich so sehr. Du könntest das ganze Land durchsuchen und würdest niemanden finden, der dich mehr liebt als ich."

„Vergiss nicht, ich *habe* das ganze Land durchsucht."

„Das ist wahr."

Er hörte ihr leises Lachen. Seine Hand strich zärtlich über ihr langes Haar. „Ester, ich war ein einsamer Mann – bevor du kamst."

Sie hob den Kopf, damit sie ihm in die Augen sehen konnte. „Aber du hast so viele Freunde. Alle lieben dich, Ahasveros."

„Es gibt viele, die das Bild lieben, das sie sich von mir gemacht haben", antwortete er ernst.

Sie spürte, wie sich ihre Augen von Neuem mit Tränen füllten, und legte den Kopf wieder an seine Schulter. Ahasveros legte seine Wange auf ihren Kopf. „Bei dir", sagte er, „habe ich endlich ein Zuhause gefunden."

Kapitel 27

Der erste Abschnitt ihres Weges verlief ruhig und ohne Zwischenfälle. Da zu dieser Jahreszeit normalerweise keine berittenen Truppen unterwegs waren, wirkten die Mardianer, die die tiefer gelegenen Pässe besetzt hielten, völlig überrumpelt. Der Durchzug der königlichen Armee und die schiere Anzahl der Soldaten schien die Banditen derart aus dem Konzept zu bringen, dass sie den Tross ohne Wegegeld passieren ließen.

Ahasveros und seine Reiter kamen gut voran, bis sie den unüberwindlichen mardianischen Stützpunkt an der Persischen Pforte erreichten.

Offensichtlich hatten die Banditen ein gut funktionierendes Frühwarnsystem, denn der König und seine Truppen wurden bereits erwartet. Die Felsen waren übersät mit Mardianern, die sich zur Abschreckung dort positioniert hatten.

Die Luft war eisig, und auf der Straße lag der Schnee so hoch, dass die Pferde bis zu den Sprunggelenken darin versanken. Ein Durchkommen, ohne das geforderte Wegegeld zu bezahlen, schien unmöglich.

Ahasveros ließ seine Reiter am Fuß des Passübergangs anhalten und wartete, Coes und Kambyses an seiner Seite. Wie schon zuvor, schickten die Mardianer auch diesmal einen Boten, der das Wegegeld eintreiben sollte. Es war derselbe Mann wie bei Kambyses und Mardonius. Ahasveros fackelte nicht lange und ließ den Mann festnehmen. Oben auf den Felsen kam Bewegung in die Menge, als sie sahen, wie der Zolleintreiber abgeführt wurde, aber sie unternahmen vorerst nichts. Unterdessen gab der König den Befehl, in sicherer Entfernung für seine Truppe ein Nachtlager aufzuschlagen. Dann warteten sie.

Im Schutz der Dunkelheit schlich sich eine Einheit von zweihundert der besten Krieger aus dem persischen Lager und stieß wie vereinbart wenig später auf Ahasveros in Begleitung von Hatach und zwei Schafhirten, die von der anderen Seite kamen. Coes, der das Regiment anführte, war der Einzige, den der König in seinen Plan eingeweiht hatte.

Ahasveros deutete auf die Hirten. „Diese Männer hier kennen einen Trampelpfad, der euch auf der Anhöhe um die besetzten Felsen herumführt. Allerdings müsst ihr zu Fuß gehen; das Gelände ist zu steil und der Schnee zu tief für die Pferde. Und es ist lebenswichtig, dass ihr die Höhe vor Tagesanbruch erreicht."

Die Männer warfen sich bange Blicke zu, als sie die Absicht des Königs erfassten.

„Im Morgengrauen reite ich selbst zur Passhöhe", fuhr Ahasveros fort. „Ich werde die Magier ein Trankopfer darbringen lassen. So werden wir die Aufmerksamkeit der Banditen auf uns ziehen, und alles wird danach aussehen, als ob wir eine Passüberquerung planten. Dann, während sie abgelenkt sind, werdet ihr sie aus dem Hinterhalt angreifen. Sie haben nur einfache Waffen; es dürfte ein Leichtes sein, sie zu überwältigen."

„Majestät", erhob Milis aus den Reihen der Männer die Stimme. „Können wir diesen Hirten trauen? Was ist, wenn sie mit den Mardianern gemeinsame Sache machen und uns in eine Falle locken?"

Ein Raunen ging durch die Reihen. Es war ungewöhnlich, dass ein einfacher Soldat es wagte, den König etwas Derartiges zu fragen. Aber vielleicht war die Frage durchaus berechtigt.

Ahasveros nickte. „Hatach?“, sagte er ruhig.

„Die Schafhirten sind absolut vertrauenswürdig“, antwortete der junge Eunuch. „Der König schickte mich mit den Hirten voraus, um den Pfad zu prüfen. Er ist steil und gefährlich, aber durchaus begehbar.“ Zur Bekräftigung nickten die Hirten heftig.

„Dann lasst uns aufbrechen“, sagte Coes. „Nehmt eure Bogen und genügend Reservepfeile mit.“

Hatach, der selbst in den Bergen aufgewachsen war, und die Hirten gingen voraus, die Spitze der königlichen Kavallerie folgte – zu Fuß. Der Weg war schwierig und steil, aber die Männer kämpften sich unermüdlich voran, manchmal auf Knien und Händen über Schneefelder und vereiste Geröllhalden.

Als der Mond am Himmel verblasste, erreichten sie die Anhöhe. Die Soldaten gingen in Gefechtsstellung, in der Erwartung von feindlichen Wächtern. Aber weit und breit war niemand zu sehen.

„Diese Banditen sind sogar zu blöd, um Wachen aufzustellen“, murmelte Coes.

Hatachs weiße Zähne leuchteten. „Dann haben wir ja leichtes Spiel.“

Alles lief nach Plan. Als das erste Licht den Himmel blassrot färbte, begrüßten die Magier die aufgehende Sonne mit Trankopfern. Die Mardianer auf den Felsen beobachteten das Treiben mit steigender Aufmerksamkeit. Jeder hatte neben sich einen Haufen aus Steinen aufgeschichtet, die – so dachten sie – bald zum Einsatz kommen würden.

Der hohe Schnee half den Männern aus dem Hinterhalt, sich leise fortzubewegen. Und erst als die Banditen den Schrei des ersten vom Pfeil getroffenen Mardianers hörten, wurde ihnen klar, dass man sie überrumpelt hatte.

Der König stand unten in der Schlucht und sah die Leichen der Mardianer von den Felsen fallen. Innerhalb einer halben Stunde hatte Coes auf den Höhen das verabredete Feuersignal entzündet. Dann führte Ahasveros seine Armee durch den Pass.

Sie brauchten noch vier weitere Tage, um den Widerstand der übrigen Mardianer, die sich in den Bergen verschanzt hatten, zu überwinden. Die Überlebenden ließ der König als Gefangene nach Persepolis bringen. Wenn der Schnee geschmolzen war, wollte er sich darüber Gedanken machen, was mit ihnen geschehen sollte.

Ester und Luara saßen zusammen in Esters Empfangszimmer, das sich in den vergangenen Monaten von einem eleganten, mit seidener Tapete ausgestatteten Raum in ein geschäftiges Büro verwandelt hatte. Hegai hatte beim Anblick der Schriftrollen, die sich auf Esters großem Schreibtisch türmten, mit einem Anflug von Belustigung und Bewunderung gesagt: „Für jemandem, der sich nicht für das Leben im Palast interessiert, habt Ihr es ziemlich weit gebracht, Majestät."

Seit Ahasveros mit seiner Armee in den Bergen war, hatte sich Esters Beziehung zu Luara noch mehr gefestigt, denn das gemeinsame Bangen um einen geliebten Menschen hatte sie noch enger zusammengeschweißt.

Die beiden Frauen saßen auf dem Boden, Stoffmuster um sich herum verteilt, und berieten lebhaft über die Stoffe und Farben der Uniformen für die neue Leibgarde der Königin. Während sie sich über Hegais ausgefallenen Geschmack amüsierten, der die Muster und Farben zusammengestellt hatte, klopfte es und der Betreffende stand vor der Tür.

„Majestät, Euer Großvater, Arses, bittet um eine Audienz. Er sagt, es sei dringend."

Ester sah Hegais ernsten Gesichtsausdruck und spürte, wie ihr Herz einen Schlag aussetzte. Sie hielt das Stück Stoff so fest umklammert, dass ihre Knöchel weiß hervortraten. „Der König – was ist mit ihm?"

„Es hat nichts mit dem König oder dem Feldzug zu tun", beeilte sich Hegai zu sagen, „Arses machte deutlich, dass es um etwas ganz anderes ginge."

Ester atmete auf. „Gut.“ Sie legte das Stoffmuster zurück an seinen Platz. „Er kann sofort kommen.“

Hegai und Luara reichten ihr die Hand, als sie vom Boden aufstand. „Wo wünscht Ihr ihn zu empfangen?“, fragte der Eunuch.

Esters Augen wanderten durch den Raum und blieben an einem Diwan hängen, der als einziges Möbelstück nicht mit Stoffmustern und Papierrollen beladen war. „Am besten gleich hier in meinem Büro.“

Hegai ließ seinen Blick angewidert durch das unaufgeräumte Zimmer schweifen. Wortlos sah er Ester an.

Sie seufzte. „Schon gut, Hegai. Ich möchte dein Zartgefühl nicht verletzen, was deinen vorbildlichen Ordnungssinn betrifft. Führ meinen Großvater ins Empfangszimmer des Königs.“

Der Eunuch zuckte nicht mit der Wimper, als Ester so großzügig über das Zimmer des Königs verfügte. „Sehr wohl, Majestät.“

„Wünscht Ihr, dass ich Euch begleite, Majestät?“, fragte Luara.

Ester schenkte ihr ein dankbares Lächeln. „Lieb von dir, Luara, aber es ist nicht nötig. Ich denke, ich sollte wohl besser mit ihm allein sprechen.“ Sie legte eine Hand in ihren wegen der Schwangerschaft schmerzenden Rücken und ging hinaus.

Als sie das leere Empfangszimmer betrat, wurde ihr Ahasveros’ Fehlen noch schmerzlicher als sonst bewusst. Wie gewöhnlich vermied sie es, das goldene Abbild Ahuramazdas anzuschauen, und ging direkt zum Fenster, das den Blick auf den winterlichen Garten freigab. Sie wunderte sich, was ihr Großvater Dringendes auf dem Herzen hatte, wurde jedoch das Gefühl nicht los, dass dies nichts Gutes bedeutete.

Als Arses eintrat, drehte sie sich um und wartete, bis er auf sie zukam und sie mit einem Wangenkuss begrüßte. „Es freut mich, Euch zu sehen, Großvater“, sagte sie und trat einen Schritt zurück. „Ich hoffe, es geht Euch gut.“

Sie sah, dass seine kühn geschwungenen Brauen sich sorgenvoll zusammenzogen. „Hegai ließ mich wissen, dass Ahasveros unversehrt ist. So ist es doch, oder nicht?“, fragte sie ängstlich.

„So ist es“, antwortete er. „um ihn brauchst du dir keine Sorgen machen.“

„Was ist es dann? Ihr wirkt ... beunruhigt.“

Arses zog aus den Falten seiner Tunika eine Pergamentrolle hervor. „Soviel ich weiß, bist du des Lesens mächtig. Am besten liest du dies hier selbst. Es ist die Abschrift einer königlichen Verfügung, die gestern in Susa öffentlich verlesen wurde. Einer deiner jüdischen Nachbarn brachte sie mir und bat mich, dich in Kenntnis zu setzen.“

Ester rollte das Pergament auf und begann zu lesen:

„Hiermit teile ich, der Großkönig Ahasveros, den Satrapen und den ihnen untergeordneten Satrapen der zwanzig Provinzen von Indien bis Ägypten Folgendes mit: Ihr sollt wissen, dass es einen Volksstamm von schlechtem Ruf gibt, der unter uns lebt und der durch seine Gesetze jedem anderen Volk feindlich gesinnt ist und wiederholt die Verfügungen der Könige missachtet hat, sodass die von uns gewünschte Einheit des Reiches nicht erzielt werden kann.

Da wir feststellen mussten, dass der betreffende Volksstamm sich unablässig im Streit mit anderen Volksgruppen befindet, nach abweichenden, ausländischen Gesetzen lebt, unseren Interessen abträglich und kriminell ist, sodass die Stabilität der Regierungsmacht gefährdet ist, verfügen wir hiermit, dass alle Juden, die in unserem Reich leben, ihren Wohnsitz und ihre Geschäfte aufgeben und mit ihren Frauen und Kindern in ihr Ursprungsland zurückkehren müssen, wie es einst von meinem Vater, Kyrus, angeordnet wurde.

Wer dieser Verfügung nicht bis spätestens zum vierzehnten Tag des Monats Adar des Jahres nachkommt, soll durch das Schwert sterben.“

Im ersten Augenblick dachte Ester, jemand habe sich einen schlechten Scherz erlaubt. Doch das königliche Siegel war echt, daran bestand kein Zweifel. Bestürzt sah sie ihren Großvater an. Ihr Gesicht war schneeweiß.

„Das hat Ahasveros nicht geschrieben! So etwas würde er niemals anordnen! Außerdem ist er seit sechs Wochen nicht mehr in der Stadt!"

„Wir glauben, es ist Hamans Werk, Ester", sagte Arses. „Vor seiner Abreise hat der König Haman das königliche Siegel zur Verwahrung anvertraut. Das war offensichtlich ein Fehler. Niemals hätte er einen Edomiter zum Großwesir ernennen dürfen!"

Ester starrte auf die Schriftrolle in ihren Händen. Sie konnte immer noch nicht glauben, was sie gerade gelesen hatte. Selbst Haman würde es nicht wagen, so etwas Ungeheuerliches hinter Ahasveros' Rücken zu tun.

„Setz dich, mein Kind", sagte Arses fürsorglich. „Du bist so weiß im Gesicht wie dieses Pergament."

Ester ließ sich von ihm zum Diwan führen. „Niemand, der Ahasveros kennt, wird glauben, dass diese Verfügung aus seiner Feder stammt. Außerdem hat er keinen Grund, die Juden zu hassen. Die Mardianer haben sich seinen Zorn zugezogen, nicht die Juden!" Sie sah ihren Großvater hilfesuchend an. „Ich kann nichts tun, Ihr solltet vielmehr mit Mordechai sprechen."

„Ester …" Arses zögerte, dann sagte er tonlos: „Das ist es ja gerade. Mordechai ist verhaftet worden. Man hat ihn beschuldigt, Gold aus der Schatzmeisterei veruntreut zu haben."

„Was?" Ester starrte ihn an, als spräche er in einer fremden Sprache.

„Ja. Ich fürchte, es ist wahr."

„Das ist unmöglich! Onkel Mordechai würde nie im Leben etwas stehlen!"

Arses hielt beschwichtigend die Hand hoch. „Ich weiß das. Obwohl ich Mordechai nicht besonders mag, würde ich niemals an seiner Ehrlichkeit zweifeln. Vielmehr bin ich überzeugt, dass es ein ziemlich gerissener Schachzug von Haman ist. Indem er Mordechai in Verruf bringt, schürt er den Hass gegen die Juden und rechtfertigt ihre Verbannung."

Ester presste die Hände auf die Augen und versuchte verzweifelt, irgendeinen klaren Gedanken zu fassen. Nach einer Weile sah sie auf und sagte mit fester Stimme: „Ahasveros wird so etwas nie zulassen. Haman hat deutlich seine Kompetenzen überschritten, und Ahasveros wird ihn in seine Schranken weisen. Wie kann er es wagen, seinen Namen und das königliche Siegel zu missbrauchen! Aber er wird dafür bezahlen. Er wird es sein, der sich vor dem Richterstuhl zu verantworten hat, nicht Mordechai."

Arses nahm Esters Hand in seine und drückte sie fest. „Du hast vollkommen recht, mein Kind – aber Ahasveros ist nicht hier."

Mit einem Mal begriff Ester die ganze Ausweglosigkeit der Situation. Das Datum der Verfügung war der vierzehnte Tag des Monats Adar, und der Monat war schon angebrochen. „Er muss sofort kommen, Großvater. Ihr müsst jemanden aussenden, um ihn zu holen." Voller Angst griff sie nach Arses Arm. „Ich habe keine Macht, den Großwesir zu umgehen. Mir sind die Hände gebunden."

Er legte seine warme, feste Hand auf ihre zitternden, kalten Hände. „Ich weiß, mein Kind. Aber du kannst selbst einen Boten schicken. Auf eine Botschaft von dir wird er hören."

Ester schüttelte den Kopf. „Aber wen? Alle, die einen Befehl von mir befolgen würden, sind mit Ahasveros auf dem Feldzug."

„Schicke Hatach", schlug Arses vor. „Er ist ein guter Reiter und du kannst ihm vertrauen. Ja, Hatach ist der richtige Mann."

„Er ist nicht hier, Großvater! Er begleitet den König."

Arses runzelte die Stirn. „Das wusste ich nicht."

Verzweifelt zermarterte Ester ihr erschöpftes Gehirn. „Ich weiß, was wir tun können", rief sie plötzlich. „Seit Kurzem habe ich meine eigene Leibgarde, meine berittenen Eunuchen. Sie unterstehen meinem Befehl."

Arses zog die Augenbrauen zusammen. „Die ‚berittenen Eunuchen' – das habe ich noch nie gehört. Was soll das sein?"

Ester schilderte ihm in knappen Worten, wie ihre Leibgarde zustande gekommen war.

Arses schüttelte energisch den Kopf. „Ich würde eine so wichtige

Aufgabe nicht einer zusammengewürfelten Schar unerfahrener Eunuchen anvertrauen."

„Ihr wolltet Hatach senden", entgegnete Ester.

„Hatach hat das Herz eines Mannes", sagte Arses. „Die anderen kenne ich nicht. Nein – ich werde lieber selbst gehen."

Seine dunklen Augen duldeten keinen Widerspruch. „Wir dürfen kein Risiko eingehen, Ester. Zu viele Menschenleben stehen auf dem Spiel."

Sie drückte seine Hand. „Danke, Großvater."

„Es wäre eine Schande für Persien, wenn es mit der Vertreibung und Verfolgung Unschuldiger in die Geschichte einginge." Er erwiderte ihren Händedruck und gab dann ihre Hand frei. „Hast du irgendeine Nachricht vom König? Weißt du, wo er zu finden sein könnte?"

Ester verneinte. „Er kann überall sein, irgendwo unterwegs zwischen Susa und der Persischen Pforte." Dann fragte sie: „Auf welches Datum ist die Verfügung ausgestellt?"

„Sie wurde gestern in Susa öffentlich verlesen. Doch soviel ich weiß, sind seit einer Woche Boten unterwegs, um die Nachricht überall zu verbreiten. Dieser edomitische Schuft wusste genau, dass für die Juden die Zeit knapp wird, um noch zu fliehen."

Ester stockte der Atem. Wenn die Berechnungen ihres Großvaters stimmten ...

„Bete zu deinem Gott, dass ich den König schnell erreiche."

„Das werde ich, Großvater."

Als Arses sich zum Gehen anschickte, ergriff sie noch einmal seinen Arm. „Warte! Was ist mit Mordechai? Wo ist er überhaupt? Wir müssen dafür sorgen, dass ihm nichts passiert, bis Ahasveros zurück ist."

„Mordechai wird in Hamans Haus gefangen gehalten. Diese falsche Schlange wacht höchstpersönlich über ihrer Beute. Doch ohne eine ordentliche Gerichtsverhandlung kann er ihm kein Haar krümmen. Und wir haben Glück. Das Fest der Frühlings-Tag-und-Nacht-

Gleiche steht noch aus, und bevor die Feierlichkeiten beendet sind, dürfen keine Gerichtsverhandlungen stattfinden. Ich hoffe, dass ich bis dahin mit dem König zurück bin."

Die Frühlings-Tag-und-Nacht-Gleiche war in Persien ein hoher religiöser Feiertag. Die Jahreszeit, wenn die Tage wieder länger wurden und das Licht über die Dunkelheit siegte, waren für die Perser ein Symbol für den ewigen Kampf zwischen Gut und Böse, und jedes Jahr im Frühling feierten sie den Sieg des Lichtgottes Ahuramazda über die Finsternis. Die Feierlichkeiten dauerten drei Tage lang. Am Vorabend der Tag-und-Nacht-Gleiche entzündeten die Magier das heilige Feuer in den Tempeln vor der Stadt. Am folgenden Tag fand traditionell im Palast ein großes Bankett statt. Am letzten Tag beschloss der König das religiöse Zeremoniell durch einen Besuch der heiligen Quellen Ahuramazdas in den Bergen. Auch in den Häusern der einfachen Leute wurden an diesen drei Tagen bestimmte Bräuche und Rituale gepflegt. Was Mordechai zugutekam, war der Brauch, dass während dieser Zeit keine öffentlichen Amtshandlungen durchgeführt wurden durften.

„Aber die Zeit wird knapp!" Ester war verzweifelt. „Wenn Ahasveros noch an der Persischen Pforte ist, könnt ihr nicht rechtzeitig zurück sein, um eine Gerichtsverhandlung zu verhindern."

„Dann hoffen wir für Mordechai, dass der König mit den Mardianern abgerechnet hat und auf dem Heimweg ist."

Ester atmete einmal tief durch. Mit fester Stimme sagte sie: „Wenn Ihr nicht zurück seid, bevor Haman die Gerichtsverhandlung einberuft, werde ich persönlich mit dem Obersten Richter sprechen und ihm sagen, dass Mordechai ein guter Freund der Familie ist, und dass der König sehr ungehalten wäre, wenn die Verhandlung in seiner Abwesenheit stattfände. Sisames wird auf mich hören und die Verhandlung vertagen. Er weiß, dass Mordechai dem König das Leben gerettet hat."

Arses nickte anerkennend. „Das glaube ich auch. Jeder am Hof weiß, wie groß dein Einfluss auf den König ist. Und kein Richter würde es wagen, einen Mann, dem du nahestehst, ohne Ahasveros' Zustimmung zu verurteilen."

„Ich werde auch für Euch beten, Großvater", sagte Ester.

Arses nickte. „Und ich werde mein Bestes tun. Der weise Gott Ahuramazda stehe mir bei."

Zwei Tage vor dem Frühlingsfest brach Arses auf, in Begleitung von drei seiner eigenen Männer. Um die Stecke möglichst schnell zurückzulegen, ritten sie eine Abkürzung durch das vorgelagerte Hügelland, um erst später, südöstlich von Susa, auf die Königsstraße zu stoßen. Die Gegend war rau und unwegsam, doch die vier Männer sparten so, unbehindert von schwerem Gepäck, eine ganze Tagesreise. Weder Arses noch irgendjemand in Susa konnte wissen, dass der König nur noch wenige Kilometer von der Stadt entfernt war. Und Arses würde nicht erfahren, dass er durch seine Abkürzung den König verpasste.

Kapitel 28

Am Tag vor der Tag-und-Nacht-Gleiche feierte ganz Susa die Heimkehr des Königs und seinen Triumph über die Mardianer. Die Königsstraße war wieder offen, Händler und Reisende konnten wieder unbehelligt passieren. Die Wegzölle gehörten der Vergangenheit an. Die Bürger von Susa waren sich einig: Dies sollte das beste Frühlingsfest werden, das die Stadt je gesehen hatte.

Hatach und einige Reiter der königlichen Leibwache bildeten die Vorhut. Sie erreichten die Stadt am frühen Nachmittag, während der König und Angehörige der königlichen Sippe noch im Tempel Ahuramazdas blieben, wo die Magier das heilige Feuer entzündeten. Ahasveros würde erst am darauffolgenden Tag zum festlichen Bankett in Susa eintreffen.

Erschöpft saß Hatach ab und überließ sein Pferd einem Stallknecht zum Absatteln, Füttern und Tränken. Normalerweise kümmerte er sich lieber selbst um sein treues Reittier, das sein ganzer Stolz war. Heute jedoch konnte er es nicht erwarten, Luara wiederzusehen und ihr in allen Einzelheiten zu erzählen, wie der Plan des Königs aufgegangen war und sie die Mardianer überrumpelt hatten. Wobei er natürlich nicht verschweigen würde, wie er eigenhändig zum Sieg beigetragen hatte. Luara würde stolz auf ihn sein.

Er fand sie im Empfangszimmer der Königin. Hatach wusste, dass bestimmt auch Ester darauf brannte, seine Schilderungen zu hören, und er freute sich darauf, ihr alles zu berichten. Das Erste, was er sah, als er eintrat, war der Schimmer von Luaras hellem Haar. Sie saß auf dem Boden zwischen verschiedenen Stapeln mit Stoffmustern, und als sie ihn sah, sprang sie auf und rannte zu ihm.

Er schloss sie fest in die Arme, küsste sie leicht auf die Wange und versicherte ihr immer wieder, dass er wohlauf sei. Dann sah er Ester, die an ihrem von Schriftrollen übersäten Schreibtisch saß, eine Schreibfeder in der Hand.

Sie lächelte ihm zu, doch ihr Gesichtsausdruck war seltsam bedrückt und angespannt. Fragend schaute er Luara an, sah denselben Ausdruck in ihrem Gesicht. „Was ist passiert?"

Luara erzählte ihm von der Verfügung, und Ester nahm eine Schriftrolle und las ihm den genauen Wortlaut vor.

Hatach war genauso entrüstet wie sie. Er verehrte Ahasveros und empörte sich über Hamans Niederträchtigkeit. Nie im Leben wäre der König zu so etwas fähig! Selbst in der Schlacht gegen die Mardianer hatte er dafür gesorgt, dass in der Nähe wohnende Frauen und Kinder in Sicherheit gebracht wurden.

Doch er ließ sich nicht anmerken, wie aufgebracht er war, und sagte beherrscht: „Haman hätte nicht erwartet, dass der König die Mardianer so schnell besiegt. Ich wünschte, ich könnte dabei sein, wenn der Verräter sich vor dem König verantworten muss."

„Ich muss zuerst allein mit dem König sprechen." Ester war sehr blass. „Er kommt doch morgen zum Bankett im Palast, oder? Hegai überbrachte mir eine Mitteilung der jüdischen Gemeinschaft in Susa. Sie schreiben, dass, wenn der Erlass nicht sofort rückgängig gemacht wird, keine Zeit mehr bleibt, um Kuriere nach Ägypten zu senden, die ein Massaker verhindern. Sie baten mich, den König umzustimmen, damit er die Verfügung widerruft." Hatach wunderte sich, dass die jüdische Gemeinschaft an die Königin schrieb, aber es stand ihm nicht zu, nachzufragen. Stattdessen bemühte er sich, ihr zu erklären, weshalb es unmöglich war, den König am folgenden Tag zu sprechen.

„Mit Verlaub, Majestät, aber ich glaube, Ihr wisst noch nicht, was bei den religiösen Ritualen der heiligen Frühlings-Tag-und-Nacht-Gleiche zu beachten ist. Die Anhänger Ahuramazdas müssen sich während dieser drei Tage ganz von Frauen fernhalten. Der König wird das rituelle Festmahl im Kreis der Männer einnehmen. Er darf Euch nicht sehen. Es wäre gegen seine religiösen Pflichten und Überzeugungen. Er wird während dieser Zeit auch nicht in seinen Gemächern im Palast wohnen, sondern nach dem Bankett in die Berge zurückkehren, um bei Tagesanbruch an der heiligen Quelle zu sein."

Ester starrte noch immer auf die Schriftrolle in ihrer Hand, dann wanderte ihr Blick zu Hatach. „Heißt das, ich darf den König erst übermorgen sehen, wenn er von der heiligen Quelle zurückkommt?"

Falls er gleich zurückkommt. Hatach zögerte, bevor er sagte: „Majestät, der König hat die Gewohnheit, danach in den Bergen noch ein paar Tage auf die Jagd zu gehen. Es ist also durchaus möglich, dass er erst nach einer Woche wieder hier ist."

Ester wurde so blass, dass Luara und Hatach befürchteten, sie würde gleich in Ohnmacht fallen, und einen Schritt auf sie zu taten. Sie sah Hatach flehend an. „Kannst *du* nicht zu ihm gehen und ihm eine Botschaft überbringen?"

„Leider nein." Der Eunuch wirkte zerknirscht. „Ich wünschte, ich könnte es, Majestät, aber ich bin kein Anhänger Ahuramazdas. Deshalb muss ich mich von den religiösen Riten und Orten fernhalten. Selbst wenn ich versuchte, ihm eine Botschaft zukommen zu lassen, wenn er zum Bankett in den Palast kommt – es wäre zwecklos. Niemand würde sie ihm überbringen."

Ester nickte wortlos. Ihre großen schwarzen Augen schienen riesig in dem blassen Gesicht.

„Ich kann es gern versuchen, Majestät", sagte er. „Aber Ihr dürft Euch keine großen Hoffnungen machen."

Ester schloss die Augen. „Lasst mich jetzt bitte allein, ich muss nachdenken."

„Majestät", widersprach Luara. „Ihr seht blass und erschöpft aus.

Bitte, lasst mich Euch einen Becher Wasser bringen und etwas zu essen. Ihr müsst Euch stärken."

„Danke, Luara", winkte Ester ab, „ich brauche nichts. Ihr könnt wirklich gehen. Ich werde Euch rufen lassen, sobald ich weiß, was ich tun muss."

„Ja, Majestät." Hatach reichte Luara den Arm und führte sie aus dem Zimmer.

Als sie allein war, ging Ester in ihr Schlafzimmer. Sie war todmüde, aber sie musste nachdenken. Dort legte sie sich auf das große Bett, das sie mit Ahasveros teilte, und rollte sich zusammen, als wollte sie das Baby in ihrem Bauch schützen.

Sie ließ die Ereignisse der letzten Monate Revue passieren, und allmählich fügten sich die Einzelteile zusammen wie bei einem Puzzle. All die Dinge, die sie für unmöglich gehalten hatte und die trotzdem eingetroffen waren. Und langsam, Stück für Stück, wurden ihr die Zusammenhänge bewusst. Nichts war Zufall. Gott hatte einen Plan für sie und ihr Leben gehabt, von dem Tag an, an dem sie geboren wurde. Sie hatte Mordechai nicht glauben wollen, im Gegenteil, sie hatte alles getan, um sich zu entziehen.

Sie hatte nicht gewollt, dass die Wahl des Königs auf sie fiel.

Später hatte sie dann versucht, ihre Herkunft und ihre Religion zu leugnen. Und als Mordechai zum Obersten Schatzmeister ernannt wurde, dachte sie, damit sei ihre Mission erfüllt. Mordechai wäre nach Gottes Willen der Retter ihres Volkes, und sie wäre für den Rest ihres Lebens Ahasveros' Frau, und ihre Kinder würden im Glauben an Ahuramazda erzogen.

Doch nun war Mordechai in Gefangenschaft. Er konnte nichts mehr tun, er war machtlos gegen das Böse, das sich gegen ihn verschworen hatte. Nun war es an ihr, zu handeln – um ihres Volkes willen. Sie *musste* Ahasveros sprechen. Ihr eigenes, unbedeutendes Leben zählte nichts, verglichen mit der Ungeheuerlichkeit, die passieren würde, falls sie nicht handelte.

Doch selbst jetzt war sie nicht in der Lage, ihre persönlichen Gefühle aus dem Herzen zu verbannen. Wenn sie Ahasveros sagen würde, dass sie Jüdin war, würde sie ihn verlieren. Die Lüge wäre wie ein Dolchstoß für ihre Liebe. Sie wäre etwas, das er weder vergessen noch vergeben könnte. Eine Wunde, die niemals heilte.

Sie presste die Hände gegen die Rundung ihres Bauches und flüsterte: „Mein kleines Baby, ich habe keine andere Wahl. Ich weiß nicht, was aus uns werden soll, aber ich muss tun, wozu mich Gott gerufen hat. Mich und niemand anderes."

Die Idee schien ihr immer noch völlig abwegig. Sie dachte an ihre offenen Fragen, ihre Gewissensbisse, ihre inneren Kämpfe, als sie sich entschieden hatte, Ahasveros über ihren Glauben zu stellen. Trotzdem war alles umsonst. Es war nie ihre eigene Entscheidung gewesen, sondern Gottes Entscheidung, von Anfang an. Und jetzt schien es, als sei eine böse Macht am Werk, mit dem Ziel, das jüdische Volk auszulöschen. Nur sie konnte das Rad der Geschichte noch aufhalten.

Wieder dachte sie an Ahasveros. Dass Haman sein Vertrauen missbraucht hatte, würde ihn hart genug treffen. Und dann käme auch noch sie, seine Frau, mit dem Geständnis heraus, dass sie ihn vom ersten Tag an belogen hatte. Sie würde alles dafür geben, wenn sie ihm das nicht antun müsste. Doch es war seltsam: Zum ersten Mal, seit sie zugestimmt hatte, bei der Wahl zur Königin mitzumachen, fühlte sie sich als Instrument Gottes. Er hatte sie wirklich dazu bestimmt, Sein Volk zu retten.

Alles andere war zweitrangig – ihr Mann, ihr Kind, ihre eigenen Gefühle.

Plötzlich sah sie glasklar, was zu tun war. Die einzige Chance, die sie hatte, um zu Ahasveros vorzudringen, war das Bankett am morgigen Abend. Schritt für Schritt malte sie sich die Szene aus und überlegte, wie sie am besten vorgehen sollte. Das Festmahl würde im Großen Versammlungssaal stattfinden. Da heißt, sie musste zusehen, dass sie an den Wachen vorbeikam, und dann diesen riesigen Saal betreten – allein und unverschleiert. Die Augen aller Männer würden auf sie gerichtet sein. Sie durfte sich nicht verhüllen, weil jede unbekannte Person, die sich dem König ohne seine Erlaubnis näherte, ein mutmaßlicher Attentäter sein konnte und nach persischem Gesetz sofort getötet werden durfte. Es war also wichtig, dass Ahasveros sie gleich erkannte und sein Zepter ausstreckte, zum Zeichen, dass er ihr Leben verschonte. Dann würde sie ihn anflehen, ihr Volk zu verschonen.

Sie stellte sich sein Gesicht vor, eine undurchdringliche Maske, und er würde sie anschauen, als sei sie eine Fremde. Sie begann zu weinen und als sie einmal anfing, konnte sie nicht wieder aufhören, es war, als ob sich alle Schleusen öffneten und die Tränen die ganze Angst und Anspannung der vergangenen Wochen und Monate aus ihr herausschwemmten.

Als sie zu erschöpft war, um weiter zu weinen, begann sie zu beten. *Herr im Himmel, du hast die ganze Zeit lang durch mich gehandelt. Alles, was ich erlebt habe, war schon Teil deines großen Plans.*

Damals habe ich zu Onkel Mordechai gesagt, ich sei schließlich nicht Mose, aber du hast mich, so wie damals Mose, dazu erwählt, mein Volk zu retten. Das will ich gerne tun, aber ich will dich dabei nie aus dem Blick verlieren, denn ich weiß, du bist der Allmächtige, ich bin nur deine Magd.

Aber … ich bin nicht Mose, Herr, sondern nur eine schwache Frau. Eine Frau, die ihren Mann und ihr ungeborenes Kind liebt. Wenn es nicht zu viel verlangt ist, könntest du Ahasveros' Herz bewegen, damit er versteht, warum ich das tue? Und dass er mich nicht verstößt, sondern trotz allem noch liebt, wenigstens ein bisschen? Ich weiß, ein gebrochenes Herz ist nichts verglichen mit einem Völkermord, aber … Bitte schenke, dass er mich trotzdem noch liebt.

Kurze Zeit später ließ sie Luara und Hatach rufen und weihte sie in ihre Pläne ein. Sie schloss mit den Worten: „Hatach, geh zur jüdischen Gemeinschaft und richte ihr Folgendes aus: Sie sollen alle Juden von Susa zusammenrufen, selbst diejenigen, die nicht mehr nach den Regeln der Thora leben. Jeder von ihnen soll bis morgen fasten, wenn ich zum König gehe. Ich werde ebenso fasten. Und sie sollen alle für mich beten, dass der König mich anhört und unser Volk gerettet wird."

Im selben Moment bemerkte sie, dass sie *unser* Volk gesagt hatte. Luara sah Ester erstaunt an und fragte: „Wie meint Ihr das, Majestät?"

Ester schaute ihrer Dienerin in die Augen. Die Zeit der Lügen war vorbei. „Ich bin Jüdin, Luara. Und der Gott Israels hat mich hierhergesandt – um genauso zu handeln, wie ich es jetzt tue. Es ist Sein Plan, den ich hiermit ausführe."

„Majestät ..." Luaras Stimme versagte. „Denkt daran, was der König mit Waschti gemacht hat! Dabei war ihr Vergehen nicht halb so frevlerisch wie das, was Ihr vorhabt! Das ist ... das ist ein Sakrileg!"

Hatach mischte sich ein. „Lasst mich an Eurer Stelle gehen, Majestät. Ich würde das gern für Euch tun."

Ester lächelte schwach. „Das ist lieb von dir, Hatach. Aber du sagtest doch, dass sie dich nicht einlassen würden. Mich müssen sie einlassen, ich bin die Königin. Nein, du kannst nicht an meiner Stelle gehen, aber ich werde dir deine Selbstlosigkeit nie vergessen."

Hatach und Luara tauschten einen Blick. Dann sprach Hatach für beide: „Dann gehen wir mit Euch."

Als Haman erfuhr, dass der König bereits vor den Toren Susas stand, sank ihm das Herz. Für einen furchtbaren Augenblick kam er sich vor wie jemand, der über einem Abgrund hing und das Knacken des Astes hörte, an dem er sich festklammerte.

Ich muss Mordechais Schuld beweisen.

Es war seine einzige Chance. Gelang es ihm, Ahasveros zu überzeugen, dass der Jude tatsächlich Gold veruntreut hatte, dann würde er sicher Hamans Zorn verstehen, der ihn dazu getrieben hatte, die unsägliche Verfügung zu schreiben. Er wusste, jetzt war schnelles Handeln gefragt. Er würde die Gerichtsverhandlung unmittelbar nach dem Fest abhalten – nach dem offiziellen Ende der morgendlichen Zeremonie an der heiligen Quelle. Selbst wenn Ahasveros danach nicht jagen ging und direkt zurück nach Susa kam, würde er die Stadt erst am Spätnachmittag erreichen. *Bis dahin ist Mordechai längst verurteilt und hingerichtet.*

Haman war sicher, dass niemand etwas gegen ein solches Vorgehen sagen würde. Natürlich hatte Mordechai auch seine Anhänger, aber sie waren allesamt rangniedrige Leute in der Schatzmeisterei. Ihre Aussagen hätten keine Chance gegen die eines Großwesirs und den Beweis, den er zusammengeschustert und sorgfältig bearbeitet hatte.

Ich werde ihm nicht die Ehre einer Enthauptung zuteilwerden lassen, dachte Haman mit krankhafter Schadenfreude, *ich werde ihn hängen.* Er würde sich rächen – für all die Male, bei denen der Jude sich geweigert hatte, sich zu verbeugen. *Ich werde einen ägyptischen Zimmermann beauftragen, einen Galgen zu errichten. Die Ägypter glauben nicht an Ahuramazda, sie arbeiten auch an einem heiligen Feiertag. Dann ist alles bereit, und das Urteil über Mordechai kann gefällt werden.*

Haman vermutete, dass Ahasveros die Verfügung höchstwahrscheinlich widerrufen würde, aber so hätte er wenigstens den Juden beseitigt, den er am meisten hasste.

Kapitel 29

Luara bat Ester, wenigstens etwas zu Abend zu essen, aber Ester lehnte ab.

„Denkt an das Kind, Majestät", drängte sie.

„Ich werde etwas Wasser trinken, das reicht."

Dem Baby würde es nicht schaden, dachte sie, wenn sie einen Tag fastete. Als Luara ihr dann endlich das Nachtgewand angezogen hatte, war Ester so erschöpft, dass sie tatsächlich schlafen konnte.

Als sie am nächsten Morgen erwachte, stand die Sonne schon hoch am Himmel. Es war der zweite Tag und zugleich der Höhepunkt des Festes – der Tag, an dem nach persischem Glauben das Licht über die Dunkelheit siegte. Ester schloss die Augen. *Bitte, Herr im Himmel, steh mir heute bei. Gib mir die Kraft, die ich brauche, um meinem geliebten Mann gegenüberzutreten und für mein Volk zu bitten. Hilf mir, Herr, ich bitte dich, hilf mir.*

Luara brachte ihr das Wasser, das Ester zu trinken bereit war, und wartete, bis sie den Becher geleert hatte. Als Luara den Becher zurücknahm, sagte sie: „Hatach und ich fasten mit Euch, Majestät."

Ester sah in das schöne, klare Gesicht ihrer Kammerzofe und merkte, wie ihr die Tränen in die Augen stiegen. Warm schloss sie Luara in die Arme. „Ihr beide seid so gut zu mir."

„Ihr seid es, die gut zu *uns* ist, Majestät", antwortete Luara und erwiderte die Umarmung. „Bei Euch haben Hatach und ich ein wunderbares Leben. Wir würden alles für Euch tun. Alles."

Die beiden Frauen standen noch einen kurzen Moment eng umschlungen, dann trat Ester zurück und wischte sich die Tränen aus den Augenwinkeln.

„Bitte ruf mir Hegai", bat sie Luara und bemühte sich, ihrer Stimme einen normalen Klang zu verleihen.

„Selbstverständlich, Majestät."

Hegai erschien prompt, als hätte er darauf gewartet. „Was kann ich für Euch tun, Majestät?", fragte er mit ernstem Gesicht.

„Ich möchte, dass du Sisames, dem Obersten Richter, mitteilst: Ich wünsche ihn noch heute Vormittag zu sprechen. Es ist außerordentlich wichtig."

Für einen Moment flatterte sein Blick, aber er antwortete sachlich: „Ich werde ihn benachrichtigen. Um wie viel Uhr wünscht Ihr ihn zu sehen, Majestät?"

„So schnell wie möglich."

„Sehr wohl, Majestät." Der Eunuch verneigte sich und ging.

Ester wartete im Empfangszimmer des Königs auf Sisames. Ungeduldig ging sie unter dem goldenen Bildnis Ahuramazdas auf und ab. Sie musste Sisames überzeugen. Mordechais Leben war in Hamans Hand, und Haman war zu allem fähig, als ob ein böser Geist von dem Edomiter Besitz ergriffen hätte. Sie musste etwas tun, um Mordechais Sicherheit zu gewährleisten.

Hegai kam und kündigte den Richter an. Ester setzte sich auf dem Sofa zurecht, bevor er eintrat. Der alte Mann machte eine tiefe Verbeugung, und Ester bat ihn, Platz zu nehmen. Dann sagte sie, indem sie so viel Autorität in ihre Stimme legte, wie sie aufbringen konnte: „Euer Ehren, mir ist zu Ohren gekommen, dass ein Freund meiner Familie, Mordechai, der Oberste Schatzmeister des Königs, vom Großwesir Haman verhaftet wurde."

Sisames' Augen, von unzähligen Falten umgeben, musterten sie wachsam. „So ist es, Majestät. Haman klagt den Obersten Schatzmeister wegen Veruntreuung an. Er bezichtigt ihn, Gold aus der Schatzmeisterei gestohlen zu haben."

„Habt Ihr schon ein Datum für die Verhandlung festgelegt?"

„Auf Wunsch des Großwesirs soll die Verhandlung morgen Vormittag stattfinden, direkt nach dem offiziellen Ende der Feierlichkeiten des Frühlingsfestes."

„Ich glaube, der Termin ist äußerst ungünstig, Euer Ehren."

Sisames wusste nicht recht, wie er Esters Worte deuten sollte. „Und darf ich fragen, warum, Majestät?"

Ester setzte sich so aufrecht wie möglich, ohne die Lehne des Diwans zu berühren. „Wie ich bereits sagte: Mordechai ist ein guter Freund der Familie. Außerdem ist er der Mann, der half, das Attentat auf den König zu verhindern. Sicher erinnert Ihr Euch noch an den Fall Smerdis?"

„Gewiss, Majestät."

Ester zwang sich, ihren krampfhaften Griff um die Sofalehne zu lösen. Sisames brauchte nicht zu bemerken, wie nervös sie war. „Und wegen Mordechais Verbundenheit mit meiner Familie und der Tatsache, dass der König ihm sein Leben verdankt, denke ich, der König wäre äußerst ungehalten, wenn Mordechai in seiner Abwesenheit verurteilt und vielleicht sogar hingerichtet würde."

Das faltige Gesicht des alten Mannes bewegte sich und Ester war erleichtert, als er lächelte. „Ich bin ganz Eurer Meinung, Majestät. Und ich sehe keinen Grund, weshalb wir die Verhandlung nicht genauso gut bis nach der Rückkehr des Königs vertagen könnten."

Ester fiel ein Stein vom Herzen. Sie hatte zwar damit gerechnet, dass der Richter auf ihren Vorschlag eingehen würde, aber sie war noch nie zuvor in einer ähnlichen Situation gewesen und hatte Angst gehabt, sie würde nicht die richtigen Worte finden. Erleichtert erwiderte sie sein Lächeln. „Ich danke Euch, Euer Ehren. Ihr seid ein weiser Mann."

Sisames erhob sich ächzend aus seinem Sessel. „Dieser Edomiter geht entschieden zu weit. Ich bin froh, wenn der König wieder da ist und dem Unrecht ein Ende setzt, das Haman in seinem Namen getan hat."

„Ich werde auch froh sein", antwortete Ester. „Ich danke Euch sehr für Euren Besuch, Sisames."

„Es war mir ein großes Vergnügen, Majestät."

Als Ester wieder in ihren eigenen Gemächern war, schickte sie als Erstes nach Muran. „Sag ihr, es ist wichtig. Ich muss heute Abend besonders schön aussehen", beauftragte sie Luara. „So schön wie noch nie im Leben. Und würdig wie eine Königin."

Muran war außer sich, als Ester ihr in groben Zügen schilderte, was sie vorhatte. „Ihr könnt da nicht einfach so hineinplatzen", schimpfte sie und vergaß vor Aufregung die höfliche Anrede, „es ist erstens gegen die Hofetikette und zweitens gegen die Gebote Ahuramazdas, die dem König nicht erlauben, an diesem heiligen Tag seine Frau zu sehen."

„Das ist mir durchaus bewusst, Meisterin", antwortete Ester geduldig. Dann erklärte sie Muran die Hintergründe der intriganten Verfügung und weshalb sie Ahasveros unbedingt sprechen musste.

„Was, Ihr seid Jüdin?", rief Muran entsetzt.

Ester versuchte, die Nerven zu behalten. „Ja, ich bin Jüdin, und Mordechai ist mein Onkel. Als er erfuhr, dass der Vertraute des Königs Edomiter ist, meldete ich mich auf seinen Wunsch als Kandidatin für die Wahl zur Königin. Mein Onkel hat immer befürchtet, dass Haman den Hass gegen die Juden schüren würde, denn unsere beiden Völker sind verfeindet, seit ich denken kann. Ich habe den Plan meines Onkels – mich in den Palast zu bringen, damit ich beim König ein Wort für die Juden einlegen kann – oft angezweifelt, aber jetzt weiß ich, dass er recht hatte! Mordechai schwebt in Lebensgefahr und meinem Volk droht die Vernichtung. Vor dem Hintergrund habe ich keine Wahl – ich *muss* heute mit dem König sprechen."

„Ihr könnt so etwas unmöglich tun, Majestät", sagte Muran hartnäckig. „Versteht Ihr denn nicht, wie unaussprechlich …"

Ester schnitt ihr das Wort ab, denn sie wollte nichts mehr davon hören: „Glaubt mir, ich verstehe sehr wohl die Tragweite dieser Dinge, aber mein Entschluss steht fest. Und ich möchte, dass Ihr mir helft, mich für das Bankett angemessen zu kleiden." Zu ihrem Erstaunen brachte sie sogar ein Lächeln zustande, bevor sie weitersprach. „Es ist sehr wichtig, dass ich gut aussehe, aber noch wichtiger, dass ich würdevoll aussehe – die Königin in Person. Die Wachposten müssen so geblendet sein, dass sie nicht anders können, als mich einzulassen. Ich weiß, dass nur Ihr dieses Wunder vollbringen könnt, Meisterin."

Muran war nicht so leicht zu überzeugen. „Ihr könnt auf keinen Fall unverschleiert diesen Raum betreten, in dem nur Männer sitzen!"

„Aber das muss ich. Ahasveros muss auf den ersten Blick sehen, dass ich es bin und kein vermummter Schurke, der ihm nach dem Leben trachtet. Wenn er mich erkennt, wird er sein Zepter heben und mir wird nichts passieren."

Aber Muran weigerte sich standhaft. Zuletzt gab Ester nach. „Nun gut, Muran. Ihr sollt nichts tun, was mit Eurem Glauben unvereinbar ist und Euch derart gegen den Strich geht. Luara wird mir helfen. Ihr könnt gehen."

Wäre die Lage nicht so ernst gewesen, hätte Ester sich über Murans Empörung amüsiert. „Luara?", sagte sie abschätzig. „Luara hat von Kleidung und Make-up keine Ahnung." Die dicke Frau seufzte. „Wenn Ihr das wirklich vorhabt, dann werde ich Euch natürlich helfen, mein Kind."

Ester spürte, wie ihr schon wieder die Tränen der Rührung in die Augen stiegen. „Danke, ich wusste, dass ich mich auf Euch verlassen kann! Ihr sollt dadurch, dass Ihr mir geholfen habt, nicht in Ungnade fallen. Dafür werde ich persönlich sorgen."

Muran hob eine ihrer perfekt gezupften Augenbrauen. „Ich weiß nicht, ob Ihr dazu noch befugt sein werdet, Majestät. Ahasveros wird Euch dieses wahnwitzige Vorhaben nicht so schnell vergeben.

Und wer einmal eine Frau davongejagt hat, der wird nicht zögern, es wieder zu tun ..."

Ester spürte einen Stich im Herzen. Der Schmerz, den sie so tapfer verdrängt hatte, war wieder da. Sie sammelte sich einen Moment, bevor sie antwortete: „Wäre es nicht allzu paradox? Waschti jagte er davon, weil sie sich bei einem Bankett *nicht* unverschleiert zeigen wollte – bei mir wäre es genau umgekehrt."

„Das ist ein schlechter Vergleich und außerdem überhaupt nicht komisch." Murans Stimme war rau, und in ihren Augen las Ester echte Besorgnis. „Mir geht es einzig und allein um Eure Sicherheit."

Ester blinzelte die Tränen zurück. Sie griff nach der fleischigen Hand der Meisterin. „Ich danke Euch, Muran, aber das Leben von Tausenden von Menschen aus meinem Volk steht auf dem Spiel. Was zählt da schon mein kleines Leben?"

Murans großer Busen hob und senkte sich, als sie tief seufzte. „Na schön, wenn Ihr das so seht, Majestät. Aber nun kommt, es gibt noch viel zu tun. Wir beginnen am besten mit einem schönen Bad."

Während der langwierigen, anstrengenden Schönheitsbehandlung musste Ester an den Tag denken, an dem sie Ahasveros zum ersten Mal getroffen hatte. Es war, als würde sie diesen Tag noch einmal durchleben, alles war fast genauso wie damals: das Bad, die Dienerinnen, die um sie herumschwirrten und ihre Haut und ihre Nägel bearbeiteten, und Luara, die Stunden damit zubrachte, ihr Perlen in die Haare zu flechten. Der einzige wesentliche Unterschied war, dass sie diesmal bereits Königin war. Und dass ihre Angst noch größer war als damals.

Luara war fast fertig mit den Haarperlen, als Hatach die Nachricht überbrachte, dass der König eingetroffen sei. Um der Königin nicht versehentlich zu begegnen, werde er seine Privatgemächer noch nicht betreten, sondern befinde sich zum Ankleiden in einem Zelt, das in der Apanada für ihn aufgestellt worden sei.

Er war hier. Schon bald würde sie ihn sehen. Sie hatte ihn so vermisst, sich so nach seiner Rückkehr gesehnt, und nun ... Nun fühlte sie nur noch eine große Leere. Aber vielleicht war es gut so. Wenn sie nichts mehr fühlen konnte, tat auch das, was ihr bevorstand, nicht so weh. Ester weigerte sich, solchen Gedanken weiter nachzuhängen, und fragte sich stattdessen, wie lange Luara wohl schon damit beschäftigt war, diese fürchterlichen Perlen aufzufädeln.

„Bist du bald fertig?“, fragte sie, leicht gereizt.

„Mit den Perlen, ja. Ich muss nur noch Eure Haarkämme befestigen, Majestät.“

Ester hielt geduldig still, während Luara die Kämme geschickt am Kopf feststeckte, sodass ihr die glänzende, tiefschwarze Haarpracht in Kaskaden über den Rücken fiel.

Die Tunika, die Muran ausgesucht hatte, war elfenbeinfarben, ebenso das Gewand. Beides war mit denselben, kostbaren Perlen bestickt, die auch Esters Haar zierten. Auch ihre weichen Lederschuhe waren mit Perlen verziert.

Nachdem Muran alle Falten von Esters Gewand sorgfältig drapiert hatte, machte sie sich an das Make-up. Sie betonte die Augen mit schwarzem Kajal, sodass sie noch größer und dunkler schienen, und tupfte einen Hauch Rouge auf Wangen und Lippen.

Sie waren gerade fertig, als Hatach zurückkam. „Der König ist jetzt im Festsaal“, kündigte er an. „Das Essen wird in etwa einer halben Stunde serviert werden. Ich denke, wir sollten jetzt gehen.“

Luara stand ebenfalls auf und stellte sich neben Ester. Muran sah sie tadelnd an. „An deiner Stelle würde ich das nicht tun, Luara. Oder willst du auch den Zorn des Königs auf dich ziehen?“

Ester spürte, wie das Mädchen noch näher rückte. „Das ist mir egal. Ich bleibe bei meiner Königin. Ich lasse sie nicht allein gehen.“

Ich dürfte das nicht zulassen, dachte Ester. Doch sie hatte nicht die Kraft, Luara am Mitkommen zu hindern.

Dann hörte sie Hatachs ruhige Stimme. „Majestät, lasst mich vorausgehen. Alles, was Ihr zu tun braucht, ist, mir in den Bankettsaal zu folgen.“

Ester wusste, dass Hatach sich in Gefahr begab, wenn er mit

hineinkam. Ihre Stimme bebte, als sie sagte: „Danke, Hatach, aber das ist nicht nötig. Ich kenne den Weg."

Hatach trat zurück und sah sie mit einem Gesichtsausdruck an, als wäre es ein Abschied für immer.

Ich darf nicht weinen, dachte sie nur. *Dann ist mein Make-up ruiniert*. Sie versuchte zu lächeln, doch es wollte ihr nicht gelingen. Stattdessen nickte sie ihm bloß zu und sah ihn durch die Tür im Korridor verschwinden. Luara legte ihr den Schleier an, den sie auf dem Weg zum Festsaal tragen würde.

Inzwischen schien es sich herumgesprochen zu haben, was sie vorhatte, denn als Ester die Treppe hinunterging, die von den königlichen Privatgemächern in die Vorhalle führte, kam ein kleiner Page herbeigestürzt und küsste den Saum ihres Gewandes. „Möge der Gott der Weisheit Euch begleiten, Majestät."

„Danke, Niki." Mit einer leichten Bewegung strich sie ihm mit ihren beringten Fingern über sein lockiges Haar, bevor sie weiterging.

Hatach ging voraus, gefolgt von Ester. Luara bildete den Schluss, wie es sich für eine gute Kammerzofe gehörte. So fiel die Prozession nicht weiter auf und sie durchschritten ungehindert die Korridore. Die erste Schwierigkeit trat auf, als sie die breite Doppeltür erreichten, die von den königlichen Privatgemächern in den öffentlichen Trakt des Palastes führte. Die beiden Eunuchen, die dort Wache standen, waren entsetzt, als sie die Königin sahen.

„Majestät! Ihr dürft diesen Teil des Palastes nicht betreten!"

Hatach antwortete freundlich, aber bestimmt: „Die Königin muss dringend den König sprechen. Tretet beiseite und lasst sie passieren."

Die beiden Wachen traten achselzuckend zur Seite, sichtlich verwirrt.

Danke, mein Gott, für Hatach.

Der große Innenhof war von geschäftigem Treiben erfüllt. Männer kamen und gingen, und der Schock über das plötzliche Erscheinen der Königin verbreitete sich wie ein Wirbelwind. Aus den Augenwinkeln sah Ester die fassungslosen Gesichter, und für einen Augenblick gerieten ihre Schritte ins Stocken. Die fassungslosen Blicke zeigten ihr deutlicher als alle Worte, wie skandalös ihr Benehmen in den Augen der anwesenden Männer war. Luara hatte Esters Zögern bemerkt, rückte zu ihr auf und bot ihr den Arm, den sie dankbar ergriff. Zu zweit schritten sie hinter Hatachs schlanker Silhouette über den gefliesten Boden des todstillen Innenhofs.

Wie ein Blitz durchzuckte Ester die Erinnerung an den Tag, an dem Hatach sie das erste Mal zum König geführt hatte.

Damals dachte ich, ich würde sterben, wenn Ahasveros mich zur Frau nimmt. Und jetzt denke ich, ich werde sterben, wenn er mich verstößt. Sie atmete tief durch. *Ich darf nicht weiterdenken. Ich muss mich darauf konzentrieren, was ich tun muss. Alles andere ist jetzt unwichtig.*

Sie hatten nun den Durchgang erreicht, der zum Großen Festsaal führte. Auch dort posierten zwei Wachen vor der Tür. Ungläubig starrten sie Ester an, als sähen sie ein Gespenst.

„Was wollt ihr hier?“, schnauzte der eine von ihnen Hatach an. „Ihr dürft hier nicht hinein. Soviel ich weiß, hat der König euch nicht rufen lassen.“

Luara nahm Ester wortlos den Schleier ab, und Hatach sagte mit fester Stimme. „Die Königin darf hingehen, wo immer sie will.“

„Aber nicht zu einem rituellen Bankett.“

Ester sah von einem zum anderen. Dann reckte sie entschlossen das Kinn in die Höhe. „Ihr könnt mich nicht aufhalten.“

Der erste Wachmann trat einen Schritt vor, um ihr den Weg abzuschneiden.

„Wenn ich dem König erzähle, dass du die Königin angefasst hast, bist du ein toter Mann“, sagte Hatach kalt.

Unsicher blieb der Mann stehen. Die beiden Wachen sahen sich unschlüssig an. Hatach nutzte den Moment, um die Tür aufzustoßen, und ging hinein. Als sei es das Selbstverständlichste der Welt, hielt er Ester die Tür auf. Sie trat langsam ein, immer noch auf Luaras Arm gestützt.

Ahasveros war der Erste, der sie bemerkte. Er saß auf seinem goldenen Thron am anderen Ende des Saales, auf dem Kopf die goldene Krone, in der Hand sein goldenes Zepter. Sein purpurrotes Gewand war reich bestickt, und an seinen Händen funkelten kostbare Ringe. Seinen Gesichtsausdruck konnte sie nicht deuten, es war eine Mischung aus Verwunderung und Entsetzen.

Ein unterdrücktes Raunen ging durch die Reihen, als die Männer an den Tischen sich umdrehten und dem Blick des Königs folgten. Die Luft im Raum schien vor Spannung zu vibrieren. Ester fühlte die Anspannung mit jeder Faser ihres Körpers. Sie ließ Luaras Arm los und zwang sich, einen Schritt vorwärts zu tun, dann noch einen und noch einen, bis sie langsam, aber stetig durch den ganzen Saal schritt. Die Perlen in ihrem Haar und auf ihrem Gewand schimmerten, sodass es schien, als bewege sie sich in einem Lichtkreis. Sie ging immer weiter, aufrecht und würdevoll, die Arme locker herunterhängend. Ahasveros saß regungslos, aber sie sah den harten Zug um seinen Mund und die Anspannung in seinem Gesicht. Er hob das Zepter und deutete damit auf sie und in seinem Blick las sie, wie ärgerlich er war.

Plötzlich verschwamm sein Gesicht vor ihren Augen. Ester blinzelte, doch das Schwindelgefühl nahm zu. Lichtpunkte tanzten vor ihren Augen, ihre Hände waren kalt und feucht.

„Majestät!" Wie von weit her hörte sie Luaras Stimme. Ihre Knie gaben nach. Sie schwankte, fühlte Luaras Hand an ihrem Ellbogen, die sie stützte.

Ich darf nicht ohnmächtig werden! Nicht jetzt! Der Schwindelanfall kam zurück, heftiger diesmal. Ihr letzter Gedanke war: *Ich falle!* Dann wurde sie von starken Armen aufgefangen und emporgehoben.

Ihr Kopf sank an eine bekannte, geliebte Schulter. Sie spürte seine Schritte, die sie irgendwohin trugen, und hörte ihn sagen: „Hatach, zieh den Vorhang zu und bring schnell etwas Wasser!"

Als sie zu sich kam, lag sie in einem durch einen schweren Stoffvorhang abgeteilten Nebenraum auf einem Diwan und sah direkt vor sich Ahasveros' Gesicht. „Ester – wie geht es dir?“ Seine Stimme klang besorgt. Der angespannte, ärgerliche Zug um seinen Mund war verschwunden. „Atme langsam und tief durch.“

Sie atmete folgsam.

„Hier, Majestät“, hörte sie Hatachs Stimme. „Das Wasser.“

„Hier, trink das.“ Ester hob den Kopf und ließ Ahasveros den goldenen Becher an ihre Lippen halten.

„Es tut mir leid, Majestät.“ Ihre Worte waren nur ein schwaches Flüstern. „Ich weiß, ich bin Euch eine Erklärung schuldig. Ich musste Euch dringend sprechen und sah keine andere Möglichkeit.“

„Was in aller Welt könnte so dringend sein, dass du ein öffentliches Spektakel daraus machen musstest?“

Sein Ärger war der Sorge und Verwirrung gewichen. Was sollte sie sagen? Sie spürte, wie Panik in ihr aufstieg. *Nein, ich kann es ihm nicht sagen – nicht jetzt! Nicht mitten in einem rituellen Bankett. Ich kann ihm keine schreckliche Nachricht überbringen und dann erwarten, dass er seinen religiösen Pflichten nachgeht, als sei nichts gewesen. Es reicht schon, wenn ich sein Leben zerstöre.*

Stattdessen sagte sie leise: „Ich will Euch nicht länger von Eurem Bankett abhalten, Majestät, doch bitte kommt morgen, sobald Ihr aus den Bergen zurückkehrt, zu mir. Dann werde ich Euch alles erzählen.“ Sie lehnte sich vor und flüsterte eindringlich: „Es ist sehr wichtig, Majestät. Deshalb kommt bitte sofort. Kommt gleich danach in den Palast, wo wir ungestört reden können.“

Seine Augen verengten sich und er sah sie fragend an: „Warum kannst du es mir nicht einfach jetzt sagen?“

Sie schüttelte heftig den Kopf. „Das ist eine lange Geschichte, und ich will Euch nicht von Euren religiösen Pflichten abhalten, Majestät. Aber ich muss Euch unbedingt morgen sprechen, gleich nach Eurer Rückkehr! Könnt Ihr das einrichten?“

„Ester, du sprichst in Rätseln.“ In seiner Stimme schwang Ungeduld mit.

„Ich weiß, aber glaubt mir, morgen werde ich das Rätsel lösen, das verspreche ich Euch."

Er stieß ungeduldig die Luft aus. „In Ordnung, ich werde gleich nach Hause kommen, sobald das Festritual vorüber ist."

Ester, immer noch geschwächt, atmete noch einmal tief durch. „Und bringt bitte Haman mit, Majestät."

Er warf ihr einen irritierten Blick zu, erhob sich und sagte knapp: „Meinetwegen, wenn du darauf bestehst." Seine Augen wanderten zu dem zugezogenen Vorhang. „Du hast recht, ich muss zurück zum Bankett."

„Ja. Mir geht es auch schon besser." Ester biss sich auf die Lippen und schaute nervös um sich. „Und wie komme ich hier weg?"

Sein Gesicht verfinsterte sich. „Du solltest deine Kammerzofe nach einem Schleier schicken."

„Luara war so umsichtig, einen mitzunehmen, Majestät. Ich trug ihn auf dem Weg hierher."

Ahasveros wandte sich Luara und Hatach zu, die schweigend danebengestanden hatten. „Zieh der Königin den Schleier an!", befahl er. Und zu Hatach: „Bring die Königin so unauffällig wie möglich zurück in ihre Gemächer. Nehmt den Weg über die Apanada, damit ihr nicht noch einmal durch den belebten Innenhof müsst." Er sah den jungen Eunuchen tadelnd an. „Ich denke, für heute hast du für genug Wirbel gesorgt."

Hatach schlug die Augen nieder. „Ja, Majestät." Falls Ahasveros auf eine Entschuldigung gewartet hatte, tat Hatach ihm nicht den Gefallen.

„Ich bin so weit", sagte Ester.

Ahasveros sah seine Frau an, deren Gesicht nun vollkommen verhüllt war. „Und du bist sicher, dass du mir nicht erzählen willst, was das ganze Theater sollte?"

„Ich glaube, es ist besser, wenn ich es Euch morgen in Ruhe erzähle. Dann habt Ihr Zeit, zu überlegen, was zu tun ist. Aber Ihr *müsst* unbedingt morgen kommen, Majestät!" Ihr Tonfall war flehend.

„Ich komme sofort, wenn ich von der heiligen Quelle zurück bin." Sein harter Zug um den Mund war wieder da. „Mit Haman."

„Danke, Majestät", flüsterte sie.

Hatach räusperte sich und sagte mit sanfter Stimme: „Wenn Ihr bereit seid, Majestät, dann sollten wir jetzt gehen."

„Nehmt meinen Arm", bot Luara an.

Der König musterte die Dreiergruppe mit einem misstrauischen Blick. Diese beiden Dienstboten wussten bestimmt mehr als er.

„Bringt die Königin zu Bett", befahl er. „Sie braucht jetzt Ruhe."

„Seid unbesorgt, Majestät", sagte Luara. „ich werde mich gut um sie kümmern."

Ahasveros nickte und ging in den Bankettsaal zurück.

Kapitel 30

Der Galgen war fertig. Die ägyptischen Handwerker hatten gleich am Donnerstagabend mit der Arbeit begonnen, kurz nachdem der König das Bankett im Palast verlassen hatte, um zu Ahuramazdas heiliger Quelle zu reiten.

Haman stand draußen im ersten Morgenlicht und betrachtete zufrieden das riesige, düstere Gebilde. Die Ägypter hatten den Galgen nach seinen Vorgaben gebaut, und er war doppelt so hoch wie für normale Diebe und von Weitem zu sehen. So würde für alle Bürger von Susa sichtbar sein, was mit einem jüdischen Dieb passierte. Haman hatte für den Hinrichtungsort einen Platz außerhalb der Stadtmauern gewählt, der nah genug beim Palast war, um Mordechai nach seiner Verurteilung so schnell wie möglich dorthin zu bringen.

Zurück im Palast, ging Haman als Erstes in seine Schreibstube, um die Schriftstücke zusammenzusuchen, die ihm als Beweise für Mordechais Schuld dienen sollten. *Die Hinrichtung muss unbedingt heute Morgen stattfinden, solange Ahasveros noch in den Bergen ist.*

Bald darauf wurde er von einem Besucher unterbrochen, einem Mitglied der königlichen Sippe von niedrigem Rang. Der Mann platzte in sein Büro, um ihm von dem skandalösen Auftritt der Königin beim gestrigen Bankett zu berichten. Haman, der kein Anhänger Ahuramazdas war, war nicht dabei gewesen. Stumm vor Schreck folgte er den Schilderungen des jungen Mannes. „Warum sollte die Königin etwas so Ungeheuerliches tun?"

Der Besucher zuckte die Achseln. „Keine Ahnung. Der König hat nicht gesagt, warum, und von uns wagte natürlich niemand, ihn zu fragen. Er sprach ein paar Minuten mit ihr unter vier Augen, dann kam er zum Bankett zurück, als sei nichts geschehen."

Ein merkwürdiges Gefühl beschlich Haman, das er sich nicht erklären konnte. „Und niemand hat auch nur die leiseste Idee, worüber sie gesprochen haben?"

„Ihr kennt doch Ahasveros", lautete die knappe Antwort. „Er hüllt sich in Schweigen, wie immer."

„Und er hat keine Nachricht für mich hinterlassen, bevor er den Palast verließ?"

„Nein, Majestät."

Als Haman wieder allein war, nahm er eine Schriftrolle mit der Abschrift seiner Verfügung gegen die Juden und las alles noch einmal sorgfältig durch. Vor Erregung bekam er eine Gänsehaut, während sein Blick über die Buchstaben wanderte. Die Zeit drängte. Ahasveros konnte schon heute Abend zurück sein, wenn er nicht jagen gegangen war. Was würde er sagen, wenn er erfuhr, was Haman in seiner Abwesenheit getan hatte?

Vielleicht habe ich den Bogen etwas überspannt, dachte er. Vielleicht hätte ich mich mit Mordechais Leben zufriedengeben und die anderen Juden aus dem Spiel lassen sollen?

Dann sah er vor seinem geistigen Auge das Gesicht des Königs. *Ich tat es für dich*, dachte er. *Ich tat es, um dich aus den Klauen eines bösen, hinterhältigen Volkes zu retten.*

Doch zum ersten Mal, so schien ihm, wirkte die vernünftig klingende Erklärung leer und schal.

Der König ist schuld, dass es so weit gekommen ist, rechtfertigte er sich dann. *Wäre Ahasveros nicht auf Mordechai hereingefallen … Hätte er stattdessen mir mehr Aufmerksamkeit gezeigt …*

Haman spürte, wie ihm der Schweiß auf der Stirn ausbrach, und rieb sich mit seinen langen, knochigen Fingern die Augen. Jetzt, wo Ahasveros nicht mehr fern war, schwand die Eifersucht, die ihm den Blick vernebelt hatte, und er erschrak über das, was er in dem amtlichen Schreiben sah.

Mordechai hatte Angst. Doch im Gegenteil zu Haman hatte er keine Zweifel an seiner Unschuld und Ehrlichkeit. Seit fünf Tagen und fünf Nächten war er schon ein Gefangener in Hamans Haus. Er hatte nichts von den unreinen Speisen gegessen, die man ihm vorgesetzt hatte. Nur das Wasser hatte er getrunken. Er hatte ohne Unterlass gebetet, nicht für sich selbst, sondern für sein Volk, das vom Tod bedroht war.

Herr, mein Gott, allmächtiger König, alles liegt in deiner Hand. Du hast den Himmel und die Erde gemacht und alle Dinge unter dem Himmel. Du bist der Herrscher über die ganze Welt, und niemand kann sich dir entziehen. Herr, du Gott Abrahams, verschone dein Volk, denn unsere Feinde planen unseren Untergang und wollen uns um das Erbe bringen, das du uns gegeben hast. Du hast uns aus der Knechtschaft in Ägypten befreit, so wende dich auch jetzt nicht von uns ab. Höre mein Gebet und hab Erbarmen mit deinem Volk und verwandle unseren Kummer in Freude, auf dass wir ein Leben lang Loblieder auf deinen Namen singen, oh Herr.

Und dann betete er für Ester, in deren zarten Händen das Schicksal eines ganzen Volkes lag.

Ester hatte unruhig geschlafen und stand früh auf, um sich auf Ahasveros' Besuch vorzubereiten. Als Erstes sandte sie Hatach aus, um herauszufinden, wie es um Mordechai und seine Gerichtsverhandlung stand. Der junge Mann kehrte mit einer guten Nachricht zurück.

„Es findet heute keine Verhandlung statt, Majestät. Sisames hat Haman mitteilen lassen, dass er damit warten will, bis der König zurück ist."

Ester atmete auf. Eine schwere Last fiel von ihren Schultern. Sie wusste, Sisames konnte sie vertrauen.

„Haman schrie und tobte“, fuhr Hatach fort. „aber der Richter blieb bei seiner Entscheidung.“

„Dem großen Gott sei Dank“, sagte Ester. „Mordechai ist in Sicherheit.“

„Er befindet sich noch immer in Gewahrsam in Hamans Haus“, gab Hatach zu bedenken. „Aber ich glaube nicht, dass er es wagen wird, ihm etwas anzutun.“

„Was ist mit Haman?“, wollte Ester wissen. „Ist er noch im Palast?“ Es gehörte zu ihrem Plan, dass Haman bei der Unterredung mit Ahasveros dabei war, damit sie ihn persönlich mit seinen Machenschaften konfrontieren konnte.

„Ja, Majestät. Er ist in seinem Büro und schäumt vor Wut über die Sturheit des Richters.“

Ein Schatten legte sich über Esters Gesicht. „Ich hoffe, er geht nicht nach Hause, bevor der König eintrifft.“

„In der Regel verlässt er den Palast meistens erst am Spätnachmittag, Majestät“, versicherte Hatach.

„Gut.“ Ester wandte sich an Luara. „Ich möchte, dass der Tisch in meinem Speisezimmer für drei Personen gedeckt ist. Der König wird hungrig sein nach dem langen Ritt.“

Während die Dienstboten nebenan alles für das Abendessen vorbereiteten, wählte Ester ihre Garderobe aus. Sie entschied sich für ein bescheidenes Gewand und ihre schlichteste Tunika. Den Schmuck, den Luara ihr zur Auswahl vorlegte, lehnte sie ab. „Meine liebe Freundin, heute bin ich keine Königin. Heute komme ich als Bittstellerin.“

Endlich, nach einem Vormittag, der sich endlos hinzog, überbrachte Hatach die Botschaft, dass der König soeben eingetroffen war. Ester spürte die unerträgliche Spannung, die ihren ganzen Körper erfasste. *Es ist so weit. Bald wird es vorüber sein.*

Hatach ließ die Tür einen Spalt offen stehen. Die drei standen stumm in Esters Empfangszimmer und warteten. Es dauerte nicht lange, bis sie draußen auf dem Flur Schritte hörten und darauf die Stimme des Königs: „Lass Haman rufen. Er soll in mein Empfangszimmer kommen. Aber zuerst brauche ich ein Bad."

„Ja, Majestät."

Eine Tür schloss sich. Schritte eines einzelnen Mannes hallten über den Korridor. *Der Bote, der Haman holen soll.* Hatach schloss leise die Tür.

„Habt keine Angst, Majestät", sagte Luara. „Der gefährlichste Teil Eures Vorhabens liegt bereits hinter Euch. Dagegen ist der Rest ein Kinderspiel. Und wenn der König erfährt, was Haman getan hat, wird er Euch dankbar sein."

Sie meint es gut, dachte Ester, und schenkte dem Mädchen ein schwaches Lächeln. Sie schauderte, wenn sie daran dachte, was vor ihr lag. Sie musste Ahasveros sagen, dass einer seiner besten Freunde sein Vertrauen missbraucht und ihn hintergangen hatte. Es würde ein schwerer Schlag für ihn sein. Aber es würde noch schlimmer kommen: Er musste der Tatsache ins Auge sehen, dass seine Frau ihn von Anfang an belogen hatte. *Ich würde alles tun, mein Liebster, wenn ich dir diesen Schmerz ersparen könnte, aber ich kann es nicht.*

Sie begaben sich in das kleine Speisezimmer, um auf den König zu warten. Luara wollte sie überreden, einen Schluck Wein zu trinken, aber Ester schüttelte den Kopf. „Das macht mich nur müde. Und ich muss einen klaren Kopf behalten."

Die Zeit verstrich quälend langsam. Endlich hörten sie ein leises Klopfen. Ein Page stand vor der Tür und kündigte den König an. Wenig später trat Ahasveros ein, gefolgt von Haman.

Hatach ging, um das Küchenpersonal zu informieren, dass das Essen serviert werden könne. Luara ging mit ihm.

Diesmal werde ich nicht ohnmächtig werden. Förmlich begrüßte sie ihre Gäste und bat sie, Platz zu nehmen. Ihr Atem ging flach, ihr Herz klopfte wild. *Ich werde nicht ohnmächtig werden.*

Ahasveros musterte sie besorgt. „Du bist blass und hast Schatten unter den Augen. Vielleicht solltest du dich lieber hinlegen und wir verschieben die Unterredung."

Er macht sich Sorgen um mich. Würde er sie danach jemals wieder so anschauen? „Nein, es geht mir gut, Majestät", antwortete sie schnell. „Und nun setzt Euch bitte, ich möchte Euch und dem Großwesir etwas Wein servieren."

Mit der Anmut und Gewandtheit, die sie von Muran gelernt hatte, goss sie den Wein in die goldenen Kelche. Ahasveros' Augen hatten einen dunkleren Schimmer als sonst, als er den Kelch aus ihrer Hand nahm, und zwischen seinen Augen stand eine schmale Falte. Haman beobachtete Ester mit argwöhnischem Blick.

Der König stellte energisch seinen Becher ab. „Bevor ich esse, wüsste ich nun gern, was in aller Welt so furchtbar wichtig war, dass du gestern mein Bankett stören musstest, Ester."

Es war so weit. Ester, die noch mit dem Wein neben dem Serviertisch stand, drehte sich um und schaute die beiden Männer an. Zu ihrer großen Erleichterung war sie innerlich ganz ruhig, als sie mit fester Stimme die Worte aussprach, die sie in Gedanken wieder und wieder geprobt hatte. „Majestät, ich habe eine große Bitte an Euch. Die Sache ist dringend und duldet keinen Aufschub, deshalb musste ich Euch gestern unbedingt sprechen."

Er runzelte die Stirn. „Eine Bitte? Wenn es weiter nichts ist …" Er warf Haman einen Seitenblick zu, der zeigte, dass er nicht verstand, was der Großwesir mit der Sache zu tun hatte.

Ester straffte sich und setzte sich mit sehr aufrechter Haltung hin. „Majestät", sagte sie förmlich, „ich möchte Euch bitten, dass Ihr mein Leben verschont und das der Menschen meines Volkes. Denn meinem Volk und mir drohen Verfolgung, Vertreibung und Tod."

Bei diesen Worten nahm Hamans Gesicht eine kalkweiße Farbe an. Für einen Augenblick sah es so aus, als wollte er aufstehen und sehe im selben Moment ein, dass eine Flucht sinnlos war. Kraftlos sank er in seinem Stuhl zusammen.

Ahasveros hatte davon nichts bemerkt, seine ganze Aufmerksamkeit war auf Ester gerichtet. „Ich verstehe dich nicht, Ester. Wer sollte dir nach dem Leben trachten?"

„Ihr selbst, Majestät", antwortete sie ruhig. „Obwohl ich nicht glaube, dass Ihr etwas von Eurem königlichen Erlass wisst."

„Was sagst du da?" Ahasveros schlug mit der flachen Hand auf den Tisch, dass die goldenen Teller und Kelche klirrten. „Welcher Erlass? Ester, wovon sprichst du überhaupt?"

Ester zuckte zusammen, fing sich aber sofort wieder und zog mit ruhiger Hand eine Pergamentrolle aus den Falten ihres Gewands. „Dieser Erlass, Majestät."

Haman standen Schweißperlen auf der Stirn.

„Dies", fuhr sie fort, „ist ein Schriftstück, das mit Eurem königlichen Siegel versehen ist. Darf ich es vorlesen?"

Er nickte ungeduldig.

Ester entrollte das Pergament und begann zu lesen.

Ahasveros machte eine plötzliche Bewegung. Sie stockte und sah auf. „Weiter", befahl er barsch.

Sie fuhr fort, bis sie an die entscheidende Stelle kam: „… verfügen wir hiermit, dass alle Juden, die in unserem Reich leben, ihren Wohnsitz und ihre Geschäfte aufgeben und mit ihren Frauen und Kindern in ihr Ursprungsland zurückkehren müssen, wie es einst von meinem Vater, Kyrus, angeordnet wurde.

Wer dieser Verfügung nicht bis spätestens zum vierzehnten Tage des Monats Adar des Jahres nachkommt, soll durch das Schwert sterben."

Als sie geendet hatte, war es totenstill im Raum. Haman saß blass und stocksteif auf seinem Stuhl, als sei alles Leben aus ihm gewichen, den Blick starr auf die Schriftrolle geheftet.

Schließlich sagte Ahasveros mit einer Unheil verheißend ruhigen Stimme: „Dieses Schriftstück stammt nicht von mir. Und ich habe niemanden beauftragt, eine solche Verfügung zu verfassen."

„Das wusste ich, Majestät." Sie deutete auf die Rolle in ihrer Hand.

„Dies wurde geschrieben, nachdem Ihr Susa verlassen hattet, um gegen die Mardianer in die Schlacht zu ziehen.“ Ester stellte sich neben den König und hielt ihm das Pergament unter die Augen. „Aber es wurde, wie Ihr seht, mit dem königlichen Siegel unterzeichnet.“

Ahasveros starrte auf das bekannte Symbol. Dann wanderte sein Blick langsam zu Haman. „Das ist dein Werk, oder?“

Aus Hamans geweiteten Augen sprach die nackte Angst. „Ja, Majestät.“ Seine Stimme war kaum mehr als ein Flüstern.

„Du solltest eine Verfügung gegen die *Mardianer* aufsetzen. Ich verstehe das nicht.“ Ahasveros' Stimme klang sachlich, aber Ester spürte seinen Zorn und seine abgrundtiefe Enttäuschung. „Und was, bitte, ist *das*?“

Haman bemerkte die Verwirrung des Königs, und ein Funken Hoffnung flackerte in seinen Augen auf. „Majestät, was die Königin Euch verschwiegen hat, ist, dass ich Beweise dafür habe, dass Mordechai Gold aus der Schatzmeisterei veruntreut hat. Ich war so wütend auf diesen Juden, der Euer Vertrauen derart missbraucht hat, dass ... dass meine Gefühle mit mir durchgingen.“

„Deine Gefühle mit dir durchgingen?“, wiederholte Ahasveros gefährlich leise. „Und deshalb hast du – in meinem Namen – so nebenbei zum Mord an Tausenden von Männern, Frauen und Kindern aufgerufen?“

„Majestät, es tut mir leid. Aber ich war so erbost über den Betrug des Juden, und ich glaubte nicht ...“ Hamans Stimme versagte unter Ahasveros' Blick.

Ester konnte sich nicht länger beherrschen. „Mordechai ist unschuldig!“, rief sie aufgebracht, „Er ist genauso ehrlich und rechtschaffen wie Ihr, Majestät. Die angeblichen Beweise sind gefälscht und dienten ihm ausschließlich als Vorwand für den Mord an meinem Volk!“ In ihrem Zorn, der ihr in heißen Wellen in den Kopf stieg, redete sie weiter. „Ja, Haman, du hast richtig gehört: *mein* Volk! Auch ich bin Jüdin, und dieses widerwärtige Schriftstück fordert meinen Tod genauso wie den von Tausenden anderen Unschuldigen, die du in deinem Hass auf die Juden niedermetzeln lassen willst!"

Haman sagte nichts. Das einzige Geräusch im Raum war sein schweres Atmen.

Ahasveros stand abrupt auf. „Ich muss sofort Boten losschicken, damit sie noch vor dem Vierzehnten ankommen, um diesen Wahnsinn zu stoppen." Mit einer hastigen Bewegung schob er den Stuhl beiseite und eilte an Ester vorbei zur Tür, ohne sie eines Blickes zu würdigen. Sie hörten seine Stimme auf dem Korridor, als er einen Pagen losschickte, um einen Schreiber und den Hauptmann der berittenen Boten zu holen. Die Tür schloss sich, und Ester wusste, dass der König sich in seine Gemächer zurückgezogen hatte.

Sie sah auf Haman, der sie aus geröteten Augen in seinem aschfahlen Gesicht anschaute. „Majestät", hob er zu einer Erklärung an, verstummte jedoch unter ihrem Blick.

„Er hat dir vertraut", sagte sie zornig. „Er hat dich zum Großwesir ernannt, er hat dir sein Siegel gegeben."

„Ich wollte nur sein Bestes! Er vertraute den falschen Leuten."

„So wie dir, zum Beispiel", erwiderte sie kalt. „Damals, als Kavad dich beschuldigte, du hättest die Medizin für den König vergiftet, zögerte er keinen Augenblick, sondern trank die Arznei in einem Zug aus – weil er dir bedingungslos vertraute. Weißt du das noch? Und du – du hast sein Vertrauen schamlos missbraucht."

Haman verbarg das Gesicht in den Händen und wimmerte: „Oh, mein König, was habe ich getan?"

Für den Bruchteil einer Sekunde verspürte sie Mitleid mit diesem Mann, doch im selben Augenblick schob sie es beiseite. Er hatte es nicht anders verdient. „Was hast du mit meinem Onkel gemacht, mit Mordechai?"

Haman ließ die Hände sinken. „Er ist immer noch in Gewahrsam, in meinem eigenen Haus. Es soll ihm nichts geschehen."

Esters Wut kehrte zurück. „Du wolltest ihn töten! Unter dem Vorwand gefälschter Beweise wolltest du ihn hinrichten lassen!"

„Majestät …" Haman stand von seinem Stuhl auf und tat ein paar unsichere Schritte auf sie zu. Bevor Ester begriff, was er vorhatte, warf er sich auf den Boden und fasste sie beim Saum ihres Gewandes. „Bitte", flehte er, „bitte, Majestät, es tut mir leid, ich wusste nicht …"

„Nimm deine Hände weg von meiner Frau!"

Haman erstarrte, als er die Stimme des Königs hörte. Stolpernd kam er auf die Beine. „Oh, Majestät, ich wollte nicht …" Er verstummte, als er die Wachen sah, die in Begleitung des Königs eingetreten waren.

„Ergreift ihn", sagte Ahasveros. „Ich will diesen Mann nie wieder sehen."

Schweigend beobachteten Ester und Ahasveros, wie Haman sich widerstandslos abführen ließ. Mit eingefallenem Gesicht und vor Angst wie gelähmt verließ er, von zwei Wachposten flankiert, den Raum.

Kurz darauf erschien ein kleiner Page und kündigte den Palastschreiber an.

„Setz Euch an den Tisch", befahl Ahasveros, „und schreibt auf, was ich Euch diktiere."

Der rundliche Mann schob einen der unberührten Teller beiseite, rollte das Pergament aus, tauchte einen frisch angespitzten Federkiel in sein Tintenfässchen, und schaute erwartungsvoll auf den König. Ahasveros diktierte:

„Ich, Ahasveros, der Großkönig, grüße die Satrapen der zwanzig Provinzen des Persischen Reiches und teile Folgendes mit:

Es ist leider so, dass manche Diener immer rücksichtsloser werden in ihrem Machtstreben, je mehr Großmut und Vertrauen ihnen von ihren Herren entgegengebracht werden. Sie missbrauchen nicht nur dieses Vertrauen, sondern meinen mit der Überheblichkeit von gewissenlosen, selbstsüchtigen Menschen, sie könnten dem ewigen Gericht des Weisen Gottes entgehen.

So auch der Edomiter Haman, der Sohn des Hammedata, der bei uns in Persien gastfreundliche Aufnahme fand und von der Großzügigkeit seines Königs profitierte. Als Dank dafür versuchte er, durch ein Netz aus Lügen und Verleumdungen, den Juden Mordechai, einen rechtschaffenen Mann und Retter des Königs vor einem Attentat, hinrichten zu lassen und darüber hinaus das gesamte jüdische Volk zu vernichten.

Dies muss verhindert werden, denn Hamans Behauptungen beruhen auf Lügen, und die Juden sind in unserem Reich stets treue, friedliche Untertanen gewesen.

Deshalb ersuche ich Euch, die vorherige, von Haman verfasste Verfügung zu ignorieren, denn er hat das königliche Siegel missbraucht und wurde für sein Vergehen angemessen bestraft. Ich wiederhole noch einmal: Dies ist ein Widerruf der von Haman verfassten Verfügung, die somit nichtig ist. Es soll kein jüdisches Blut vergossen werden, weder am vierzehnten Tag des Monats Adar noch an irgendeinem anderen Tag.

Stattdessen sei dieser Tag ein Mahnruf für diejenigen, die gegen uns sind, auf dass sie nie vergessen, was mit Verrätern passiert."

Als er das letzte Wort zu Papier gebracht hatte, sah der Schreiber auf. „Die königlichen Boten warten auf Abschriften dieser Mitteilung, um sie so schnell wie möglich den Provinzen zu überbringen", sagte Ahasveros.

„Sehr wohl, Majestät." Der Schreiber pustete die Tinte trocken. „Wir werden die Abschriften in etwa einer Stunde fertig haben."

„Dann bringt sie zu mir zum Versiegeln."

„Ja, Majestät."

„Ihr könnt jetzt gehen."

„Danke, Majestät." Der kleine, rundliche Mann hielt das Pergament gerade vor sich hin. Es durfte erst eingerollt werden, nachdem die Tinte vollständig getrocknet war. Er warf einen unsicheren Blick auf seine Schreibutensilien, die immer noch auf dem Tisch lagen, und überlegte, ob er sie mitnehmen oder später abholen sollte.

„Lass alles hier", befahl der König, als habe er seine Gedanken erraten.

„Sehr wohl, Majestät." Da ein korrekter Kniefall mit dem Pergament in der Hand nicht möglich war, beließ es der Schreiber bei einer einfachen Verbeugung zum Abschied.

Ester und Ahasveros waren allein im Raum. Schweigend standen sie sich gegenüber und sahen sich an. Sein Gesicht war noch immer unbeweglich und verschlossen, und Ester sah, wie sich seine Hände verkrampften und zu Fäusten ballten.

„Und du hast mir gesagt, du seiest Babylonierin."

Ester schlug schuldbewusst die Augen nieder. Obwohl sie das nie direkt gesagt hatte, hatte sie ihn gern in dem Glauben gelassen. „Meine Vorfahren lebten in Babylon, bevor sie nach Susa kamen. Aber sie sind Juden. Mordechai ist mein Onkel."

„Und du hast es nicht für nötig gehalten, mir das zu sagen?" Seine Stimme war kalt, er sprach zu ihr wie zu einer Fremden.

Ester schluckte. „Majestät, ich bin Euch eine Erklärung schuldig."

„Nun bin ich aber wirklich gespannt", sagte er in einem Tonfall, der sie frösteln ließ.

Sie standen immer noch und hielten eine halbe Zimmerbreite Abstand. Ester überlegte flüchtig, ob sie ihn zum Platznehmen auffordern sollte, doch sein Gesichtsausdruck hielt sie davon ab. Sie verschränkte die Finger ineinander und begann, alles der Reihe nach zu erzählen, von Mordechais Traum und seiner Vision, dass den Juden eine große Gefahr drohte.

„Unter den Bewerberinnen im Harem waren viele Mädchen, die weitaus schöner waren als ich", schloss sie. „Ich hätte nie gedacht, dass Ihr Euch für mich entscheiden würdet, Majestät. Und ich hätte nie gedacht, dass ich Euch einmal so sehr lieben würde. Deshalb hatte ich Angst, Euch die Wahrheit zu erzählen."

„Du dachtest, dass ich dich verstoßen würde, wenn ich erführe, dass du Jüdin bist?"

Unwillkürlich machte sie einen Schritt auf ihn zu. „Nein, das war es nicht. Ich dachte, Ihr würdet mich verstoßen wegen der Lüge."

Sein Gesicht war noch immer ausdruckslos, nur seine Augen verrieten seine Erregung. „Da hast du vollkommen recht."

Seine Worte trafen sie wie ein Dolchstoß. Es war vorbei. Mit nichts auf der Welt könnte sie ihren Verrat wiedergutmachen. Trotzdem sprach sie weiter: „Ja, ich hatte mir geschworen, es Euch nie zu sagen. Ich hatte mich für immer von meiner Glaubensgemeinschaft verabschiedet. Nachdem mein Onkel befördert wurde, war es, als ob eine schwere Last von meinen Schultern fiel. Jetzt, so dachte ich, kann er am Hof die Rolle des Fürsprechers für die Juden übernehmen. Jetzt brauchte ich es nicht mehr zu sein. Ich wollte nie die Retterin von Susa sein. Alles, was ich sein wollte, war deine Frau, mehr als alles in der Welt." Ihre Stimme bebte, mühsam hielt sie die Tränen zurück.

Sein Gesicht war noch immer hart wie Stein.

„Und was dann passierte, mit Haman und der gefälschten Verfügung, war wie in Onkel Mordechais Traum."

Ahasveros schwieg.

„Es ist kein Zufall, dass Ihr Euch für mich entschieden habt, Gott hat es so gefügt, Majestät. Deshalb musste ich handeln. Ich wünschte, es wäre nie geschehen, aber als es geschah, konnte ich nicht tatenlos zusehen, wie mein Volk vernichtet wird."

„Ich verstehe." Er öffnete die Hände und schloss sie langsam wieder zu Fäusten – das einzige Anzeichen, dass er nicht so unbeteiligt war, wie er vorgab. „Meine Boten werden sich innerhalb der nächsten Stunde auf den Weg machen. Sie werden immer zu zweit reiten, damit einer weiterreiten kann, falls dem anderen etwas zustößt. So sollten sie in der Lage sein, alle Stationen rechtzeitig zu erreichen, um das Massaker zu verhindern."

„Danke, Majestät", sagte sie mit schwacher Stimme.

„Und ich habe Mordechais Freilassung befohlen."

„Danke, Majestät."

„Du siehst müde aus, du solltest dich hinlegen." Und ohne ein weiteres Wort drehte er sich um und ging zur Tür.

Als er fort war, starrte Ester ihm mit brennenden Augen nach. Ihr Schmerz war so groß, dass sie noch nicht einmal weinen konnte.

Kapitel 31

Am frühen Nachmittag ließ der König Filius, den Schatzmeistergehilfen, auf dessen Empfehlung Ester als Kandidatin für die Wahl zur Königin zugelassen wurde, zu sich rufen. Ahasveros erwartete ihn in seinem Amtszimmer, abseits der Räumlichkeiten der königlichen Familie. Als Filius eintrat, saß Ahasveros hinter seinem Schreibtisch. Es war das erste Mal, dass der Schatzmeistergehilfe dem König von Angesicht zu Angesicht gegenüberstand, und er tat dies mit einer Mischung aus Ehrfurcht und Nervosität.

Ahasveros war körperlich kein großer Mann, und seine Kleidung bestand aus den gleichen weißen Gewändern, wie sie viele aristokratische Perser trugen. Das Einzige, was ihn als König kennzeichnete, war der schmale, goldene Ring auf dem Kopf. Selbst seine Hände waren unberingt. Dennoch konnte Filius die Macht dieses Mannes spüren, von dem Augenblick an, als er den Raum betrat.

Ahasveros musterte Filius mit durchdringendem Blick. „Hatte Haman vor, dich bei Mordechais Verhandlung als Zeugen zu nennen?", fragte er.

„Nein, Majestät!" Filius konnte gar nicht schnell genug antworten. „Er hat mit mir nie über die Klage gegen Mordechai gesprochen."

„Und glaubst du, dass die Anschuldigungen berechtigt sind?"

Filius nahm all seinen Mut zusammen und antwortete wahrheitsgetreu: „Ich arbeite schon seit über zehn Jahren mit Mordechai zusammen, Majestät, und würde mein Leben wetten auf seine Ehrlichkeit. Ich glaube nicht, dass diese Anschuldigungen berechtigt sind."

Es entstand eine kurze Pause, als die hellen Augen des Königs Filius' Gesicht studierten. „Seine Exzellenz Haman sagte mir, er habe Beweise, dass Mordechai Gold aus der Schatzmeisterei gestohlen hat."

Filius knetete seine Finger hinter seinem Rücken, besann sich jedoch darauf, dass man sich verdächtig machte, wenn man seine Hände vor dem König versteckte. „Da es mir nicht erlaubt war, diese Beweise zu sehen, Majestät, kann ich zum näheren Sachverhalt nichts sagen", antwortete er. „Vielleicht hat sich seine Exzellenz Haman geirrt, oder es liegt eine Verwechslung vor. Oder er hat Auszüge aus der Buchführung missverstanden oder nicht richtig gelesen. Ich kann nur wiederholen, dass ich mit meinem Leben für Mordechais Ehrlichkeit bürgen würde."

Die Miene des Königs war undurchdringlich. „Hast du denn gefragt, ob du das Beweismaterial sehen darfst?"

„Ja, Majestät, das habe ich."

„Und Seine Exzellenz weigerte sich, es dir zu zeigen?"

„So war es, Majestät."

Ahasveros schaute auf seine verschränkten Hände auf der Schreibtischplatte. Ohne aufzusehen sagte er: „Seine Exzellenz Haman hat auch Otanes, Mordechais Vorgänger, der Veruntreuung beschuldigt. Auch dafür hatte er Beweise. Glaubst du, damals hat er sich ebenfalls geirrt?"

„Nein, Majestät." Filius hatte ein solches Verhör nicht erwartet und nahm sich zusammen, damit er nicht wieder die Hände hinter dem Rücken verschränkte – eine Angewohnheit, um seine Nervosität zu verbergen.

Der König fragte mit ruhiger Stimme weiter: „Gab es denn Grund zur Annahme, dass Otanes etwas aus der Schatzmeisterei veruntreut hatte? Hattest du irgendeinen Verdacht?"

Filius begann zu schwitzen. Wie auch immer er antworten würde, es wäre die falsche Antwort. „Nun ... ich ... in gewisser Weise, ja."

„Und trotzdem dachtest du nicht daran, dass mich diese Information vielleicht interessieren würde?"

Filius wusste, dass er in der Falle saß. Er entschloss sich, die reine Wahrheit zu sagen: „Majestät, ich bin Dadianer und nur ein einfacher Gehilfe in der Schatzmeisterei. Es stand mir nicht zu, einen achämenidischen Edelmann anzuklagen."

Ahasveros sah Filius aufmerksam an. „Kannst du mir einen Grund nennen, weshalb Exzellenz Haman so viel daran lag, Mordechai zu schädigen?"

Filius sah zu Boden und schwieg.

„Antworte mir." In seiner leisen Stimme schwang ein Unterton mit, der eine größere Wirkung hatte als ein lauter Befehl.

„Ich weiß, dass Mordechai sich weigerte, sich vor dem Großwesir zu verbeugen, und diese Respektlosigkeit ärgerte Haman maßlos."

Ahasveros zog erstaunt die Augenbrauen hoch. „Und warum wollte sich Mordechai nicht verbeugen?"

„Haman ist Edomiter, Majestät. Offenbar besteht eine uralte Feindschaft zwischen den Juden und den Edomitern." Filius trat von einem Bein aufs andere. „Man konnte deutlich spüren, wie sehr sich die beiden hassten."

„Das wusste ich nicht." Ahasveros saß einen Moment reglos und konzentrierte sich auf seine Hände.

Filius wartete ängstlich auf die nächste Frage, doch der König sagte, ohne aufzuschauen: „Das ist alles, Filius. Du kannst gehen."

„Danke, Majestät." Nach einem vollendeten Kniefall zog sich der Schatzmeistergehilfe zurück, mit der Befürchtung, dass er gerade seine Stelle verloren hatte.

Als Nächstes wünschte Ahasveros Coes zu sprechen, den er zuvor beauftragt hatte, Mordechai aus Hamans Haus zu befreien.

„Mordechai ist in Sicherheit“, berichtete Coes. „Er wurde von Hamans Dienstboten bewacht, und sie hatten nichts dagegen, dass ich ihn mitnahm.“

„War er unverletzt?“

„Er sah etwas mitgenommen aus, aber, wie er sagte, er hatte von den unreinen Speisen, die man ihm brachte, nichts angerührt.“

Der König nickte. Sein Gesicht war unbeweglich, doch Coes sah an seinen angespannten Zügen, wie ungehalten er war.

„Es wird Euch vielleicht interessieren, Majestät, was ich soeben von den Wachen erfuhr, die in der Stadt geblieben sind. Das erklärt, warum die Königin Euch unbedingt beim Bankett stören musste. Hättet Ihr mit Eurer Rückkehr nach Susa bis morgen gewartet, wäre es wahrscheinlich zu spät gewesen. Haman hatte es so eingerichtet, dass das Urteil noch heute Vormittag vollstreckt werden sollte. Die Königin hatte also recht mit ihrer Befürchtung, dass Mordechai in akuter Lebensgefahr schwebte. Zum Glück weigerte sich Sisames, die Gerichtsverhandlung vor Eurer Rückkehr abzuhalten.“

„Ich verstehe.“

Coes trat einen Schritt näher. „Und noch etwas, Majestät: Haman hat vor der Stadtmauer einen Galgen errichten lassen. Ich sprach mit ein paar Arbeitern, die noch dort waren, und sie sagten, dies sei der Galgen für einen Juden, der in der Schatzmeisterei des Königs Goldmünzen unterschlagen hat.“

„Was, einen Galgen?“ Ahasveros war empört. „Er wollte meinen Obersten Schatzmeister *hängen* lassen?“

„So ist es. Und jener Galgen ist mindestens doppelt so hoch wie der, den wir für die Hinrichtung gewöhnlicher Diebe benutzen.“

„Seine Dreistigkeit kennt keine Grenzen“, kommentierte Ahasveros mit leisem, aber gefährlichem Unterton.

„Ja, Majestät.“ Coes hatte den Blick erwartungsvoll auf den König gerichtet. Er wartete auf Befehle.

„Coes, nimm diese Schlange von Edomiter und knüpfe ihn an seinem eigenen Galgen auf, den er für einen Unschuldigen gebaut hat!“

Coes hielt es nicht für nötig, seine Genugtuung zu verbergen. „Es wird mir ein Vergnügen sein, Majestät. Wann soll der Befehl ausgeführt werden?“

Zum ersten Mal in ihrer Unterredung bemerkte Coes einen Funken Leben in den kalten, wie leblosen Augen seines Freundes. „Noch heute.“

„In der Stadt sind die Feierlichkeiten noch in vollem Gange, Majestät“, gab Coes zu bedenken. „Seid Ihr sicher, dass Ihr nicht bis morgen warten wollt?“

„Nein. Haman ist eine Beleidigung für den Weisen Gott der Wahrheit. Sein Tod ist ein Sieg über die Lüge. Was könnte ein passenderes Opfer für Ahuramazda sein?“

„Ihr habt recht, Majestät“, stimmte Coes zu. „Alle, die den Weisen Gott der Wahrheit lieben, werden den Tod des Verräters gutheißen.“

In dem Moment wurden sie von einem Klopfen unterbrochen und ein Page trat ein. „Majestät, der neue Erlass ist fertig zum Versiegeln.“

Ahasveros nickte. „Bring die Schriftrollen zu mir.“

Coes verabschiedete sich, und die Schreiber brachten die Rollen.

Für Ester schlichen die Stunden dieses Tages quälend langsam dahin. Sie wartete vergeblich, Ahasveros kam nicht zu ihr. Ester schickte Hatach zu Coes mit dem Auftrag, jemanden auszusenden, der sich auf die Suche nach Arses machte. Ihr Großvater hielt vielleicht immer noch in den Bergen Ausschau nach dem König. Als Hatach zurückkam, ließ er ihr ausrichten, dass Coes sich darum kümmern werde.

Am späteren Nachmittag bestellte Hatach ihr Grüße von Mordechai und ließ sie wissen, dass ihr Onkel sie sehen wollte. Ester und Luara saßen gerade im Empfangszimmer der Königin und lasen ein Heiratsangebot für eines der Mädchen aus dem Harem. Ester bat Hatach, er möge Mordechai holen.

Obwohl Mordechai vor seinem Besuch ein Bad genommen und

etwas gegessen hatte, war Ester bestürzt, wie elend er aussah. „Onkel Mordechai! Wie geht es dir? Du siehst sehr mitgenommen aus."

Er antwortete mit ernster Stimme: „So ist es, Ester. Aber ich bin wohlauf – dank dir."

Tränen des Mitleids und der Erleichterung schossen ihr in die Augen. „Ich bin so froh, dich zu sehen! Ich hatte solche Angst um dich! Ich fürchtete, dieses Scheusal würde dich umbringen lassen, bevor ich Gelegenheit hatte, mit dem König zu sprechen."

„Mein tapferes Mädchen", sagte er zärtlich und breitete seine Arme aus.

Ihre ganze Kindheit hindurch hatte ihr Onkel sie beschützt. Die ganzen Jahre hatten seine Arme für sie Schutz und Geborgenheit bedeutet. Doch als sie jetzt in seine Arme flüchtete, wusste sie, dass er ihr diesmal nicht helfen konnte.

An seine Schulter gelehnt sagte sie: „Es wird alles gut. Ahasveros hat versprochen, dass wir nichts zu befürchten haben. Im ganzen Reich sind seine Boten unterwegs, mit dem Widerruf der unheilvollen Verfügung. Unser Volk ist gerettet."

Mordechai strich ihr über den Rücken. „Ich bin stolz auf dich, Ester. Du hast das Volk Israel gerettet."

Sie presste ihre Stirn an seine Schulter. „Was geschieht jetzt mit Haman?"

„Der König hat befohlen, ihn an dem Galgen hängen zu lassen, den er für mich errichtet hat", antwortete er nicht ohne Genugtuung.

Ester löste sich aus der Umarmung. „Wie furchtbar das alles für Ahasveros ist", sagte sie leise.

„Ja. Er hat dieser edomitischen Schlange vertraut. Der Verrat muss ihn schwer getroffen haben."

Ester nickte stumm.

Mordechai sah seine Nichte aufmerksam an. „Du siehst traurig aus, Ester. Was ist es, das dich bekümmert, jetzt, wo alle Sorgen vorüber sind?"

Obwohl es ihr Mordechai gegenüber schwerfiel, versuchte sie, es ihm zu erklären. „Es ist wegen Ahasveros. Er ist sehr ärgerlich … auf mich. Er vertraute mir, so wie er seinem Freund Haman vertraut hat. Aber auch ich habe ihn betrogen: Ich ließ ihn in dem Glauben, jemand anderes zu sein. Ich habe ihm nie die Wahrheit gesagt, ihm nie erzählt, dass ich in Wirklichkeit Jüdin bin."

Mordechai machte eine wegwerfende Handbewegung. „Das sollte jetzt keine Rolle mehr spielen. Im Gegenteil, er sollte dir dankbar sein, Ester! Du hast seinen Ruf gerettet und ihn vor einer großen Schande bewahrt."

„Ich glaube nicht, dass er mir dankbar ist, Onkel Mordechai. Er fühlt sich hintergangen."

„Aber sicherlich nicht von dir."

„Natürlich von mir", widersprach sie. „Ich habe ihn angelogen. Und von dir ebenfalls. Du hast mich durch eine Lüge in den Palast geschleust. Und von Haman natürlich. Von Haman fühlt er sich sicher am meisten hintergangen."

„Er wird darüber hinwegkommen, Täubchen", meinte Mordechai zuversichtlich. „Natürlich ärgert er sich, aber wenn der erste Ärger verflogen ist und er wieder klar denken kann, wird er dir dankbar sein. Mach dir keine Sorgen."

Ester starrte ihren Onkel an. Warum verstand er das nicht? Sie gab es auf und sagte nur: „Ich hoffe, du hast recht, Onkel Mordechai."

Ein Lächeln huschte über sein abgemagertes Gesicht. „Warte es ab und du wirst sehen, dass sich alles zum Besten wendet. Ich weiß, dass du Ahasveros liebst, und jetzt, wo er weiß, dass du Jüdin bist, brauchst du deinen Glauben nicht mehr zu verleugnen und kannst trotzdem seine Frau bleiben."

Ester fehlten die Worte angesichts eines solch unverfrorenen Optimismus.

Mordechai drückte ihre Hand. „Glaub mir, Ahasveros wird nichts dagegen haben, wenn du die jüdischen Bräuche pflegen willst. Er ist zwar kein Jude, aber er ist ein feiner Mensch. Er macht einen guten Eindruck auf mich."

Gegen ihren Willen musste sie lächeln. Sie stellte sich Ahasveros' Gesicht vor, wenn sie ihm erzählen würde, dass er sich als Großkönig von Persien überaus geehrt fühlen durfte, dass es ihm gelungen war, in den Augen ihres Onkels zu bestehen. Doch sie sagte nur: „Danke, Onkel Mordechai."

„Und er ist ein guter König", ergänzte Mordechai.

„Das denke ich auch", bekräftigte Ester.

„Dann ist ja alles bestens. Du brauchst deine Herkunft nicht mehr zu verleugnen und wir sind Haman los, der immer eine Bedrohung für die jüdischen Interessen gewesen wäre." Mordechai schenkte ihr ein breites Lächeln. „Und du, mein Täubchen, warst das Instrument Gottes, durch das sein Wille geschehen konnte. Ich bin sehr stolz auf dich."

Doch Ester konnte sich eine Frage nicht verkneifen: „Onkel Mordechai, hast du schon einmal an die Möglichkeit gedacht, dass Haman diese schreckliche Tat gar nicht begangen hätte, wenn du dich nicht geweigert hättest, dich vor ihm zu verbeugen?"

Das Lächeln war aus Mordechais Gesicht gewichen. „Ester, ich *kann* mich einfach nicht vor einem Edomiter verbeugen", sagte er. „Es ist mir nicht gegeben."

Sie schüttelte den Kopf über so viel männliche Sturheit. „Und es war Haman nicht gegeben, deinen Mangel an Respekt zu ignorieren."

Doch Mordechai war inzwischen bei seinem Lieblingsthema angekommen: „Sie wollen einen Seehafen, Ester, und sie werden sich nicht zufriedengeben, bis sie uns an den Rand gedrängt und übervorteilt haben. Vorher werden sie keine Ruhe geben. Und wenn wir sie jemals als etwas anderes betrachten als als Feinde, machen wir einen großen Fehler."

Ester seufzte. „Ich finde es so schade, dass wir nicht alle zusammen in Frieden leben können." Sie betrachtete das scharf geschnittene Gesicht ihres Onkels mit der kühnen Adlernase. „Aber das ist wahrscheinlich ein typisch weiblicher Traum."

Seine Züge wurde weicher, als er sagte: „Es ist ein großartiger Traum, Täubchen. Behalte ihn immer in deinem Herzen."

Und da wird er auch bleiben, dachte sie traurig.

„Und jetzt mach nicht so ein Gesicht! Lächle und sei fröhlich. Du bist eine Heldin, Ester." Mordechai strahlte sie an. Auf einmal wirkte er so unbeschwert und jugendlich, dass sich ihr Gesicht aufhellte.

„Hast du gehört, dass mein Großvater an deiner Rettung beteiligt war?", fragte sie dann.

„Nein. Wie meinst du das?"

Ester erzählte ihm, was Arses getan hatte.

Mordechai sagte leicht zerknirscht: „Ich habe Arses nie gemocht, aber ich hielt ihn immer für einen ehrenwerten Mann."

„Genau das hat er auch von dir gesagt", meinte Ester amüsiert.

„Hhm." Mordechai rieb sich nachdenklich die Nase.

„Arses weiß wahrscheinlich nicht, dass er Ahasveros verpasst hat. Deshalb haben wir Boten losgeschickt, die ihn suchen. Wenn er wieder in Susa ist, Onkel, musst du ihn unbedingt besuchen und dich bei ihm bedanken."

„Ich schätze, das muss ich wohl", entgegnete Mordechai wenig begeistert.

„Er war außer sich, als er Hamans Verfügung las", fuhr Ester fort. „Er sagte, der Name Persiens wäre für immer besudelt, wenn ein solches Massaker stattfinden würde."

„Jeder ehrbare Mann würde so reagieren", sagte Mordechai sichtlich besser gestimmt. „Natürlich werde ich ihn besuchen, Täubchen. Nun, wo dein ganzes Erbe bekannt ist, wären wir töricht, wenn wir uns spinnefeind wären."

Ester lächelte. „Ich würde mich jedenfalls sehr freuen, wenn ihr, du und Großvater, gute Freunde würdet."

„Freunde ist vielleicht etwas zu viel verlangt", antwortete Mordechai vorsichtig.

„Nicht einmal, um deiner Heldin eine Freude zu machen?"

Er lachte kurz auf und beugte sich hinunter, um sie auf die Stirn zu küssen. „Das lässt sich vielleicht einrichten", meinte er verschmitzt.

Sie drückte ihn kurz an sich. „Ich bin so froh, dass es dir gut geht, Onkel Mordechai!"

Mordechai schaute ihr ins Gesicht und sagte dann: „Du bist müde, Täubchen. Nach der Aufregung brauchst du dringend etwas Schlaf."

Sie nickte. „Ich will es versuchen."

„Und noch einmal: Mach dir keine Sorgen wegen Ahasveros. Gib einfach mir die Schuld, ich nehme alles auf mich. Es ist mir einerlei, wenn ich meine Stellung als Oberster Schatzmeister verliere. Du bist mir wichtiger."

Sie lächelte matt. „Danke, Onkel Mordechai."

Er nickte, küsste sie zum Abschied noch einmal auf die Stirn und sah zu, wie sie aus dem Zimmer schritt.

Man hatte Haman erlaubt, noch einmal seine Frau und seine Kinder zu sehen, doch er hatte abgelehnt. Er wusste, dass ihnen nichts geschehen würde. Es war nicht Ahasveros' Art, sich an Unschuldigen zu rächen. Außerdem hätte er nicht gewusst, was er ihnen sagen sollte.

Er hatte mit seinem Leben abgeschlossen, von dem Moment an, als ihm klar wurde, dass Ahasveros ihn nie wieder beachten würde – wie eine Pflanze, die des Lichts beraubt wurde. Nicht einmal der Anblick des riesigen Galgens schreckte ihn.

Um den Galgen herum hatte sich eine Menschenmenge versammelt, und als sich das Exekutionskommando näherte, verstummte die Menge. Es wurde merkwürdig still. Haman ging in der Mitte, links und rechts von einem Wachsoldaten gestützt, und setzte mechanisch einen Fuß vor den anderen. Seine Umgebung nahm er nicht mehr wahr.

Coes selbst übernahm die Aufgabe des Scharfrichters. Er gab den Wachen ein Zeichen, und sie führten den Gefangenen zum Richtplatz. Haman spürte die Hände auf seinen Schultern kaum. Gehorsam schritt er voran und kletterte die hohe Leiter zum Galgen hinauf.

Mit offenen Augen verfolgte er, wie sie ihm die Schlinge um seinen Hals legten. Sein Blick wanderte in die Ferne zum östlichen Tor des Palasts. Es war das Letzte, was er sah, dann gab die Klappe unter ihm nach und er fiel ins Leere.

Kapitel 32

In jener Nacht lag Ester noch lange wach, die Hände über ihrem gerundeten Bauch gefaltet. Sie fühlte sich elend und zerschlagen, aber sie konnte nicht schlafen. Stundenlang hatte sie gehofft und gewartet – vergeblich. Er war nicht gekommen.

Sie fühlte sich so hilflos wie noch nie in ihrem Leben. Worauf sollte sie noch warten? Sie hatte keine Kraft mehr. Was sollte aus ihr und ihrem Kind werden? Würde er sie verstoßen, genau wie Waschti? Oder sie weiterhin im Palast dulden, aber sich innerlich von ihr zurückziehen, umgeben von der unsichtbaren Mauer, die ihn vor den Gefühlen anderer schützte?

Sie wusste nicht, ob sie das ertragen konnte. Ein Leben an seiner Seite und trotzdem allein, das war fast noch unerträglicher als ein Leben ganz ohne ihn.

Sie wusste, dass er da war, gegenüber in seinem Schlafzimmer, denn sie hatte gehört, wie die Türen klappten, als die Diener ihn mit dem üblichen abendlichen Zeremoniell zu Bett brachten.

Mordechai hatte ihr von Hamans Hinrichtung erzählt. Umso furchtbarer musste es für Ahasveros sein. *Herr im Himmel*, betete sie, *er hat soeben seinen besten Freund hinrichten lassen. Er hat niemanden, der ihm in dieser schweren Stunde beisteht, und mich will er nicht sehen. Ich würde dies so gern mit ihm gemeinsam tragen, ihn trösten, ihm eine Stütze sein. Aber dafür muss er über seinen Schatten springen und den ersten Schritt tun. Bitte, lass ihn über seinen Schatten springen.*

Sie sehnte sich danach, einfach über den Flur in sein Schlafzimmer zu gehen, doch sie hatte Angst vor der Zurückweisung. Sie wusste nicht, ob er ihr jemals vergeben konnte. Und nur wenn sie ihm Zeit gab, würde sie es erfahren.

Luara hatte auf ihren Wunsch eine kleine Öllampe brennen lassen. Ester starrte ins flackernde Licht der Flamme, das immer schwächer wurde. Würde so ihre Liebe enden? Sie schloss die Augen, damit sie nicht sehen musste, wie die Lampe erlosch.

Draußen auf dem Korridor hörte sie plötzlich gedämpfte Stimmen. Mit einem Mal war Ester hellwach. Sie hielt den Atem an, den Blick unverwandt auf die Tür gerichtet, als könnte sie durch ihre Willenskraft bewirken, dass sie sich öffnete. Schritte kamen näher, und dann – leise – öffnete sie sich wirklich und Ahasveros trat ins Halbdunkel. Leise schloss er die Tür, sein Blick streifte die flackernde Lampe und dann das Bett. „Ester? Bist du wach?"

„Ja." Sie stopfte sich ein Kissen in den Rücken und setzte sich auf. „Ich konnte nicht schlafen."

„Ich auch nicht." Er kam nicht bis zum Bett, sondern setzte sich auf den hölzernen Schemel vor ihrem Schminktisch an der gegenüberliegenden Wand.

„Haman ist tot", sagte er tonlos. „Ich habe ihn umgebracht."

„Ich weiß, Ahasveros", sagte sie leise.

„Ich habe ihm noch nicht einmal die Chance gegeben, sich vor Gericht zu verantworten."

„Es war nicht nötig. Er hat seine Schuld eingestanden."

„Er war mein Freund." Er krampfte die Hände ineinander und presste sie zwischen seine Knie. „Als ich in Babylon frisch zum König ernannt wurde – ich war so jung, Ester, erst achtzehn! – nahm sich Haman meiner an. Er wurde mein Mentor, mein Vertrauter, mein väterlicher Freund. Er beschützte mich vor den Intrigen des

Satrapen. Dass ich hier in Persien bestehen konnte, ist zum größten Teil Hamans Verdienst."

„Er verehrte dich sehr."

„Das dachte ich auch. Aber offensichtlich habe ich mich getäuscht."

„Nein, Ahasveros" widersprach Ester sanft. „Das hast du nicht. Erinnerst du dich an den Vorfall mit der angeblich vergifteten Medizin? Ich sehe noch Hamans Gesichtsausdruck, wie besorgt und liebevoll er dich anschaute."

„Wie konnte er mir dann so etwas Schreckliches antun?"

Ester schwieg und dachte angestrengt nach, wie sie ihre Antwort formulieren sollte. Dann sagte sie langsam: „Ich glaube, er war krankhaft eifersüchtig. Aus Eifersucht und Neid tun Menschen manchmal Dinge, die sie normalerweise nicht tun würden."

„Haman hatte keinen Grund zu Eifersucht und Neid." Ahasveros hob den Kopf, und das weiche Licht der Lampe schimmerte auf seinem Haar. „Ich machte ihn zum Großwesir. Ich gab ihm den höchsten Posten im ganzen Reich! Auf wen sollte er eifersüchtig sein?"

„Das habe ich mich auch gefragt", sagte Ester, „vor allem, seit ich von seinem Plan erfuhr." Sie fühlte, wie ihre Anspannung etwas nachließ. „Zum einen war er eifersüchtig auf mich. Ich habe nie verstanden, warum er mich nicht mochte. Doch nun wird mir klar, dass er mich als eine Art Konkurrenz sah. Und er war eifersüchtig auf Onkel Mordechai. Als Haman das besagte Papier aufsetzte, war er blind vor Eifersucht, sodass er nicht wusste, was er tat."

Trotz der räumlichen Entfernung zwischen ihnen sah Ester die Verwirrung in seinem Blick. „Ich verstehe das nicht. Warum sollte Haman eifersüchtig auf Mordechai sein? Wohl kaum, weil ich ihn zum Obersten Schatzmeister gemacht hatte, denn Haman stand als Großwesir immer noch über ihm."

„Richtig. Und ich glaube auch nicht, dass sich Haman für politische Machtspiele interessierte. Ihm lag viel mehr an dir als Mensch, an deiner Freundschaft. Er sah, dass du Mordechai mochtest, dass er dein Ohr hatte – er, der Jude, den er als Erzfeind betrachtete."

„Himmel noch mal, sollte sich denn alles nur um Haman drehen? Durfte ich mit niemand anderem eine freundschaftliche Beziehung eingehen?“

Ester seufzte. „Das wäre Haman am liebsten gewesen. Er wollte der nächste Mensch in deinem Leben sein, der Einzige, dem du vertrautest. Und dann vertrautest du auch noch einem Juden! Juden und Edomiter hassen sich und misstrauen sich zutiefst.“

„Trotzdem – diese wahnwitzige Verfügung.“ Ahasveros schüttelte den Kopf. „Wie kann ein Mensch aus dem Affekt heraus einen Völkermord anordnen! Er muss verrückt gewesen sein.“

„Ich glaube, das war er auch“, sagte Ester ernst. „Haman wusste nicht, was er tat.“

Eine lange Zeit sagte der König gar nichts. Er saß einfach nur da, starrte ins Leere und verbarg dann das Gesicht in den Händen. „Ich hätte nie von ihm gedacht, dass er mein Vertrauen derart missbrauchen würde. Das hätte ich nie von ihm gedacht.“ Seine Stimme klang gequält. „Von ihm nicht.“

Esters Herz krampfte sich vor Mitleid zusammen. Sie konnte nicht anders – sie stand auf und ging zu ihm, bis sie direkt vor ihm stand. Sie wagte nicht, ihn anzufassen, sondern suchte nach Worten, die ihm ein klein wenig Trost spenden würden. „Er hat es nicht als Vertrauensbruch gesehen“, sagte sie. „Ich glaube, er wollte dich einfach nur beschützen. In seinem kranken Hirn existierte eine andere Vorstellung von Gut und Böse.“ Sie sah hinunter auf seine zusammengesunkene Gestalt auf dem Stuhl und sagte ruhig, aber bestimmt: „Ahasveros, dich trifft keine Schuld.“

Plötzlich stand er auf, schlang die Arme um ihre Taille und verbarg sein Gesicht an ihrem Hals. „Aber ich habe ihn getötet, Ester. Ich habe ihn getötet.“

Sie zog ihn näher an sich, ihre Wange gegen sein weiches Haar gepresst. Es war, als fühlte sie seinen Schmerz in ihrem Körper. Im selben Moment war sie unsagbar glücklich. Er hatte sie nicht verstoßen, sich nicht von ihr abgewandt, sondern war zu ihr gekommen in seiner schwersten Stunde. Sie spürte seine Erschütterung und umschlang ihn noch fester. „Du hättest nicht anders handeln können", sagte sie. „Sein Vergehen war unentschuldbar."

„Das hilft mir auch nicht weiter."

„Ich weiß, Liebster, ich weiß."

In dem Augenblick strampelte das Kind in ihrem Bauch. Er fühlte es und ließ sie los. „Was war das?"

„Das war unser Sohn. Oder unsere Tochter, je nachdem."

Zaghaft legte er seine Hand auf ihren Bauch. Das Baby strampelte von Neuem und Ahasveros lächelte. „Leben", sagte er. „Tod und Leben gehören zusammen wie Licht und Schatten."

Sie legte ihre Hand auf seine. „Ja."

„Ester …", begann er, doch sie schnitt ihm das Wort ab: „Es tut mir so leid. Glaub mir, ich hasste es, mit dieser Lüge zu leben. Aber ich hatte solche Angst, es dir zu sagen. Ich wollte dich nicht verlieren. Ich fürchtete, du wärst so verletzt und wütend, dass ich dich belogen habe, dass ich dir nie mehr unter die Augen zu treten brauchte."

Schweigend sahen sie sich an, die Finger auf Esters Bauch ineinander verschränkt, bis Ahasveros sagte: „Ich will dich nicht verlieren."

„Ich dich auch nicht", flüsterte sie.

„Ester, ich könnte dich nicht verstoßen. Ohne dich wäre mein Leben freudlos und leer." Er schloss die Augen und lehnte sich an sie. „Halte mich fest, Ester."

Sie schlang ihre Arme um ihn und verbarg ihr Gesicht in seinem Haar. *Danke, himmlischer Herr. Danke, dass du mir meinen Mann zurückgegeben hast.*

Erläuterung der Autorin

Für einen Autor ist es immer eine Herausforderung, eine bekannte Geschichte, sei es eine Sage, eine Legende oder einen biblischen Bericht, als Vorlage für einen Roman zu verwenden. Meistens kommt man dabei nicht darum herum, den Handlungsablauf des Originals neu zu ordnen. Schon lange war ich der Meinung, dass das biblische Buch Ester den Stoff für eine wunderbare Liebesgeschichte in sich birgt. Was könnte romantischer sein, als eine exotische Kulisse der antiken, orientalischen Welt, ein Cinderella-Motiv des Mädchens aus bescheidenem Hause, das zur Königin gewählt wird, und eine mutige Einzeltat, um das Leben Tausender von Menschen zu retten?

Dennoch muss man als Romanschriftstellerin natürlich gewisse Regeln befolgen. Ein Roman lebt von starken, glaubwürdigen Hauptpersonen, die die Handlung vorantreiben. Um aus dem biblischen Buch Ester einen Roman zu machen, musste ich den Charakteren Eigenschaften verleihen, die sie authentisch erscheinen lassen und die deutlich machen, warum sie so handeln. Ester brauchte Gründe, um die Vision ihres Onkels Mordechai anzuzweifeln und sich nach dem Leben als jüdisches Mädchen zu sehnen; Ahasveros brauchte Gründe, um eine Außenseiterin als Königin auszuwählen. Vor diesem Hintergrund nahm ich mir die schriftstellerische Freiheit, die biblische Geschichte von Ester etwas auszuschmücken.

Bei einem historischen Roman spielt natürlich auch der geschichtliche Hintergrund eine große Rolle. Der Nachfolger des persischen Großkönigs Darius I. (oder Dareios) und der Atossa war Xerxes I., der auch Ahasveros genannt wird. Die Anfangsjahre seiner Regierungszeit, die von 486 bis 465 v. Chr. dauerte, fielen in die Zeit Esters, als sich das riesige Perserreich von Indien bis zur heutigen Türkei erstreckte. Ahasveros I. bestieg den Thron vier Jahre nach der Niederlage bei Marathon in Griechenland. Die historischen Ereignisse dienten mir als Hintergrund für Ahasveros' Handlungen. Der Charakter des Ahasveros ist im Roman viel positiver dargestellt als sein biblisches Vorbild. Da ich eine Liebesgeschichte schreiben wollte, musste die männliche Hauptperson natürlich möglichst positive Eigenschaften haben, damit Ester sich in ihn verlieben konnte.

Nach Hamans Hinrichtung schrieb Mordechai an alle jüdischen Gemeinschaften im Persischen Reich einen Brief und machte es ihnen zur Pflicht, jedes Jahr am 14. und 15. Adar ein Freudenfest zu feiern im Gedenken an ihre Rettung, und die Armen zu beschenken.

Was den Roman und die biblische Geschichte von Ester verbindet, ist die Grundaussage: Gott handelt in unserer Welt, und er beruft Menschen, die Seine Hände und Füße auf der Erde sind.

Über die Autorin

Joan Wolf wurde 1951 in New York geboren. Seit vielen Jahren lebt sie in Connecticut, zusammen mit ihrem Mann, ihren beiden Kindern und zahlreichen Haustieren. Ihr Roman *Der Weg nach Avalon*, wurde vom amerikanischen Fachmagazin „Publisher's Weekly" als „historischer Roman der Spitzenklasse" und ihre Werke insgesamt als „Romane der Spitzenklasse" bezeichnet. Auch viele andere ihrer Romane erschienen erfolgreich auf Deutsch, zum Beispiel *Das normannische Siegel, Herrin der Pferde, Unter dem Rentier-Mond* und *Tochter des Hirsch-Clans.*

Cara Lynn James

Eine Liebe in Summerhill

304 Seiten, Paperback
ISBN 978-3-7655-1514-9

Eine Frau befreit sich von den gesellschaftlichen Konventionen ihrer Zeit Amerika, Ende des 19. Jahrhunderts. Eine idyllische Sommerfrische an der amerikanischen Ostküste. Hier will die junge Lilly sich erholen. Sie war mit dem nettesten Mann der Welt verlobt – nur leider hat er die Verlobung platzen lassen.

Nachdem Lilly diesen Schlag einigermaßen überwunden hat, hofft sie auf einen angenehmen Sommer am Meer. Zumal sie inzwischen als Schriftstellerin recht erfolgreich ist. Ihre Frauenromane muss sie allerdings unter einem anderen Namen veröffentlichen. Denn in besseren Kreisen schickt es sich nicht, dass eine Frau arbeitet. Wenn es herauskäme, wäre ihre Familie gesellschaftlich ruiniert. Es tut ihr gut, dass jetzt der reiche Unternehmersohn Harlan um sie wirbt. Da taucht ihr ehemaliger Verlobter wieder auf. Als er es endlich wagt, ihr noch einmal einen Antrag zu machen, hat sie Harlan gerade ihr Jawort gegeben. Außerdem versucht eine Lokalzeitung, sie zu erpressen, und droht, ihre Identität bekannt zu machen.

Wie wird sie sich entscheiden – in der Liebe und als Schriftstellerin?

BRUNNEN VERLAG GIESSEN
www.brunnen-verlag.de

Tracie Peterson

Sophia – Umwege zum Glück

336 Seiten, gebunden
ISBN 978-3-7655-1235-3

Pflichtgefühl oder eigenes Lebensglück? Eine kluge Frau sucht ihren Weg Texas, Ende des 19. Jahrhunderts: Nach ihrem Collegeabschluss an der Ostküste und dem tödlichen Arbeitsunfall ihres Vaters plant die kluge und engagierte Sophia Vandermark, das Holzfällerunternehmen ihrer Familie zu unterstützen. Nach und nach bemerkt sie, dass ihr eigentliches Interesse jedoch weniger der Buchhaltung gilt als der Wissenschaft und Medizin. In ihrem Heimatort, in dem Bildung nichts zählt, ist sie damit allerdings ganz allein. Doch dann begegnet sie in dem neuen Arzt, Dr. Clayton, einem Seelenverwandten.

Wird sie erkennen, dass sie das eigene Lebensglück nicht ihrem Pflichtgefühl gegenüber der Familie opfern muss? Werden sie und der manchmal so abweisende Arzt Dr. Clayton zueinanderfinden? Und: Wird ihr geheimer Traum, gegen alle Konventionen selbst Ärztin zu werden, je in Erfüllung gehen?

BRUNNEN VERLAG GIESSEN
www.brunnen-verlag.de